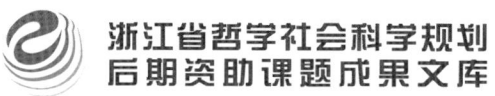
浙江省哲学社会科学规划
后期资助课题成果文库

魔鬼合约与救赎：德语文学中的魔鬼合约母题研究

Teufelspakt und Erlösung:
Das Teufelspaktmotiv in der deutschsprachigen Literatur

胡一帆 著

中国社会科学出版社

图书在版编目(CIP)数据

魔鬼合约与救赎：德语文学中的魔鬼合约母题研究／胡一帆著.—北京：中国社会科学出版社，2018.6

（浙江省哲学社会科学规划后期资助课题成果文库）

ISBN 978-7-5203-2605-6

Ⅰ.①魔… Ⅱ.①胡… Ⅲ.①德语-文学研究 Ⅳ.①I106

中国版本图书馆CIP数据核字（2018）第118022号

出版人	赵剑英
责任编辑	慈明亮
责任校对	王佳玉
责任印制	戴 宽

出　　版	中国社会科学出版社
社　　址	北京鼓楼西大街甲158号
邮　　编	100720
网　　址	http://www.csspw.cn
发 行 部	010-84083685
门 市 部	010-84029450
经　　销	新华书店及其他书店

印刷装订	北京君升印刷有限公司
版　　次	2018年6月第1版
印　　次	2018年6月第1次印刷

开　　本	710×1000　1/16
印　　张	17.5
插　　页	2
字　　数	268千字
定　　价	78.00元

凡购买中国社会科学出版社图书，如有质量问题请与本社营销中心联系调换
电话：010-84083683
版权所有　侵权必究

"Sine diabolo nullus dominus."
(Ohne Teufel kein Gott.)
若无魔鬼,便无上帝。

(Stanford, Peter: Der Teufel. Eine Biographie. Aus dem Englischen von Peter Knecht, Frankfurt am Main und Leipzig: Insel Verlag, 2000, S79.)

Ich rief den Teufel und er kam,
Und ich sah ihn mit Verwundrung an.
Er ist nicht hässlich und ist nicht lahm,
Er ist ein lieber, scharmanter Mann,
Ein Mann in seinen besten Jahren,
Verbindlich und höflich und welterfahren.
Er ist ein gescheuter Diplomat,
spricht recht schön über Kirch und Staat.
[…]
Und als ich recht besah sein Gesicht,
Fand ich in ihm einen alten Bekannten.

我召唤魔鬼，他如约而至，
我惊奇地注视他。
他并不丑陋，也非跛子，
他是个可爱、迷人的男子啊，
这个男子正当盛年，
殷勤周到、彬彬有礼、富于经验。
他是个机智的外交家，
优雅地谈论教会和国家。
［……］
我仔细端详他的脸，
依稀得见旧相识。

[Heine, Heinrich: Die Heimkehr (1823—1824), XXXV. In: Buch der Lieder. Insel Verlag. Frankfurt a. M. 1975.]

序

一帆博士的学术成长可谓一帆风顺。其原因说来也简单，除了她这些年的攻苦食淡、深自砥砺之外，一帆和我有一位共同的朋友，那就是中国德语文学界德高望重的学者——上海外国语大学德语系的卫茂平教授。一帆一直是茂平先生的高足，多年跟随着茂平先生攻读博士学位，潜心研究德国古典主义和浪漫主义文学，倾力研究歌德，翻译歌德；而我则是茂平先生的挚友，这些年，我常常和茂平先生在一起讨论文化学、人类学和文学的关系，又在一起研究和翻译《歌德全集》及其他，也算淡水之交，莫逆于心。当一帆博士请我为她的新作《魔鬼合约与救赎》写这篇序文的瞬间，我多少觉得有点越俎代庖的意思。

一帆女士非常喜欢喝工夫茶，精通工夫茶道，她最向往的茶乡据说是福建武夷山，后来也开始喜欢喝小和山产的、不那么正宗的龙井茶。自她2016年经我力荐加盟浙江科技学院的外语学院/中德学院之后，便常常邀我前去幽静的小和山麓[①]问茶，坐而论道。她曾多次告诉我：无论是在武夷山负笈、在上外和海德堡求学，抑或是在小和山中德学院工作，她最喜欢就是两件事：一是喝工夫茶，二是看书、做学问。于是乎，我们常常与三两同道一起，悬壶高冲，品香审韵，谈论歌德，谈论德国古典文学（偶尔也谈中国文学，因为她时而会送我一两本好书）。我们从《浮士德》谈到《格林童话》，从德国古典主义谈到浪漫派，从沙米索（Adelbert von

---

① 具有德国应用型科技大学特色的浙江科技学院坐落在杭州西南面郁郁葱葱的小和山麓，那里茶树丛丛，堪比龙井，茂林修竹，空气清新，着实是个做学问的好去处。

Chamisso）谈到戈特赫尔夫（Jeremias Gotthelf）。而沙米索和戈特赫尔夫①则是在中国日耳曼学中很少有人问津和研究的作家。最让我惊讶的是，一帆这位喜欢在袅袅茶香中静思，举止优雅的女士竟然多年潜心研究德国古典主义和浪漫主义文学中"魔鬼撒旦"和"魔鬼合约"的故事。

"魔鬼合约"是欧美文学中的一个重要的母题，它源于《旧约》中的《约伯记》记载：一次，魔鬼撒旦与上帝耶和华的打赌，赌"人"（约伯）是否真正具有对上帝的忠诚和善心。"魔鬼合约"双方分别为神与魔，后来在16世纪的浮士德传说中，才出现"人"（浮士德）与魔鬼签订合约的传说。一帆博士的魔鬼合约以及灵魂救赎的研究主要基于16世纪以来的各种关于"浮士德博士"的传说文本和歌德的文学巨著《浮士德》以及德语文学中其他有关"魔鬼合约"的文学作品。

这不得不让我们思考人类文化和文明进程中"魔鬼"的本质问题。在我看来，"魔鬼"既是具象的，也是抽象的，"魔"在很大的程度上一种精神现象，是人的灵魂在与肉身博弈中的抉择。在这种伦理价值博弈中，与其说魔鬼是合约的重要一方，倒不如说"魔鬼合约"的本质是集神性、人性和魔性于一身的"人"的本质。我们知道，魔鬼形象在人类文明的历史长河中不断演绎和嬗变，似乎成了真、善、美的对立面，但其实"魔鬼"这一概念并非自在自为（an und für sich）的，也并非下车伊始就是恶与丑的象征。

欧洲的魔鬼形象最早出现在希腊神话中，如冥王哈迪斯、三头犬刻耳柏洛斯等都是魔鬼形象，嫉妒满腹的赫拉、残忍嗜杀的波塞冬、提坦巨神等都有魔鬼的特征。可以说，在希腊神话中，神、人、魔三者往往是联系在一起的，在希腊神话中，源于埃及神话中"hu"的斯芬克斯就成了邪恶之物，代表着神的惩罚。"斯芬克斯"（σφίγξ）则源自希腊语的"σφί

---

① 沙米索是德国文学史上罕见的法国籍德语诗人，虽然他的母语是法语，但他仍然创作出了不朽的德语文学作品如《施莱米尔卖影奇遇记》等。沙米索被称为最早的欧洲公民，他将历史世代为敌的法兰西和德意志在自己的文学作品中达成和解。戈特赫尔夫则是被认为严重低估了的瑞士作家，作为德国文学史上"彼德麦"时期（1815—1848）的重要作家，他的《黑蜘蛛》被托马斯·曼誉为"世界文学独一无二的一部杰作"。

γγω",意思是"扼死",古希腊人把斯芬克斯想象成一个会扼人致死的人面狮身怪物。同时,"斯芬克斯之谜"则在哲学意义上表现为世俗生活的"恐惧和诱惑",即"现实生活"。

在基督教文化中,魔鬼撒旦被视为堕落的天使①,人类所犯下的罪孽均为魔鬼诱惑所致。但魔鬼撒旦最初在《旧约》中其实也是上帝的使者,并没有丑恶的外形描述,他的使命则是引诱和揭露人的丑恶之心。比如在《创世记》中,撒旦化身为蛇,引诱人类始祖因亚当、夏娃偷吃禁果,从而犯下原罪。从此,撒旦作为魔鬼形象开始在后世的文学中有了极大的表现与创新。

中国文化也未尝不是如此。受传统佛教和道教的影响,无论在《山海经》《淮南子》《太平御览》等典籍里、还是在历代志怪小说、神魔小说如《西游记》《封神演义》《神异经》《聊斋志异》和民间传说中,"魔""鬼""仙""妖""人"常常交融在一起,在那些文字里,既有人面羊身的"狍鸮"②、人面牛身的"窫窳"③"梼杌"④"凿齿"⑤"饕餮"⑥等恶魔形象,也有孙悟空、猪八戒、牛魔王、白蛇、青蛇等人兽合一的形象,这些形象有时甚至是正义、善良和智慧的化身。这在一方面说明了人类在原始文明阶段对荒蛮苍凉和宇宙自然的陌生、恐惧和敬畏;另一方面说明

---

① 《旧约》中提及魔鬼形象的经典片段出自《以赛亚书》:"明亮之星,早晨之子啊!你何竟从天坠落?"(《以赛亚书》14:12)。

② 据《山海经·北山经》记载:"(钩吾之山)有兽焉,其状如羊身人面,其目在腋下,虎齿人爪,其音如婴儿,名曰狍鸮,是食人。"

③ 据《山海经·北山经》记载:"又北二百里,曰少咸之山,无草木,多青碧。有兽焉,其状如牛,而赤身、人面、马足,名曰窫窳。其音如婴儿,是食人。"

④ 《左传》云:"颛顼有不才子,不可教训,不知诎言,告之则顽,舍之则嚚,傲狠明德,以乱天常,天下之民,谓之梼杌。"这个恶人死后最终演化成上古著名的魔兽,《神异经·西荒经》记载:"西方荒中,有兽焉,其状如虎而犬毛,长二尺,人面,虎足,猪口牙,尾长一丈八尺,搅乱荒中,名梼杌。"

⑤ 《山海经》有载:"(凿齿)人形兽,齿长三尺,其状如凿,下彻颔下,而持戈盾。曾为羿于寿华之野射杀。"

⑥ 《神异经·西南荒经》云:"西南方有人焉,身多毛,头上戴豕。贪如狠恶,积财而不用,善夺人谷物。强者夺老弱者,畏强而击单,名曰饕餮。"

人类文明始于精神和伦理认知。

可以说，在中西方文学中，"魔鬼""妖魔""鬼怪""神仙"等大概有三个方面的共同特征：首先，他们均有非常人的、（怪）兽的外形、习性，此可谓"魔鬼"的自然属性；其次，他们具有超人的法术和力量，此可谓"魔鬼"的超现实属性。最后，他们或多或少有"人"的思想感情和社会属性，具有一定的"人"的内涵。此可谓"魔鬼"的人类属性。另外，魔鬼和鬼神在文学作品中常常是被符号化了的抽象物，具有非现实性，但同时也往往被人格化，具备现实生活中人的性格。人的七情六欲，喜怒哀乐，或者现实中的社会生活通过这些文学形象被折射出来，正如鲁迅先生所说："神魔皆有人情，精魅亦通世故。"①

一帆博士所潜心研究的三部德语文学著作《浮士德》《施莱米尔卖影奇遇记》和《黑蜘蛛》实际上都涉及了上述的问题，即魔鬼是人内心丑陋和罪恶的外化形式，这种伦理异己性具有神、人、魔三位一体的哲学本质。如果说，"魔鬼合约"是一个隐喻，是一种与外在的暴力、丑恶和非理性的一种契约，倒不如说是一种人（人类）追逐自我价值的契约，或就像一帆博士在本书中所说的那样，"魔鬼合约是一场善与恶的对决，是一次外在与自我的较量，是个人发展与道德意识的抗争"②。因此，"魔鬼合约"究其本质而言，从一开始就具有自我救赎的意义。

近年来，西方文学中的"魔鬼"及"魔鬼合约"研究成为一个热门话题，其中固然有文化学转型后文学研究疆界被拓宽的因素，宗教学（神学）、民俗学、人类学、历史学、社会学、心理学、伦理学交叉互动，相得益彰，成为文学研究的新趋势；当然也有文学形式美自身的因素，在美学（Ästhetik）范畴里，丑的美学、恶的美学自罗森克兰茨以来成为一门独立的学问③，波德莱尔和马拉美的诗歌成为诠释这种美学的标准答案。而在我看来，这一热门研究领域的重要性在于"魔鬼合约"这个历史伦

---

① 鲁迅：《中国小说史略》，人民文学出版社1973年版，第139页。

② 见本书引言部分。

③ 参见罗森克兰茨（Karl Rosenkranz）《丑的美学》（*Ästhetik des Hässlichen*）以及阿尔特（Peter-André Alt）的《恶的美学》（*Ästhetik des Bösen*）

理命题中蕴含着的其哲学内蕴，异化了的自我将一定的伦理价值外化，这是人类文化和社会文明的必然。

读了一帆博士的《魔鬼合约与救赎》之后，感叹不已。歌德等德国诗人对于人性、魔性、理性的思考竟成永恒，今天的人（人类）又何尝不在浮士德的"魔鬼合约"悖论里拼命挣扎。自第一次工业革命以来，人类劳动的异化基本以"机器"和拥有机器的人为标志，曾几何时，机器几乎成了魔鬼的代名词，但机器绝不等同于"恶"或者"善"，也不能简单地将其视为"工具理性"，机器的本质是主体的异化。换句话说，现代社会的"魔鬼合约"便是人与机器的契约，这便是人类进步的本质，其中蕴含着一个道理，那就是"人的内心都有一种与恶魔签约为伍的隐秘愿望，这种对恶的渴望古已有之，且不断推陈出新"[①]。今天，我们这些现代社会的"浮士德"们有谁不在我们亲手制造的机器中实现自我的救赎，这样说绝不是反讽，这种隐喻在数字化和网络化的机器时代进一步得到了印证。

一帆博士求序再三，难以固谢，提笔苦思，却无以索句成章。聊发三两断想，却唯恐抉瑕掩瑜。所幸的是，后进学者，焚膏继晷，厚积薄发，青出于蓝而胜于蓝，终得以释怀。

是为序。

范捷平
2017年岁末之际于杭州荀庄

[①] 见本书引言部分。

目 录

第一章 引言 (1)
 第一节 研究课题和研究状况 (1)
 第二节 研究目标和文本选择 (6)
 第三节 结构安排 (10)
第二章 魔鬼的起源和发展 (11)
 第一节 《圣经》中的魔鬼源起 (11)
  一 《圣经·旧约》 (12)
  二 《圣经·新约》 (16)
 第二节 魔鬼的发展（1—20世纪） (21)
第三章 魔鬼合约母题史述 (30)
 第一节 魔鬼合约作为母题 (30)
  一 与魔鬼为伍：魔鬼同盟和魔鬼合约 (30)
  二 魔鬼合约母题 (36)
 第二节 猎杀女巫事件中的魔鬼合约 (46)
  一 猎杀女巫 (46)
  二 女巫之锤 (50)
 第三节 民间传说中的魔鬼合约 (54)
  一 浮士德传说前的魔鬼合约 (54)
  二 浮士德传说中的魔鬼合约 (61)
 第四节 浮士德题材中的魔鬼合约 (69)
  一 浮士德题材概述 (69)

二　浮士德作品（Faust-Werke）中的魔鬼合约 …………… (74)

　第五节　魔鬼合约作为童话母题 ………………………………… (85)

　　一　《格林童话》中的魔鬼合约 ………………………………… (86)

　　二　其他童话中的魔鬼合约 ……………………………………… (96)

　第六节　19世纪的魔鬼合约母题 ………………………………… (98)

　　一　浪漫派作家对魔鬼合约母题的演绎 ………………………… (99)

　　二　现实主义作家对魔鬼合约母题的演绎 ……………………… (108)

　第七节　20世纪的魔鬼合约母题 ………………………………… (115)

第四章　魔鬼合约母题的结构分析 ………………………………… (124)

　第一节　《浮士德》 ………………………………………………… (124)

　　一　魔鬼合约故事 ………………………………………………… (124)

　　二　魔鬼合约的塑造 ……………………………………………… (127)

　　三　合约故事的结局：爱的救赎 ………………………………… (146)

　第二节　《彼得·施莱米尔卖影奇遇记》 ………………………… (155)

　　一　有关《彼得·施莱米尔卖影奇遇记》 ……………………… (155)

　　二　魔鬼合约的塑造 ……………………………………………… (166)

　　三　合约故事的结局：因拒绝出卖灵魂而得到救赎？ ………… (183)

　第三节　《黑蜘蛛》 ………………………………………………… (189)

　　一　魔鬼合约故事 ………………………………………………… (190)

　　二　魔鬼合约的塑造 ……………………………………………… (191)

　　三　合约故事的结局：信仰的救赎 ……………………………… (209)

第五章　结语 ………………………………………………………… (215)

附录　《格林童话》中的魔鬼合约故事 …………………………… (221)

参考文献 ……………………………………………………………… (257)

后记 …………………………………………………………………… (267)

第一章

引　言

第一节　研究课题和研究状况

魔鬼合约作为文学母题在中世纪之前便已存在，最早可追溯到《圣经》的某些章节，它不仅长时间地活跃在德语文学创作中，在英语文学、法语文学、俄语文学、芬兰语文学、瑞典语文学等中同样为人所知。魔鬼合约在世界文学史上与时浮沉，几经变迁，至今仍然是文学创作中一个跨越时空的重要母题。

在德语学术界，有关魔鬼合约母题的研究文献可粗略地划分为四类：猎杀女巫事件中的魔鬼合约研究（Teufelspakt in Hexenhammer-Schriften），其中对女巫大屠杀的核心著述《女巫之锤》的研究较多；民间故事中的魔鬼合约研究（Teufelspakt in den Volkserzählungen），如童话、传说中的魔鬼合约；浮士德作品中的魔鬼合约研究（Teufelspakt in Faust-Werken），包括对《浮士德民间故事书》和之后作家创作的浮士德题材作品的研究；其他文学作品中的魔鬼合约研究（Teufelspakt in anderen deutschen literarischen Werken）。其中，研究、探讨最多的莫过于浮士德题材作品中的魔鬼合约，原因有二：16世纪的浮士德传说深深扎根于德国文化，浮士德这个人物作为文化符号家喻户晓，而魔鬼合约作为浮士德故事的重要组成部分不仅有着和浮士德题材一样悠久的历史和传统，而且为之后的魔鬼合约故事树立了典范；从《浮士德民间故事书》到歌德的诗体剧《浮士德》、再到托马斯·曼的长篇小说《浮士德博士》，无论是民间传说还是作家创作，这些浮士德文本都是德语文学史上划时代的巨著，其研究者众，研究文献自然蔚为大观，因此对文本中牵涉的重要母题——魔鬼合约——的研究相对来说也不少。这方面的文献有以下几部值得一提，首先是叟瓦寇-施普拉特（Marianneli Sorvakko-Spratte）的博士论文《德语、芬兰语、瑞典语的浮士德文本中的魔鬼合约：一个不道德的提议？》①，盘点了德国、芬兰、瑞典文学中的浮士德作品，在文本分析、比较的基础上探讨中心话题：在不同的文化中，与魔鬼签约是否都被看作不道德的事件？其次，科内克（Barbara Könneker）的文章《浮士德民间故事书中的魔鬼合约》②和施密特（Jochen Schmidt）的文章《多愁善感的人浮士德、多愁善感作为结构元素直至魔鬼合约》③分别论述了产生于1587年的《浮士德民间故事书》和歌德的《浮士德》中的魔鬼合约以及浮士德形象。有关女巫猎杀事件中的魔鬼合约可谓是个十分沉重的研究课题，其中有两篇博士论文引起笔者的关注，即瑙于曼（Almut Neumann）的《与魔鬼签约：〈女巫之锤〉中的古希腊罗马和中世纪时期的观念》④和黑勒（Iris Hille）的《近代早期审判记录中的魔鬼合约》⑤，前者从宗教著述中对魔鬼的出身寻根探源、从概念上区分魔鬼同盟和魔鬼合约、从《女巫之锤》产生前的古希腊罗马时期、中世纪时期的文学中追踪与魔鬼合约相关的蛛丝马迹，最后对汇集于《女巫之锤》这部著作中的魔鬼合约观进行总结性地探讨；后者在分析大量的女巫审判记录的基础上，详述近代早期的魔鬼信仰和女巫信仰，揭示女巫理论和魔鬼合约观的形成过程，从语言、文字方面剖析审判记录的套路、说辞等，将审判过程中涉及魔鬼合约的具体元素呈现出来，以科学的考据告诉人们，魔鬼合约观是如何参与到

---

① Sorvakko-Spratte, Marianneli: Der Teufelspakt in deutschen, finnischen und schwedischen Faust-Werken: ein unmoralisches Angebot? Würzburg: Königshausen & Neumann, 2008.

② Könneker, Barbara: Der Teufelspakt im Faustbuch In: Das Faustbuch von 1587, 1991, 1/14.

③ Schmidt, Jochen: Faust als Melancholiker und Melancholie als strukturbildendes Element bis zum Teufelspakt In: Jahrbuch der Deutschen Schillergesellschaft 41, 1997, 125/139.

④ Neumann, Almut: Verträge und Pakte mit dem Teufel: antike und mittelalterliche Vorstellungen im "Malleus maleficarum" -St. Ingbert: Röhrig, 1997.

⑤ Hille, Iris: Der Teufelspakt in frühneuzeitlichen Verhörprotokollen. Standardisierung und Regionalisierung im Frühneuhochdeutschen, Walter de Gruyter, Berlin, 2009.

第一章 引　言

惨绝人寰的女巫大屠杀之中的。与浮士德题材和女巫大屠杀中的魔鬼合约相比，民间文学特别是童话中的魔鬼合约大多没有浓厚的宗教氛围、恐怖的死亡或下地狱的结局，童话中的魔鬼合约往往气氛轻松，合约故事活泼诙谐。与人签约的魔鬼原本想要借此来欺骗人，不料反而成为被捉弄、戏耍的对象，而且这些合约大部分都是口头协定，口说无凭，所以最终魔鬼常常落得个有苦说不出的悲惨结局，靠聪明才智战胜魔鬼的主人公皆大欢喜。民间故事中的魔鬼合约也是颇受欢迎的研究对象，采尔格（Renate Zelger）[1] 和施耐德（Christian Schneider）[2] 的著作便是代表。在"其他文学作品中的魔鬼合约"一类中，从目前的研究文献来看，主要涉及以下文学作品：路德维希·蒂克的《鲁内山》（Der Runenberg，1804）、富凯的《绞架侏儒的故事》（Eine Geschichte vom Galgenmännlein，1810）、《森林探险》（Ein Waldabenteuer，1816）、沙米索的《施莱米尔卖影奇遇记》（Peter Schlemihls wundersame Geschichte，1814）、豪夫的《冷酷的心》（Das kalte Herz，1827）[3]、戈特赫尔夫的《黑蜘蛛》（Die schwarze Spinne，1842）、德罗斯特-许尔斯霍夫的《马贩子的精灵》（Der spiritus familiaris des Roßtäuschers，1844）[4]、施笃姆的《白马骑士》（Der Schimmelreiter，1888）[5]、托马斯·曼的《浮士德博士》（Doktor Faustus，1947）等。可以

---

[1] Zelger, Renate: Teufelsverträge: Märchen, Sage, Schwank, Legende im Spiegel der Rechtsgeschichte-Frankfurt am Main [u. a.]: Lang, 1996.

[2] Schneider, Christian: Das Motiv des Teufelsbündners in volkssprachlichen Texten des späteren Mittelalters. In: Faust-Jahrbuch 1, 2004, 165-198.

[3] Vgl. Hoffmann, Volker: Der Wertkomplex "Arbeit" in ausgewählten Teufelspaktgeschichten der Goethezeit und des Realismus In: Vom Wert der Arbeit, 1991, 194/203. (Die ausgewählten Texte sind *Peter Schlemihls wundersame Geschichte*, *Das kalte Herz* und *Der Schimmelreiter*.)

[4] Vgl. Richter, Thomas: "Die Täuschung währt wohl nur einen Augenblick, aber das Beben zittert noch lange nach": zur Funktion des Teufelspakts in Gotthelfs "Die schwarze Spinne" und Droste-Hülshoffs "Der spiritus familiaris des Roßtäuschers". In: Jeremias Gotthelf-Wege zu einer neuen Ausgabe, 2006, 203-219.

[5] Vgl. Hoffmann, Volker: Theodor Storm, ´Der Schimmelreiter´: eine Teufelspaktgeschichte als realistische Lebensgeschichte In: Erzählungen und Novellen des 19. Jahrhunderts; 2, 1990, Bd 2; 333/370 . und Harnischfeger, Johannes: Modernisierung und Teufelspakt: die Funktion des Dämonischen in Theodor Storms 'Schimmelreiter'. In: Schriften der Theodor-Storm-Gesellschaft 49, 2000, 23/44.

看出，所涉及的文本中前五位作家的六部作品都属于浪漫派的艺术童话，《黑蜘蛛》是毕德迈耶风格[①]，《白马骑士》是现实主义作品，《浮士德博士》则是战后反思小说。

从以上对研究文献的搜集、整理、归类可以看出，目前学界对作为文学母题的魔鬼合约的研究集中在浮士德作品和浪漫派的艺术童话这两块，且对两者的研究是独立存在、互不联系的。此外，对浪漫派艺术童话中的魔鬼合约的研究都是零散出现的，既没有集中于某一部作品，也没有将该类型的作品联系起来做比较研究。就魔鬼合约文本产生的时间来说，已有研究涉及的文本集中在中世纪晚期至19世纪，对20世纪的魔鬼合约文本的研究基本限于托马斯·曼的《浮士德博士》。除了对浮士德作品和艺术童话中的魔鬼合约研究之外，对德语文学中的其他魔鬼合约文本的研究相当少，有的魔鬼合约文本虽然在文学史上占有一席之地，研究文献也自成规模，然而其中的魔鬼合约母题却至今尚未引起研究者的注意，比如奥地利著名作家胡戈·封·霍夫曼斯塔尔的戏剧《耶德曼》（Jedermann，1911）、德国作家卡尔·楚克迈耶的反法西斯剧作《魔鬼将军》（Des Teufels General，1946）等。目前，在德国的德语学术界尚无将魔鬼合约作为一个完整的母题进行综合性研究；在国内德语学界，仅有戈瑜琤的《与堕落天使签约》[②] 这篇硕士论文涉及魔鬼合约研究。该论文将中心放在魔鬼形象的深入挖掘上，着重探讨魔鬼合约是否道德这一问题，而对于魔鬼合约作为母题在德语文学史上发展的整体脉络、在不同文学时期呈现的不同特点，尤其是对于魔鬼合约包含的重要话题救赎，这篇论文都没有论及。

魔鬼合约母题在德国文学史上走过了逾千年的旅程，它与时俱进、历久弥新，对魔鬼合约进行综合性研究、系统地梳理这一母题势在必行。本

[①] 毕德迈耶时期（Biedermeier）文学最主要的特点即作品欢快明朗的表面下常常透出伤感的基调，而快乐只是各种矛盾激烈斗争之后的短暂和谐。毕德迈耶时期文学的另一特点是浓郁的地域性。该时期的作家们大多在小城镇或乡间过着与世隔绝的生活，他们相对孤立的存在使地方特色、地域文化、方言得以融入文学作品，产生了家乡文学。呈现出地域特色和民族特色的奥地利文学和瑞士文学正是形成于这个时期，使德语文学从此更加丰富。

[②] Ge，Yucheng：Pakt mit dem gefallenen Engel，Magisterarbeit von Shanghai International Studies University，2008.

书在参考已有文献的基础上，试图从以下几个方面展开魔鬼合约母题研究：从魔鬼合约的源起、发展纵向看母题本身的变迁；对同一文学时期的魔鬼合约文本进行横向比较，探索同一母题在不同作家的演绎下呈现出的多样化；重点探讨伴随魔鬼合约母题而存在的救赎话题。由于魔鬼合约母题在文学研究上一直处于被忽视的边缘地带，已有的研究几乎没有对母题本身给予足够的关注，研究者要么把魔鬼合约作为自己要处理之问题的引子，要么只是在分析文本的时候顺带提起，总而言之，目前对魔鬼合约母题的研究处于匆匆带过、浅尝辄止的状态。对魔鬼合约的基本组成元素，如魔鬼形象、签约者、合约内容、签约形式、合约双方的关系、合约的结局等，至今无人深究，尤其是合约的结局令人深思：17世纪之前的魔鬼合约故事大多为宣扬宗教服务，遵循叛教必死的教条，与魔鬼签约者必下地狱；17世纪之后的魔鬼合约文本逐渐转为截然相反的结局，即签约者最终必得救赎，可概括为爱（Liebe）的救赎：可能是上帝的博爱，可能是尘世的爱情，也可能是亲情、友情之爱，甚至可以是人的自爱。对魔鬼合约基本组成元素的剖析，对合约结局——爱的救赎——的探讨，正是本书要处理的内容。此外，在主人公签署魔鬼合约、走向堕落的过程中，有一些小人物的形象值得关注，他们要么是魔鬼的帮凶，推波助澜；要么是魔鬼合约的替罪羊、牺牲品；要么是拯救者，看似弱小，却是唤醒主人公撕毁合约的希望之光、星星之火。女性在魔鬼合约中到底扮演什么角色、签约者能否成功地逆转魔鬼合约、主人公最终是被救还是积极自救，这些都是颇有意思的研究话题，也是魔鬼合约母题研究中的新视角。

　　魔鬼合约之所以在文学创作上经久不衰，原因在于人的内心有一种与恶魔签约为伍的隐秘愿望，这种对恶的渴望古已有之，且不断推陈出新，这正是魔鬼合约的现实意义所在。17世纪之前的魔鬼合约文本中，与魔鬼签约往往意味着出卖灵魂、背弃上帝，因为这种行为与基督教倡导的伦理道德背道而驰，魔鬼合约因此被打上叛教和渎神的不道德标签。启蒙运动之后，进步作家如莱辛、克林格尔等争相以魔鬼合约母题进行创作，他们笔下的魔鬼合约、签约者倏忽之间变得不一样，是魔鬼合约变了还是道德观变了？在现代的文学中，魔鬼合约的隐喻即是与恶为伍，人类的诱惑者不再是青面獠牙的魔鬼，而是具体或抽象的恶，如恶的人、恶的意识。从这个意义上来说，魔鬼合约是一场善与恶的对决，是一次外在与自我的较量，是个人发展与道德意识的抗争。

第二节 研究目标和文本选择

为在本书中呈现魔鬼合约的发展轨迹、探讨不同时期的魔鬼合约故事的特点，笔者会根据需要选取众多文本为例。从时间上来看，笔者使用的文本大部分都产生在17世纪以后，原因在于17世纪之前的魔鬼合约故事基本以宗教宣扬为目的，故事情节单一。与魔鬼签约者是异教徒、渎神者的代言人，其结局必与《圣经》中的魔鬼一样永入地狱、万劫不复，虔诚的基督徒以这样的反面教材劝诫广大信徒，达到让信徒忠于上帝的目的。17世纪之前许多千篇一律的魔鬼合约故事本质上都是宗教宣传册，其文学价值不大，故本书对这些文本探讨得不多。考虑到浮士德传说和产生于16世纪的《浮士德民间故事书》是浮士德题材的源起，与之后的浮士德作品有千丝万缕的联系，故本书会对这两者多些论述。17世纪之后的魔鬼合约故事越来越多样化，魔鬼合约母题不断的发展变化，具体元素日益丰富，且救赎的主题逐渐被采用，直至固定下来，成为魔鬼合约故事的新传统。因此，考虑到本论文的选题和内容，笔者将较多地选取17世纪之后的魔鬼合约文本。

作为本书主要分析的文本，笔者选取了歌德（Johann Wolfgang von Goethe，1749—1832）的《浮士德》（Faust I，1808；Faust II，1832）、沙米索（Adelbert von Chamisso，1781—1838）的《施莱米尔卖影奇遇记》（Peter Schlemihls wundersame Geschichte，1814）和戈特赫尔夫（Jeremias Gotthelf，1797—1854）的《黑蜘蛛》（Die schwarze Spinne，1842）。在德语文学史上，不少作家演绎魔鬼合约母题，塑造自己的魔鬼合约作品，笔者认为，以上三部作品极具代表性，是处理这一母题的基础性文本。这三部著作分别出自德国古典文学、浪漫派和毕德迈耶三个不同的时期，便于笔者在文本分析的基础上进行比较研究和纵向观察。这三部作品将不同文学时期偏爱的不同主题通过魔鬼合约母题连接起来，以贴近各个时代的作品主题赋予了魔鬼合约母题不同的时代意义，这也是人们为何直到今天仍然愿意读《浮士德》《施莱米尔卖影奇遇记》和《黑蜘蛛》的原因所在，对作品传达的浮士德精神、出卖影子和出卖灵魂的寓意、敬畏上帝之心等话题津津乐道的原因所在。此外，本书既然要对魔鬼合约的基本组成元素进行分析，那么所选择的文本必须包含对魔鬼合约的塑造（Paktgestaltung），比如签约过程（Paktverlauf）、签约形式（Paktform）、交换条件（Leistung und Forderung）等，以上三部作品都真正地对合约场景（Paktszene）进行了描摹、刻画，赋予虚构的魔鬼合约以文学上的现实性。而另外那些虽然同样属于魔鬼合约故事的文本，但其中的魔鬼合约只是作为隐喻出现，或者只是一种暗示、象征，缺乏对魔鬼合约令人信服的描述，这样的文本被笔者排除在分析文本之外。对于选取的三个分析文本，无论是关于作品本身，还是关于其作者的研究文献都已有不少，但大体与魔鬼合约无关，笔者于此处不再一一罗列。

　　魔鬼合约故事中存在三个基本元素，即魔鬼、签约人与合约。在歌德的《浮士德》中，魔鬼名叫梅菲斯特菲勒斯，他许诺给签约人浮士德以知识（Erkenntnisse）、主观能动性（Subjektivität）和自由（Freiheit），只要浮士德永不满足。若是浮士德在哪怕一瞬间感到了满足，那他就失去了这场与梅菲斯特以打赌的形式签下的合约，他便会因此一命呜呼，还要如约向魔鬼奉上自己的灵魂。然而，歌德的《浮士德》最出人意料的是浮士德的救赎，上帝之爱和格蕾辛的爱改变了原本永入地狱的惩罚，使浮士德的灵魂得到救赎。从这一点上来说，歌德的《浮士德》跳出了浮士德题材原有的框架局限，为该题材的解读创造了新的可能。笔者在众多浮士德作品中选定该文本，浮士德被救赎的结局是原因之一。另外，对于魔鬼合约这个母题来说，歌德的《浮士德》是个十分完整的文本，具备该母题应有的几乎所有重要元素，其他文本相比之下只具备大部分的特征元素，比如《浮士德》中的魔鬼合约故事最终出现了"上帝"这个比魔鬼更高的势力，而且"上帝"直接参与到浮士德的救赎中来，《施莱米尔卖影奇遇记》和《黑蜘蛛》中都没有这个要素；歌德之"浮士德的救赎"可谓三力合一：上帝之爱、爱情之爱和自爱，而《施莱米尔卖影奇遇记》

的救赎主要靠爱情和自爱、《黑蜘蛛》靠上帝之爱。因此，笔者在文本分析时将歌德的《浮士德》列为第一个文本，不仅出于该作品在产生时间上早于其他文本这一考虑，更是因为它可以作为一个基础参照的文本，便于发现其他作家对魔鬼合约母题的选择性运用，从中可见魔鬼合约母题在文学史上变迁的轨迹。

《施莱米尔卖影奇遇记》讲述的魔鬼合约故事富有童话色彩，其中的魔鬼合约也带有童话母题的特征。彼得·施莱米尔面对的是一个身穿灰袍的男子，亦被称作"灰衣人"。"灰衣人"在首次成功引诱施莱米尔之后坦承：他就是魔鬼。魔鬼真正想要的不是施莱米尔的影子，而是他的灵魂。换言之，"灰衣人"与施莱米尔所做的影子换幸运钱袋的交易不过是魔鬼的一个诱饵、诡计，是魔鬼计划的第一步。因没有影子而被孤立的施莱米尔处于进退维谷的两难处境，若想重新拿回自己的影子，他必须献出自己的灵魂。作为无影人施莱米尔已经痛苦不堪、悔不当初，他拒绝继续与魔鬼交易。失去影子而保有灵魂的施莱米尔最终是否得到救赎，研究者见仁见智。对于这个开放性的结局，笔者认为施莱米尔凭一己之力虽无法完全逆转合约，但在爱情的鼓舞下，他扔掉魔鬼那取之不尽用之不竭的钱袋，即使孤立无援、形只影单，他坚持积极自救，用自己的方式丰富人生，为生活其中的社会做贡献，这难道不是成功的自我救赎吗？如上一节所述，浪漫派作家以魔鬼合约为母题创作了不少艺术家童话，《施莱米尔卖影奇遇记》可谓是一个典型代表。[①]相对其他包含魔鬼合约的艺术家童话，沙米索的文本故事生动，书信写作的

---

① Nach Volker Hoffmann ist seit Tiecks *Der Runenberg* das Teufelspaktthema fest mit der goethezeitlichen Novellistik verbunden: Tieck: Der Runenberg (1804, 1812); Carl Wilhelm Contessa: Meister Dietrich (1809); Fouqué: Das Schauerfeld. Eine Rübezahlgeschichte (1812); Fouqué: Die vierzehn glücklichen Tage (1812); Chamisso: Peter Schlemihls wundersame Geschichte (1814); Hoffmann: Der Sandmann (1816); Hoffmann: Ignaz Denner (1816); Fouqué: Ein Waldabenteuer (1816); Eichendorff: Das Marmorbild (1818); Hoffmann: Die Bergwerke zu Falun (1819); Kind: Der Freischütz (1821. Libretto für die Oper von C. M. v. Weber 1827); Hoffmann: Datura fastuosa (1822); Hauff: Mitteilungen aus den Memoiren des Satan (Rahmen) (1825); Hauff: Der Zwerg Nase (1826); Hauff: Das kalte Herz (1827); Hauff: Die Höhle von Steenfoll (1827); Tieck: Das alte Buch und die Reise ins Blaue hinein (1834). (Vgl. Hoffmann, Volker: Strukturwandel in den "Teufelspaktgeschichten" des 19. Jh. In: Modelle des literarischen Strukturwandels, 1991, 117/127.)

方式新颖，作品主题紧扣时代精神的脉搏，抨击金钱万能的论调，且融合了当时学者文人周游世界、研究自然的风潮。这本享誉世界的童话小说还将浪漫派作家偏爱的创作母题如死亡（Tod）、恶魔主义（Dämonologie）、自然（Natur）、魔法（Magie）、忧郁（Melancholie）等集于一体，属浪漫派的杰出作品之一。

在戈特赫尔夫的《黑蜘蛛》中，魔鬼的化身不再是"灰衣人"，而是"绿衣人"，或曰"绿衣猎人"。"绿衣人"合约签约人不是要和一个单独的个体，而是和一个集体——整个地区的所有农民。暴虐成性的封建领主对上帝毫无敬畏之心，他命令村民们在一个月内为他的新城堡修上一条林荫大道，大道上种100棵参天的山毛榉。这不可能完成的任务使所有村民陷入绝境，惯于乘人之危的魔鬼适时出现，答应使用自己的魔力帮助村民完成这个不可能的任务，以解救所有人摆脱困境。魔鬼趁火打劫，提出了自己的要求：事成之后，这个集体要将一个未受洗的婴儿奉送给他。为解燃眉之急，农妇克里斯缇娜站出来，代表全村人与魔鬼签下了这个罕见的合约。签约时既不用手执鹅毛笔，亦无须以鲜血为墨，而是由魔鬼在克里斯缇娜的脸颊上轻轻一吻即成，可谓"一吻定约"，或简称"吻约"（Kusspakt）。在《黑蜘蛛》这个魔鬼合约文本中，首次出现集体合约，首次以女性作为合约代表人，这促使笔者联想到讨论热烈的集体罪责问题，以及女巫猎杀事件中流行的观点：女性能变成女巫，与魔鬼签约，引诱人类堕落、使人背弃信仰。这个故事还有一些中心话题引起人们的关注，比如在集体罪责中寻找替罪羊的心理、善与恶的道德评判（die moralische Fragestellung von Gut und Böse）等。此外，该魔鬼合约文本的特殊之处还在于故事的反复性，魔鬼的力量"黑蜘蛛"曾于200年间两次肆虐，前后牺牲了三个人的生命，这才让心存侥幸的农民彻底醒悟：永不与魔鬼为伍、永不再试探上帝。《黑蜘蛛》采用框架结构，即故事之中还有故事的方法，魔鬼合约故事呈阶段性，这是该文本的独到之处，也是笔者选取其为分析文本的原因所在。

第三节　结构安排

　　母题研究属于主题学的研究范畴，本书采用主题学的基本研究方法，探讨不同文学时期的德语作家对同一母题的不同演绎及该母题在此过程中的发展变化。第一章是引言，介绍选题的研究状况、研究目标和文本选择等。第二章讲述魔鬼的起源和发展，从《新约》《旧约》这两部典籍入手，探索魔鬼在基督教文化中的源起，进而概括性地把魔鬼从 1 世纪到 20 世纪在基督教文化中的发展脉络呈现出来。第三章是魔鬼合约母题史述，本书首先追溯魔鬼合约的由来，对魔鬼同盟和魔鬼合约的联系、区别稍做探讨，并对人为何要转向魔鬼做了解释说明。接下来的部分讲述魔鬼合约母题在德语文学上走过的历史，分具体章节讨论与之相关的猎杀女巫事件和浮士德题材，兼顾浮士德传说之前的魔鬼合约传说，并集中对浪漫主义时期、现实主义时期和 20 世纪的魔鬼合约作品进行清点、探讨，总结不同文学时期的魔鬼合约文本之特点。此外，魔鬼合约故事在民间童话中诙谐、活泼的特点引人关注，本书以《格林童话》和《格林以来的德国童话》为例，对童话中的魔鬼合约做了阐述。第三章的母题史述既为全文提纲挈领，也为下一章的文本分析做铺垫。第四章选取歌德的《浮士德》、沙米索的《施莱米尔卖影奇遇记》和戈特赫尔夫的《黑蜘蛛》为文本，集中分析魔鬼合约的具体结构，研究魔鬼和签约人形象的塑造、合约的内容、合约故事的救赎结局等基本元素。第五章是结语，对全文进行综述和总结。

第二章

魔鬼的起源和发展

第一节 《圣经》中的魔鬼源起

从词源上看,"魔鬼"(Teufel)一词从希腊语借用而来。经古高地德语和中古高地德语阶段的演变①,"魔鬼"一词到8世纪左右才最终以"Teufel"的形式确定下来。②在不同的宗教中、不同的文化时期和不同的地区,人们对魔鬼的具体称呼也不尽相同。在基督教中,魔鬼即恶的化身,也被称作撒旦(Satan)或路西法(Luzifer)。日常生活中,人们对魔鬼常常使用委婉叫法,比如"邪恶的敌人"(böser Feind)、"恶灵"(böser Geist)、"坏人"(Böser)等。和"魔鬼"一样,"撒旦"(Satan)一词同样是外来词,借自教会拉丁语。一般来讲,"撒旦"和"魔鬼"含义相近,可视为同义词。③撒旦起源于犹太一神教,受古波斯的宗教影响,尤其是琐罗亚斯德教的影响。作为犹太教和基督教之基础的耶和华教(Jahwismus④),在最初的时候并没有魔鬼这一角色。当以色列一神论的种

---

① "魔鬼"的希腊语写法为"Διάβολος",古高地德语写法为"tiuval",中古高地德语的写法为"tiufel"。

② Vgl. Hille, Iris: Der Teufelspakt in frühneuzeitlichen Verhörprotokollen. Standardisierung und Regionalisierung im Frühneuhochdeutschen, Berlin: Walter de Gruyter, 2009, S199.

③ Ebd., S205.

④ Der Jahwismus vereint verschiedene Nomadenstämme, die ursprünglich verschiedenen Kultreligionen angehörten und unterschiedliche Schutz-und Stammesgötter verehrten. Sie einigen sich im Laufe der Zeit auf einen übergeordneten, einzigen Gott, Jahwe, der möglicherweise eine alte Lokalgottheit darstellt. Ihm allein werden von jetzt an Opfer gebracht, während die alten Götter entmachtet (见下页)

族宗教开始吸收二元论的基本原理时，魔鬼才开始形成，而这些二元论的原理也在早期基督教中得到发展和强化。①虽然本书探讨的魔鬼合约母题所涉及的主要是基督教之魔鬼，但众所周知，基督教的魔鬼也并非产生于与外界隔离的真空之中，因此在梳理魔鬼起源的章节里，会不时地牵连基督教以外的其他宗教和文化，尤其是与之关系密切的犹太教。

一 《圣经·旧约》

在《圣经·旧约》②中，撒旦（Satan）起初只是一个对世俗意义上的（非宗教的）对手、敌人的统称，常常和其定冠词"der"一起出现。公元前300年前后，《历代志》（Buch der Chronik）产生，该书首次将撒旦（Satan）一词去掉冠词、用作专有名词。③根据《旧约》，撒旦首先是上帝法院中的控诉人、非难者，他的职责在于检验人类的宗教信仰是否坚定，进而指控人类的罪行。对此，《旧约》中的《约伯记》（Hiob）和《撒迦利亚书》（Sacharja）便可为例。《约伯记》是魔鬼这个人物发展的一个主

（接上页）werden. Die Geschichte dieser Stämme, ihre religiösen Anschauungen und Auseinandersetzungen werden zunächst in mündlicher Überlieferung weitergegeben und schließlich schriftlich im Alten Testament festgehalten, dessen älteste Traditionen und Textstücke auf das 10. Jh. v. Chr. datiert werden. Der Jahwismus stellt Jahwe als einzigen und allmächtigen Gott in den Mittelpunkt. Jahwe ist ein ambivalenter Gott, der für Gutes und Böses gleichermaßen verantwortlich ist und sowohl heibringende als auch unberechenbar zornige und strafende Züge aufweist. (Neumann, Almut: Verträge und Pakte mit dem Teufel: Antike und mittelalterliche Vorstellungen im „Malleus maleficarum", St. Ingbert: Röhrig Universitätsverlag, 1997, S15-16.)

① Neumann, Almut: Verträge und Pakte mit dem Teufel: Antike und mittelalterliche Vorstellungen im „Malleus maleficarum", St. Ingbert: Röhrig Universitätsverlag, 1997, S15.

② 《圣经·旧约》也称希伯来手稿，是犹太教经书的主要部分，同时也是基督教圣经的前半组成部分。基督新教的旧约圣经全书共三十九卷。天主教的旧约圣经共四十六卷。通常分类为律法书，历史书，圣颂诗和先知书。所有这些书写于基督耶稣诞生之前，此后他的事迹是接下来的基督教新约圣经的主体。《旧约》的各个部分大约于公元前900年至公元前100年被拟就，虽然我们今天见到的文本具体成书时间几乎只能追溯到巴比伦大流亡之后，即公元前586年至公元前538年。（Vgl. Stanford, Peter: Der Teufel. Eine Biographie. Aus dem Englischen von Peter Knecht, Frankfurt am Main und Leipzig: Insel Verlag, 2000, S55.）

③ Neumann, Almut: Verträge und Pakte mit dem Teufel: Antike und mittelalterliche Vorstellungen im „Malleus maleficarum", St. Ingbert: Röhrig Universitätsverlag, 1997, S21 und 23.

要源头，魔鬼在此首次亮相：

> 有一天，神的众子（天使），来朝见耶和华，撒旦也跟他们一起来了。耶和华问撒旦说，你从哪里来？撒旦说，我游遍整个大地之后才来的。耶和华问撒旦说，你曾用心察看我忠心的仆人约伯没有？他是世上最好的人，既敬畏我，又从不肯犯罪。撒旦轻蔑地说，你待他那么好，难道他不应该这么做吗？你常常维护他一家和他的产业，让他们没有受到半点损害。你又使他事业兴旺，富甲一方，他怎会不敬拜你？倘若你拿走他的财富，他就必会对你破口大骂了！耶和华对撒旦说，好吧！你喜欢怎样处置他的财产都可以，但却不可伤害他的身体。于是撒旦从耶和华面前退下。[①]

在《约伯记》中，魔鬼所持观点与上帝相反，他认为，人们之所以虔诚、敬畏上帝，是因为上帝赐福于人类。若是对人施以苦难、稍加刺激，他们很快便原形毕露，甩掉道德的外衣，呈现丑恶的嘴脸。上帝不信，与魔鬼打赌。魔鬼因此得到上帝的许可，去检验约伯的信仰。上帝和魔鬼建立赌约之后，约伯便开始遭受一系列的沉重打击：光天化日，他的牲畜被人掳去，他的仆役被人打死；天降大火，烧了他的羊群；狂风突至，掀翻了房屋，砸死了他的子女……尽管遭受命运的重创，上帝忠实的仆人约伯并没有怨恨上帝、背离上帝，魔鬼的如意算盘落空了。[②]然而魔鬼贼心不死，坚持认为地上不存在真正的好人，他祈求上帝，让他放开手再次去检验约伯的信仰。至此，魔鬼在《约伯记》中的身份逐渐明朗：控告者、信仰的检验人和上帝的打赌伙伴。上帝勉为其难，再次允诺魔

[①] 《约伯记》1：6 等。[Das Buch Hiob (Ijob), 1, 6 f.] 本书所引用的《圣经》中文译文版本为：《圣经》（当代圣经版），国际生活《圣经》（by Living Bibles International），1983；德文《圣经》版本为：Luther, Martin: Die Bibel. Mit Apokryphen, Stuttgart: Deutsche Bibelgesellschaft, 2013. 以下若非特殊情况，将不再做特别说明，仅给出引文所在的具体章节缩写编号。

[②] Vgl. Stanford, Peter: Der Teufel. Eine Biographie. Aus dem Englischen von Peter Knecht, Frankfurt am Main und Leipzig: Insel Verlag, 2000, S66-67.

鬼："你喜欢怎样对付他，就照着做吧！只是不可伤害他的性命！"①魔鬼以为，约伯先前没有屈服是因为他丧失的不过是身外之物，若对他自身进行折磨，他必将跪地求饶、信仰尽失。

> 于是撒旦从耶和华面前退下，前往加害约伯，使他从脚掌到头顶长满毒疮。约伯坐在炉灰中，拿了一块瓦片来刮身体。他的妻子对他说，上帝这样对待你，你还要继续敬拜他吗？你不如诅咒他，然后自己死掉好了！但约伯回答说，你说话真像那些愚昧无知的女人。难道我们只懂得从上帝的手里接受好的东西，却不去接受那些不好的吗？约伯在这些事情上始终没有说过一句埋怨的话。②

约伯从头到脚长满了毒疮，这自然是魔鬼的伎俩。这个故事在《旧约》中作为苦难主题的开端，也第一次阐述了上帝为何让好人受难。最终，约伯重获上帝的恩宠。作为忠于上帝的回报，他得到了比之前还多一倍的财产，而且"上帝又再给他七个儿子和三个女儿……此后，约伯又活了140年……直到约伯老迈，寿终正寝"。③对约伯的故事，魔鬼从此闭口不谈，他的论断也因此无人相信。《约伯记》清晰地向我们传达了一个消息，即上帝是全能的，恶势力同样是他所统治的世界的一部分、要听从于他。换言之，魔鬼是上帝的仆从，是人类的仇敌。④

在《约伯记》中，撒旦是上帝的使者，执行上帝的命令，并拥有和上帝之子一起出场的殊荣。虽然魔鬼在《约伯记》中的形象与今天我们熟知的魔鬼形象有差距，但有一点毋庸置疑：魔鬼在此已经是个特定的角色，发挥特定的作用。魔鬼对人类的信仰表示怀疑，不看好人类对上帝的

---

① 《约伯记》2：6。[Hiob（Ijob），2，6.]
② 《约伯记》2：7 等。[Hiob（Ijob），2，7 f.]
③ 《约伯记》42：13 等。[Hiob（Ijob），42，13 f.]
④ Stanford, Peter: Der Teufel. Eine Biographie. Aus dem Englischen von Peter Knecht, Frankfurt am Main und Leipzig: Insel Verlag, 2000, S70.

虔诚之心，魔鬼作为控诉者的形象在之后的《撒迦利亚书》中进一步发展。①

> 他（天使）指给我看，大祭司约书亚，站在耶和华的使者面前，撒旦站在约书亚的右边，以控告他。耶和华对撒旦说，撒旦啊，耶和华责备你！②

这种情况下，撒旦再次以人类的宿敌这一身份出现，具体地说是作为以色列人民的仇敌。在《撒迦利亚书》中，魔鬼仍非善的敌对者，他制造灾难、带来不幸，仅仅是为了行使自己的职责。魔鬼，或曰撒旦，本质上不过是个主管控诉的使者，善于执行上帝脾气不好时所做的决定。作为上帝的下属，魔鬼必须完全听从上帝的命令，没有上帝的允许，魔鬼不能擅自行事。③

在产生于公元前200年至公元100年间的《旧约·伪经》和《旧约·次经》中，魔鬼形象继续发展，但仍然只是个小角色。《次经》之《所罗门的智慧》一文提到魔鬼："上帝参照自身创造了人类，使人类不朽。是善妒的魔鬼将死亡带到世上……"④ 此处明确指出，嫉妒成为魔鬼之恶行的一大动机；魔鬼将人引向罪恶的渊薮，导致人的最终死亡。这在魔鬼的发展史上迈出了重要的一步，因为魔鬼已不仅是《约伯记》和《撒迦利亚书》中所描述的人类宿敌，而且成了上帝的敌手，一如《圣经·新约》之魔鬼。⑤值得指出的是，《旧约》之上帝往往将善和恶都主宰在自己一手之中，而《新约》却将恶或消极的东西大多都转嫁给了魔鬼。

---

① Roskoff, Gustav: Geschichte des Teufels. Eine kulturhistorische Satanologie von den Anfängen bis ins 18. Jahrhundert. Nördlingen: Greno Verlagsgesellschaft, 1987, S189.

② 《撒迦利亚书》3: 1-2. [Der Prophet Sacharja, 3, 1-2.]

③ Roskoff, Gustav: Geschichte des Teufels. Eine kulturhistorische Satanologie von den Anfängen bis ins 18. Jahrhundert. Nördlingen: Greno Verlagsgesellschaft, 1987, S190.

④ 《所罗门的智慧》2: 23 等。(Die Weisheit Salomos 2, 23 f.) 该段中文为笔者译。

⑤ Stanford, Peter: Der Teufel. Eine Biographie. Aus dem Englischen von Peter Knecht, Frankfurt am Main und Leipzig: Insel Verlag, 2000, S73.

二 《圣经·新约》

《新约》写于公元50—130年间，3世纪方始成书。《新约》包括福音书、使徒行传、使徒书信和启示录，共27卷。自3世纪起，借助《新约》所确立下的有约束力的信条，统一的基督教体系得以建立。魔鬼虽于《旧约》中首次登场，其发展在《旧约》中也有迹可循，然而《新约》才是魔鬼大行其道的地方。《旧约》中的魔鬼零星出场，小打小闹，始终是个可怜的小角色；《新约》中的魔鬼几乎无处不在，魔鬼观随之渗透进基督教的宗教意识中。魔鬼在《新约》中首先是以虔诚信徒的敌人、引诱者，或者人类的指控者等身份出现的，是《旧约》中魔鬼形象的承接。此外，魔鬼在《新约》中仍与罪孽、死亡有着紧密联系，这点也与《旧约》一脉相连。与《旧约》不同，魔鬼在《新约》中与整个基督教世界成敌对关系，这才是魔鬼发展的主旋律。魔鬼从天堂坠落，成为耶稣基督的劲敌，他四处活动，伺机引诱基督徒，损害其对基督教的信仰，企图制造整个基督世界的堕落与毁灭。以至于后来世界一分为二，由两个王国主宰：耶稣基督拥戴的上帝天国和以魔鬼为首的魔鬼王国。信仰耶稣基督的人便有资格进入上帝天国，上帝将赐予他们力量，使其摆脱魔鬼的控制。相反，背离耶稣的罪人定会受魔鬼青睐。[1]魔鬼的目标很明确，他一方面想方设法使自己的王国更加强大，另一方面处心积虑想削弱上帝在其天国的统治。《新约》不吝篇幅对魔鬼的所作所为进行描述，明显是为广大基督徒树立反面典型，以期通过震慑加强信徒对基督教的信仰，劝诫其不要误入歧途，上了魔鬼的当。[2]

在《新约》中，人们对魔鬼也有一些具体的或者委婉的称谓，比如在福音书和使徒行传中魔鬼被叫作"仇敌"（Widersacher）[3]、"诽谤者"

---

[1] Roskoff, Gustav: Geschichte des Teufels. Eine kulturhistorische Satanologie von den Anfängen bis ins 18. Jahrhundert. Nördlingen: Greno Verlagsgesellschaft, 1987, S199-201.

[2] Neumann, Almut: Verträge und Pakte mit dem Teufel: Antike und mittelalterliche Vorstellungen im „Malleus maleficarum", St. Ingbert: Röhrig Universitätsverlag, 1997, S32-33.

[3] 《马可福音》3: 23-26; 4: 15; 11: 18 等。(Mk 3, 23.26; Mk 4, 15; Lk 11, 18 usf.)

(Verleumder)①、"敌人"（der Feind）② 以及"世界上的王"（Herrscher dieser Welt）③。《新约》中不少章节的作者常常把魔鬼称呼为"魔王"（Beelzebub）④，《约翰福音》还称魔鬼是"撒谎者的始祖"（Vater der Lüge）⑤。福音书把魔鬼塑造成上帝天国的对抗力量，魔鬼的危险之处不仅在于他时时与上帝作对，更在于他能将接近上帝的虔诚信徒引入堕落的深渊。犹大⑥和彼得⑦便上了魔鬼的当，触犯上帝的教条，背弃了信仰。⑧魔鬼甚至化作人形，试图引诱耶稣基督，⑨他的阴谋当然不会得逞：

耶稣被圣灵带领到荒野受魔鬼的试诱。他禁食四十昼夜之后，饥饿的很。试诱者（魔鬼）来对他说："如果你是上帝的儿子，可以把这些石头变饼干来吃呀！"

耶稣回答说："圣经说：'人活着不是单靠食物，乃是靠上帝所说的一切话。'"

魔鬼又带他进圣城耶路撒冷，让他站在圣殿的殿顶上，说："如果你是上帝的儿子，就跳下去吧！圣经上不是记着，'上帝会差派天使用手托住你，不让你摔倒在地上'吗？"

耶稣驳斥他说："圣经也说：'不可试探主你的上帝。'"

魔鬼再带耶稣到一座极高的山上，把世界上的一切荣华富贵展示

---

① 《路加福音》8：12；《使徒行传》10：38 等。（Lk 8, 12; Apg 10, 38 usf.）

② 《马太福音》13：39；《路加福音》10：19.（Mt 13, 39; Lk 10, 19.）

③ 《约翰福音》12：31；14：30；16：11 等。（Joh 12, 31; 14, 30; 16, 11.）

④ 《马可福音》3：22；《路加福音》11：15；《马太福音》12：24.（Mk 3, 22; Lk 11, 15; Mt 12, 24.）关于 Beelzebub 有的中文圣经版本也称其为"鬼王"，或者"鬼王别西卜"。

⑤ 《约翰福音》8：44.（Joh 8, 44.）

⑥ 《路加福音》22：3；《约翰福音》13：2、27；《约翰福音》6：70 等。（Lk 22, 3; Joh 13, 2.27; Joh 6, 70 f.）

⑦ 《马可福音》8：33.（Mk 8, 33.）

⑧ Neumann, Almut: Verträge und Pakte mit dem Teufel: Antike und mittelalterliche Vorstellungen im„ Malleus maleficarum ", St. Ingbert: Röhrig Universitätsverlag, 1997, S33.

⑨ 《马可福音》1：12；《马太福音》4：1-11；《路加福音》4：1-13.（Mk 1, 12f.; Mt 4, 1-11; Lk 4, 1-13.）

给他看，说："你只要拜我，这一切我都送给你。"

耶稣说："撒旦，走开！圣经上记着：'当敬拜主你的上帝，单单事奉他。'"

魔鬼无计可施，只好离去。有天使来伺候他。①

作为《新约》的开端，《马太福音》虽未明确交代魔鬼引诱耶稣是执行上帝的命令，但魔鬼身兼上帝之仆和人类之敌的形象与《旧约》之《约伯记》仍旧遥相呼应，而且从"耶稣被圣灵带到荒野受魔鬼的试诱"一句不难看出，魔鬼对耶稣的"试诱"至少是经过上帝许可的，因而才得到圣灵的配合。在"试诱耶稣"这一小节中，魔鬼仍然在行使其作为"信仰的检验者"之功能。在福音书中，耶稣多次用比喻来指涉魔鬼，比如广为人知的麦田中的杂草这一比喻。②耶稣后来向自己的门徒解释说："那撒好种子的主人就是我；麦田代表整个世界；那些挑选过的种子，就是天国的子民；而稗子就是那些属于魔鬼的人。撒稗子的仇敌，就是魔鬼；收割的日子便是世界的末日；至于收割的工人，就是天使。"③就魔鬼的发展来说，《新约》主要叙述的就是耶稣和魔鬼的战争，善与恶的战争。而魔鬼在《新约》中与耶稣的对峙，对魔鬼形象的发展走向有着决定性的意义。④

耶稣说："如果上帝是你们的父亲，你们就一定爱我，因为我本来就是出于上帝，也是从上帝那里来的。我不是照自己意思来，而是上帝差我来的，你们为什么不明白我的话呢？无非是你们不肯接受我的真理。你们是你们的父亲魔鬼生的，所以你们欢喜作他所作的恶事。魔鬼从开始就杀害人，不遵守真理，因为他心里根本就没有真

---

① 《马太福音》4：1-11.（Mt 4, 1-11.）

② 《马太福音》13：24-30.（Mt 13, 24-30.）

③ 《马太福音》13：37-39.（Mt 13, 37-39.）

④ Stanford, Peter: Der Teufel. Eine Biographie. Aus dem Englischen von Peter Knecht, Frankfurt am Main und Leipzig: Insel Verlag, 2000, S79.

理；他喜欢撒谎，所以很自然就撒起谎来，就是撒谎者的始祖。所以，我讲真理的时候，你们当然不会相信了。"①

在接下来的《新约》各章节，魔鬼渐渐成了介于上帝和人之间的一个危险存在（Zwischenwesen），他洞悉人性中隐秘的欲望，使人的信仰岌岌可危，最终让人背弃信仰，简言之，他是恶与恐怖的代言人。到了使徒书信和启示录部分，魔鬼彻底与上帝决裂，自立为王，作为信仰之敌与上帝对抗。②至此，魔鬼无恶不作，他祸害人间，与死亡结伴而行。为了激起人对上帝的反抗，老奸巨猾的魔鬼使出浑身解数，依靠各种阴谋诡计进行招摇撞骗。③为此，魔鬼还曾幻化成龙和蛇④，和恶灵（böser Geister）沦为一列⑤，被人称作"毕莱尔"（Belial）⑥。

受魔鬼操纵的恶灵也是败坏人类道德的力量，他们也致力于破坏基督徒的宗教信仰。恶灵以魔鬼为首，共同对抗上帝及其天国，其中恶灵组成的阵营即是魔鬼的机关爪牙，在战争中对战上帝的天使阵营。⑦但我们也不能把魔鬼（Teufel）和鬼怪（böse Dämonen）、恶灵（unreine Geister）完全混为一谈，虽然这些鬼怪和恶灵与魔鬼一样也喜欢兴风作浪、为害人间。与魔鬼不同，鬼怪和恶灵主要负责制造痛苦、疾病和精神错乱，他们专门袭击有罪的人，不由分说地折磨他们。笔者认为，魔鬼和其他妖魔鬼怪的最大区别在于两方面：魔鬼是万恶之首；魔鬼的主要任务是引诱人类

---

① 《约翰福音》8：42-45.（Joh 8, 42-45.）

② Neumann, Almut: Verträge und Pakte mit dem Teufel: Antike und mittelalterliche Vorstellungen im „Malleus maleficarum", St. Ingbert: Röhrig Universitätsverlag, 1997, S35-36.

③ 参见以《弗所书》6：11；《格林多前书》7：5；《格林多后书》11：13-15；以《弗所书》4：26；《帖撒罗尼迦后书》2：9等。（Eph 6, 11; 2 Kor 11, 13-15; 1 Kor 7, 5; vgl. Eph 4, 26 f.; 2 Thess 2, 9f.）

④ 《启示录》12：7-9.（Off 12, 7-9.）

⑤ 参见《格林多前书》10：20；《提摩太前书》4：1；以《弗所书》2：2.（1 Kor 10, 20; 1 Tim 4, 1; Eph 2, 2.）

⑥ Belial有"恶魔"之意。参见《哥林多后书》6：15.（2 Kor 6, 15.）

⑦ Roskoff, Gustav: Geschichte des Teufels. Eine kulturhistorische Satanologie von den Anfängen bis ins 18. Jahrhundert. Nördlingen: Greno Verlagsgesellschaft, 1987, S204.

犯罪，无论是在《旧约》还是《新约》中，这一点始终未变。然而，基督教的学说告诉我们，无论是魔鬼还是其他妖魔鬼怪都是可以驱逐的，由此方显上帝之威力。因而，掌握驱鬼术（Dämonenbeschwörungen）曾在很长时间内都是基督教传教布道之内容的重要组成部分①，而且耶稣在出外游历的三年时光中，所持最重要的武器亦是驱邪术（Exorzismus）。在耶稣时代，驱邪术作为宗教仪式完全是当时犹太人的日常精神疗法。②《马太福音》和《马可福音》中都有专门描写耶稣驱鬼场景，或者耶稣如何教其门徒驱鬼的场景③，而耶稣也正是在多次成功驱鬼的过程中逐渐将自己的名声传播开来，同时得以向民众显示其作为救世主和上帝之子的身份。④

到后来，魔鬼成了滋生罪孽、导致死亡的始作俑者。魔鬼身上还贴着许多标签，诸如欺骗、谋杀、仇恨等。他传播谎言，从不知真理为何物；他伴随罪孽而生，毕生与罪孽为伍。⑤那么，这么一个十恶不赦的存在，等待他的最终命运是什么呢？

> 天上起了战争，米迦勒和他的天使出战巨龙。巨龙和他的使者极力顽抗，终于不敌，败下阵来，从此天下再没有它们的立足之地。巨龙同它的众使者都从天上被摔到地上。原来这巨龙就是那"古蛇"，又名"魔鬼"或"撒旦"，也就是那"迷惑全人类的"。⑥

---

① Neumann, Almut: Verträge und Pakte mit dem Teufel: Antike und mittelalterliche Vorstellungen im „Malleus maleficarum", St. Ingbert: Röhrig Universitätsverlag, 1997, S34-35.

② Stanford, Peter: Der Teufel. Eine Biographie. Aus dem Englischen von Peter Knecht, Frankfurt am Main und Leipzig: Insel Verlag, 2000, S87-88.

③ 参见《马太福音》10：1.（Mt 10, 1.）（耶稣叫了12个门徒来，设立他们为使徒，将权柄赐给他们，让他们有赶鬼和医病的能力。）

④ Neumann, Almut: Verträge und Pakte mit dem Teufel: Antike und mittelalterliche Vorstellungen im „Malleus maleficarum", St. Ingbert: Röhrig Universitätsverlag, 1997, S35.

⑤ Roskoff, Gustav: Geschichte des Teufels. Eine kulturhistorische Satanologie von den Anfängen bis ins 18. Jahrhundert. Nördlingen: Greno Verlagsgesellschaft, 1987, S202.

⑥《启示录》12：7-9.（Off 12, 7-9.）

第二章 魔鬼的起源和发展

《新约》的最后一章《启示录》还告诉我们，这次大战之后，魔鬼被"锁起一千年……使他不能再欺骗各国人。"①然而，魔鬼被囚一千年之后，会被短暂地释放，此时，在天使和魔鬼之间还有最后一场恶战。预言说，上帝将取得最终的胜利，以便阻止魔鬼再次拥有与上帝分庭抗礼的势力。至此，魔鬼再无出头之日。

> 那一千年过后，撒旦就会从狱中被释放。他会再度欺骗四方的邦国，就是歌革和玛各，他召集他们所有的军队准备应战，他们的数目多得像海边的沙。他们倾巢而出，布满大地，将圣徒的阵营和被宠爱的城团团围住。那时就有烈火从天而降，将他们烧灭净尽。那欺骗他们的魔鬼要跟怪兽和假先知遭遇同一命运，被抛进硫磺火湖中，在那里昼夜不停地永远受着痛苦！②

魔鬼形象的塑造和魔鬼行为的设置对整个救世史（Heilsgeschichte）来说具有决定性的意义，这也因此成了《新约》的一个中心话题。③辩证地来看，若是没有魔鬼的存在，救世主耶稣便没了对手，那耶稣根本无须奋斗，当然也不会受苦受难，因为尘世一切安好，谈何拯救？若没有魔鬼的试探与引诱，人类本该一直虔诚地跟随上帝，人与神各司其职、各安本分，和谐共存，如此，人类应不懂如何背弃信仰，那么重新皈依上帝又何从谈起？简言之，没了魔鬼，一切都将变得虚无。

第二节 魔鬼的发展（1—20世纪）

魔鬼不仅仅频繁地出现在《新约》中，他同时慢慢开始在人们的思想意识中萌芽、生长，加上外界环境的滋养，久而久之，魔鬼的概念便根

---

① 《启示录》20：2-3.（Off 20, 2-3.）

② 《启示录》20：7-10.（Off 20, 7-10.）

③ Stanford, Peter: Der Teufel. Eine Biographie. Aus dem Englischen von Peter Knecht, Frankfurt am Main und Leipzig: Insel Verlag, 2000, S79.

深蒂固了。

1—3世纪，基督教滥觞，与势力相对强大的犹太教等其他宗教并立而存，加上当时迷信泛滥，不信仰宗教的现象并不少见，这都为魔鬼的发展提供了更广阔的自由空间。人为追求享乐，试图将那些神秘的超自然力量为己所用。时人热衷于探寻神秘事物，为此不惜求助于层出不穷的"异端邪说"。异教徒的生活充斥着声色犬马，异教推崇的赤裸裸的物欲享受与基督教的基本思想之间的矛盾日趋尖锐。当时，基督教轻视被异教看重的此世的欢乐，认为尘世即苦海，只有通过禁欲、苦行方能得到满足。在这段时间内，几乎所有的基督徒都相信恶魔的存在（Dasein böser Dämonen），相信魔鬼即是这些恶魔的头子。魔鬼及其随从是搞偶像崇拜的始作俑者，被异教徒尊为神明。尤为特别的是，正是由于基督徒与异教徒生活方式的鲜明对立，当时对魔鬼和恶魔的信仰在基督徒的意识中打下了深深的烙印，这种信仰通过基督教与异教的矛盾发展而传播开来。①

根据基督教学说，恶魔妨碍了人对上帝的认知和对上帝的崇拜，因此是基督教最大的敌对者。也正是恶魔发起了对基督徒的迫害，他们还处心积虑地将人骗入异教，引诱人犯下不可饶恕的罪孽。他们的头子魔鬼是异端邪说的发明者，最善于制造教会分裂（Schismen）。魔鬼认为，人们对基督教的虔诚信仰有损他魔鬼王国的威望，因此他便借机报复、发泄怨气：他四处活动、蛊惑人心，致使异端邪说（ketzerei）纷呈、异教（Heidentum）林立。对于魔鬼和其爪牙恶魔的命运，当时的基督教学说一致认为，魔鬼和恶魔罪有应得，对他们的惩罚将在末日审判时实施。②

4—6世纪时，虽说基督教在与异教的对立中取得胜利的趋势已端倪渐显，然而并不意味着异教很快就会销声匿迹，相反，此时异教活力尚存，仍是基督教不可忽视的敌人。这个时期，魔鬼依然被认为是迫害基督

---

① Vgl. Roskoff, Gustav: Geschichte des Teufels. Eine kulturhistorische Satanologie von den Anfängen bis ins 18. Jahrhundert. Nördlingen: Greno Verlagsgesellschaft, 1987, S241-242.

② Ebd., S235-236.

徒、制造异端邪说的罪魁祸首，魔鬼的肆虐势必会危害基督教的发展，使更多经不起魔鬼诱惑的人万劫不复。除此之外，魔鬼还有一个恶名：使人得病，借此危害人或者附在人身上，以控制人。该时期人们普遍认为，罪恶的种子深埋在人的意志之中，人是否会把自身携带的罪恶释放出来，取决于人在道德上享有多大的自由。[①]因此，这个时期除了有人被恶魔附体而受其控制之外，更出现了可以自愿与魔鬼结成盟约的想象。该时期的主流思想还告诉我们，世间万恶虽不是上帝制造的，但上帝终究容许恶的存在。4—6世纪对魔鬼的发展和想象有了一个重要的突破，即对魔鬼的外表形态有了概括性的描述，可以说魔鬼获得了具体、实在的形象，之前《圣经》中对魔鬼外在形象的刻画都是模糊不定的。该时期赋予了魔鬼以人形，从此之后对魔鬼的介绍便不再局限于抽象的想象，人们对魔鬼的感知有了具体的载体，而这个人形载体随着时间的推移在细节上也慢慢变化丰富着，一步步趋于丰盈饱满。不仅仅是魔鬼，当时甚至有观点称群魔——魔鬼的小喽啰们——也具有人形躯干。

　　7—12世纪是魔鬼完全形成的时期。该时期对魔鬼形象的塑造越来越清晰，也越发具有想象力。认为魔鬼可以控制天气的原始信仰于7世纪时风行，时人相信，魔鬼带领群魔于天地间搅动空气，形成气流，导致冰雹或暴风雨等恶劣天气，从而使良田变沙漠。8世纪时，若人民拥护了异教，基督教学说便认定这是魔鬼作祟的结果，因为当时"异教的"（Heidnisches）就意味着"跟魔鬼相关的"（Teuflisches）。[②]和之前时期以及《圣经》的描述一致，此时人们同样认为，魔鬼最终会遭受地狱般的火刑惩罚。公元829年，巴黎宗教大会召开，此次会议把男巫（Zauberer）和女巫（Hexen）定为魔鬼的工具、帮凶。此外，9世纪时颇有意思的是对魔鬼外形的丑化，虽然魔鬼应配上丑陋不堪的外形这样的观点早已有之，但直到9世纪才得以确立，之后的魔鬼形象便在此基础上继续发展。9世纪中叶时的魔鬼形象在外形上已与中世纪后期司空见惯的魔鬼形象十分接

---

① Vgl. Roskoff, Gustav: Geschichte des Teufels. Eine kulturhistorische Satanologie von den Anfängen bis ins 18. Jahrhundert. Nördlingen: Greno Verlagsgesellschaft, 1987, S258-269.

② Ebd., S299-300.

近，可以说魔鬼的外形塑造于此时趋向成熟。魔鬼当时的典型特征是通体乌黑、全身赤裸、皮肤皱皱巴巴，极其丑陋。9至10世纪人们对魔鬼的恐惧心理又上升了一个层次，据说魔鬼的势力空前强大，就连上帝的绝对权力（die göttliche Allmacht）都要受其牵制，甚至某些教皇都与魔鬼有瓜葛。①

曾经，异教徒、持异论者先后被视为魔鬼的仆从，到了11世纪连犹太人也被划入此列，因为人们把一些灾难和不幸归咎于犹太人，并以此为由对其进行迫害。11世纪人对会变身的动物（Tierverwandlungen）的信仰、狼人的信仰及对其他类似变形的信仰都已普遍传播开来，当时的宗教思想认为，所有这些变形的能力无一例外都需借助魔鬼之力才能实现。其中，男巫被认为可以凭借其魔术变身为狼人，然后祸害牧群，甚至偷食孩童。当时还有一种流行观点认为，魔鬼不仅具备把人变成动物的法力，还可以把女巫、男巫变成各种寄生虫、蠕虫、金龟子等。总之，但凡出现时人无法理解的异象、哪怕只是非正常现象，都被认为是魔鬼在作祟，可见在人们的眼中，魔鬼无处不在、无所不能。②

到了12世纪，魔术（Zauberei）、巫术（Hexerei）和旁门左道（Ketzerei）互相交织、难分你我，渐渐混为一谈。三者的区别在于，魔术和巫术在很大程度上依赖魔鬼之权势，而旁门左道的产生一开始便源于魔鬼的蛊惑，因此其罪恶的程度与魔鬼行凶无异。从11世纪末到12世纪，对于魔鬼形象的发展有一点至关重要，即魔鬼在此期间经常作为一个可笑的人物出现，大多扮演令人捧腹的角色，他虽然是个精明、狡猾的家伙，最后却往往以失败告终，成为被人捉弄的笨蛋，不得不在人们的嘲笑声中灰溜溜地退场离开。③

13—15世纪被看作是真正的魔鬼时期（eigentliche Teufelsperiode），该时期魔鬼观无孔不入，渗入到日常生活的方方面面。对魔鬼的想象、对魔

---

① Vgl. Roskoff, Gustav: Geschichte des Teufels. Eine kulturhistorische Satanologie von den Anfängen bis ins 18. Jahrhundert. Nördlingen: Greno Verlagsgesellschaft, 1987, S301-304.

② Ebd., S305-306.

③ Ebd., S315-317.

鬼权势的惧怕也在13世纪时达到顶峰，伴随魔鬼而来的恐惧笼罩人世间。从自然灾害、道德败坏、财产损害到神秘疗法、控制天气等，都可能是魔鬼在作祟。该时期的魔鬼本性被定义为傲慢和自负，这一点在魔鬼之后的发展中得到继承。魔鬼在造型方面没有定式，被塑造为马、狗、猫、熊、猴子、蟾蜍或乌鸦，后来魔鬼又以人形出现，或为衣着得体的绅士，或为长相俊美的士兵，但很快魔鬼又具有了女性的面孔，化身为一个蒙着黑色面纱、身穿黑色风衣的女人。可见，魔鬼的外表形态可以根据具体需要而进行相应变化，连性别也不例外，这尤其体现在魔鬼于两性关系中的角色变换中：若是需要和女性发生关系，魔鬼化身为男淫魔（Inkubus）；若是和男性发生关系，魔鬼就变为女淫魔（Sukkubus）。与魔鬼结盟的想象虽然在4—6世纪时便已产生，但这个观点的广泛传播要归功于该时期的忒奥菲鲁斯（Theophilus）[①]传说。传说中的忒奥菲鲁斯为重新获得神职而不惜与魔鬼签下合约，所幸圣母玛利亚为他说情，临死之时，他最终得到上帝的谅解。此后，与魔鬼缔约的说法引起普遍重视，异教的活跃更是对这种说法起到了推波助澜的作用，因为基督教神学家早就认为异教徒和魔鬼有染。此外，该时期首次出现了最广为人知的用鲜血与魔鬼签约的古老案例，自此，用鲜血签约成了魔鬼合约的传统。缔约时为何使用鲜血，《旧约》和其他各民族的传说中都有所提及，即血液是一个人的生命所赖、力量所在、感受所载。因此，用自己的鲜血签署合约意味着盟约具有最紧密、最牢不可破的特性，签约人必须最严格地履行合约义务。[②]

[①] Theophilus-Legende. Mittelalterliches Legendenmotiv um Teufelsbeschwörung und -bündnis, das die Faust-Sage vorwegnimmt. Einer der beliebtesten Stoffe des Mittelalters. Die wohl älteste Fassung (Griechisch, 650 – 850) war dem Paulus Diaconus (9. Jh.) bekannt, einem gelehrten Mitglied der Hofakademie Karls d. Gr., der sie ins Lateinische übertrug. Der verstoßene Geistliche Theophilus (grch., =Gottesfreund) schließt-um sein Priesteramt wiederzuerlangen-einen förmlichen Pakt mit dem Teufel, wird jedoch durch die Fürbitte der Jungfrau Maria aus diesem Vertrag wieder gelöst und stirbt mit Gott versöhnt. -Die Legende wurde von Hroswith von Gandersheim und Rahewin dichterisch bearbeitet und diente auch ma. Schauspielen als Vorwurf (so beispielsweise einem Mirakelspiel von Rutebeuf, um 1260). Vgl: http://u01151612502.user.hosting-agency.de/malexwiki/index.php/Theophilus-Legende.

[②] Vgl. Roskoff, Gustav: Geschichte des Teufels. Eine kulturhistorische Satanologie von den Anfängen bis ins 18. Jahrhundert. Nördlingen: Greno Verlagsgesellschaft, 1987, S345-347.

14世纪初发生了有名的圣庙骑士审判（Templerprozess）①事件，该事件一方面可看作是当时的魔鬼信仰的反映，另一方面亦可理解为是对魔鬼信仰之巩固、传播的推动手段。到了15世纪，人们普遍相信，魔鬼不仅能控制成年人的思想，也能侵占孩童的灵魂，婴儿从出生到接受洗礼之间的时间可能属于魔鬼。虽然人们对魔鬼仍然怀有深深的恐惧，但有趣的是，魔鬼在14—15世纪常常作为一个爱开玩笑（Spaßmacher）的人出现。魔鬼还有一个兴趣爱好是千方百计阻挠人们建教堂，必要的时候甚至出手毁坏人们建好的教堂。

15—17世纪，魔鬼的恶势力对世界的统治达到高潮，此时，认为女人能变成女巫的迷信（Hexenwahn）在欧洲肆虐。当时的宗教理论认为，整个欧洲的女巫和魔鬼沆瀣一气，密谋消灭基督教。今天，许多历史学家深信，整个女巫事件（Hexenwesen）不过是16世纪的宗教裁判所为鼓吹杀戮而制造的幻象。然而，宗教裁判所的异想天开却造成了不可争辩的事实，即10万人因此被推上柴堆，当众烧死，而这10万人所犯下的"滔天罪行"就是与魔鬼签署了子虚乌有的合约。撒旦之名人尽皆知，众女巫成了他的合约女仆。②直到17世纪末期18世纪初期，认为女人能变成女巫的迷信才逐渐在欧洲偃旗息鼓，进而销声匿迹。

16、17世纪，对魔鬼的想象甚嚣尘上，时人认为，人世间的争执和仇恨越多，魔鬼越忙得不亦乐乎。该时期的魔鬼不仅成功地在天主教徒和新教徒之间制造出裂痕，而且诱发了新教阵营中的争端。同时，教人们如何驾驭、驱使或赶走魔鬼的著作大量涌现，涉及的常见方法诸如祈祷、念咒语降服魔鬼以为己所用、用魔法召唤魔鬼让其达成自己的愿望等，其中最为知名的案例之一是关于宗教改革时期的驱鬼魔法师（Teufelsbanner）

---

① Die Templerprozesse sind eine Reihe von kirchlichen und weltlichen Gerichtsverfahren, die 1307 seitens der französischen Krone initiiert wurden und 1312 mit der Auflösung des Templerordens durch päpstlichen Erlass endeten. Der Teufel soll nämlich bei den Versammlungen der Templer jedesmal als Kater erschienen sein und schließlich einen der Versammelten mit sich durch die Luft hinweggeführt haben.

② Stanford, Peter: Der Teufel. Eine Biographie. Aus dem Englischen von Peter Knecht, Frankfurt am Main und Leipzig: Insel Verlag, 2000, S193-194.

浮士德的。魔鬼的活动妨碍了人们的正常生活，不仅教徒祈祷的时候向上帝恳求驱赶魔鬼，16、17世纪的诗人还把魔鬼作为特定形象编入宗教歌曲中，以便广为传唱，时刻将魔鬼挂在嘴边的马丁·路德就是这方面的先导。至此，魔鬼在宗教歌曲里"捣乱"的传统一直持续到18世纪。①

18世纪的德国，宗教教条主义在社会意识中大失根基，德国迎来了启蒙运动时期。没有了所谓正教之教条主义的束缚，个体获得自由，人们拥有自由发挥主观性的权利，这为开展批判性研究创造了前提条件。在世界观都可以改变的情况下，时人开始试着改变对《圣经》或者基督教的其他理论学说的阐释方法，便不足为奇。魔鬼信仰在15—17世纪达到了顶峰，18世纪时已开始走下坡路，尽管如此，18世纪上半叶时的魔鬼信仰还是相当活跃的。18世纪下半叶起，从知识分子到下层民众，对魔鬼及其势力的信仰先后开始动摇，魔鬼在人世间的路日渐狭窄。启蒙运动势如破竹，启蒙之光照亮了世界，让魔鬼无处遁形，而那些曾与魔鬼密切相关的巫术、灵异事件、召唤神鬼术、鬼怪附体等现象先后得到证明，它们要么是正常的自然现象，要么纯属人为捏造的骗局。这个过程中，各种迷信也失去了赖以滋生的温床。随着世界越来越去魔鬼化（adämonisch），魔鬼在人世间步履维艰，直至几乎无立足之地。纠缠了人类数个世纪的魔鬼信仰和对魔鬼势力的恐惧，终于在18世纪末的时候全面式微，无论在学者大家还是在乡间妇孺的眼中，魔鬼信仰基本上已是明日黄花，变成了旧时的迷信。②

18世纪是魔鬼作为一个人物（Persönlichkeit）的终结，那么，是否我们从此便不再妄谈"魔鬼"一词呢？对于整个魔鬼发展史来说，18世纪是个分水岭，此后人们再谈到魔鬼时，大体把魔鬼看作恶的化身、道德败坏的代表。显然，恶或道德败坏也是人之特性，也就是说"魔鬼"必须依附人才得以继续存在，离开了人我们无法理解"魔鬼"，而曾近那个独立自主、无法无天的魔鬼已不复存在。魔鬼褪去千百年来神秘的外衣，作

---

① Vgl. Roskoff, Gustav: Geschichte des Teufels. Eine kulturhistorische Satanologie von den Anfängen bis ins 18. Jahrhundert. Nördlingen: Greno Verlagsgesellschaft, 1987, S473-479.

② Ebd., S525-526.

为人的意识中一个抽象的伦理学符号，走过19世纪、20世纪，一直延续到今天。其间，随着科学的发展、生活环境的日新月异，这个观点不仅被大多数人认可，而且不断得到深化。

19世纪初，刚从宗教束缚中解放出来的魔鬼，借助浪漫主义者之手，摇身一变成为一个有影响力、被广泛使用的象征符号。浪漫主义者以魔鬼为隐喻，自由地表达他们对社会、文化的看法，魔鬼成了浪漫派作品中的重要反面人物。而到了19世纪下半叶，尤其是19世纪末的时候，魔鬼作为象征符号在文学和艺术中也渐渐地风光不再，作为宗教人物形象他甚至在宗教人士那里都广受质疑。[①] 20世纪，随着自然科学、医学的发展，虽然很少有人再相信诸如"魔鬼附体"此类的说辞，但心理学的发展却为魔鬼观提供了另一种阐释空间。精神分析学家西格蒙德·弗洛伊德（Sigmund Freud，1856—1939）不仅指出一条用科学论证的方法反驳魔鬼观的道路，而且首次对魔鬼及魔鬼观为何对人有如此大的诱惑力这一问题给出了说明。在1923年发表的文章《17世纪的魔鬼神经官能症》（Eine Teufelsneurose im siebzehnten Jahrhundert[②]）一文中，弗洛伊德研究了迫害女巫行动鼎盛时期的一个案例以及与此相关的幻象。弗洛伊德指出，上帝在人类的生活中长期扮演父亲的角色，魔鬼则代表着父亲形象的阴暗面。弗洛伊德将魔鬼划归到人类的无意识中，重新定义了魔鬼的本质，为该时期针对魔鬼的讨论提供了新思路、新方向。循着弗洛伊德的思路，人们不再把魔鬼当成万恶之源，而是研究魔鬼作为隐喻的意义，作为问题或者疾

---

① Stanford, Peter: Der Teufel. Eine Biographie. Aus dem Englischen von Peter Knecht, Frankfurt am Main und Leipzig: Insel Verlag, 2000, S249-253.

② Im Aufsatz bewertete er die kirchliche Seelsorge als nicht hilfreich im Umgang mit kranken Menschen. Die Diagnose zum Krankheitsbild des bayerischen katholischen Christen, Malers und Teufelsbündlers Christoph Haitzmann, der sich 1669 mit eigenem Blut dem Teufel verschrieben hatte, lautete: Nicht aufgearbeitete Depression infolge des Verlustes einer nahe stehenden Person. Die Legende hat folgende Ereignisse hierzu überliefert: Am 8. September 1677 zum Tag Mariä Geburt erschien während einer exorzistischen Praktik um Mitternacht in der Wallfahrtskirche Mariazell der Teufel als geflügelter Drache dem Christoph Haitzmann im Beisein von Mönchen.

病的征兆。①

到 20 世纪下半叶，谈论魔鬼在大多数的基督教堂里都已明显过时。然而，这些并非意味着魔鬼的存在对世界已毫无意义，某种程度上来说"魔鬼"只是潜伏在人的思想中，伺机而动，企图他日再度活跃于人世间。这个时期，新的迷信滋生，虽然这些迷信往往体现在无关紧要或者细枝末节的事情上，比如人们在住宾馆的时候不愿意选择 13 号房间。而且，不管魔鬼在宗教体系中命运如何，经过千百年的积淀，魔鬼在日常文化中的一席之地是无可争议的，或者说，魔鬼在宗教氛围之外的功能作用依然可以继续有效。在这个动荡的世纪，毒品消费、性道德自由、追求新的生活方式盛行，都为新的魔鬼理念的孕育提供了温床，对社会准则的反抗行为也一再激起人们对魔鬼的重新讨论。

在宗教史和思想史上，魔鬼曾是一个拥有巨大势力的丑陋怪物，而我们今天谈到魔鬼时，已经无法以此具体指代某个特定人物了，魔鬼更多时候被理解成一种恶的精神实质。无论是作为具象还是作为意识，魔鬼都从未停止过寻找那些信仰他的人。不管是往日魔鬼的传统形象，还是今日魔鬼作为无所不在的恶的隐喻，以基督教为文化背景的社会不可避免地被魔鬼文化渗透，生活在其中的人群更是带着这种特殊的魔鬼印记而存在。可能会有那么一天，科学可以帮助人们找到彻底消灭"魔鬼"的方法，对此也会给出令人信服的理由；从西方社会日益富足、把道德的东西看得越发无关紧要来看，或许终有一天魔鬼会寿终正寝，自然而然地丧失对人类的诱惑力，因为没有道德的束缚，即使人类为满足自身的欲望无所不用其极也不会被认为有罪，那么，魔鬼将何以驱使人类？换言之，魔鬼原本借以诱惑人类的东西，到时人类都已唾手可得，且无须因此而背负良心的拷问。如此，人类不再需要转嫁因欲望而犯下的罪孽，不再需要替罪羊，因而也不再需要魔鬼。

---

① Stanford, Peter: Der Teufel. Eine Biographie. Aus dem Englischen von Peter Knecht, Frankfurt am Main und Leipzig: Insel Verlag, 2000, S328-330.

第三章

魔鬼合约母题史述

第一节 魔鬼合约作为母题

一 与魔鬼为伍：魔鬼同盟和魔鬼合约

开篇伊始需明确一点，本书所说的"魔鬼同盟"（Teufelsbund）、"魔鬼合约"（Teufelspakt）都只是人与魔鬼合作的形式，后者虽名为契约（Pakt / Vertrag），但却不能用今天的法律概念去界定，原因有二：一则当时尚无今日之法律，二则文学之中虚实交错，对于今日的法律人来说魔鬼本身就是子虚乌有的，更何谈契约？故本书只在文学、神学的范畴内谈"同盟""合约"，不涉及严密谨慎的法律语言。

魔鬼同盟和魔鬼合约是人与魔鬼为伍的两种相似形式，它们在《圣经》中都出现过，后在基督教神学中被用作宗教宣传，鼓吹叛教必受严惩，魔鬼同盟和魔鬼合约以这种方式在神学领域得以延续。在共同的发展过程中，两者的界限渐渐模糊，一度合二为一。在德语文学研究领域，魔鬼同盟和魔鬼合约互相影响，常常混用在一起，甚至被看作是同一事件，比如在中世纪晚期的女巫概念（Hexenbegriff）中，魔鬼同盟和魔鬼合约曾统称为魔鬼合约。德国学者瑙于曼（Almut Neumann）对中世纪有关迫害女巫的文学文本研究后认为，魔鬼同盟指的是人和魔鬼签署的书面协议，而魔鬼合约从形式上来说可以是书面的，也可以是口头的，[①] 甚至可

[①] Neumann, Almut: Verträge und Pakte mit dem Teufel: Antike und mittelalterliche Vorstellungen im „Malleus maleficarum", St. Ingbert: Röhrig Universitätsverlag, 1997, S11.

第三章　魔鬼合约母题史述

以通过某个特定的象征性行为、动作来缔结，比如人在午夜时分连喊三声魔鬼的名字，比如魔鬼在人的脸上轻轻一吻，再比如人和魔鬼击掌为誓等等。此外，魔鬼同盟是以人和魔鬼达成一致意见为基础的，而关于魔鬼合约，当基督徒背弃了对基督教的信仰、开始与巫术有染或者犯下深重的罪孽时，那么这个人可能在没有意识到的情况下就已经与魔鬼签约了。为课题研究需要，瑙于曼对这两个概念还做了更具体地区分[①]，然而这些细节上的差别对于本书作用不大，笔者认为大可抛开这些细微差别，两者之间本就是你中有我、我中有你，并无严格的界限和泾渭分明

[①] 德国学者瑙于曼认为，"魔鬼同盟"和"魔鬼合约"有很多细节上的差别："魔鬼同盟"是对"上帝同盟"的模仿，包括个人与魔鬼结盟；而"魔鬼合约"泛指所有有意或无意间与魔鬼达成的有约束力的协定，具体签约场景不详，其存在可能是某一人群推测的结果。"魔鬼同盟"与"魔鬼合约"更详细的区别请参见以下德文表述。(Nach Almut Neumann sind Teufelsbünde Vereinbarungen mit dem Teufel, die dem Gottesbund nachempfunden sind und eine persönliche Begegnung mit dem Teufel beinhalten; Teufelspakte sind dagegen allgemeine Abmachungen mit dem Teufel, die Rechtsverhältnisse mit dem Teufel beschreiben, deren Vertragsgestaltung unklar ist und deren Existenz aufgrund der Gruppenzugehörigkeit eines Menschen vermutet werden kann. Teufelsbünde und Teufelspakte unterscheiden sich in folgenden Punkten: 1. Der Teufelsbund ist der auf Initiative des Menschen freiwillig eingegangene Vertrag mit dem Teufel. Er wird aus persönlichen Motiven, meistens dem Wunsch nach weltlicher Anerkennung und Reichtum, geschlossen. Der Teufelsbund ist ein dem Jahwebund nachempfundener Vertragsschluss. Teufelsbündner ist der Mensch, der sich mit Hilfe des Teufels göttliche Leistungen verschafft. Der Teufelsbund ist ein auf die literarische Verbreitung beschränktes Motiv. Erst in der Neuzeit treten Teufelsverträge auch im Zusammenhang mit Bessenheitsphänomenen auf. 2. Der Teufelspakt ist eine Abmachung, die alle diejenigen eingehen, die einen fremden Gott anbeten, Gott zuwiderhandeln oder dem Christentum schaden wollen. Teufelspaktierer sind Ungläubige, Abtrünnige, Sektierer, Zauberer und Sünder. Sie gehen ein Dienst – oder Lehensverhältnis mit dem Teufel ein, dass sie zu Mitgliedern des Teufelsreiches macht. Dem Teufelspakt gleichgestellt ist der Dämonenpakt, der zu Zauberzwecken mit teuflischen Dämonen eingegangen wird. Teufelspakte werden nicht immer freiwillig geschlossen, sondern können bei einem bestimmten Verhalten automatisch zustandekommen. Der Teufelspakt wird durch die Kirchenlehre, das polemische Schrifttum und die Literatur beschworen. Ab dem 4. Jahrhundert setzt die Verfolgungspolitik gegen Teufelspaktierer ein, die in der Hexenverfolgung der Neuzeit gipfelt. Da Teufelspaktierer Glaubensgegner sind, die dem Christentum schaden wollen, verzichten sie auf die Inanspruchnahme von Gnadenleistungen und müssen für ihre Taten bestraft werden. In der Literatur werden Teufelspaktierer deshalb vom Teufel geholt. Vgl. Neumann, Almut: Verträge und Pakte mit dem Teufel: Antike und mittelalterliche Vorstellungen im „Malleus maleficarum", St. Ingbert: Röhrig Universitätsverlag, 1997, S53-56.)

的定义，或大胆地把魔鬼合约简单地看成魔鬼同盟的一种具体形式，这样亦无不可。①

不言而喻，魔鬼同盟的产生必然以魔鬼的存在为前提。此外，它还有一个更重要的基础：上帝同盟（Gottesbund）的存在。产生较早、对宗教发展意义较大的上帝同盟是上帝—以色列人同盟，亦称西奈山盟约或何烈山盟约（Sinai-Bund），见于《旧约·申命记》：

> 除了在何烈山所立的约以外，主还在摩押地吩咐摩西与以色列人定了以下的约。摩西把所有以色列人召来，对他们说：
> ……
> "你们站在这里，是要与耶和华你们的上帝立约。祂今天要与你们立约：你们要作祂的子民，祂要做你们的上帝，正如祂答应你们的祖先亚伯拉罕、以撒和雅各一样。
> "这约不单与今天站在祂面前的你们订立，也是跟以色列的后代立的。
> "你们应当记得我们怎样住在埃及，后来怎样离开，又怎样安然走过敌人的境地。你们也见过外族人用木、石、金、银造的神像，倘若有一天在以色列人中，无论男女，或家或族，转离主我们的上帝，去敬拜这些外族的假神，那日必有根长出苦毒的果实来。"②

犹太民族作为一个整体和犹太民族中的每一个个体都与上帝签订了同盟之约，因此，遵守上帝的诫命是每一个犹太成员必须履行的义务，敬拜上帝是他们的荣耀与责任。作为恪守盟约的回报，上帝不仅保全了以色列

---

① 有关母题研究的权威辞书《世界文学中的母题》（Frenzel, Elisabeth: Motive der Weltliteratur. Ein Lexikon dichtungsgeschichtlicher Längsschnitte. Stuttgart: Alfred Kröner Verlag, 2008.）在论述"魔鬼的同盟者"（Teufelsbündner）这一母题时，亦将"魔鬼的合约缔结者"（Teufelspaktierer）归入这一母题之下，即是将"魔鬼合约"（Teufelspakt）母题归入"魔鬼同盟"（Teufelsbund）母题之下。另，该辞书只收录了"魔鬼的同盟者"母题，并无"魔鬼的合约缔结者"或"魔鬼合约"词条。

② 《申命记》29：1-18.（Dt 29, 1-18.）

民族，使这个民族形成了强大的合力，进而成为"地上最强大的民族"，还使他们拥有了独具特色的民族文化，因为西奈山盟约确立了以色列人的一神崇拜和作为独立民族所必需的法律规范和价值体系。同时，上帝与以色列人立约结盟，意味着世界上最早的一神教诞生，而在世界文明史上，从多神教到一神教是个质的飞跃。上帝通过摩西与以色列人结成同盟，上帝—以色列人同盟作为《旧约》的开始也是《旧约》最重要的上帝同盟，是上帝统治人类的基础；耶稣基督降生以后，上帝又通过耶稣与人类订立新的盟约，以取代旧的西奈山盟约，确保其统治的继续进行，因此新同盟乃是《新约》中最重要的上帝同盟。

然而，彼时的耶和华乃是《旧约》中一神教的上帝，他是善的上帝，若人类违背了他，违背了上帝同盟之约，那么他也是恶的上帝，会狠狠地惩罚人类，甚至将其置于死地：

> 主永远不会饶恕这些人，祂的愤怒会焚烧他们，记在这书上的一切咒诅也要重重的临到他们身上，主上帝也要把他们的名从天地间抹去。主上帝要把他们从以色列各族之中分割出来，然后，将书中所记的咒诅，倾倒在这些违反誓约的人身上。[1]

此外，关于上帝对人类的惩罚还有比这个更早的、或许更广为人知的诺亚方舟的故事，载于《旧约·创世记》。上帝看见人丧德败行，感到痛心，一怒之下不惜用大洪水将人间夷为平地，消灭几乎整个人类和其他一切生物，由此可管窥一神教中的上帝之"恶"。所幸上帝不忘与诺亚订约（Noah-Bund），使人与万物的生命有了一线生机。[2] 如上一章节所述，一神教（Monotheismus）发展到一定程度之后开始慢慢引入二元体制（Dualismus），魔鬼出现，刚开始是以上帝仆从的身份，听从上帝的指令，后来发展为上帝和人类的宿敌，与上帝分庭抗礼。耶稣诞生，为拯救人类而与魔鬼展开殊死搏斗。在此过程中我们可以发现两方面的重要变化：其一，

---

[1] 《申命记》29：20-21.（Dt 29, 20-21.）
[2] 《创世记》6：1-22.（Gn 6, 1-22.）

二元体制下，上帝逐渐成为"全善"的上帝，其"恶"的一面由魔鬼承载，将"恶"从自身分离出来的上帝自然是更加圣洁，上帝也由此与常人拉开距离，不再像一般人那样喜怒无度，动辄就要毁灭人类；其二，魔鬼统治魔鬼王国，妄图与上帝的天国一争高下，不难看出，所谓魔鬼王国是魔鬼对上帝天国的模仿：上帝有天使为军，魔鬼就统领由妖魔鬼怪们组成的军队；上帝与子民订立盟约，受子民的崇拜，魔鬼依样画瓢大搞魔鬼崇拜，诱惑基督徒与之为伍。总之，作为上帝的对手，魔鬼的所作所为都是对上帝之行为的模仿和复制，所以说魔鬼同盟来源于上帝同盟，准确地说，是对上帝同盟的简单复制。魔鬼也因此常常被阐释为"模仿上帝的猴子"（Affe Gottes[①]），有画虎不成反类犬之意。正如《圣经》及基督教其他相关学说之中出现了上帝同盟一样，有上帝同盟的地方必然处处可见魔鬼同盟。

若民众对上帝不敬、崇拜异神或者触犯基督教的戒律，基督教会认为这些人与魔鬼之间必然有见不得人的勾当，这些行为从而被阐释为与魔鬼为伍的标志。接下来，基督教描述了人与魔鬼建立联系的具体方式，即同盟和签约，因为当时的人普遍相信，遇见魔鬼、和魔鬼达成协议，甚至签署合约都是有可能的事，毕竟在《新约》中连耶稣基督都遇见魔鬼了[②]，若非意志坚定还差点与其定约。对当时的民众来说，一个人若没有任何宗教上的关联是不可想象的，于是基督教顺势而为，把不信仰上帝的人排除在上帝同盟之外，认为这些人是魔鬼同盟阵营的。[③]此处，笔者用两张简图来说明人与上帝、魔鬼的关系，以及上帝同盟、与魔鬼为伍、魔鬼同盟、魔鬼合约的由来。

既然魔鬼具备向人提供联盟盟约或一纸合约的能力，那么魔鬼的同盟者（Verbündete des Teufels / Teufelsbündner）和合约缔结者（Paktierer /

[①] Roskoff, Gustav: Geschichte des Teufels. Eine kulturhistorische Satanologie von den Anfängen bis ins 18. Jahrhundert. Nördlingen: Greno Verlagsgesellschaft, 1987, S224.

[②] 《马太福音》4：1-11. (Mt 4, 1-11.)

[③] Neumann, Almut: Verträge und Pakte mit dem Teufel: Antike und mittelalterliche Vorstellungen im „ Malleus maleficarum ", St. Ingbert: Röhrig Universitätsverlag, 1997, S43.

第三章 魔鬼合约母题史述

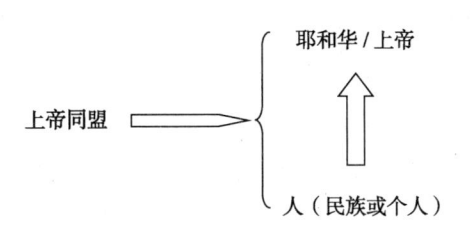

图 1 一神教之上帝同盟

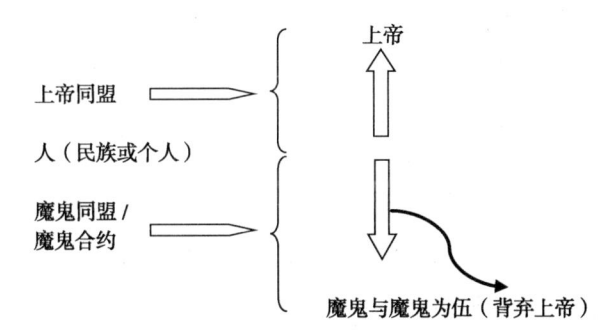

图 2 二元制下的上帝同盟和魔鬼同盟/魔鬼合约

Vertragspartner des Teufels）到底是些什么人呢？《圣经》告诉我们，魔鬼的同盟者是欺骗上帝的亚拿尼亚和他的妻子谢菲兰①，不信仰上帝的人②，异端邪说论者③，异神崇拜者④，巫师术士⑤以及对基督教形成威胁的魔鬼之子犹太人⑥。可以看出，这些都是不敬上帝的叛逆之徒，因此被划为魔鬼一列。魔鬼合约的缔结者自然也在此列，具体来说有罪人（Sünder）、误导人者（Irrlehrer）、不信神者（Ungläubige）和犹太人（Juden）。基于其叛逆的行为或错误的信仰，这类人与魔鬼有着天然的主仆或亲缘关系，

---

① 《使徒行传》5：3-4.（Apg 5, 3-4.）
② 以《弗所书》2：2.（Eph 2, 2.）
③ 《启示录》2：18-29.（Off 2, 18-29.）
④ 《哥林多前书》10：20 及以下；《哥林多后书》6：15 及以下.（1 Kor 10, 20f.；2 Kor 6, 15f.）
⑤ 《使徒行传》13：10.（Apg 13, 10.）
⑥ 《约翰一书》3：10；2：22；《约翰福音》8：42-44.（1 Joh 3, 10；2, 22；Joh 8, 42-44.）

因此颇受魔鬼青睐。①魔鬼引诱耶稣的元故事②也定义了魔鬼同盟或者魔鬼合约的重要因素：魔鬼可以帮人成就某些事情；作为代价，魔鬼要求人以某种方式回报；魔鬼引诱人的时候，要么作为上帝之仆得到上帝的允许或者有圣灵的支持，要么作为与上帝的对手——独立自主、不受上帝约束。这个元故事同时明白无误地告诉人们，由于耶稣基督的坚定不移，魔鬼并未完成引诱耶稣背弃上帝的使命，也就是说魔鬼失败了。笔者认为，魔鬼在这个元故事中的失败具有决定性的意义，它确保了魔鬼在对人类的诱惑史（Versuchungsgeschichte）上总是以失败而告终。

二 魔鬼合约母题

无论是在古老的民间传说里还是作家的文学创作中，魔鬼合约母题在德语文学史上反复出现，历久弥新。在此过程中，虽然这个母题的组成元素不断地发生改变，然而贯穿该母题的一条主线逐渐清晰，并在大多数的文本中都得到了保留：与魔鬼签约的人即使是在魔鬼的帮助之下达成所愿，但他最终往往会悔悟、自省，进而从魔鬼的控制中解脱出来。另外，与魔鬼签约者也并不一定就是十足的恶人，在不同的故事里他们得到解脱的方法也不尽相同，有的得到神的庇护，有的借助人的力量，有的甚至不惜自我毁灭以求与魔鬼决裂，也有的采取以其人之道还治其人之身的策略——欺骗或戏耍魔鬼。魔鬼作为合约内容的拟定者自然想通过合约达到不可告人的目的，但有趣的是，在合约的执行过程中，魔鬼往往是个遵守承诺、诚实可信的合约伙伴，虽然他时不时地耍些花招、玩弄伎俩，对合约规定的原则问题却是毫不含糊。在合约的初始阶段，与魔鬼签约者大多尽情享受合约关系带来的种种好处，有的还心存侥幸，希望最终能逃脱合约规定的责任、义务，哪怕使用不光彩的手段。而从另外一个角度来看，这些与魔鬼签约的人没有履行合约，没有完全听从魔鬼的摆布，说明签约人并未真正地与魔鬼同流合污，并未背离上帝到不可救药的地步，这就为

---

① Neumann, Almut: Verträge und Pakte mit dem Teufel: Antike und mittelalterliche Vorstellungen im „Malleus maleficarum", St. Ingbert: Röhrig Universitätsverlag, 1997, S50.

② 《马太福音》4：1-11.（Mt 4, 1-11.）

第三章　魔鬼合约母题史述

这类签约人的最终救赎提供了可能。总体来看，人与魔鬼作为合约双方在拔河一样的持续争夺中此消彼长、你进我退，构成了这一母题的张力。①

如上文提及，魔鬼同盟或魔鬼合约最广为人知的故事见于圣经《新约》之《马太福音》：魔鬼再带耶稣到一座极高的山上，把世界上的一切荣华富贵展示给他看，说："你只要拜我，这一切我都送给你。"耶稣说："撒旦，走开！圣经上记着：'当敬拜主你的上帝，单单事奉他。'"魔鬼无计可施，只好离去。② 可见，魔鬼"试诱耶稣"并未成功，双方没有签约，因此只能将这个著名的圣经故事看作魔鬼合约母题的一个雏形。这个雏形为魔鬼合约母题之后的发展定下了基本模式：魔鬼可以许人以权势、富贵等，但与魔鬼为伍即意味着背离上帝。谈到这个母题时，常常有一些相关的元素同时被提及，比如原罪（Sündenfall）、罚入地狱（Verdammnis）、皈依（Bekehrung）、救赎（Erlösung）、和解（Versöhnung）等，其中救赎是魔鬼合约结局的主旋律。从宗教学的角度来看，救赎在许多宗教中指涉的是让人备受折磨的一个状态的终结，或指废除、转换了那些给个人和全人类的存在造成痛苦的条件。伴随着思想的改变和人们对救赎目标的不同理解，围绕救赎这一主题各种观点先后产生，时人见仁见智，都试图阐释"救赎"的概念以及为何要期望救赎、追求救赎。救赎的目标在各个宗教中不尽相同，对于犹太教、基督教和伊斯兰教来说，救赎意味着人和世界的极乐终结。但不同宗教中的救赎有一个共同点：期望通过救赎所达到的状态是永久性的。在有些宗教中，救赎这个主题居于绝对主要的地位，以至于这些宗教成了拯救性的宗教。③根据《圣经》，基督教最重要的救赎行为是上帝

---

① Vgl. Frenzel, Elisabeth: Motive der Weltliteratur. Ein Lexikon dichtungsgeschichtlicher Längsschnitte. Stuttgart: Alfred Kröner Verlag, 2008, S669-670.

② 《马太福音》4: 8-11. (Mt 4, 8-11.)

③ Vgl. Kasper, Walter (Hrsg.): Lexikon für Theologie und Kirche, Band 3, Verlag Herder: Freiburg; Basel; Wien [u. a.], 1995, S799-800. Erlösung. (Religionswissenschaftlich): In vielen Religionen bezieht Erlösung die Beendigung eines als leidvoll empfundenen Zustand od. die Aufhebung u. Transformierung der für diesen leidvollen Zustand verantwortlich gemachten Bedingungen (z. B. Zeitlichkeit, Sterblichkeit) der Existenz v. Mensch und Welt. Dem Begriff der Erlösung liegen unterschiedl. Anschauungen darüber, wovon Erlösung angestrebt od. erhofft wird, zugrunde, ebenso wie die Vorstellungen variieren, wie das Ziel (das, Heil) aufgefasst wird, aus dem die Erlösung（见下页）

指导子民穿越红海,将子民从埃及的奴役中解救出来(《出埃及记》)。在救赎中上帝表明身份:"因为我是主你们的上帝,是我把你们带出埃及。"① 上帝是他子民的拯救者(Erlöser),拯救者是与救赎直接相关的另一个概念。许多宗教相信,人靠一己之力无法得到救赎,因此宗教里会出现一些实施拯救行动的人物——拯救者,他们之所以在宗教上得到崇拜,部分是因为他们具备超人的能力,部分是因为他们获得了神圣的身份。② 此外,与术语"救赎"紧密相连的还有一个神学上的概念"和解"。"和解"用于描述救赎的成功、完成,尽管自身存在的有限性,被救赎者能够不再与上帝分离;达成和解之人接受上帝赋予他的、面对上帝的最终存在。③

魔鬼合约作为母题活跃的最早时期当数中世纪。中世纪的文学模仿上帝

(接上页)besteht: eine neue Welt ohne Leid u. Tod in den iran. Religionen, das, Verwehen im Buddhismus, die paradies. Vollendung v. Mensch u. Welt in Judentum, Christentum u. Islam. Durchweg einheitlich ist jedoch die Erwartung, dass der mit der Erlösung v. Mensch u. Welt erreichte Zustand endgültig sein werde. In einigen Religionen steht das Thema Erlösung so sehr im Mittelpunkt, dass sie als Erlösung-Religionen qualifiziert wurden. …… Im Christentum steht die Hoffnung auf eine universaleschatolog., die Welt u. damit die Existenzbedingung des Menschen transzendierende Veränderung im Mittelpunkt.

① 《诗篇》81:11。(Ps 81, 11.)

② Vgl. Kasper, Walter (Hrsg.): Lexikon für Theologie und Kirche, Band 3, Verlag Herder: Freiburg; Basel; Wien [u. a.], 1995, S798. Erlöser. (Religionswissenschaftlich): In vielen Religionen, in denen geglaubt wird, dass Menschen nicht imstande sind, aus eigener Anstrengung heraus die Erlösung zu erlangen, begegnen Gestalten, von denen diese Heilstat erhofft wird und die desh. Religiös verehrt werden, z. T. dadurch, dass ihnen übermenschliche Fähigkeiten zugetraut werden, z. T. dadurch, dass sie den Rang von göttl. Wesen erhalten. Im AT ist Gott der Löser seines Volks, … Vor allem erwies er sich als Löser in der Befreiung aus der ägypt. Knechtschaft:„ Ich bin Jahwe, dein Gott, der dich aus Ägypterland geführt hat. (Ps 81, 11)

③ Vgl. Kasper, Walter (Hrsg.): Lexikon für Theologie und Kirche, Band 3, Verlag Herder: Freiburg; Basel; Wien [u. a.], 1995, S812. Versöhnung. In enger Anknüpfung an die pln. Erlösung-Terminologie hat bes. die ev. Theol. das gesamte Erlösung-Geschehen (Satisfaktion, Stellvertretung, Befreiung, Communio) unter den Begriff v. Versöhnung gebracht, bes. konsequent K. Barth. …. Damit wird der Aspekt der Versöhnung zugleich dem zugeordnet, was man als Ankommen od. Zustandekommen v. Erlösung bezeichnen kann. Der Erlöste kann trotz seiner Endlichkeit nicht mehr v. Gott getrennt werden; der versöhnte Mensch nimmt sein endl. Dasein v. Gott u. vor Gott an. Eine so versöhnte Menschheit ist auch in der Lage, ihr Leben in Solidarität u. wechselseitiger Stellvertretung zu gestalten.

联盟来描写魔鬼联盟和魔鬼合约，通常将魔鬼塑造成与上帝势均力敌的人物，魔鬼和上帝一样能助人取得众多成就。此外，中世纪盛期的魔鬼合约文本将魔鬼由听从上帝差遣的仆人形象，完全发展为与上帝对抗逆行的独立人物。那么，该时期魔鬼合约的主人公是什么样的人呢？在漫长而黑暗的中世纪，科技和生产力的发展一度停滞，人民尚处于蒙昧无知的阶段。于是，那些致力于自然科学研究的男性往往被人认为可以支配神秘力量，常常被人怀疑与魔鬼勾结，进而被人杜撰为魔鬼的合约伙伴。基于教会的严厉统治，加之忒奥菲鲁斯（Theophilus）传说的传播，中世纪时不少人相信，那些离上帝最近的牧师、教皇等神职人员中有部分败类，他们暗中背叛上帝，与魔鬼签约，以求在仕途中平步青云、飞黄腾达。中世纪晚期，宗教腐败情况严重，宗教改革运动呼之欲出，在欧洲，一大批思想前瞻的有识之士如英国的弗朗西斯·培根和意大利的伽利略等涌现，而许多这样具有新思想的"新人类"立即就被守旧派扣上"魔鬼的合约伙伴"这顶帽子。该时期用以鉴别一个人是否具备"魔鬼合约人"潜质的有以下几个关键词：恃才傲物、渴求知识、好奇心强，拥有这些性格特征的人即拥有了与魔鬼沟通的媒介。在中世纪的魔鬼合约中，魔鬼可以提供给人的东西除了传统的权势、富贵之外，还扩展为知识、名声、爱情或情欲的满足、对生活的享受等。

自中世纪始，教会提倡男尊女卑，不断贬低、丑化女性，并最终捏造出女巫形象，致使中世纪晚期对女巫的迷信如瘟疫般传播开来，女巫成了与魔鬼签约的主要人群。14、15世纪是魔鬼合约发展的关键时期。随着宗教裁判所势力的扩大，15世纪中叶时，"与魔鬼签约"的罪行已被纳入宗教裁判所的审判范围。在中世纪后期的一段时间里，魔鬼合约母题在神学和文学范畴一度显得没什么意义，让人料想不到的是，魔鬼合约这种纯属想象的产物却切切实实地挤进人们的现实生活中，上演了一段人神共愤的真实大屠杀。15世纪末，有人将经院哲学的恶魔合约学说（die scholastische Dämonenpaktlehre）和在文学上渐趋衰落的与鬼神结盟的想象（Bündnisvorstellungen）结合起来，为猎杀女巫①的运动造势。1487年，多

---

① 也被称为"女巫审判""女巫屠杀""迫害魔女"或"魔女狩猎"等，是中世纪基督教对其所谓的异教徒进行迫害的方式之一，受害者多是女性。主要目的是维护教皇权威，铲除异（见下页）

明尼哥教士、宗教裁判所的审讯官海因里希·克拉玛／尹斯提陶里斯（Heinrich Kramer／Institoris，1430—1505）和雅克布·施普恩格（Jakob Sprenger，1435—1495）撰写并出版了拉丁文的宗教宣传册《女巫之锤》①（拉丁文：Malleus maleficarum；德文：Hexenhammer），这本册子把 13 世纪至 15 世纪流行的有关魔鬼和巫术的传说概括、关联起来，认为魔鬼合约在女巫学说里的地位举足轻重，还把魔鬼合约认定为女巫所犯之罪的重要组成部分。该书使当时的女巫理论进一步完善，也是对魔鬼合约在中世纪之发展的总结。②《女巫之锤》不厌其烦地列举了识别女巫的各种详尽的办法，教人诱供女巫与魔鬼为伍的"事实"③。书中收罗的有关女巫的传言被盲目的人当成事实、奉为圭臬，这本猎杀女巫的"圣经"将千千万万无辜的女性绑上火刑柱，使鲜活的生命化为灰烬。在猎杀女巫的事件中，三百年间约十万人被处以火刑，其中宗教改革地区的女性居多。

在整个欧洲历史上，与魔鬼合约相关的最令人发指的荒唐事件当属猎杀女巫。原本发生在人们想象中的魔幻情境误入现实，造成莫大的悲剧，而这一事件在之后的文学上是如何反映的呢？与"真实"的现实相反，

（接上页）端。这一事件发生的大致时间为 1450 年至 1750 年。

① 也译作《巫婆之槌》。

② Vgl. Neumann, Almut: Verträge und Pakte mit dem Teufel: Antike und mittelalterliche Vorstellungen im „ Malleus maleficarum ", St. Ingbert: Röhrig Universitätsverlag, 1997, S120-122.

③ 中世纪的女巫审判有着非常黑暗的一面，绝大多数被处死的"女巫"都是无辜的女性。一名教士在审问过几百名女巫之后得出结论，他在 1631 年写道："如果被告过着不道德的生活，那么这当然证明她同魔鬼有来往；如果她虔诚而举止端庄，那么她显然是在伪装，以便用自己的虔诚来转移人们对她与魔鬼来往和晚上参加巫魔会的怀疑。如果她在审问时显得害怕，那么她显然是有罪的，良心使她露出马脚。如果她相信自己无罪，保持镇静，那么她无疑是有罪的；因为女巫们惯于恬不知耻地撒谎。如果她对向她提出的控告辩白，这证明她有罪；如果她由于对她提出的诬告极端可怕而恐惧绝望、垂头丧气，缄默不语，这已经是她有罪的直接证据。如果一个不幸的妇女在受刑时因痛苦不堪而骨碌碌地转眼睛，这意味着她正用眼睛来寻找她的魔鬼；而如果她眼神呆滞、木然不动，这意味着她看见了自己的魔鬼，并正在看着他。如果她有力量挺得住酷刑，这意味着魔鬼使她支撑得住，因此必须更严厉地折磨她；如果她忍受不住，在刑罚下断了气，则意味着魔鬼让她死去，以示使她不招认，不泄露秘密。"换言之，无论受审者有任何表现或反应，都会被判定为女巫而遭极刑。（http://baike.baidu.com/link? url＝hjqqa－PmhzE39np7EUCbp1ln7xt_ dkrDsxa8ti7taeX－c1O2On－dan9xv0ATE6f－j52h1HjN6E8mq44ot18AN_ ）

人们试图借助"臆想"的文学证明"魔鬼合约"纯属无稽之谈，它不可能存在，可谓是文学与现实的对抗。围绕这个主题产生了一批与女巫审判相关的文学作品（Die Dichtungen um Hexenprozesse），其中尤以威廉·麦因霍尔德（Wilhelm Meinhold，1797—1851）的长篇小说《琥珀女巫玛利亚·施外特勒》（Maria Schweidler, die Bernsteinhexe，1843）最受欢迎。故事发生在三十年战争期间，牧师亚伯拉罕·施外特勒和他的女儿玛利亚同情在战争中被洗劫一空的平民百姓。玛利亚曾在山上发现了琥珀，为了帮助贫病交加的民众，牧师和女儿变卖了琥珀，用这笔钱给忍饥挨饿的人买面包。上尉阿佩尔曼追求并纠缠15岁的玛利亚，却一直遭到她的拒绝。因此，阿佩尔曼利用权势，污蔑玛利亚施行巫术，能变出钱财，为百姓买面包的钱即是证明，他还煽动不明真相的民众，按猎杀女巫的程序、仪式对玛利亚进行刑讯和折磨。1630年8月30日，玛利亚被当成女巫而判处火刑，然而故事的结局却是：伯爵封·宁克肯救下玛利亚，并娶她为妻。这出闹剧告诉人们，所谓女巫之实无非是遭人污蔑的欲加之罪，与魔鬼来往或者签约更是捕风捉影。为猎杀女巫而编织的种种谎言，不攻自破。

16世纪，与魔鬼签约母题主要围绕浮士德传说展开。关于德国历史传说中的浮士德，并无连贯的生活传记可以查考，后人只能从其同时代人的叙述中获得一鳞半爪，而这里面浮夸的传说与真实的历史混淆在一起，难辨真假。民间传说中的浮士德为糊口生存而到处招摇撞骗，据说他上知天文下知地理，他声称自己精通占卜算命、解说星象，会召唤亡魂等各种法术，还有预言未知的能力。教会人士试图劝化他，让他别搞渎神的勾当，然而他拒绝改邪归正，并说自己用血同魔鬼订约，魔鬼诚实地履行了诺言，他也得同样诚实地为魔鬼尽责。与浮士德同时代的马丁·路德出于维护教会的权威立场，曾多次谴责浮士德为"魔鬼的舅子"。1587年，约翰·施皮斯出版《约翰·浮士德博士的故事》，一时之间洛阳纸贵。约翰·施皮斯声称，该书根据有关浮士德的记录及其本人的自白编纂而成，实际上这本书是本着马丁·路德的观点、用所谓的科学教导和神学警告予以扩充的。16世纪的教会完全理解，流传于民间的浮士德传说具有反对宗教愚昧的现实意义，所以便故意改编这些故事，在内容上反其意而用之，以达到宣传宗教的目的。

启蒙运动时期，魔鬼合约母题似乎常常显得不合时宜，因为它较少地关注经验和理智，因此一度暂时退居幕后。从17世纪到歌德时代（约1770—1830）之前，魔鬼合约母题的塑造方面大体未脱离旧有的传统，然而包含魔鬼合约母题的浮士德题材却在此时有了新突破。18世纪的启蒙主义者发现，从浮士德出卖灵魂给魔鬼，借超世的力量达到尘世享乐的目的，并和魔鬼讨论各种科学问题，到运用被教会视为异端的科学方法去探求人生价值和生活真理，这不过是一步之转。因此18世纪下半叶德国人对浮士德传说的兴趣再次浓厚起来，不少作家都利用该题材进行文学创作。在德国民族文学的奠基人莱辛的《浮士德断片》中，文艺复兴时代渴求知识的科学家浮士德最后被天使所救，这不仅在德国文学史上第一次塑造了积极正面的浮士德形象，而且为浮士德题材中的魔鬼合约母题写上了救赎这至关重要的一笔，给魔鬼合约母题增添了新的活力。到歌德时代，包括浮士德题材在内的整个魔鬼合约母题再度活跃起来，浮士德题材中的魔鬼合约也变得丰富多彩。歌德于1808年出版的《浮士德》第一部和1832年的第二部对传统的浮士德形象反其意而用之，魔鬼的合约人因其永不停息的探索精神赢得来自天上的爱，上帝之爱与人间的女性之爱一起合力救赎了主人公；歌德创作《浮士德》的早期阶段，其好友弗里德里希·马克西米里安·克林格尔于1791年发表了长篇小说《浮士德的生平、事业及下地狱》（Fausts Leben, Taten und Höllenfahrt），与歌德相反，克林格尔并不认为浮士德所作之恶都能被消解，魔鬼合约母题重新回到了无救赎的结局，或者说是虚无主义的结局。1770年至1832年之间，即歌德从事《浮士德》诗剧创作前后至少还有6位作家选用这个题材，此处不再一一赘述。不言而喻，伴随浮士德题材的传播、演变，魔鬼合约母题得以在德语文学史上广泛流传。

浪漫派时期，魔鬼合约也是受欢迎的创作母题。在18世纪末的黑色浪漫派偏爱的众多黑暗母题之中，魔鬼崇拜（Satanismus）、堕落（Verfall）、鬼怪（Gespenster）、恶魔（Dämon）、魔法（Magie）、恶（das Böse）、对信仰的怀疑（Glaubenszweifel）、幻象（Phantastik）、神学

(Theologie)、宗教（Religion）、巫术（Hexerei）、精神错乱（Wahnsinn）、鬼神附体（Besessenheit）、死亡（Tod）等都与魔鬼合约有着紧密联系，黑色浪漫派作家青睐的恐怖小说（Schauerroman）不少都涉及魔鬼合约母题。到 19 世纪，魔鬼合约成为罪恶、诱惑的象征，对文学创作产生了莫大的吸引力，尤其是通俗文学，霍夫曼（E. T. A. Hoffmann）的第一部长篇小说《魔鬼的迷魂汤》（Die Elixiere des Teufels, 1815—1816）即是代表。在浪漫派作家以魔鬼合约为母题创作的作品中，不乏在德语文学史上颇有名气之作，比如沙米索的《彼得·施莱米尔卖影奇遇记》、豪夫的童话《冷酷的心》等。此外，魔鬼合约母题很早就在童话中出现了，是童话的传统母题之一。由于童话原本是散落于民间的文学形式，横向之广与纵向之深，加之口头文学流传的不确定性，恐怕魔鬼合约最早于何时出现在童话中，已不可考。浪漫主义时期也是偏爱童话、传说等民间文学体裁的时期，众所周知，闻名世界的《格林童话》便是由格林兄弟于此时搜集整理而来。浪漫派作家中喜欢写艺术童话者大有人在，其中不少作品与魔鬼合约母题有涉。总的来讲，与作家文本中的魔鬼合约相比，民间童话中的魔鬼合约显得活泼、有趣的多，签约的时候没有那么的郑重其事，之后签约人借助自己的小聪明不仅不履行合约，而且动辄捉弄魔鬼，到头来魔鬼偷鸡不成蚀把米、赔了夫人又折兵。整个童话故事与作家文本相较也生动得多，读之或令人捧腹，或觉大快人心，往往没有那些恐怖、黑暗或者神秘的宗教氛围，这当然跟童话这种轻快活泼的体裁有很大关系。

之后，浪漫派式微，文学写作中的现实转向风气日益浓厚，但魔鬼合约作为文学母题的传统却并没有随之中断。浪漫派之后，与魔鬼合约母题相关的文学作品不再集中出现，而是散落于各个时期，每个文学时期都有以魔鬼合约母题为基础而创作的作品问世。毕德迈耶时期，德语文学对魔鬼合约母题的运用仍然体现在创新地演绎民间传说上，赋予魔鬼合约以当下的意义。被誉为 19 世纪现实主义农村小说创始人的瑞士作家耶利米亚斯·戈特赫尔夫（Jeremias Gotthelf, 1797—1854）以魔鬼合约为母题创作了中篇小说《黑蜘蛛》（Die schwarze Spinne, 1842），讲述农妇克里斯缇娜为将全村人从不可能完成的徭役重荷中拯救出来，铤而走险代表全村与魔鬼签约。事后，大家心存侥幸，不肯交出魔鬼索要的报酬——一个未受洗的新生婴儿，恼羞成怒的魔鬼将签约的农妇变成一只黑色的大蜘蛛，让其疯狂地袭击牲畜及人群，这个故事以虔诚信徒的自我牺牲收场。女作家德罗斯特-许尔斯霍夫（Annette Droste-Hülshoff，1797—1848）以格林兄弟收录的传说《小精灵》为素材创作了毕德迈耶风格的《马贩子的精灵》（Der Spiritus familiaris des Roßtäuschers，1842），讲述一个死了马的马贩子与魔鬼团伙签约的故事。现实主义作家施笃姆（Theodor Storm，1817—1888）的框架小说《白马骑士》（Der Schimmelreiter，1888），用现实主义的笔触处理神秘的魔鬼合约，为孤独的英雄形象增添了悲剧的色彩。虽然故事中的魔鬼合约有的可以逆转，有的不容逆转，但该时期的魔鬼合约故事之结局仍以救赎为主。

维也纳现代派剧作家、颓废主义的代表霍夫曼斯塔尔（Hugo von Hofmannsthal，1874—1929）于1911年发表宗教剧《耶德曼——富商之死》（Jedermann. Das Spiel vom Sterben des reichen Mannes，1911），塑造了现代性的魔鬼合约。为富不仁的商人临死前要被"死神"带到上帝面前接受审判，此时他才发现能陪伴他的不是酒肉朋友、不是他视之如命的金钱，而是被他冷落许久的"善事"和"信仰"，虽然他的"善事"和"信仰"已经如此微弱不堪。富商一生不敬上帝、崇拜金钱、吝啬成性、冷酷歹毒，他早就在无形中将自己交给了魔鬼，而在生命的尽头，当魔鬼来取其灵魂之时，他终于悔悟，忏悔自己罪恶的一生。在残存的"善事"和"信仰"支持、帮助下，耶德曼向上帝祈祷，请求上帝的宽恕，最终被仁慈的上帝所救。第二次世界大战之后，德国作家卡尔·楚克迈耶（Carl Zuckmayer，1896—1977）发表反法西斯剧作《魔鬼将军》（Des Teufels General，1946），创新地运用魔鬼合约，将最新的政治经验带入戏剧之中。飞行将军哈拉斯为纳粹效劳，仅仅因为他痴迷于飞行事业，希特勒政权能为他提供机会和雄厚的资金。典型的合约特征：以希特勒为首的法西斯政权象征着魔鬼及魔鬼王国，那些依附希特勒、为希特勒效力的人就是现代的魔鬼合约人。哈拉斯逐渐意识到自己从事的事业实际上是在参与残酷的战争，属于非人道的行为。他感到内疚、懊悔，决心用自己的方式洗刷过去，做一名为自由而斗争的战士。他登上一架有故障的飞机，在飞行中机毁人亡，以自我毁灭为代价换来了与魔鬼彻底决裂的结果。这部戏剧赋予魔鬼合约新的解读意义，是战后联邦德国舞台上演出最成功的剧目之一。以魔鬼合约作为隐喻的反思作品还有诺贝尔文学奖获得者托马斯·曼（Thomas Mann, 1875—1955）的长篇小说《浮士德博士》（Doktor Faustus, 1947），小说主人公身为现代艺术家却于发烧产生的幻觉中邂逅魔鬼，受其"开导"、与其签约，获得24年的天才创作时光，代价为生时要过无爱的冷漠生活，死后灵魂归魔鬼所有。曼氏的小说将魔鬼合约处理得极具现代性，不仅使音乐这门艺术步入小说，而且借助魔鬼合约探讨了很多当下广受关注的问题，比如艺术家问题，个人与政治、社会的关系问题等。

刚刚进入21世纪，就有魔鬼合约作品产生：2006年7月，瑞士作家马丁·苏特（Martin Suter, 1948— ）出版长篇小说《米兰的魔鬼》（Der Teufel von Mailand, 2006），将与魔鬼签约的古老传说融入现代的悬疑、惊悚故事中。有特异"通感"功能（Synästhesie）的女主人公索尼娅（Sonia）经历了婚姻的伤痛之后，迁往瑞士的下恩嘎丁（Unterengadin），在那里的疗养酒店做理疗医师。她在酒店的图书馆里发现了《米兰的魔鬼》这本书，叙述了一个可怜的小女孩无奈之下求助于魔鬼，魔鬼帮助了她，她必须付出灵魂作为酬劳。魔鬼没有直接透露何时来取灵魂，只是给出一系列奇怪的暗示，结局如何女主人公不得而知，因为这本书接下来的部分被人撕掉了。之后，酒店接连出现几起谋杀案，有人蓄意按照《米兰的魔鬼》之中的魔鬼暗示来行凶杀人，使故事悬念迭起，加上女主人公能看见声音、闻出颜色、尝出形状的特殊天赋以及疗养酒店人人心怀叵测的诡异气氛，整个故事紧张得令人窒息。在小说的最后，买凶杀人、制造一系列惊悚事件的是女主人公的前夫，他想置她于死地，不料却自食恶果，毁灭了自己。笔者认为，将古老的魔鬼传说引入现代的恐怖、悬疑小说或许是魔鬼合约在21世纪的新走向。早在19世纪人们就慢慢不相信魔鬼的存在，更不用说科技昌明的21世纪，所以魔鬼合约故事必须与时俱进，唯有与新的文学类型、体裁相结合方能继续前行。魔鬼合约故事有着深厚的宗教传统、神秘的内在氛围、恐怖的罪与罚的较量，于时下风行的恐怖、悬疑、惊悚类的文学形式或许是个不错的选择。

第二节 猎杀女巫事件中的魔鬼合约

一 猎杀女巫

欧洲近代早期的猎杀女巫事件[1]（Hexenverfolgung），不是对少数派和社会边缘人群的迫害，不是由战争和社会危机导致的罪恶，而是对人类尊严进行侵犯的丑恶行径。在欧洲近代史上，只有对犹太人的民族大屠杀（Judenverfolgung）可堪与之"媲美"。在女巫审判过程中，被处决的有女巫也有男巫，有成年人也有孩子，有富人也有穷人，有神职人员也有普通教徒，有位高权重者也有地位卑贱者，几乎人人可诛。在古希腊罗马时期，只有当女巫和巫师用"魔法"做坏事的时候，人们才可以根据十二铜表法对其进行相应的惩罚。授予男巫和女巫力量、知识的是掌管幽灵和魔法的女神赫卡特（Hekate）以及狩猎和月亮女神戴安娜（Diana），这两神并非上帝的敌人，巫者一般也不会被认为有忤逆上帝之举。古希腊罗马时期的女巫或男巫并不具备魔鬼合约母题的典型特征——背弃上帝、出卖灵魂，因此他们并未与魔鬼扯上任何关系，虽然当时憎恶、害怕、嘲讽和鄙视女巫及巫师的现象已存在。[2]从词源学上考证，"女巫"（Hexe）一词主要有两重含义：一是"骑栅栏的女人"（Zaunreiterin）；二是"淫魔女"（Schamzauberin）[3]，直接涉及性，人们以此杜撰女巫和魔鬼厮混以满足淫欲的观点。

---

[1] 关于女巫审判的起止时间说法有三：1. 1450—1750 年；2. 1480—1780 年；3. 大约从 15 世纪至 18 世纪。

[2] Frenzel, Elisabeth: Motive der Weltliteratur. Ein Lexikon dichtungsgeschichtlicher Längsschnitte. Stuttgart: Alfred Kröner Verlag, 2008, S669.

[3] Kluge, Friedrich: Etymologisches Wörterbuch der deutschen Sprache. 22. Auflage unter Mithilfe von Max Bürgisser und Bernd Gregor völlig neu bearbeitet von Elmar Seehold. Berlin und New York, 1989, S308.

第三章　魔鬼合约母题史述

那么，教会为何要导演猎杀女巫这一令人发指的事件呢？究其原因，主要在于教会无力应付当时的宗教、社会变化带来的威胁，内部的分化也使积弱已久的教会雪上加霜，教会内部的改革要么难成气候，要么以失败告终。教会因此手足无措，但又不甘心坐以待毙，于是一方面处心积虑，想再次在人民和教士之中建立起对上帝的信仰，另一方面采取措施疯狂地对所谓的异教徒进行迫害，以铲除异己、维护教皇的权威。随着教会迫害异教徒（Ketzerverfolgung）的激烈程度不断加剧，手段上无所不用其极，宗教裁判所的打击面扩大到了魔法、巫术，"与魔鬼为伍""与魔鬼签约"的传说此时便作为异教徒的罪名登台上场。在宗教裁判所的审判中，魔法师多被冠以使用魔法作恶（Schadzauberei）的罪名，且被认为得到了魔鬼的帮助，与魔鬼有染。于是，专门针对魔法师的审判（Zauberprozesse）在14世纪中叶时拉开帷幕。之后，教会变本加厉，把越来越多的社会问题归咎于异教徒和魔法师，偏执地认为那些政治、经济上的灾难都拜魔鬼的走卒所赐，都是他们与魔鬼结盟带来的恶果。那么，教会为何又把矛头指向女性？13世纪，曾被罗马教宗认可的修女会运动（Frauenordensbewegung）逐渐发展成为妇女运动（Frauenbewegung），对抗日益尖锐的仇视女性之浪潮。原本就仇视女性的教会此时把女性视为宗教的祸害、罪人，然而又很难找到女性群体行为不端、导致信仰堕落的证据，于是只好试图将其妖魔化，杜撰出女巫概念（Hexenbegriff）。在教会的操纵下，宗教裁判所的审判过程中有关信仰的争论慢慢被取代，甚至指控本身就可以决定诉讼结果，而这些指控大多都与14世纪风行的魔鬼信仰（Teufelsglaube）、魔鬼崇拜（Teufelskult）、与魔鬼私通（Teufelsbuhlschaft）等有关。根据控告人的指控，被控告的人会被判定为异教徒或巫者。[①]

15世纪中叶，魔鬼合约（Teufelspakt）和恶魔合约（Dämonenpakt）作为单独的罪名在宗教裁判所的审判中采用。在此期间，与异教和魔法相联系的女巫概念确立下来，这个概念包括以下含义：异教徒和魔法师都受其共同的上级教派管辖，即巫教（Hexensekte）；在为害作恶方面，巫教

---

① Neumann, Almut: Verträge und Pakte mit dem Teufel: Antike und mittelalterliche Vorstellungen im „Malleus maleficarum", St. Ingbert: Röhrig Universitätsverlag, 1997, S110-115.

超过目前所有的其他异教；巫教集当时魔法师、异教徒的所有为人所知的罪行于一体，包括魔鬼合约。为进一步推进迫害行动，一小部分教士故意对女巫概念进行了设计，以便将流行于民间的迷信最终固定在审判的实践中，其目的在于剥夺罪不可赦的异端分子悔过、赎罪的机会，进而强行实施焚烧异端分子的举措。①

对于女巫信仰（Hexenglaube）的传播"贡献"最大的莫过于巴塞尔国际宗教会议（internationale Konzil von Basel，1431—1437/1438），女巫的魔鬼合约（der Teufelspakt der Hexen）即在这次会议上第一次被正式提出，有些研究把这次会议看作"发明"女巫概念的源头。在巴塞尔会议的影响下，女巫概念很快传往西欧各国，为之后形成互相关联的女巫迫害区创造了条件。会议期间，已产生描述女巫之恶行的著作，其材料来源于以往的女巫审判记录，该著作主要用于教导参会教士。有了罗马教宗的正式许可，贯彻女巫概念从此更加顺风顺水。②

1487年，天主教教士兼宗教裁判所的审讯官海因里希·克拉玛／尹斯提陶里斯（Heinrich Kramer/Institoris，1430—1505）和雅克布·施普恩格（Jakob Sprenger，1435—1495）撰写、发表了有史以来最邪恶的书籍《女巫之锤》。《女巫之锤》被称为"世界文学之中最疯狂、最不祥的书"[3]，它教导女巫猎人（Hexenjäger）和法官如何检验女巫、如何识别巫术及如何对女巫行刑逼供。《女巫之锤》通过印刷出版传播开来，到16世纪初，原本同情、支持女巫的人也逐渐认可了如下观点：女巫的所作所为都是因为魔鬼合约，基于这种罪行，女巫必须被追捕。1560年前后，在新教地区首先开始的较大规模的女巫屠杀中，由宗教裁判所的审判来确定女巫是否签署了魔鬼合约。之后，一次波及所有宗教派别的女巫大讨论将巫术定义为反社会的犯罪行为，且在此期间，世俗的审判程序（das

---

① Neumann, Almut: Verträge und Pakte mit dem Teufel: Antike und mittelalterliche Vorstellungen im „Malleus maleficarum", St. Ingbert: Röhrig Universitätsverlag, 1997, S117.

② Ebd., S117-120.

③ Kramer (Institoris), Heinrich: Der Hexenhammer. Malleus Maleficarum. Kommentierte Neuübersetzung, München: Deutscher Taschenbuch Verlag, 2000, S10.

weltliche Inquisitionsverfahren）代替了原来的罗马教宗的审判（die päpstliche Inquisition），仅仅由于魔鬼合约这一条罪行，女巫就可以被世俗的审判定罪、捕杀，因为魔鬼合约以危害信仰、蛊惑人们背弃上帝为目的。1570年起，魔鬼合约进入世俗的法律，从此审判时索性连举证程序都省去了。紧接着，在德国和整个欧洲范围内开始了女巫大屠杀的阶段。审判过程中，人们对魔鬼合约的描述基本遵循《女巫之锤》所罗列的相关内容，其中掺杂普通民众所谓的"个人真实经历"，其实《女巫之锤》对魔鬼合约的凭空描述有时难免过于抽象，民众在似是而非的情况下发挥自己的想象、做出了个人的解读。就这样真真假假，与魔鬼签约事件进入了民间迷信的范畴。[①]

随着文艺复兴、启蒙运动的兴起，人文主义、唯物主义之光照耀，17世纪初西欧各国反对女巫审判的呼声日益高涨。同时，国家的地位从上帝的神权之中独立出来，科学家、哲学家对自然的认知不断完善，这些都使人们对所谓魔法、巫术的迷信逐渐瓦解，因此，终止女巫猎杀行动的时机成熟了，各国先后禁止了女巫审判、女巫猎杀。普鲁士国王腓特烈·威廉一世（Friedrich Wilhelm I）于1714年下令，禁止滥用司法迫害女巫的行为。1782年，欧洲最后一位女巫在瑞士被杀，而德国最后的女巫死于1775年。1787年，歌德在给封·施泰因妇人的信中就同时代的女巫猎杀事件表达了自己的看法："我们的历史上有个了不得的女巫时代，我在心里很长时间都难以想通它，它让我警醒，同时使所有奇异的东西都变得可疑。"[②]

在女巫猎杀事件中，虽然也有男性巫者遭受迫害，但基本以女性的牺牲为主，这跟性别歧视以及男性对女性的仇恨不无关系。"如果要烧死一

[①] Vgl. Neumann, Almut: Verträge und Pakte mit dem Teufel: Antike und mittelalterliche Vorstellungen im „Malleus maleficarum", St. Ingbert: Röhrig Universitätsverlag, 1997, S289-290.

[②] 德文原文及出处分别是：Wir haben die famose Hexen Epoche in der Geschichte, die mir psychologisch noch lange nicht erklärt ist, diese hat mich aufmerksam und mir alles wunderbare verdächtig gemacht. Goethe an Frau von Stein, 1797. Weimarer Ausgabe IV, Bd. 8, S238. 凡提供德文原文皆为笔者自译，以下不再标识。

个男性，那么至少要烧死十个女性"①，在德国，整个事件中被害的女性占总人数的80%，其中女性比例最高的地区占总人数的95%，最低地区占64%。②在女巫审判中，法官、刽子手、起诉人、听取忏悔的神父、施刑者和狱卒基本无一例外都是男性，不难看出，无论是认为女人会变成女巫的迷信，还是臭名昭著的女巫审判，其中有个不变的事实，即针对女性的性别仇视（Geschlechtshaß）、性别迫害（Geschlechtsverfolgung）。③这场针对女性的"性别之战"（Geschlechterkampf）在17世纪时随着对女性的妖魔化而达到第一个高峰，之后，弗洛伊德（Sigmund Freud）于19世纪末20世纪初在精神分析法（Psychoanalyse）上称女性为"黑暗之洲"（dunkler Kontinent），性别持久战可以说到今天都没有真正结束。④凡此种种都不可避免地在之后的魔鬼合约中留下了印记，尤其影响了女性在魔鬼合约故事中的形象和角色。

二　女巫之锤

天主教教士兼宗教裁判所的审讯官海因里希·克拉玛/尹斯提陶里斯在德国和奥地利推进猎杀女巫行动时屡屡受阻，当时的主教还公开宣布他已精神错乱，使他更加难以展开工作。但他不仅没有知难而退、就此罢休，反而打算写一本有关迫害女巫的基础指导手册，意图从根本上为猎杀女巫创造舆论氛围。考虑到自己的名声已经受损，可能会影响到这本书的传播与接受，他特意拉上了当时声名俱佳的雅克布·施普恩格做合著者，以扩大该书的影响力。两人共同撰写的拉丁文宗教宣传册《女巫之锤》⑤（拉丁文：Malleus maleficarum；德文：Hexenhammer）于1487年在德国首次出版，意在蛊惑宗教的和世俗的司法机构捕杀女巫，因此该书首先是为

---

① Schormann, Gerhard: Hexenprozesse in Deustschland, Göttingen, 1981, S. 117.
② Ebd., S. 118.
③ Frühwald, Wolfgang: Der Teufelspakt und die Naturierung der Frau: zu Friedrich Spees „Cautio criminalis". In: Friedrich Spee, 1993, S115.
④ Ebd., S120.
⑤ 德文为：Hammer der Schadenstifterinnen / Unholdinnen，自18世纪始被称为Hexenhammer。

司法人员而作，而非平民大众。该书出版后得到教皇的支持，却被当时的大学拒绝给予公开认可的鉴定，长袖善舞的尹斯提陶里斯干脆自己伪造了科隆神学院的鉴定，为该书的大肆传播扫除一切障碍。在图书印刷术的帮助下，《女巫之锤》于尹斯提陶里斯在世之时就出版发行了10次之多，到1669年又重印了24次。这本宣传册将当时欧洲社会对女巫的偏见愈演愈烈，尹斯提陶里斯借此成功发起欧洲声势浩大的女巫审判。然而在读者之中，这本书自面世到近现代时期始终备受争议和质疑。[1]

《女巫之锤》全书分为三部分，第一部分探讨巫术的三个必要条件：魔鬼、巫者和上帝的许可；第二部分讲辅助和引导巫术生效的形形色色的方法及如何成功破解，其中涉及魔鬼如何通过女巫引诱无知的人进入这个可怕的行业、女巫用与魔鬼签订正式契约的方法使巫术生效等；第三部分讲述基督教审判所和世俗的法庭起诉女巫的诉讼程序、审判过程、审判方式等。其中，魔鬼合约论主要见于第一部分和第二部分，魔鬼合约是尹斯提陶里斯女巫论的主要组成部分。根据《女巫之锤》，女巫的魔鬼合约其核心在于否定信仰、拒绝信仰，可表现为否定全部信仰、否定个别信条或者触犯教会的章程等。若想确定女巫是否背离了对上帝的信仰，可听其言、观其行，若没有在其言行中发现纰漏，那么仅仅得知女巫有背弃上帝的想法即可。作者认为，女巫可以通过很多途径接触到魔鬼、和魔鬼签约，比如通过那些已经与魔鬼签约的女巫作为中间人介绍、通过与幻化为人形的男淫魔发生关系、通过其他恶魔的帮助、召唤魔鬼或者出于被逼无奈等。在签约过程中，魔鬼化为人形，以诱惑者的身份出现，他有时候装扮为贵族，有时候是猎人，有时候是雇佣兵，有时候甚至假扮女巫的丈夫或者邻居，以获取信任、成为女巫的帮手，提出帮助她们还清债务或者报仇雪恨。作为回报，魔鬼索要女巫的灵魂、让女巫与其私通且要求女巫背弃上帝。合约往往与背离基督教的信仰相关，部分合约甚至需要用鲜血签署方能生效。若双方成功签订合约，魔鬼便会在女巫的皮肤上留下一块胎

---

[1] Neumann, Almut: Verträge und Pakte mit dem Teufel: Antike und mittelalterliche Vorstellungen im „Malleus maleficarum", St. Ingbert: Röhrig Universitätsverlag, 1997, S253-254.

记般的印记作为标志，有时还会馈赠给女巫一笔钱。①总之，作者的意图在于，明白无误地证明魔鬼合约确实存在，从而将异教和有害的魔术（Schadzauberei）搅和在一起。

《女巫之锤》甫一出版，人心惶惶，因为随便哪个人都有可能是魔鬼的合约人，都有可能与魔法、异教甚至魔鬼本身或者巫教的女巫有染。按照尹斯提陶里斯的理论，女人意志薄弱，容易受到魔鬼的性诱惑，结果便是她们一方面甘愿做行尸走肉，成为魔鬼手中任凭摆布的工具，另一方面借魔鬼合约之势大行巫术，祸害人间。女巫导致的危害涉及社会上的各个领域、生活中的方方面面，她们不仅对信仰构成威胁，而且会单纯地作恶以妨碍人们的日常生活、肆意毁坏人们的劳动成果。每个邻家女子都有可能变成女巫，出于嫉妒或者由于恶毒，她们扰乱人的心性、危及人和动物的性命。尹斯提陶里斯认为，虽然魔鬼才是头号的引诱者、骗子和信仰的危害者，然而魔鬼有自己的特点，人们可以通过服饰的颜色、身体上的畸形将魔鬼辨认出来。与魔鬼相反，女巫则不显山露水，低调地隐藏在普通人中，因此，若要将女巫揪出来，不管花多大力气都是值得的，对女巫实行多么残忍的刑罚都是必要的。②

与魔鬼签约的男性并没有成为《女巫之锤》的作者尹斯提陶里斯主要打击的目标，即使在中世纪的文学中魔鬼合约、魔鬼盟约的主人公基本是以男性为主的，且在巫者审判（Hexenprozess）的早期，被判火刑的巫者也以男性居多。为了阐释女巫概念，尹斯提陶里斯对已有的材料来源进行筛选，有意弱化男性在巫术中的参与部分，对涉案的巫师，尹斯提陶里斯要么帮其减轻刑罚，要么唆使他们将魔鬼崇拜的罪行归咎于自己的妻子。如此这般，女巫就成了魔鬼的盟友，魔鬼的签约人，他们忠心耿耿地为魔鬼效力，为其招徕更多的签约者，心甘情愿地为魔鬼服务、为魔鬼牺

---

① Dülmen, Richard van: Imagination des Teuflischen. Nächtliche Zusammenkünfte, Hexentänze, Teufelssabbate. In: Hexenwelten. Magie und Imagination vom 16. – 20. Jahrhundert. Frankfurt am Main: Fischer, 1993, S103-105.

② Neumann, Almut: Verträge und Pakte mit dem Teufel: Antike und mittelalterliche Vorstellungen im „Malleus maleficarum", St. Ingbert: Röhrig Universitätsverlag, 1997, S288.

性，哪怕等待她们的是永入地狱的惩罚。①从这个意义上来说《女巫之锤》囊括了所有对女性的偏见，而这诸多偏见不过是男性头脑臆想的产物。这些男性认为，女性首先是无能的，其次还有饶舌、轻信等缺点，重要的是她们心肠歹毒、缺乏信仰、欲壑难填。该书作者将拉丁文的"女性"（feminus）一词分解成"缺乏信仰之人"②，并引用《旧约·箴言》之中的话："一切根源于肉欲，女性对肉欲的渴望永不餍足。"③因此，为了寻求欲望的满足，女人与魔鬼媾和（Teufelsbuhlschaft），魔鬼以男淫魔（Inkubus）的身份掌控这些女人，成为她们的主人、上司。至此，《女巫之锤》对女性污蔑性的指控达到顶峰，也从而偷梁换柱，将这个时代人们对女巫和恶魔的恐惧转嫁到女性身上。德国学者阿尔布莱希特·薛呐（Albrecht Schöne）在其著作《神迹、爱情魔法、撒旦崇拜——对歌德文本的新观察》一书中将歌德的《浮士德》之瓦尔普吉斯之夜场景看作是异教和巫术的诗学呈现，同时他提到，《女巫之锤》用鼓动性的策略表达出对女性的憎恨，这种憎恨充分体现了男性依仗其在社会上的权威地位而肆意妄为，以及试图将女性驯服的心态。④

当时，法国哲学家笛卡尔（René Descartes，1596—1650）和英国哲学家霍布斯（Thomas Hobbes，1588—1679）坚持宣扬唯物主义的观点：魔鬼是不可能直接对人产生作用的。在他们的影响下，人们开始逐渐克服魔鬼合约的迷信。18世纪时，魔鬼合约论和女巫论逐渐失去其神学、司法根基，司法程序慢慢开始摒弃女巫审判。到20世纪，魔鬼合约的迷信在新教中已经消失，与此相反，这迷信却仍然留存在天主教中，其原因在

---

① Neumann, Almut: Verträge und Pakte mit dem Teufel: Antike und mittelalterliche Vorstellungen im „ Malleus maleficarum ", St. Ingbert: Röhrig Universitätsverlag, 1997, S287.

② fe=fides, Glaube, 信仰；minus=weniger, 少有；femina=die weniger Glauben hat, 即缺乏信仰者。

③ 德文原文为：Alles geschieht aus fleischlicher Begiede, die bei ihnen (den Frauen) unersättlich ist. 转引自 Frühwald, Wolfgang: Der Teufelspakt und die Naturierung der Frau: zu Friedrich Spees, „Cautio criminalis ". In: Friedrich Spee, 1993, S116。

④ Schöne, Albrecht: Götterzeichen, Liebeszauber, Satanskult. Neue Einblicke in alte Goethetexte. München: Verlag C. H. Beck, 1982, S125, S135.

于天主教的教士恪守宗教神学家的权威。因此，直到20世纪末仍有顽固的天主教作家为合约概念（Paktbegriff）和女巫论（Hexenlehre）而辩护。在这个意义上，我们可以说，《女巫之锤》将其魔鬼合约论的影响一直扩散到20世纪。[①]《女巫之锤》是欧洲女巫大屠杀事件的纲领性文件，是我们不得不直视的残酷事实，唯愿读者诸君在阅读这本书时抱有以史为鉴的良好愿望。

第三节　民间传说中的魔鬼合约

一　浮士德传说前的魔鬼合约

在浮士德传说产生之前，常见的魔鬼合约民间传说主要有两类：巫者传说和魔鬼盟友传说（Teufelsbündlerlegende），且两者常常相互交织，即巫者作为魔鬼的盟友。[②] 如上一节所述，中世纪晚期的欧洲女巫审判、女巫屠杀愈演愈烈，特别是1486年出版的《女巫之锤》把女巫判定为魔鬼的盟友、合约人，因此当时的很多魔鬼合约故事将女巫、男巫作为反面主角便不足为奇。此外，中世纪时的圣徒传说（Heiligenlegende）颇受欢迎，因为这些传说可以教化民众，让民众知晓、进而主动模仿圣徒的基督教生活。同时，与圣徒传说这一形式类似的魔鬼盟友传说也风靡一时，因为后者正好从反面告诫教徒，切勿与魔鬼为伍，应以圣徒为榜样一心向善。在这样的背景下，四个根植于早期基督教的魔鬼盟友传说"术士西蒙·玛

[①] Neumann, Almut: Verträge und Pakte mit dem Teufel: Antike und mittelalterliche Vorstellungen im „Malleus maleficarum", St. Ingbert: Röhrig Universitätsverlag, 1997, S292-293.

[②] 魔鬼的盟友（Teufelsbündler）在中世纪、文艺复兴和宗教改革时期多指那些行为古怪、专干不可思议之事的人，他们的行为并非出自上帝的名义，而是借助魔鬼之力。魔鬼的盟友必遭惩罚，且往往是死亡的惩罚。属于这个群体的一般是女巫和魔法师，除此之外还有自然科学家，因为科学家拥有不符合基督教教义的新知识，因此常被划为魔鬼的盟友之列。如前文所述，魔鬼同盟/盟约（Teufelsbund）与魔鬼合约（Teufelspakt）有着相近的来源，二者在神学和文学范畴内的发展中经常互相交织、界限模糊，甚而被混为一谈。同理，魔鬼的盟友/同盟者（Teufelsbündler）和魔鬼的合约人（Teufelspaktierer）情况亦如此，在研究中魔鬼的合约人也经常被看作魔鬼的盟友之一，即签约的魔鬼盟友，比如浮士德在不少研究中都被称为魔鬼的盟友。玛

古斯"（Simon Magus）、"普罗泰利乌斯的奴仆"（Der Diener des Proterius）、"忒奥菲鲁斯"（Theophilus）和"希普利安"（Cyprian）应运而生。13世纪时，这四个传说在中世纪权威的传说集（Legendenbuch）《金色的传说》（拉丁文：Legenda aurea；德文：goldene Legende）中汇聚到了一起，从此得以广泛传播、影响深远。这四个传说中的魔鬼合约传统（Pakttradition）不仅对浮士德传说及浮士德民间故事书有着不同程度的影响，而且为之后的民间文学和作家文学提供了魔鬼合约母题这一创作素材。

（一）术士西蒙·玛古斯的传说

西蒙·玛古斯的传说源于《新约·使徒行传》，西蒙生活的时间大约是公元1世纪。据称，西蒙是个术士（Magier）或曰魔术师（Zauberer），但他皈依了宗教，之后他得知耶稣的使徒可以通过祝福的方式与圣灵接触，于是他想用钱从使徒的手中买来这种能力。在伪经记载中，他变成了使徒的敌手，这个狂妄的术士竟然让人尊其为上帝，且宣称自己由处女受孕而生。他是某教派的首领，他的妻子名叫卢娜或者海伦娜，这个女人被他称作"天国的智者"和"万物之母"。对自己的魔术他自吹自擂，宣称自己可以隐身、破山而入、从高山上跳下来毫发无损、可以轻易地从狱中脱困、从火中穿行、可以变身为动物、在空中飞翔①、给人换脸，他甚至从空气中创造了新的生物——一个小男孩，这个魔法的难度比上帝用泥土造人还难。借助这些吹嘘，西蒙自诩为上帝之子。为此，他故意设计了自己被砍头的假象，为的就是让人们见证他将在第三天复活，实际上被砍头的当然不是西蒙，而是一头公羊。西蒙·玛古斯的传说并没有清楚、明确地提到魔鬼合约一事，只是在多处指出西蒙的所谓魔法有赖于魔鬼相助，比如西蒙在空中飞行的时候实际上是魔鬼在驮着他。最终，西蒙想从一座高塔飞上天，但不幸跌落而死，正是因为当时有人向上帝祈祷、请求上帝制服魔鬼，上帝听到并达成了这一愿望，魔鬼立即从空中跌落。后人在传说和阐释西蒙的故事时，认为西蒙必定与魔鬼为伍、是魔鬼的盟友，从这

---

① "人在空中飞行"此时在该传说中已出现，但不少人认为空中飞行是16世纪在浮士德传说中才有的。

个意义上来说,西蒙·玛古斯是与魔鬼结盟者的先祖。如前文所述,魔鬼盟约和魔鬼合约两者之间关联颇多,有时甚至难分彼此,所以谈到魔鬼合约者时,笔者建议可将西蒙·玛古斯的传说看作一个雏形。之后的一些魔鬼合约传说,包括浮士德传说,都或多或少地吸收了西蒙·玛古斯故事中的相关元素。①

明白无误地指出魔鬼合约的是另外三个希腊传说,即"普罗泰利乌斯的奴仆""忒奥菲鲁斯"和"希普利安"。

(二) 普罗泰利乌斯的奴仆

"普罗泰利乌斯的奴仆"(Der Diener des Proterius)是魔鬼合约传说中最朴实无华的版本。这个奴仆,确切地说是奴隶(Sklave),爱上了主人的女儿,而这个女子原本打算在修道院度过自己的一生。奴仆求婚无望,转而向魔鬼请求帮忙。魔鬼使用其魔法,让主人的女儿爱上奴仆,并使她违背父母的意愿,嫁给身份低贱的奴仆。两人的婚姻幸福、和谐,这多少有点出人意料。然而,妻子逐渐发现,她的丈夫从不去教堂。在妻子的追问下,丈夫不得不承认,他已将自己的灵魂出卖给魔鬼。他后悔不已,所幸得到大主教巴斯利乌斯(Bischof Basilius)的帮助:众人齐向上天祈祷,直到那张不祥的合约从空中飘荡而下,大主教一把抓住,将其撕碎。就这样,奴仆最终得救了。②

(三) 忒奥菲鲁斯的传说③

在浮士德传说之前的魔鬼合约传说中,传播最广的要数"忒奥菲鲁斯"(Theophilus)的故事了,忒奥菲鲁斯也是浮士德最重要的前身之一。忒奥菲鲁斯是个能干、虔诚的教会管理者,当大主教的位置空出之时,人们有意任命忒奥菲鲁斯为大主教,然而,出于谦让忒奥菲鲁斯婉拒了任命。之后,新上任的大主教听信了别人对忒奥菲鲁斯的污蔑,撤销了忒奥

---

① Haug, Walter: Der Teufelspakt vor Goethe oder Wie der Umgang mit dem Bösen als „felix culpa" zu Beginn der Neuzeit in die Krise gerät. In: Deutsche Vierteljahrsschrift für Literaturwissenschaft und Geistesgeschichte 75, 2001, H. 2, 185/215, S189-190.

② Ebd., S190-191.

③ Ebd., S70.

菲鲁斯管理者的职务。由于遭受不公平的待遇，忒奥菲鲁斯一怒之下经中间人——一个犹太魔术师——的介绍转向魔鬼，亲手和魔鬼签下了出卖灵魂的合约。有魔鬼相助，忒奥菲鲁斯不仅重新得到了原来的职位，而且势力大增，以至于所有人都惧怕他，连新任的大主教都臣服于他。但在这份合约中，忒奥菲鲁斯否定了上帝、否定了耶稣基督、否定了圣徒。最后，他幡然悔悟，向圣母玛利亚忏悔、祈祷，并寻求帮助。玛利亚对他关怀备至，并替他在基督面前说情。虽然忒奥菲鲁斯作为魔鬼的合约人必须接受死亡的惩罚，但是他的灵魂并未下地狱，而是进了天堂，也就是说他最终得救了。[1]忒奥菲鲁斯的故事跟中世纪盛行圣母崇拜（Marienkult）结合在一起，他获救的结局对于当时常见的圣母传说（Marienlegende）来讲非常典型。[2]这个传说同时传达出一个信息，即来自魔鬼的神秘势力使签约者疏远周围的人，陷入孤立无援的状态，签约者只有通过向圣人忏悔、祈祷，才能从魔鬼之手解脱出来。之后，这成了魔鬼合约的一个传统特点，直到宗教改革时期废除了圣人崇拜（Heiligenkult）、提倡信仰上帝拯救人的慈悲为止。整个中世纪期间，忒奥菲鲁斯题材出现了多种版本，叙事形式多样化，该题材处于前所未有的活跃阶段。

（四）希普利安的传说

在"希普利安"（Cyprian）传说中，故事主人公面临的境况和"普罗泰利乌斯的奴仆"类似，不同的是这个故事后来发生了转折。希普利安是个异教的魔术师，爱上了名叫克里斯汀·尤斯缇娜的女子，但遭到对方的拒绝。希普利安用魔法召唤来一个恶魔，让恶魔设法使尤斯缇娜委身于他。然而，尤斯缇娜对上帝的信仰十分坚定，她的信仰之力强于希普利安的魔法之力，导致希普利安一时无法得逞。虽然希普利安紧接着又派出了法力更强的恶魔，甚至连地狱之王魔鬼也亲自上阵，但希普利安还是没能

---

[1] Haug, Walter: Der Teufelspakt vor Goethe oder Wie der Umgang mit dem Bösen als „felix culpa" zu Beginn der Neuzeit in die Krise gerät. In: Deutsche Vierteljahrsschrift für Literaturwissenschaft und Geistesgeschichte 75, 2001, H. 2, 185/215, S191.

[2] Frenzel, Elisabeth: Stoffe der Weltliteratur: Ein Lexikon dichtungsgeschichtlicher Längsschnitte, Stuttgart: Kröner, 2005, S903. （Theophilus）

得偿所愿。魔鬼黔驴技穷，只好哄骗希普利安：他制造出一幅幻象，把幻象带给希普利安，让希普利安以为是尤斯缇娜本人来到他面前。当希普利安伸手去摸尤斯缇娜时，幻象化为一阵烟雾飘散而去。受骗的希普利安逼问魔鬼，为何不能迫使尤斯缇娜屈服？支撑她的到底是什么力量，竟然比魔鬼的力量还要强大？无计可施的魔鬼不得不透露实情：尤斯缇娜信仰上帝，上帝的力量高于魔鬼。虽然希普利安与魔鬼有约在先，已承诺要与魔鬼为伍，但得知真相之后，他毅然断绝了与魔鬼的往来，重新皈依基督教。最终，希普利安与尤斯缇娜在一次屠杀基督徒的事件（Christenverfolgung）中殉教而死（Märtyrertod）。希普利安的故事被传说集《金色的传说》（Legenda aurea）收录之后得到广泛传播，成了颇受欢迎的创作题材，魔鬼合约作为故事的关键母题随之流传下去。①

（五）综述

从以上四个早期民间传说可见，人若与魔鬼为伍，便可驱使魔鬼以达成自己各种各样的愿望。根据签约人所要达成目标的不同，会相应地出现不同类型的合约，比如爱情合约、事业合约等。在合约中，魔鬼索取的东西大多是人的灵魂，也就是说，人要借助魔鬼的恶势力达成所愿，须以自己的灵魂为代价和魔鬼交易。瓦尔特·浩克（Walter Haug）在其文章《歌德之前的魔鬼合约》（Der Teufelspakt vor Goethe）中从类型学的角度出发，称这早期民间传说里的魔鬼合约分别为魔鬼般的合约（der luziferische Pakt）、实用的合约（der pragmatische Pakt）和辩证的合约（der dialektische Pakt）。

西蒙·玛古斯的传说代表魔鬼合约的第一种类型。他以魔法为媒介与魔鬼沟通，企图占有超自然的力量、甚至是最高的力量。他不仅想同上帝一样，甚至想比上帝更神圣。他声称自己是由处女孕育的上帝之子，他还将自己的妻子神化，这些无非是对"三位一体"的机械模仿。由此可见，西蒙·玛古斯实际上走向了上帝的对立面——魔鬼的国度。所以他必然承

---

① Haug, Walter: Der Teufelspakt vor Goethe oder Wie der Umgang mit dem Bösen als „felix culpa" zu Beginn der Neuzeit in die Krise gerät. In: Deutsche Vierteljahrsschrift für Literaturwissenschaft und Geistesgeschichte 75, 2001, H. 2, 185/215, S192.

受和魔鬼一样的结局，即坠入深渊、万劫不复。在西蒙·玛古斯的传说中，西蒙并非单纯地借助魔鬼的恶势力取得自己想要的东西，而是自己扮演了魔鬼的角色，所以这个合约是"魔鬼般的"。

在普罗泰利乌斯的奴仆的传说中，主人公与魔鬼交往是因为他对魔鬼有所求，想让魔鬼帮助他实现一个明确、特定的目标——让主人的女儿爱上他、嫁给他。这时，魔鬼合约就成了一种手段。一般来说，人们想要的东西靠普通的手段难以获得，所以才冒天下之大不韪转向魔鬼，寻求其"非常手段"。人们想借助魔鬼之力完成的心愿有好有坏，然而，魔鬼索要的代价常常是出卖灵魂、背弃基督教，所以之后整个魔鬼合约的故事必然是邪恶的，在歌德的《浮士德》出现之前魔鬼合约故事基本都是如此。这便是第二种类型的魔鬼合约：实用的合约，忒奥菲鲁斯的传说也属此列。忒奥菲鲁斯同样想靠魔鬼的非常手段，重新赢回被夺走的职位。而且，普罗泰利乌斯的奴仆和忒奥菲鲁斯最终都醒悟过来，都得到了救赎的机会，这也符合早期魔鬼合约传说的普遍规律：执迷不悟者必下地狱，幡然悔悟者尚可救赎。

在忒奥菲鲁斯的传说中，还有一点对后世的魔鬼合约文本颇有影响，值得关注。忒奥菲鲁斯是教会管理人员，是虔诚的信徒，他的救赎结局从根本上来说是"有罪的圣人"母题的一个变体。[1]在该母题中，失足的圣者无论如何最终定会得救，而且往往是通过一个中间人物说情与上帝和解，圣母玛利亚是众多传说中特别受欢迎的帮手。在歌德的《浮士德》及之后的不少魔鬼合约文本中，主人公的救赎过程中经常出现作为拯救者的中间人物，且大多是女性，笔者推测，女性拯救者的形象应是继承了"有罪的圣人"母题中的圣母玛利亚这一传统。换言之，忒奥菲鲁斯的传说将女性拯救者的角色带入魔鬼合约故事，女性拯救者的角色在后世的魔鬼合约故事中得到流传和发展。此外，实用的合约这个类型之后有了有趣的新发展，魔鬼演变成了一个奇怪、可笑、被骗的可怜鬼。签约时，人和

---

[1] Haug, Walter: Der Teufelspakt vor Goethe oder Wie der Umgang mit dem Bösen als „felix culpa" zu Beginn der Neuzeit in die Krise gerät. In: Deutsche Vierteljahrsschrift für Literaturwissenschaft und Geistesgeschichte 75, 2001, H. 2, 185/215, S194.

魔鬼取得一致意见，等魔鬼履行承诺帮人达成所愿以后，便会被人甩开。而且人只要略施小计即可智胜魔鬼，到头来魔鬼不仅一无所获，还要被人狠狠地教训一顿。"被骗的魔鬼"（der geprellte Teufel）在后来的传说、童话中颇受欢迎，几乎成了童话中的魔鬼合约故事的典型形象。

在第三种合约类型中，魔鬼要被迫承认其恶势力的局限性，他并非像自己扬言的那样无所不能，在上帝或者虔诚信仰上帝的人面前魔鬼的恶势力根本就起不了作用，希普利安的传说便是一例。面对尤斯缇娜坚定的信仰之力，魔鬼束手无策，只好向希普利安和盘托出事情的原委。得知真相的希普利安抛弃了魔鬼，重回上帝的怀抱，坚定了对上帝的信仰。在这个过程中，由消极到积极的转变无疑是最有意思的情形，这种合约即为辩证的魔鬼合约。除了以上四个民间传说涉及的三种合约类型，瓦尔特·浩克还提到了第四种合约：类似恶作剧合约（der dämonisch-burleske Pakt），并指出这种类型虽然没有出现在早期的魔鬼合约故事中，但它极易从第一种合约类型"魔鬼般的合约中"演变出来。若人与魔鬼交往并非为达成某个特定的目标，而是纯粹出于对恶的兴趣，为恶而恶，且故事提供转折的余地，主人公对恶的单纯消遣转向了利用魔鬼的势力恶作剧，或曰真正的魔鬼之恶变成了滑稽的胡作非为，这种合约类型被称为凶恶而诙谐的，在滑稽戏中曾大受欢迎。此外，第四种合约多见于近代的魔鬼合约故事文本，它推动了魔鬼合约象征化的进程，使宗教文化背景浓厚的魔鬼合约变成了人的思想意识中与恶为伍的隐喻。

在上述的四个早期魔鬼合约的民间传说中，无论主人公最终结局如何，有一个问题反复被强调，即恶可以被战胜。战胜恶的方式要么是靠真和善的先驱从外部攻破，要么靠主人公内心对恶的彻底厌弃。而此时，由于人和魔鬼签下的一纸合约已经产生约束力，所以有的故事会安排一个比魔鬼更高的势力来帮助人撕毁合约，使主人公摆脱魔鬼之恶。换言之，这类故事告诉人们：与魔鬼之恶的联系只能靠上帝的仁爱来剪除，对上帝的仁爱信守不渝的人都可获助、被救。总的来说，主人公被救赎的魔鬼合约故事中无疑有救世史的映照。

二 浮士德传说中的魔鬼合约

（一）浮士德传说

据学者考据，在历史上浮士德确有其人，然而关于真实人物浮士德可谓众说纷纭、莫衷一是，而且学者们的考据结果常常互相矛盾。首先，他的出身和真实姓名都难以确定。巴奥（Frank Baron）①认为，历史上的浮士德名叫格奥尔格·浮士德（Georg Faust），来自海德堡附近的海尔姆施塔特（Helmstadt bei Heidelberg）。对此，他有海德堡大学的学生档案佐证，证明格奥尔格·浮士德曾于1483年至1487年间在此取得硕士学位。对于浮士德的名字还有约翰·浮士德（Johann Faust）、耶尔格·浮士德（Jörg Faust）等说法，考据者都有一套说辞和佐证，笔者不再一一论述。对于浮士德的籍贯，学者玛哈尔（Günter Mahal）②提出，浮士德应出自毛尔布隆附近的柯尼特林根（Knittlingen bei Maulbronn），他亦有当时的书面记录和房屋买卖合同为据。即使有人把目前所有可查的资料都集中起来，也只能拟出一份残缺不全、漏洞百出的浮士德个人简历，简历之中的大片空白之处便给了文人学者极大的想象、创作空间，而在口口相传的过程中，人们更是喜欢根据个人口味对浮士德的故事添油加醋。

传说中的浮士德于1480年出生在符腾堡的克尼特林根小镇，卒于1540年。浮士德出身农民家庭，只得到了中学的基本教育。之后，浮士德浪荡江湖，逐渐谙熟招摇撞骗之道。他一生未曾大学毕业，但为抬高身价以骗人钱财，他在自己的名字前面冠以博士的头衔。他还冒充是上古意大利以占卜算命术闻名的某家庭后裔，借此在德国中部以算命为生。据传，浮士德还到过巴黎、维也纳、布拉格等德国之外的一些大城市，但并没有客观史料能对此加以证实。③1513年，据人文主义者康拉德·穆特的

---

① Vgl. Baron, Frank: Faustus. Geschichte, Sage, Dichtung. Winkler Verlag: München, 1982, S14-16.

② Vgl. Mahal, Günter: Faust - Museum Knittlingen. Georg Westermann Verlag: Braunschweig, 1984, S10.

③ 余匡复：《〈浮士德〉——歌德的精神自传》，上海外语教育出版社1999年版，第322页。

报告，浮士德寄住在埃尔富特的封·邓施泰特贵族家，在那里他给大学生们讲关于荷马的课程，并让史诗中的英雄人物现身。他又宣称能把古罗马作家普劳图斯和特伦茨的喜剧弄来，抄下副本。有教士试图劝化他，不要再干渎神的勾当，但他拒绝改邪归正，宣称自己用血同魔鬼订约，魔鬼言而有信，予他所需，他也要遵守合约，效忠魔鬼。他从埃尔富特被驱逐以后，销声匿迹了一段时间。① 直到1520年，班贝克（Bamberg）的侯爵主教格奥尔格三世付以十个金币的高价，让浮士德解说其出生的星象，可见浮士德的占卜术在当时已相当出名。1527年前后，浮士德为逃避萨克森的选帝侯对他的逮捕，亡命到南德，在那里继续从事占卜活动，1528年他被人从英戈尔施塔特驱走。1532年，他在纽伦堡因犯鸡奸罪及施展妖术而被驱逐出城。1534年，当时著名的贵族菲利普·封·胡腾（Philipp von Hutten）成了维尔赛商号派到委内瑞拉旅行的代理人，在进行美洲之行前曾请浮士德前来为他占卜，胡氏后来声称浮士德的话都应验了。1536年，浮士德浪游到了科隆和维尔兹堡等地。在科隆，浮士德在大主教家做过客，让大主教见识了他的神奇妖术。在维尔兹堡，浮士德曾通过占卜来预言德皇查理五世对法国国王法朗兹一世的战争结局，甚至有传言说他用魔法帮助皇帝赢得意大利战争的胜利。他的占卜甚至使当时著名的教授感兴趣，再次说明浮士德在16世纪确以占星家而享有过盛名。与浮士德同时代的马丁·路德出于维护教会的权威立场，曾多次谴责浮士德为"魔鬼的舅子"。晚年的浮士德较少地抛头露面，但渊博的医学知识使他闻名遐迩。1540年左右，浮士德死于弗莱堡附近的一个小镇。② 根据书面记载，浮士德临死时其状甚惨，因此有人估计他死于炼丹，也有传言说他死于强盗的谋害。由于浮士德一度因占卜术声名大噪，加上他突然这样可怕的死去，所以当时便流传过他被魔鬼召唤而去的传说。③

1540年，历史人物浮士德的一生结束了，然而传说中的浮士德才刚

---

① 董问樵：《〈浮士德〉研究》，复旦大学出版社1987年版。
② 也有资料指出，布莱斯高的斯陶芬是浮士德的死地。
③ 参见余匡复《〈浮士德〉——歌德的精神自传》，上海外语教育出版社1999年版，第322页。

刚诞生。1548 年，新教牧师约翰·加斯特（Johann Gast）在巴塞尔发表的著作中第一次描绘了浮士德，他把浮士德描写为披着外装的"魔鬼"，有关浮士德的书面记载的传说便从此形成和开始。① 1556 年后，埃尔富特的浮士德故事在大学圈子里被人记录下来。1570 年左右，曾在维滕贝格上过大学的纽伦堡教师罗斯希尔特（Christoph Roshirt），把马丁·路德在宴会上所讲的种种关于浮士德的传说收集下来，编成《魔法师浮士德》（Zauberer Faust）。该书把浮士德塑造为借魔鬼合约行骗之人，最终在乡间旅店被魔鬼催命夺魂。次日，人们发现他死在床上，面目狰狞、恐怖异常。作者认为浮士德罪有应得，在本书的最后用基督教教义劝诫读者改恶从善。对于宗教改革者马丁·路德等人来说，浮士德是个极好的反例，作为魔鬼的签约人，浮士德的一生充满罪恶，他的存在是对万千教徒的警示。由于时代的局限性，浮士德民间传说中的魔鬼合约母题保留了浓厚的宗教和迷信色彩，浮士德是一个十足的反面人物，是坑蒙拐骗的江湖术士，是不受宗教约束的另类，人们看不透他的"神秘"，便猜测他必然与魔鬼为伍。而在众多有关浮士德的传说中，第一次具体刻画魔鬼合约的是1580 年前后的好格尔（Zacharias Hogel）版本，其中的浮士德同样身为魔法师，曾有一位好心的修道士想拯救他的灵魂，但浮士德说：②

> 我实在是胆大包天，竟然用自己的鲜血同魔鬼签约，将自己的肉体和灵魂永远地卖给了魔鬼：我该如何救赎？③

1587 年出版的《浮士德民间故事书》继续沿用魔鬼合约这一母题，此后，对魔鬼合约的描述成了浮士德传说的传统之一，是浮士德题材不可分割的重要部分。后人大多没有兴趣知道浮士德的真实面貌，但却津津乐

---

① 余匡复：《〈浮士德〉——歌德的精神自传》，上海外语教育出版社 1999 年版，第 322 页。

② Vgl. Zacharias Hogels Erfurter Erzählungen, in: Faust. Eine Anthologie. Band I. S28.

③ 德文原文如下："Ich hab mich aber so hoch verstiegen und mit meinem eigenen Blut gegen dem Teufel verschrieben, dass ich mit Leib und Seele ewig sein sein will; wie kann mir geholfen werden?"

道于传说中和魔鬼签约的浮士德。浮士德在民间流传的另外一个重要原因在于他经常出现在酒店、集市，与人民接触密切，不像当时很多高高在上的学者，他们只出现在大学的讲台上，说的写的都是拉丁文。浮士德在各地浪游，不仅与人民接近，而且知晓丰富的科学知识。就这样，他在老百姓的心目中渐渐成为一个本领高强的人物。[①] 老百姓根据自身掌握自然、驾驭自然的愿望，特别为流传民间中的浮士德添加了许多超自然的魔术内容，甚至把其他魔鬼签约人的故事、传说也都加在浮士德身上，以寄托16世纪文艺复兴的新时代人们了解科学知识的迫切愿望。

（二）浮士德民间故事书

在众多民间传说的版本中，浮士德多是江湖术士或行骗的巫师之流。他的故事被人们街谈巷议，但情节单一。真正具备较为完整的故事形态、全面讲述浮士德生平轶事的元叙述，应推德约翰·施皮斯（Johann Spieß，1540—1623）出版的《约翰·浮士德博士的故事》（Historia von D. Johann Fausten），后世常称之为《浮士德民间故事书》。该书根据马丁·路德的转述编纂而成，于1587年在美因河畔的法兰克福予以付印，其作者不详。它是目前所见的流传最广、也最全面的文字文本，被认为是有关浮士德的第一部具有文学意义的作品，且为后世数以百计的作家开启了浮士德题材创作之路。

16世纪，德国进行了宗教改革，城市得以发展，加上印刷术广泛使用，民间文学极为繁荣。新兴市民阶层需要相应的文化生活，故事、笑话等文学形式发展起来。民间故事书在当时大受欢迎，《约翰·浮士德博士的故事》是其中比较有影响并能反映时代的一本。该书是在前人累积的基础之上编写而成的，尤其受1570年至1575年间由克里斯多夫·罗斯希尔特完成的《魔法师浮士德》和1580年至1585年好格尔版本浮士德故事集的影响，且强化了这两部故事集中的基督教劝诫和宣传倾向。《约翰·浮士德博士的故事》的副标题为"给所有有好奇心的、且不信仰上帝的人一个可怕的、令人战栗的例子，并给他们以诚意的警告"，这个长长的副

[①] 参见余匡复《〈浮士德〉——歌德的精神自传》，上海外语教育出版社1999年版，第322—327页。

标题使该书的意图一目了然。① 此外，故事书的开头有两篇序言，一篇致两位有名望的官吏，另一篇致基督教的读者。

《约翰·浮士德博士的故事》由四部分组成：三个主要部分和尾声，共68章，这68章基本都是由零散的单个事件拼凑而成，包括浮士德的旅行冒险、逸闻趣事和"学术争论"等彼此独立的故事，而旅行冒险、逸闻趣事主要是作者为了增加故事书的娱乐性。尽管如此，《约翰·浮士德博士的故事》还是被看作一个不可分割的整体，原因在于与魔鬼为伍是串联所有故事的一条红线，魔鬼合约和浮士德的最终结局将所有单个的故事连成一体。换言之，魔鬼合约在这部作品中起着形式上的中心作用。该书第一部分17章，讲述颇有名气的魔法师浮士德之出生、求学的情况，兼及浮士德召唤魔鬼并与之签约的场景；第二部分15章，讲占卜家浮士德周游世界、上天入地，求知若渴的浮士德与魔鬼争论许多科学问题；第三部分共27章，占全书一半的篇幅，叙述享乐主义者浮士德利用巫术，无所不能。尾声包括9章，描述浮士德恐怖、悲惨的结局：24年期满，魔鬼于风暴之夜取走浮士德的性命，浮士德被判永入地狱，所有希望都破灭了。该书作者趁机向读者说教：与魔鬼为伍必死，信仰上帝方得永生。其中，第三部分涉及浮士德故事的部分经典场景，如对浮士德与希腊女神海伦娜的结合②、浮士德与魔鬼签下为期24年的合约等进行了详尽地描写。为强调浮士德这种不信上帝之人的罪孽深重，该书作者特意安排浮士德两度委身于魔鬼。对第一个魔鬼合约的描写出现在书中第6章，浮士德召来

---

① 1587年该书初版时完整的标题为：Historia von D. Johann Fausten / dem weitbeschreyten Zauberer und Schwartzkünstler / Wie er sich gegen dem Teuffel auff eine benandte Zeit verschrieben / Was er hierzwischen für seltzame Abentheuwer gesehen / selbst angerichtet und getrieben / biß er endtlich seinen wol verdieneten Lohn empfangen. Mehrertheils auß seinen eygenen hinderlassenen Schrifften / allen hochtragenden / fürwitzigen und Gottlosen Menschen zum schrecklichen Beyspiel / abscheuwlichen Exempel / und treuwhertziger Warnung zusammen gezogen / und in den Druck verfertigt. Iacobi IIII. Seyt Gott underthänig / widerstehet dem Teuffel / so fleuhet er von euch. Cum Gratia et Privilegio. Gedruckt zu Franckfurt am Mayn/ durch Johann Spies. M. D. LXXXVII. Vgl. Spieß, Johann (Hrsg.): Historia von D. Johann Fausten, 1587. Kritische Ausgabe. Reclam Verlag: Stuttgart, 1988, auf der Titelseite.

② 浮士德民间故事书首次将海伦母题（Helena-Motiv）纳入浮士德的故事。

魔鬼梅菲斯特菲勒斯（Mephostophiles）；第二次与魔鬼签署合约安排在该书的第三部分：首次签署合约之后的第17年，浮士德深感后悔，然而梅菲斯特菲勒斯逼迫他再次签约，并以死亡相威胁。浮士德第一次与魔鬼签约使整个故事情节充满张力，而第二次签约无非是作者为了验证浮士德必遭惨死的结局。

浮士德来自魏玛附近的罗达（Roda），是农民的儿子。一位富有的堂兄供他在维滕贝格攻读神学，可是他却成了占星术者、算教学者和医生。为了招揽生意，浮士德在自己的名字前面加了许多头衔，诸如容克贵族、招魂者、星象家、赐福的魔法师、手相术者、气象占卜人、火灾占卜人、治病的泌尿检查者等。他在格尔恩豪森时自夸，如果柏拉图和亚里士多德著述的文字不幸失去，他能更好地把它们恢复过来；他在维尔茨堡自告奋勇再现耶稣基督的奇迹。次年，他在克罗依茨那赫又吹嘘自己能满足人的任何愿望，并且拥有超过炼金术士的本事。一天晚上，浮士德在维滕贝格附近的施佩斯森林里，于九时至十时召魔鬼来到一个十字路口，他和这个以僧人姿态出现的魔鬼约定，次日午夜在他的住处会面。魔鬼过了两夜才出现，因为他先要去取得上司的允许。魔鬼答应为浮士德服务24年，但浮士德为此要放弃基督教的信仰，献出肉体和灵魂。浮士德刺臂出血，用自己的鲜血签写了魔鬼拟好的条约，从此，魔鬼满足他的一切愿望。浮士德想要结婚时，魔鬼就把变成女人的淫魔带给他。之后，浮士德环游全球，他不仅游遍欧洲各国，见到了教皇和苏丹，还访问了非洲和亚洲。他甚而飞到星空中去，又进行了地狱之行，获得有关天堂与地狱的信息。该书用长达数章的篇幅来广泛叙述浮士德与魔鬼探讨四季形成、星辰雷电等问题，作者借魔鬼之口表达中世纪的科学见解，目的是通过否定魔鬼的见解进而否定科学，因为科学的见解与基督教宣扬的理论是相互矛盾的。书末部分除了描述各式各样的魔法之外，还记载了浮士德把亚历山大大王召到皇帝面前来的事迹。而且，浮士德召唤来美女海伦，和她一起生活，生子尤斯图斯。当儿子死亡时，母亲也随之消逝。到了魔鬼合约规定的期限，浮士德让大学生们陪同他到维滕贝格附近的林里希小村去，该书作者如此安排是为了让浮士德向学生们现身说法，警告学生们不可重蹈他的覆辙。夜半十二点到一点的时候，泪流满面的浮士德向学生们告别以后就上床睡了，后来，房里忽然传出巨大的喧嚣声和呼救声。第二天早晨，学生们发现墙壁上溅满鲜血，房间里散落着浮士德的眼睛和几颗牙齿，他的尸体僵扑在屋外的粪堆上。将尸体埋葬以后，学生们在维滕贝格发现浮士德自己撰写的生活史，学生们把结尾加上去补全了它。作者详尽地描写浮士德惨死时的状况，以教育人们不可信邪、不可与魔鬼为伍、不可追求与教义不符的科学，应信仰上帝、虔诚地生活，这样死后灵魂才能进入天堂。①

是什么驱使故事书中的浮士德与魔鬼签约呢？浮士德曾是神学博士，然而他对自己掌握的神学知识和能力并不满意。他很睿智，但当时的智慧只能用于学习有关上帝的知识，即神学。浮士德并非循规蹈矩之人，他骨子里透着傲慢与反叛，相对于神学，他对"世俗的"科学更感兴趣，如星占学、医学。很快，浮士德便放弃了神学学习，转而学习魔法。②傲慢和自负是浮士德的一大性格特征，仅仅这一点便足以让浮士德下地狱，因为傲慢是七宗罪（die sieben Todsünden）的大罪之一。③而且在13—15世纪期间，魔鬼的本性就被定义为傲慢和自负。此外，好奇心、自由和轻率也是浮士德具备的性格特点，而这些恰恰也是宗教所忌惮的。对于浮士德签署魔鬼合约，书中给出的理由是浮士德想要获取神学之外的新知识。按当时的观点，神学知识是上帝对人的晓谕，人不应该、也不可能学到神学之外的知识，因此，浮士德妄图跨越人自身的界限，为此不惜委身于魔鬼，犯了基督教之大忌。④

---

① 余匡复：《〈浮士德〉——歌德的精神自传》，上海外语教育出版社1999年版，第326页。

② 当时除了神学之外，几乎所有的科学门类都被划为"魔法"（Zauberei）范畴，如数学、星占学、医学等。

③ Todsünde 意为"深重的罪孽、大罪、必死之罪"。七宗罪，天主教教义中提出的七种罪过，以分辨出教徒常遇到的重大恶行。"重大"的意思在于这些恶行会引发其他罪行的发生，例如盗贼的欲望源于贪婪。根据对爱的违背程度其顺次序为：傲慢、嫉妒、暴怒、懒惰、贪婪、色欲、暴食，对应的德文为：Hochmut、Neid、Zorn、Trägheit、Geiz、Unkeuschheit、Unmäßigkeit。

④ 浮士德此举违背了"十诫"第一条和第二条，也是最重要的两条。（十诫：第一条，不可拜耶和华以外的上帝；第二条，不可制造偶像与拜偶像；第三条，不可妄称耶和华的名字；第四条，当纪念安息日守为圣日；第五条，应孝敬父母；第六条，不可杀人；第七条，不可奸淫；第八条，不可偷盗；第九条，不可作假见证；第十条，不可贪心。）

虽然在《约翰·浮士德博士的故事》中，签约后的浮士德得到了情欲的满足，但情欲却并非浮士德与魔鬼为伍的初衷。在浮士德生活的历史时期，宗教教导人们恪守婚姻内的爱情和性，出于情欲与魔鬼为伍还是个相对来说比较禁忌的话题，而且，与魔鬼签署"情欲合约"在当时似乎是女巫的"专利"。当然，故事书的作者也并未忘记使用情欲的筹码，让浮士德在与魔鬼为伍的过程中犯下七宗罪之"色欲"罪。浮士德每罪加一等，便离地狱之门又近了一步。除浮士德民间故事书之外，在其他浮士德作品中，把浮士德推向魔鬼合约的不仅仅是对知识的渴求，还经常涉及欲望（Lust）、色情（Sinnlichkeit）和爱情这类因素。

在《约翰·浮士德博士的故事》中，浮士德是一个反面形象。与魔鬼订约后，浮士德追求两种满足，即生活享乐的满足和获取科学知识的满足。中世纪的教会倡导的迷信观念与科学势不两立，教会把科学视为魔鬼的门徒，因此人们认为，要了解自然的奥秘只能去求助于"魔鬼"，与"魔鬼"打交道。在教会的眼中下，浮士德是一个罪人，他为了追求个人享乐、了解事物之奥秘情愿与魔鬼为伍，是一个十足的"异教徒"。作者从基督教的立场出发，认为浮士德的一生充满罪恶，然而作者的主观愿望和作品的客观效果却并不一致：16世纪的新思潮却认为追求生活享乐的满足和获取科学知识的满足都是人的合理、正当诉求。与魔鬼订约后的浮士德尽享当时不被基督教容许的人间快乐，这实际上却恰好迎合了16世纪反对禁欲主义的思潮；而浮士德与魔鬼探讨天堂、地狱、宇宙形成等自然科学的奥秘，又刚好与人们反对宗教蒙昧主义和反对统治者愚民政策的愿望相一致。[①] 从这个意义上来说，民间传说和施皮斯的故事书虽然有不少情节、故事是一样的，但两个浮士德形象已经不再完全相同，魔鬼合约母题从浮士德民间传说到民间故事书也发生了改变，即魔鬼合约本身不再是绝对消极的，与魔鬼签约的人浮士德也从被妖魔化变得略显人性化。然而，这个时候的魔鬼合约母题不涉及救赎，鉴于当时的文化和宗教背景，浮士德的救赎尚无可能。

---

① 余匡复：《〈浮士德〉——歌德的精神自传》，上海外语教育出版社1999年版，第325—327页。

1587 年出版的《约翰·浮士德博士的故事》共有 5 种不同的版本，接着是再版和改编。正因为该故事书客观上符合了人们追求生活享受、追求科学知识和了解世界的要求，所以它才得到了如此迅速的传播，并且立即被译成了丹麦文、英文、法文、尼德兰文和捷克文。1599 年，维德曼（Georg Widmann）在汉堡出版一本 671 页的书，标题是：闻名遐迩的巫师和老牌魔术家约翰·浮士德的真实故事，该书其实是对《约翰·浮士德博士的故事》的再加工。维氏撇开浮士德的恋爱关系及有关自然科学的论争不谈，试图把事件的发生时间从查理五世移后到马克西米利安皇帝的时代。他特意用较多的篇幅来叙述一些回忆和例证，以便为路德的神学教义和告诫服务。① 1674 年，纽伦堡的医生泼费策尔（Nikolaus Pfitzer）又对维德曼的故事书重新加以整理，1801 年歌德在创作《浮士德》第一部时，曾从魏玛图书馆借阅了这部著作。②

第四节　浮士德题材中的魔鬼合约

一　浮士德题材概述

1587 年出版的《约翰·浮士德博士的故事》后来成为 16 世纪德国三大民间故事书中的最重要的一部，立即被译成英语，次年，英国戏剧家马洛（Christopher Marlowe，1564—1593）根据该书创作了著名剧本《浮士德博士的悲剧故事》（Die tragische Historie vom Doktor Faustus / The Tragicall History of Dr Faustus，1589）。董问樵在其《〈浮士德〉研究》中认为，歌德之前有关浮士德的重要著作有两部，一是英国人文主义时期马洛的戏剧，二是德国启蒙运动时期莱辛（Gotthold Ephraim Lessing，1729—1781）的剧稿，它们与时俱进地提高了浮士德题材的思想性。马洛改变了民间故事书的主题思想，在其剧本中肯定知识是伟大的力量，认为人有了知识就可以征服自然，实现社会理想。因此，马洛的浮士德是一个

---

① 参见董问樵《〈浮士德〉研究》，复旦大学出版社 1987 年版，第 135—138 页。
② Trunz, Erich: Goethes Faust. Nachwort. Verlag C. H. Beck 1994, S473.

渴求知识以了解世界的追求者,具有人文主义者的性格,同时他也是个不顾一切后果的尘世生活享乐者。浮士德要求了解世界、掌握科学,并以无神论否定神学及基督教提倡的彼岸追求,甚至不惜为此与魔鬼签约。签约后的浮士德过了24年声色犬马的生活,之后死期将至,在他最后的自白中,浮士德声称要焚烧所有的魔术书籍,然而为时已晚,他绝望而恐惧地死去。浮士德的灵魂为魔鬼攫取,全局以悲剧告终,合唱的尾声警告人们不要对办不到的事情痴心妄想,但同时又承认浮士德是让阿波罗骄傲的参天桂树。[①] 17世纪时,英国的流动剧团将马洛的剧本带回了德国,之后,浮士德故事在流传甚广的德国木偶戏中找到最为人民喜闻乐见的形式。

经过一个多世纪的沉寂,18世纪下半叶德国人对浮士德传说的兴趣再次浓厚起来。启蒙运动跟神秘莫测的浮士德本该毫无瓜葛,但启蒙主义者发现浮士德对知识与科学的渴求和启蒙运动试图通过教育启蒙大众、改变社会的主张是一致的,从浮士德出卖灵魂给魔鬼,借超世的力量达到尘世享乐的目的,并和魔鬼讨论各种科学问题,到运用被教会视为异端的科学方法去探求人生价值和生活真理,这不过是一步之转。莱辛从启蒙运动的立场出发,首先发现浮士德传说的意义,他计划创作一部浮士德戏剧,历经数年却仍未成书,只发表过一个完整场景。在莱辛的《浮士德草案》(Faust-Pläne,1759)中,浮士德是文艺复兴时代的科学家,他渴求知识、勇于探索,最后被天使所救,这在德国文学史上第一次塑造了积极的浮士德形象。浮士德在作家笔下不仅完全没有江湖术士和骗子的影子,反而成了一位有诗才且深思好学的青年。莱辛欣赏浮士德对知识的渴望,因此一反传统,推翻了浮士德和魔鬼签约的悲惨结局,为魔鬼合约母题写上了救赎这至关重要的一笔。此后,浮士德传说被看作德国的民族传说,进步作家都想利用该题材进行文学创作。18世纪的最后三十年,在浮士德民间故事书产生200年之后,狂飙突进运动时期(1765—1785)的作家对这个题材特别关注,究其原因,浮士德这个人物身上所表现出来的对知识和经验的渴望,从旧的意识形态和社会羁绊中解放出来的要求,特别是

---

① 参见董问樵《〈浮士德〉研究》,复旦大学出版社1987年版,第139—142页。

要求经过社会考验获得享受的强烈愿望,恰好是这个时代的人的理想。①他们借浮士德这个巫术师的形象批判基督教道德上的戒律、社会上的桎梏,强调这个题材的现实意义,为歌德的浮士德作品打下良好的基础。1775年,歌德创作了《浮士德初稿》(Urfaust),1790年在此基础上修改完成《浮士德草案》(Faust, ein Fragment),这两次创作都属于狂飙突进时期的成果,且继承了莱辛的救赎结局。对浮士德题材的重新演绎,浮士德形象的重新塑造给魔鬼合约母题增添了新的活力。到歌德时代(1770—1832),包括浮士德题材在内的整个魔鬼合约母题再度活跃起来,魔鬼合约作品开始变得丰富多彩。在席勒的推动和鼓舞下,歌德于1797年至1806年间继续创作出《浮士德·第一部》(Faust. Der Tragödie erster Teil, 1808);1825年至1831年,歌德完成了《浮士德·第二部》(Faust. Der Tragödie zweiter Teil, 1832),已超出浪漫主义进入现代主义的范畴。

在歌德从事《浮士德》诗剧创作期间至少还有7位作家选用这个题材:魏德曼(Paul Weidmann, 1744—1801)于1775年发表剧本《约翰·浮士德》(Johann Faust),但仍属于为封建制度辩护的文学,与狂飙突进时期的作品相距甚远;弗里德里希·米勒(Friedrich Müller / Maler Müller, 1749—1825)写出《浮士德生平的戏剧化》(Fausts Leben dramatisiert, 1778),代表着处理浮士德题材的新方向,剧作的目的在于把浮士德置于比较公正、有利的地位,然而却又片面强调了浮士德的享受本能、生活本能,忽略了主人公的人格价值;本着狂飙运动的传统精神来处理浮士德题材的是弗里德里希·马克西米里安·克林格尔(Friedrich Maximilian Klinger, 1752—1831)于1791年发表的长篇小说《浮士德的生平、事迹及下地狱》(Fausts Leben, Taten und Höllenfahrt),克林格尔的浮士德认为人类服从于崇高的内心使命,与歌德诗剧中追求实现纯粹人类使命的浮士德相似;封·佐登(Friedrich Julius Heinrich von Soden, 1754—1831)的《浮士德博士》(Doktor Faust, 1797)是对米勒剧作的粗劣模仿和对克林格尔作品的全盘接受;沙米索(Adelbert von Chamisso, 1781—1838)于

---

① 参见董问樵《〈浮士德〉研究》,复旦大学出版社1987年版,第142页。

1804 年发表的独幕剧《浮士德》（Faust. Ein Versuch）别具一格，沙米索的浮士德追求真理和知识，比狂飙突进时期大多数的浮士德作品更接近歌德的浮士德观；克林格曼（Ernst August Klingemann，1777—1831）在写于 1815 年的戏剧《浮士德》（Faust）中，再次把主人公塑造成了纯粹贪图享受的人，浮士德和魔鬼签约完全是出于无限制的性欲要求，最后和魔鬼一同堕入地狱，浮士德的形象再次被贬低；格拉贝（Christian Dietrich Grabbe，1801—1836）于 1829 年的对比悲剧《唐璜与浮士德》（Don Juan und Faust）让唐璜和浮士德代表两种生活原则：对享受的追求和对知识的追求，为浮士德题材添入新意。

19 世纪歌德以后的作家中，莱瑙（Nikolaus Lenau，1802—1850）于 1836 年完成《浮士德》诗剧（Faust. Ein Gedicht），基本上反对歌德的浮士德观点。大作家海涅（Heinrich Heine，1797—1856）写出舞剧《浮士德博士》（Der Doktor Faust. Ein Tanzpoem，1851），有意想与歌德的诗剧一争高下。海涅的浮士德与女魔鬼梅菲斯陀菲娅订约，最后惨遭毁灭，海涅赋予传说中的浮士德罚入地狱以现实意义。海涅认为，古老的浮士德题材对当时的人如此具有魅力，原因即在于它表现出了现代人所从事的斗争：宗教与科学、权威与理性、信仰与思想、恭顺的禁欲与大胆的享受之间的激烈斗争。菲舍尔（Friedrich Theodor Vischer，1807—1887）于 1862 年创作了《浮士德·悲剧第三部》（Faust. Der Tragödie dritter Teil），表面看上去该剧有意作为歌德诗剧的续作，事实上确是直言不讳拒绝歌德的《浮士德》。

进入 20 世纪，两次世界大战的爆发给了浮士德题材以新的发展契机。将浮士德题材与战争之恶、思想之恶结合起来的最著名的作品当属托马斯·曼（Thomas Mann，1875—1955）1947 年在瑞典发表的《浮士德博士》（Doktor Faustus），曼氏在形式上以浮士德的传统为依据，通过一个艺术家的悲剧来揭示现代文化的命运和德国历史悲剧的根源，由此为浮士德题材的运用定下了新标准。此外，民主德国的作家也不甘落后，在民主德国的文学中，有关浮士德题材的最早作品是艾斯勒（Hanns Eisler，1898—1962）的歌剧《约翰·浮士德》（Johann Faustus，1952），艾斯勒从工人阶级的角度评价浮士德这个人物形象。年轻一代的民主德国作家福尔克尔·布劳恩（Volker Braun，1939—　）于1968年发表处女剧作《汉斯·浮士德》（Hans Faust）[①]，他避免直接联系历史的浮士德题材，但剧中的主要角色却是对浮士德题材之基本形象的有意描摹。作家赋予剧中人物以相应的新智能，企图将魔鬼合约故事的冲突移植到社会主义社会来解决。

在德语文学中，18世纪中叶到19世纪中叶是浮士德题材创作的繁荣期。在德语之外的世界文学中，对浮士德题材的兴趣直到19世纪上叶才出现，而此时，德语文学中已经出现了第一批"反浮士德"（Anti-Fausts）和"戏仿浮士德"（Faust-Parodien）的作品。俄国的普希金（Alexander Sergejewitsch Puschkin，1799—1837）曾读到歌德的《浮士德》第一部，他于1825年写成了对话体抒情诗《浮士德一幕》（Szene aus dem Faust），全诗共计百余行，几乎没有情节。普希金把浮士德塑造成精神崩溃、病入膏肓的破坏者，在诗的最后他命令魔鬼将海上出现的西班牙三桅船沉入海底。可见，普希金赋予俄国社会中的浮士德以不同的经历和特征，体现的是一种批判精神，对破坏、扼杀一切活生生事物的时代提出控诉。屠格涅夫（Iwan Sergejewitsch Turgenew，1818—1883）于1855年写出《浮士德·九封信组成的短篇小说》（Faust. Eine Erzählung in Briefen，1956），以歌德的《浮士德》第一部中的爱情悲剧为题材。20世纪是浮士德题材在世界文学上复活的时期：自1900年以来，产生了60部以上有关浮士德的作品，尤其是第二次世界大战以后，有关浮士德的文学作品蓬勃发展。浮士德题材的影响真正国际化了，不仅在比利时、奥地利、法国、美国、英国，甚至苏联和东欧各国，先后出现了浮士德作品。卢纳察尔斯基（Anatoli Wassiljewitsch Lunatscharski，1875—1933）于1918年发表剧本《浮士德和城》（Faust und die Stadt），是塑造社会主义的浮士德模型的首次尝试，作家受歌德的启发，让故事的主角浮士德建立起一座自由的城，其对手梅菲斯特则化身为多个人物，千方百计地想要巩固封建制度，徒劳

[①] 布劳恩于1973年改编了该剧，更名为《辛泽和孔泽》（Hinze und Kunze）。

地试图阻止历史的脚步。法国作家瓦莱里（Paul Valéry, 1871—1945）创作戏剧片段《我的浮士德》（Mon Faust, 1946），虽然剧中浮士德依然和梅菲斯特签约，但浮士德成了诱惑者，梅菲斯特是被诱惑者。1958 年，美国作家爱德华·约翰·宾创作了戏剧性的中篇小说《浮士德博士的归来》，讨论具有迫切现实意义的问题，即科学家对人类社会所负的责任。20 世纪末，奥地利作家恩斯特（Gustav Ernst, 1944— ）出版了戏剧《浮士德》（Faust, 1997），而进入 21 世纪，阿根廷作家埃德加·布劳（Edgar Brau）仍有剧作《浮士德》（Fausto, 2012）问世，可见浮士德题材的活力犹在。

浮士德的故事从口头文学转变为书面文学作品的历程表明，由于人物的传奇性和可塑性，浮士德传说具有极大的内容拓展空间，几百年来不仅成为很多德国作家乐于改写、创作的题材，在世界文学史上同样颇受青睐，这足以证明它是作家和读者喜闻乐见的题材。[①]在世界文学中，还有一些作家，他们或直接采用浮士德作为作品的名字，或只汲取浮士德题材的精神和思想，进行自己的作品创作，此类情况不胜枚举。各个文学时期都对浮士德的魔鬼合约进行了演绎，其代表作品具有该时期的典型印记。同时，每个创作浮士德题材的作家都赋予自己的浮士德一个独特的形象，给自己的作品一个独特的意义，而历史上真正的浮士德早已无迹可寻。董问樵在其《〈浮士德〉研究》中认为，对这些采用浮士德题材的作家来说，魔鬼合约母题难以越过，因为它已成为浮士德题材不可分割的部分；这些作家面临的最困难的问题也不在于浮士德形象本身，而在于对浮士德与魔鬼签约这个母题的处理。[②]

二 浮士德作品（Faust-Werke）中的魔鬼合约

借助超自然的力量实现自身对知识的渴求，或者对感官享受和行动之乐趣的追求，这是处理浮士德题材的主要问题之一，也是浮士德这个特定

[①] 潘子立：《译者序》，［德］歌德：《浮士德》，潘子立译，天津人民出版社 2013 年版，"译者序"第 2 页。

[②] 参见董问樵《〈浮士德〉研究》，复旦大学出版社 1987 年版，第 157 页。

人物的主要特征。正是这个人物，或怀疑犹豫、或大胆冒险、或轻率放荡地与魔鬼签署了合约。浮士德为什么要与魔鬼签约？是什么促使他向魔鬼寻求帮无一例外助，而不惜将自己的肉体和灵魂永远出卖给魔鬼？这些问题从浮士德传说产生之时便被提出。或许是他对知识的饥渴使然，或许是他对当时科学的不满，或许是对爱情的失望，或许是囊中羞涩，或许是社会于他太局促，也或许仅仅是一种感觉攫住了他：自我实现的机会是有限的，因此他无法再满足于自己所有的、所看的、所感的、所说的？对此，不同时代的不同作家都给出了自己的答案。

为什么笔者于此处仅选克林格尔的《浮士德的生平、事业及下地狱》、沙米索的《浮士德》和格拉贝的《唐璜与浮士德》这三部作品来分析呢？如上一小节所述，德语文学中的浮士德作品蔚为大观，想要逐个分析实在是工程浩大，笔者可谓心有余而力不足。其次，浮士德作品中的魔鬼合约细节上虽然都不尽相同，但是既然同为浮士德题材，其中的魔鬼合约必然有其共性，笔者通过分析其中的几部典型作品，试图窥一斑而知全豹。此外，浮士德作品虽然众多，但并非部部经典，而且有的作家出于种种原因，只留下了未完成的残稿。魏德曼的《约翰·浮士德》是恐怖剧和中世纪神秘剧的混合物，剧本在思想意识和文艺价值上远远落后于莱辛、歌德等人的作品，因此意义不大。封·佐登的《浮士德博士》一般被归为劣等剧作之列，克林格曼的《浮士德》在观点上是对米勒之作品的重复，菲舍尔的《浮士德·悲剧第三部》对浮士德作品来说并无什么贡献……莱辛的《浮士德》虽然在浮士德题材史上意义非凡，然而作家并未完成这部作品，事实上它只是作家拟订的一份写作计划，最终留给后人的只有两个完整场景，魔鬼合约也并未能展开。托马斯·曼的《浮士德博士》虽然也属于浮士德作品，部分采用了浮士德题材，但这个文本与其他浮士德作品的产生时间间隔较大，风格和主题的差异也较大，笔者把他的文本放到20世纪的魔鬼合约故事来讲。

（一）克林格尔之《浮士德的生平、事迹及下地狱》

与歌德一样，弗里德里希·马克西米里安·克林格尔（Friedrich Maximilian Klinger，1752—1831）在孩童时期便接触到了浮士德的故事，其长篇小说《浮士德的生平、事迹及下地狱》（Fausts Leben, Taten und Höllenfahrt, 1791）中的浮士德皓首穷经，想知道生命的意义何在，为此他苦心钻研玄学、神学和伦理学，但仍然找不到答案。生活中的他也很窘迫，即使他发明了印刷术，却仍旧无力供养家人。于是浮士德召唤地狱的力量，与魔鬼的宠臣利维坦（Leviathan）签下赌约：只要浮士德活着，魔鬼就做他的仆人，带他探究人类自身的秘密；浮士德死后，魔鬼即可获得他的灵魂，除非浮士德能找出一个表里如一的好人，用人类的美德说服魔鬼。利维坦身为地狱的王侯，是魔鬼的走卒和传声筒，他十分憎恶人类，认为人生而罪恶。接下来，魔鬼带浮士德周游世界，去不同的地方、经历不同的情景，浮士德努力寻找善，试图用人的道德价值说服魔鬼。然而结果总能证明魔鬼是对的，因为魔鬼自然知道哪里是恶的所在地，他不放弃任何一次可以向浮士德展示人类之恶的机会，甚至让浮士德看到连寺院的隐士和宗教的上层人物都无一例外的道德败坏、恶贯满盈。浮士德衣锦还乡，凭借魔鬼的财力支持，他不仅让自己的家人过上了富裕的日子，还得以救助往日的朋友，然而在自己的家乡浮士德仍然十分失望，他看到乡亲们唯利是图，挣起钱来无所不用其极。在之后的旅行中，浮士德目睹了太多为谋取权势和财富而置伦理、道德于不顾的行为，人类的形象在浮士德的心中越来越糟糕，他自己也变得越来越麻木。魔鬼将浮士德引到梵蒂冈，这是魔鬼策划的旅行的高潮。梵蒂冈原本应该是善的聚集地，但事实上充满了钩心斗角、尔虞我诈，致使圣地变成了恶的滋生地。魔鬼特意为浮士德在梵蒂冈谋得一个职位，以便让他身临其境来感受这里的罪恶。经历了所有这些失望、沮丧，浮士德精神错乱，魔鬼趁机杀了他，然后向地狱凯旋，同时不忘给浮士德这样的哲学家施以最尴尬的惩罚——永远的怀疑。

虽然克林格尔的作品出版时，狂飙突进运动大势已去，作品在时间上归入古典文学时期更为合适，但不可否认这部著作当中饱含狂飙突进的精神。狂飙突进时期，魔鬼的形象不再被当成宗教上的严肃话题来讨论，也并非被简单地看作恶的譬喻，它是故事的表现素材、自由想象中的艺术品，也是文学讽刺和时代批判的必要手段。①狂飙突进诗人对浮士德在宗教伦理方面是否罪孽深重这一问题并不感兴趣，对他们来说，浮士德题材只是刚好适合用来表现人在世界上如何克服绝望、如何实施自我救赎这样的主题。克林格尔的浮士德具备发明家的天才，但他对自身和自己的能力从不满足，他渴望幸福、名声，追求真理，有太多的理由促使他与魔鬼签约，那么最根本的理由是什么呢？

> 他以为，借助印刷术这个奇特的发明他从此打开了通往财富、名望和享受之门。为了使印刷术更加完善，他投入了自己的全部家当，然后将发明成果展示给人们；大家冷漠的态度终于让他这个本世纪的大发明家看清，若他不做点别的，年轻的妻子和孩子们就要跟他一起饿死。②

浮士德不理解，为什么人们无动于衷，不接受他这伟大、意义非凡的发明。于是：

> 从此他开始相信，人们无法公平地得到应有的幸福。这种想法折磨着他：有能力且又品德高尚的人到处被压制、被冷落、艰苦度日，

---

① Vgl. Kreuzer, Helmut: Fragmentarische Bemerkungen zum Experiment des, faustischen Ich. In: Das neuzeitliche Ich in der Literatur des 18. Und 20. Jahrhunderts. Zur Dialektik der Moderne. S131-154. Wilhelm Fink Verlag: München, 1988. S136-137. 德文原文为：Die Satanfiguren werden im Sturm und Drang nicht mehr religiös ernst genommen, sind auch nicht einfach Allegorien des Bösen. Sie sind teils theatralisches Spielmaterial, poetische Produkte freier Phantasie, teils notwendige Vehikel der Literatur- und der allgemeinen Zeitsatire。

② Vgl. Klinger, Friedrich Maximilian: Fausts Leben, Taten und Höllenfahrt, Reclam, Stuttgart, 1986, 第10—11页。德文原文为：Durch die merkwürdige Erfindung der Buchdruckerei glaubte er sich endlich, die Tore zum Reichtum, Ruhm und Genuß aufgesprengt zu haben. Er hatte sein ganzes Vermögen darauf gewandt, sie zur Vollkommenheit zu bringen, und trat nun vor die Menschen mit seiner Entdeckung; aber ihre Laulichkeit und Kälte überzeugten ihn bald, dass er, der größte Erfinder seines Jahrhunderts, mit seinem jungen Weibe und seinen Kindern Hungers streben könnte, wenn er nichts anders zu treiben wüßte。

而笨蛋和无赖却富有、幸福、受人尊敬,这究竟是为什么?①

浮士德对人世间的公平和正义产生了怀疑,基于这种考虑,浮士德有了与魔鬼签约为伍的动机。

> 他想探索道德为何败坏,人与永恒是何关系。……他想照亮那团吞噬人类命运的黑暗。②

也就是说,对社会的道德思考是促使浮士德与魔鬼签约的主要动机,克林格尔借浮士德题材来表达自己对社会激烈、辛辣的批判。在当时的社会,书籍的作用被认为是传播谎言,印刷术也因此声名狼藉,在这种情况下,浮士德想凭借发明印刷术赢得财富、名声是不可能的,陷入困境的浮士德不知道除了向魔鬼寻求帮助之外该如何摆脱自身的窘迫。签约之前,双方就合约的规则交换了意见:浮士德希望魔鬼相信人类的美德;魔鬼许诺,若是浮士德用人类的道德价值说服了他,"我甘愿带着骗子的名声返回地狱,而且把合约退还给你"。③由此可见,魔鬼合约是可以解除、可以逆转的。小说只是交代了双方签署合约,并没有具体地刻画签约的具体场景、仪式、流程等细节。此外,克林格尔对"求知欲"(Wissensdrang)做了新的阐释,赋予它以社会功能,而不再是单纯地追求知识。因此,浮士德想知道人的使命何在,道德为何败坏;浮士德的愿望是向魔鬼证明,

---

① Ebd., S11. 德文原文为:Er fing für immer an zu glauben, dass die Gerechtigkeit nicht den Vorsitz bei der Austeilung des Glücks der Menschen habe. Er nagte an dem Gedanken: wie und woher es käme, dass der fähige Kopf und der edle Mann überall unterdrückt, vernachlässigt sei, im Elende schmachte, während der Schelm und der Dummkopf reich, glücklich und angesehen wären。

② Ebd., S11. 德文原文为:Er wollte den Grund des moralischen Übels, das Verhältnis des Menschen mit dem Ewigen erforschen. Wollte wissen, ob er es sei, der das Menschengeschlecht leite, und wenn? -woher die ihn plagendenWidersprüche entstünden? Er wollte die Finsternis erleuchten, die ihm die Bestimmung des Menschen zu umhüllen schien。

③ Ebd., S50. 德文原文为:Dann will ich als Lügner zur Hölle fahren, und dir den Bundbrief zurückgeben。

人类具有值得为之奋斗的道德价值。

克氏之前的浮士德作品跳不出宗教和罪孽（Sünde）两大问题范畴，而他的著作则更多的关注人的道德观和价值观，从这个意义上来说他的小说与之前的浮士德作品不同，他的魔鬼合约也不具备让签约人下地狱的直接作用。克林格尔塑造的浮士德是个学者和发明家的形象，他的发明不被接受，他的成就不被认可，他在社会中处处受到压制，进而陷入窘境。他的主人公是个自由的人，自由的浮士德可以选择自己想走的路，他可以选择善，也可以选择恶，同样地，他必须为自己的选择和行为承担后果，但他不幸选了一条错误的道路，那么为此他必须下地狱。① 这种自由的概念在他之前的浮士德作品中尚未出现过，这是克氏的创新和独到之处。克氏的浮士德与魔鬼签约的动机一开始是积极的，他想向魔鬼证明，人的心中具有道德意识，人看重自身的道德价值。后来在魔鬼的操纵下，浮士德目睹人类的道德败坏，渐渐失去了对人类道德意识的信仰，因此他亲手毁掉自己的"生命沙漏"（das Stundenglas seiner Zeit）②，向魔鬼屈服。在和魔鬼的打赌中，浮士德输了，要堕入地狱，但他并非根据基督教的教义被罚入地狱，而是因为他缺乏为自己信仰的事物奋斗的力量、为自己的观念辩护的力量。在克氏看来，签约人是下地狱还是得救也非宗教问题，而是普通的道德伦理问题。浮士德是否能被救赎与上帝及其天国的援助无关，仍要靠人自身的力量，原因在于"人因为其自由意志和心中的内在意识而成为自身的主人，成为自己命运和使命的创造者"。③ 浮士德放弃了为信仰奋斗，与此同时他的救赎之门关闭了。

（二）沙米索之《浮士德》

沙米索（Adelbert von Chamisso, 1781—1838）于 1804 年发表的独幕剧《浮士德》（Faust. Ein Versuch）只有 10 来页，常常被认为是未完成

---

① Vgl. Klinger, Friedrich Maximilian: Fausts Leben, Taten und Höllenfahrt, Reclam, Stuttgart, 1986, S213. (Dir Verlieh [Gott] den unterscheidenden Sinn des Guten und Bösen; frei war dein Wille, frei deine Wahl.)

② Ebd., S206.

③ Ebd., S214. („ vermöge seines freien Willens, und seines ihm eingedrückten innern Sinns, sein eigener Herr, Schöpfer seines Schicksals und seiner Bestimmung. ")

稿，对该部作品的研究文献少之又少。这部著作产生于古典文学和浪漫文学之间，沙米索创作它时应该受浪漫派的启发更多，他感兴趣的是浮士德神话传说这个民间题材，并且将悲世悯己（Weltschmerz）的气氛注入其中。沙米索的《浮士德》篇幅虽小，但浮士德题材的基本组成元素应有尽有，包括召唤鬼神、签约为伍、死亡结局等，作家用现代的全新方式演绎了这个古老的传说。沙氏认为，人是身体和精神（Geist）的统一体，人受限于自己的身体，只能知道自己所看到的，理解自己所听到的，因此人类可以获得的知识受肉身的局限；若想获得绝对的知识（die absolute Erkenntnis）和客观的真理（die objektive Wahrheit），那就必须借助脱离了肉身的精神。精神何时才能脱离肉身？即死亡之时。沙氏只设置了三个人物角色：浮士德、善灵（der gute Geist）和恶灵（der böse Geist），故事情节围绕三个人的对话展开。像民间故事书中的浮士德一样，沙米索的浮士德是个渴求知识的科学家，他的人生目标在于"我要求教训、真理和知识"（Belehrung, Wahrheit und Erkenntnis），因为知识对于他是"唯一的幸福"。[①]为了获取知识，浮士德穷其一生，全力以赴，但最终他发现，在知识的浩瀚海洋中他所得的不过是九牛一毛，非常有限。于是到了迟暮之年，浮士德突然开始怀疑自己是否真正地活过。他反复思考人生，陷入越来越深的绝望之中。浮士德不愿在永远的怀疑中度过余生，所以想到求助"黑暗的势力"（die finstern Mächte）。[②]他翻开魔卷，念符招鬼，没料到不仅召来了恶灵，善灵也随之而来。浮士德向恶灵要真理和知识，消除自己的怀疑，可见，促使浮士德和魔鬼签约的动机仍是他对知识的饥渴。浮士德乞求恶灵的帮助，自然愿意对其唯命是从，而不受待见的善灵正是来阻止浮士德与恶为伍的。善灵和恶灵都没有实体，或者说是隐形的，他们只通过声音而存在，通过倾听和交谈与浮士德沟通，因此往往被解读为浮士德自身的善恶两面，它们与浮士德须臾不离，不可分割。

浮士德要"教训、真理和知识"，恶灵便许诺他："我愿为你打开真

---

① Chamisso, Adelbert von: Faust. Ein Versuch, 1804. In: Faust. Eine Anthologie. Band I, S406-416. Reclam Verlag: Leipzig, 1967, S408.

② Ebd., S408.

第三章　魔鬼合约母题史述

理的宝藏，／人所能的，你都将洞悉。"①而善灵却什么都没有许诺给浮士德，只说："主上帝已给了你，／预知无限的精神。"②对此，浮士德当然不满意。沙米索塑造的魔鬼合约形式与传统的魔鬼合约大相径庭，沙氏并未给浮士德安排一纸用以签署的合约，而是为他准备了"法庭的权杖"（Stab des Gerichtes）。浮士德可以自行决定，是否折断这根权杖，折断权杖就意味着与恶势力签约、与魔鬼为伍。善灵的劝说、警告浮士德置之不理，他毅然折断权杖，委身于恶魔。这和浮士德题材的传统保持一致。然而，恶灵很狡猾，他说起话来总是模棱两可，这样他一方面可以诱惑浮士德上钩，另一方面无论结果如何，魔鬼都可以用他那含混、多解的话为自己辩护，证明自己始终是对的。浮士德贪婪地追求知识，无暇细细体会魔鬼的承诺，很容易就掉入了魔鬼的"两可"陷阱，之后魔鬼便露出真面目，为浮士德"打开真理的宝藏"："怀疑是人类知识的边界，／只有盲目的信仰能够跨越。"③恶灵在签约之后才说出事实的真相，此时浮士德的一切希望都化为泡影：作为受制于肉身的人，浮士德的知识止于怀疑；而且他早早地抛弃了上帝，已无"盲目的信仰"，这便是浮士德殚精竭虑想追求的真理。委身于魔鬼之后，浮士德回到了原点，因为真理就是浮士德所处的现状。与恶灵相比，善灵一开始就明确而坦白地表达了自己的意见，也没有向浮士德空口许愿。善灵看重的是浮士德的信仰，想唤起他的良知，让他满足于目前的所得，拥有有限的知识即是善灵为浮士德提供的解决方案。此外，文本中所谓的"善""恶"并非传统的道德范畴里的善、恶，而是生存或毁灭的原则。善灵劝说浮士德满足于已有的知识，他提供给浮士德的是生存的机会，可作"积极、善"解；而恶灵表面上是助浮

---

① Chamisso, Adelbert von: Faust. Ein Versuch, 1804. In: Faust. Eine Anthologie. Band I, S406-416. Reclam Verlag: Leipzig, 1967, S408. 德文原文为：Und öffnen will ich dir der Wahrheit Schätze, ／ Und was der Mensch vermag, sollst du erkennen。

② Ebd., S409. 德文原文为：Es gab, zu ahnen das Unendliche, ／ Der Vater dir den Geist。

③ Ebd., S413. 德文原文为：Der Zweifel ist menschlichen Wissens Grenze, ／ Die nur der blinde Glaube überschreitet。

士德打破局限，事实上却是带来毁灭和死亡，可作"消极、恶"解。①

浮士德自己折断权杖，表明他对自己将承受的死亡惩罚心知肚明，②最后浮士德自杀身亡，正是魔鬼合约预示的结局。换言之，浮士德在救赎和毁灭之间选择了后者。但浮士德认为自己并不自由，上帝创造了他，使他对世间万物如此好奇，但却不允许他满足自己的好奇心。他谴责上帝，认为上帝应该对自己知识的局限性（Erkenntnisbeschränktheit）负责。他要打破上帝对他的局限，如果与魔鬼签约能给他获取新知识的可能性，他就义无反顾，根本不在乎是否因此而下地狱。在浮士德将死之际，恶灵告诉他，死亡终止了肉体、释放了纯粹的精神（der reine Geist），因此可能会打破知识的藩篱，恶灵试图以此再次给浮士德模棱两可的希望。浮士德甘愿一死，不是因为他再次相信了恶灵，情愿孤注一掷，而是想以死来结束自己的怀疑，肉体死亡了，怀疑便随之消失：③

  罚入地狱——永不翻身——
  只要你们的折磨不是怀疑就成！

(三) 格拉贝之《唐璜与浮士德》

格拉贝（Christian Dietrich Grabbe，1801—1836）在1829年完成的对比悲剧《唐璜与浮士德》（Don Juan und Faust）中，安排世界文学上的两大传说人物唐璜和浮士德相聚。根据作家的自述，他从歌德的《浮士德·第一部》和莫扎特的歌剧《唐璜》（Don Giovanni，或译唐·乔望尼）中得到了灵感来创作这部戏剧，并认为将这两个人物结合起来必能在文学史上书写新的篇章。④

---

① Sorvakko‑Spratte, Marianneli: Der Teufelspakt in deutschen, finnischen und schwedischen Faust‑Werken: ein unmoralisches Angebot? –Würzburg: Königshausen & Neumann, 2008, S110.
② 德语中的短语 "den Stab über jmdn. brechen" 是 "对某人判以重罪、诅咒某人" 的意思。
③ Vgl. Chamisso, Adelbert von: Faust. Ein Versuch, 1804. In: Faust. Eine Anthologie. Band I, S406-416. Reclam Verlag: Leipzig, 1967, S416. 德文原文为：-Verdammnis-Ewigkeit-/ Lasst eure Qualen nicht den Zweifel sein！.
④ Löb, Ladislaus (Hrsg): Grabbe über seine Werke. Christian Dietrich Grabbes Selbstzeugnisse zu seinen Dramen, Aufsätzen und Plänen. Peter Lang Verlag: Frankfurt am Main, 1991, S86.

剧中,臭名远扬的花花公子唐璜到处寻花问柳,经历了无数风流韵事之后,他带着侍从莱波雷诺(Leporello)前往罗马,打算追求身在罗马的西班牙公使之女唐拉·安娜(Donna Anna),但安娜已经与头脑简单的贵族青年奥克塔维欧(Octavio)订婚。出于私欲,唐璜在订婚礼上寻衅,促使奥克塔维欧与其决斗,并趁机将他刺死。安娜的父亲欲为奥克塔维欧报仇,结果也被唐璜杀死。唐璜尚未来得及争夺恢复自由身的安娜,她就被魔法师浮士德掳走了。格拉贝别出心裁地为两个原本不相干的文学形象设置了一个巧妙的交汇点:为争夺美女安娜而战。剧中,浮士德为了追求知识和权利(Wissen und Macht),将灵魂出卖给化身为骑士的魔鬼。然而,魔鬼并未先满足浮士德对超世俗的知识之饥渴,而是激起他对安娜的世俗之欲。浮士德把这个美人诱拐至阿尔比斯山的一座宫殿,试图在此赢得她的爱情。安娜请求浮士德放了她,与此同时唐璜和侍从也准备前来解救安娜,但被浮士德借气流之力扔回了罗马。由于安娜顽强抵抗,浮士德盛怒之下用魔法杀死了她。当浮士德哀悼安娜之死时,唐璜已经开始新一轮猎艳了,因为安娜于他不过是漫长风流史上的一个挑战。结果,两个主人公都命丧黄泉:由于安娜之死,浮士德丧失了生的意志;唐璜拒绝忏悔自己的罪孽,被化身骑士的魔鬼收入地狱。

格拉贝的浮士德也是个沮丧而又不满足的学者,深不可测的知识和信仰超出他的理解范围,使他陷入深深的绝望,他决定借助魔法来寻求谜底的答案。魔鬼以骑士的形象现身,浮士德提出订约要求:[1]

Du bist mein in diesem Leben,
Ich dein im Tode!
Dafür aber fodr ich Die ganze Kraft, die dir als Cherub einwohnt,
Fodr ich, daß du mit deinen mächtgen Flügeln
Mich von des Wissens Grenzen zu dem Reich
Des Glaubens, von dem Anfang zu dem Ende,

---

[1] Grabbe, Christian Dietrich: Don Juan und Faust. In: Kommata der Weltgeschichte, S69–178, Reclam: Stuttgart, 1972, S96.

Hinüber suchst zu tragen, – daß du Welt und Menschen,
Ihr Dasein, ihren Zweck mir hilfst enträtseln,
Daß du (der Theorie nur halber, denn Die Praxis geb ich auf, seit ich mich dir Ergeben) mir, und wärs beim Schein der Flammen, Den Weg zu zeigen suchst, auf dem ich Ruh
Und Glück hätt finden können!

活着的时候你听命于我，
死后我将属于你！为此，
我要求你尽恶天使之能，全力以赴，
我要求你用那强大的翅膀，
把我从知识的局限中带到信仰的王国，
善始善终，
我要你助我解释世界和人类，
以及他们的存在和意义之谜，
我要你（仅从理论上即可，因为一旦委身于你，我就放弃实践）带我找到安宁与幸福之路，
哪怕是在火焰的假象中。

按照浮士德题材的传统，格拉贝的浮士德用自己的鲜血与魔鬼签约，虽然格拉贝并未详细叙述条约的具体内容，但毋庸置疑，浮士德与魔鬼签约的初衷确实是为了满足对知识的饥渴。签约之后，魔鬼首先教给浮士德一些"智慧"，比如为浮士德制造机会，让他陷入热恋，体会幸福，对此，浮士德并不排斥。事实上，巡游归来之后，浮士德已经看穿了魔鬼骗人的把戏，明白魔鬼并不能使他获得想要的知识，然而他们已经有盟约在先，浮士德也乐于有魔鬼这个仆人可以支使。所以，在合约执行的过程中，浮士德由对知识的渴求转向了追求感性世界的幸福，浮士德相信必定有那么一条路可以通向安宁与幸福，即使他在这条路上得不到知识的满足，至少他可以从无边无尽的怀疑中解放出来。浮士德认为，靠一己之力必定找不到这条路，他需要魔鬼的帮助。在签约之时，浮士德已经清楚地

知道，这条通向幸福的路要以永远沉陷在地狱为代价，对此，格拉贝的浮士德同样义无反顾、不计后果。美女安娜出现，浮士德与唐璜交锋，双方为了得到安娜不惜使用暴力，但是两人的动机并不一样。对唐璜来说，安娜是一次新的艳遇，新鲜的肉欲享受，他绝不愿错过这样的机会；浮士德听信了魔鬼的话，认为感性世界里的爱情能带他找到通向幸福的道路，而安娜的真爱就是他通往幸福的敲门砖，因此，他费尽心思想赢得安娜的爱情，打开幸福之门。为了得到安娜，唐璜杀了她的父亲和未婚夫；浮士德最终明白，他得不到安娜的爱，于是杀了她，杀了自己爱情的对象、爱情的目标。浮士德对知识和幸福地渴望此时又转换成了疯狂的破坏欲（Zerstörungswahn），他将那些自己不能理解、不能占有的东西统统毁灭掉。①虽然浮士德和唐璜的结局都是下地狱，格拉贝却没有把永入地狱的结果阐释为宗教伦理的必然惩罚，作家也并没有将剧中的两个主人公塑造成不道德的怪物或者恶人的典型，他们只是两个不赞同社会及其现行规则的普通人，心甘情愿委身于恶势力，以满足内心的渴求。

沙米索和格拉贝的浮士德都下了地狱，不像歌德的浮士德那般幸运地被救赎，笔者认为这跟两位作家都受浪漫派影响颇深、将浪漫派典型的悲世悯己带入著作有关系。此外，格拉贝认为浮士德追求的知识是消极的，而歌德却赋予这知识以十分积极的意义，那么他们的浮士德一个毁灭、一个得救的结局便在情理之中了。

第五节　魔鬼合约作为童话母题[②]

童话中的魔鬼合约可谓是"一本正经地开玩笑"[③]，魔鬼这个基督教

---

① Vgl. Sorvakko-Spratte, Marianneli: Der Teufelspakt in deutschen, finnischen und schwedischen Faust-Werken: ein unmoralisches Angebot? -Würzburg: Königshausen & Neumann, 2008, S132.

② 此处的童话指民间童话，不包括浪漫派作家的艺术童话（Kunstmärchen），艺术童话将在下一节谈到。

③ Vgl. Zelger, Renate: Teufelsverträge: Märchen, Sage, Schwank, Legende im Spiegel der Rechtsgeschichte. Peter Lang: Frankfurt am Main, 1996, S21. （德文原文为：Aus heiterem Ernst wird Scherz und Spott.）

文化中让人谈虎色变的形象被当成小丑来逗乐，整个魔鬼合约故事几乎演变成了滑稽戏。在童话中，魔鬼的签约人诡计多端，常常钻合约的空子，且动辄玩弄魔鬼于股掌之间，最后轻易摆脱魔鬼合约的束缚。童话的讲述人对签约人持同情、喜爱的态度，因此大多给魔鬼合约故事一个皆大欢喜的结局：人利用魔鬼达成所愿，顺便将他捉弄一番，魔鬼偷鸡不成蚀把米，灰溜溜地消失了。童话的读者遇到这样的魔鬼合约故事不免捧腹，甚而拍手叫好、大呼畅快，魔鬼合约的宗教严肃性、罪孽惩罚的悲剧色彩完全没了踪迹，魔鬼合约演绎的是生动、活泼、幽默、轻快的故事。在童话故事中，魔鬼身为阎罗王（Höllenfürst）有权有势，他可以随心所欲地赏赐金钱和地产给追随他的人，为此他要求明确的回报。签约过程中，魔鬼显得笨头笨脑，善于斤斤计较，常常又算不明白。签约之后，相对于人，魔鬼谨小慎微地履行合约、遵守约定，仍不免被人戏耍的命运，气急败坏的魔鬼失去理智还要做出些傻事来，一不小心自己反而成了合约骗子。笔者认为，魔鬼合约童话对文学的贡献在于讽刺性地改写了魔鬼合约这个源于宗教的严肃母题，增添了魔鬼这个滑稽角色的类型，从而为魔鬼形象的塑造提供了另外一种可能性，使其不再局限于宗教文化范畴。魔鬼作为阎罗王、上帝的敌人和模仿者、引诱者、控诉者、施行惩罚者的形象虽然在童话中仍有出现，但显然已退居其次。

一 《格林童话》中的魔鬼合约

笔者通读《格林童话》，找出含有魔鬼合约母题的童话 12 篇[①]，其中

[①] 12 篇魔鬼合约童话分别为：《魔鬼的三根金发》（Der Teufel mit den drei goldenen Haaren，第 66—70 页）、《没有手的女孩》（Das Mädchen ohne Hände，第 71—74 页）、《死神教父》（Der Gevatter Tod，第 97—99 页）、《金山王》（Der König vom goldenen Berg，第 206—209 页）、《玻璃瓶中的妖怪》（Der Geist im Glas，第 222—225 页）、《魔鬼的邋遢兄弟》（Des Teufels rußiger Bruder，第 225—226 页）、《熊皮人》（Der Teufel Grünrock，第 227—229 页）、《三个手艺人》（Die drei Handwerksburschen，第 264—265 页）、《魔鬼和他的祖母》（Der Teufel und seine Großmutter，第 274—276 页）、《上帝的动物和魔鬼的动物》（Des Herrn und des Teufels Getier，第 313 页）、《农民和魔鬼》（Der Bauer und der Teufel，第 371 页）和《坟山》（Der Grabhügel，第 383—385 页）。（见下页）

《农民和魔鬼》简单而有代表性：①

从前有一个聪明而狡猾的农民，他搞的恶作剧人们津津乐道。其中最精彩的故事，讲他怎样战胜魔鬼，愚弄魔鬼。

一天，农民耕完地准备回家去时，天色已经晚了。突然，他看见自己的地中间有一堆燃烧着的煤，便万分惊讶地走过去，见烧红的煤炭上坐着一个黑色的小魔鬼。

"你准是坐在一堆财宝上吧？"农民说。

"是的，"魔鬼回答，"是坐在一堆财宝上，其中的金子银子比你平生见过的还要多哩。"

"这财宝在我的田地上，应该属于我！"农民说。

"它是你的，"魔鬼回答，"只要你把这块地往后两年收成的一半给我。我有足够的钱，但我想要土地里的果实。"

农民答应了这笔交易，却说："但是，为避免分配时吵架，地面上的那部分就归你，地下的就归我好啦。"魔鬼欣然同意了。谁知狡猾的农民撒的是萝卜的种子。到了收获季节，魔鬼出现了，想取走他的那份果实，但除了枯黄的叶子外一无所获；农民呢，却高高兴兴地在挖萝卜。

"这次算你占了便宜，"魔鬼说，"下次这样可不行。地面上长的将来归你得，我要地下的。"

"这么分配也行啊！"农民说。但到了播种的时候，他不再种萝卜，而是种了小麦。麦子熟了，农民到地里割走了挂满穗子的全部麦秆；魔鬼来时除了余茎一无所获，气冲冲地钻到岩缝里去了。

"狐狸嘛你就得这样欺骗它。"农民说，随后取走了那宗财宝。

（接上页）中文译本参见雅各布·格林、威廉·格林《格林童话全集》，杨武能译，中国城市出版社2012年版。德文原著 Vgl. Rölleke, Heinz (Hrsg.): Kinder-und Hausmärchen gesammelt durch die Brüder Grimm, Deutscher Klassiker Verlag: Frankfurt am Main, 2007.

① [德] 雅各布·格林、威廉·格林：《格林童话全集》，杨武能译，中国城市出版社2012年版，第371页。

在这篇童话中,魔鬼合约一反宗教传统,签约人不是十恶不赦的罪人,而是普通的农民,且"聪明而狡猾",传统的魔鬼一般都是诡计多端、老奸巨猾的,而此处的魔鬼却显得十分笨拙,几乎相当于双方调换了在合约中的位置,合约故事的结局也跟着发生了反转:农民胸有成竹,财粮两收;魔鬼气急败坏,两手空空。童话《坟山》《上帝的动物和魔鬼的动物》与《玻璃瓶中的妖怪》也有类似的合约故事情节。《坟山》里的魔鬼合约在后半部分,前半部分讲为富不仁、冷酷无情的富农突发善心,借给他的穷邻居8升麦子,让邻居在他死后为他守墓三天。穷农民照办了,而且在守墓第三天时碰到了一个还没有学会害怕的退伍穷兵,两人结伴为富农守墓。午夜过后,魔鬼来取富农的灵魂,两个守墓人不答应,于是魔鬼答应用金子与他们交换,双方达成共识。士兵要求魔鬼给他装满一靴子的金子,但趁魔鬼离开墓地去找金子之时,他悄悄割掉靴底,将靴筒放在一个深坑之上,并用草掩盖好,不让魔鬼发现。结果魔鬼多次往返把弄来的金子倒进靴子里,靴子却怎么都没满。恼羞成怒的魔鬼想要从士兵手里夺过靴子,这时初升的太阳射出第一道霞光,魔鬼大叫一声逃走了。两个守墓人不仅救了富农的灵魂,还得到了许多金子,从此一起过着平静安宁的生活。《上帝的动物和魔鬼的动物》讲上帝捉弄魔鬼的故事,简短有趣,是个比较特别的"魔鬼合约"。上帝造了狼,魔鬼造了山羊,魔鬼纵容山羊啃坏果树、咬断葡萄藤、糟蹋细嫩的植物,上帝便放狼去咬死了羊。魔鬼向上帝索赔,上帝许诺橡树落光叶子时给钱。笨头笨脑的魔鬼不晓得世界上的橡树并不是同时落叶,而是同一时间有的地方落叶、有的地方长叶,上当的魔鬼无可奈何,只好把这笔账勾销了。有的时候,魔鬼心生歹毒,勇敢的签约人要先好好教训他一番。在《玻璃瓶中的妖怪》一文里,主人公是穷樵夫的儿子,他砍柴时拾到一个玻璃瓶,里面有个青蛙模样的东西跳动,还大叫着"放我出来"。善良的小樵夫拔掉瓶塞放出了小东西,没想到它迅速地变成巨人,自称是在瓶中受罚的墨丘利乌斯,还要拧断小樵夫的脖子作为报答。机智的小樵夫骗妖怪再次变小缩到瓶子里,然后立刻摁上瓶塞。为了能再次出来,妖怪答应不仅不伤害小樵夫,还要给他一辈子都花不完的钱。又变成巨人的妖怪给小樵夫一块布条,用它的一端轻拂伤口，伤口便可痊愈，用另一端拂一拂钢和铁，它便会成为银子。妖怪和小樵夫各得其所，愉快地分手了。

童话中的魔鬼合约还有一个新颖独到之处，即合约内容的滑稽可笑、不可思议。《魔鬼的邋遢兄弟》讲一文不名的退伍士兵答应做魔鬼的仆人，为他服务7年，其间不能洗脸、梳头、剪指甲和揩眼泪。七年后，士兵可以恢复自由，魔鬼会让他一辈子衣食无忧。士兵在地狱里为魔鬼烧火煮肉，但是魔鬼不许士兵偷看锅里的东西。然而，士兵还是忍不住往锅里瞅，发现自己煮的是些被魔鬼抓来的恶人，其中就有士兵的上士、准尉和将军。七年期满，魔鬼也没有追究士兵偷窥大锅的过失，给他装满金子，让他恢复自由，但要求魔鬼："当人家问你是谁时，你要回答'魔鬼的邋遢兄弟，他也是我的国王'。"士兵一切照做，他不仅成了富人，之后还娶了公主，当上国王。七年不能洗脸、梳头、剪指甲，这样荒诞无稽的合约大抵只能发生在童话故事中了，而且无独有偶。《熊皮人》中的魔鬼身着绿装、样子气派，他适时地出现在走投无路的士兵面前。因战争结束，囊中羞涩的士兵无家可归，魔鬼许诺给他花不完的钱，只要他在之后的七年不洗脸、不梳理胡须和头发、不剪指甲、不念"我的圣父"这段祷文。为测试士兵的勇气，绿衣人让一头大狗熊突然出现在他身后，士兵不慌不忙一枪击毙了狗熊。魔鬼脱下自己的绿外套让士兵穿上，剥下熊皮做成斗篷让他披上，因为这身装束，魔鬼叫士兵"熊皮人"，双方当即订下合约。若7年之内士兵死了，那么他就永远归魔鬼所有；若7年后他还活着，那么就自由了，且一辈子富有。接下来的时间，士兵的外貌变得一天比一天丑陋、吓人，但他到处行善积德，施舍穷人，让他们为自己祈祷。第四年时，他曾帮助过一个家产散尽、忍饥挨饿的老人，老人心怀感激，让士兵在他三个女儿中挑一个做妻子。但老人的大女儿和二女儿以貌取人、嫌贫爱富，只有小女儿认定士兵是个好人，愿意嫁给他，等他三年之后归来成婚。熊皮人终于熬过了七年，魔鬼恪守承诺，熊皮人得以恢复成原来的英俊模样，带着无尽的财富去找未婚妻。未婚妻一家人当然不知道眼前高贵、富有的男子即是三年前的熊皮人，大女儿和二女儿争相示爱，最后得知了真相，羞恼之际，她们一个投井自溺，一个上吊自缢。魔鬼幸灾乐祸地告诉昔日的熊皮人："瞧见了，我失去你的一个灵魂，却换回了两个。"[①]在魔鬼合约的童话故事中，魔鬼很多时候并不打算危害合约人，而是需要合约人参与游戏，配合他抓住那些恶人的灵魂，这也是童话中的魔鬼合约的别出心裁之处。《三个手艺人》讲装扮成地位显赫之人的魔鬼与三个手艺人合作，以便抓到凶恶的富商的灵魂，三个手艺人遵守合约，魔鬼也兑现了承诺，最终他们恢复了自由，且一辈子不愁钱花，是个颇有正义感的故事。这个故事跟《熊皮人》类似，不过魔鬼一开始就坦言了自己的目的，其魔鬼合约的内容也更直接，因此故事情节上不如《熊皮人》富有戏剧性。

此外，还有一些童话对魔鬼合约母题进行了改编，使魔鬼和签约人类型化，不再拘泥于魔鬼的真实身份，但故事保留了魔鬼合约的内容、特点、性质等。《魔鬼的三根金发》就对魔鬼合约做了一些改动，虽然故事里也出现了魔鬼，但真正的"魔鬼"是坏心眼的国王。他心狠手辣、贪得无厌，多次迫害幸运儿。在好心的强盗的帮助下，幸运儿已经娶到了公主，国王仍要刁难幸运儿，让他前往地狱，拿到魔鬼的三根金发才行，这即是幸运儿与国王签订的"魔鬼合约"。通往地狱之路上设置了多个谜语，幸运儿承诺回程时予以解答。魔鬼自然不同意别人从他头上拔走三根金发，所幸他有个仁慈的老祖母，她帮助幸运儿拿到了头发，且从魔鬼口中巧妙地骗出了地狱之路上那些谜语的谜底。幸运儿带着魔鬼的金发和解答谜语获赠的金子回到国王处，并趁机将贪婪的国王罚去撑船。该童话中出现了真正凶恶的魔鬼，但却不忘为他安排一个慈爱的祖母，这大概也是童话能够温暖人心的地方吧。在《魔鬼和他的祖母》中，魔鬼化身一条火龙和三个想从军队逃跑的士兵签约，魔鬼帮助他们成功逃脱，他们必须给魔鬼当7年的仆人。魔鬼还给他们一条小鞭子，七年间他们可以用这鞭子抽出花不完的钱，七年之后灵魂归魔鬼。但是，如果他们能猜出魔鬼的谜语，即可获得解放，不再受魔鬼管束。在魔鬼祖母的帮助下，其中一个士兵打探到了谜底，使卖身契无效，他们的灵魂也免于落入魔鬼的手中。

---

① [德] 雅各布·格林、威廉·格林：《格林童话全集》，杨武能译，中国城市出版社 2012 年版，第 229 页。

三个士兵带着小鞭子，幸福地度过余生。猜谜母题在两个合约故事中出现，一则增加了故事的趣味性，二来为签约人的救赎找到了出口，同时显示了作为合约人的小人物之聪明、机智和乐观。改写魔鬼合约的童话故事还有《死神教父》这一篇。《死神教父》中的"魔鬼"变成了死神，与父子两人先后订约。已有十二个孩子的穷人不堪重负，不料第十三个孩子也即将出世，穷人决意为第十三子请个教父，他拒绝了赶来的上帝和魔鬼，选中了死神，因为死神公正。十三子长大，死神教父把他变成名医，在他出诊时为他显形，但他必须按照死神的意思来办，否则必有大祸。若死神在病人的脑袋旁显现，那么此病医生可治；若死神在病人脚边显现，即不可治，病人归死神所有。有了死神相助，十三子很快便声名远扬，但却在为国王和他的女儿治病时两次不顾死神的示意和愤怒，救下了应归死神的两人。十三子这样做并非出于仁慈，而是想娶公主为妻，并继承国王的王位，而死神一怒之下将十三子拖到了死亡的地狱。

与魔鬼合约相伴出现在两则童话故事中的还有一个母题：在不知情的情况下将自己的孩子许给魔鬼。[①]《金山王》讲述一个破产的商人急需金钱，这时化身黑色小矮人的魔鬼"雪中送炭"，答应给商人取之不尽、用之不竭的钱财，但商人必须把回家时第一个撞上腿的东西于12年之后送给魔鬼。精明的商人以为，撞到他腿上的东西除了家里的狗不会有别的，但他忽略了还不会走路的小儿子。12年期满，商人必须要把儿子送给魔鬼，商人聪明伶俐的儿子与魔鬼讨价还价，魔鬼终于同意合约双方都不占有这个孩子，他们把男孩的命运交给流水来决定：让男孩坐小船顺流而下，自生自灭。但幸运的是男孩不仅得救，还娶了公主、做了金山国的国王。魔鬼合约之后的故事还很长，但已经脱离了合约本身，此处不再赘述。《没有手的女孩》也同时包含魔鬼合约和"在不知情的情况下将自己的孩子许给魔鬼"两个母题，但这则童话仍然沿用魔鬼合约的旧式传统，

---

① "在不知情的情况下将自己的孩子许给魔鬼"（Kind unwissentlich dem Teufel versprochen）是魔鬼合约故事等童话中的一个常见母题，Vgl. Uther, Hans-Jörg, Handbuch zu den „Kinder-und Hausmärchen" der Brüder Grimm: Entstehung-Wirkung-Interpretation, De Gruyter, Berlin / Boston, 2013, S79。

告诫人们信仰上帝方能摆脱魔鬼、得到救赎。穷途潦倒的磨坊主遇到一个老头子，后者说："我愿意叫你富起来，只要你答应把磨坊后的东西给我。"磨坊主想到磨坊后只有一棵苹果树，便答应了陌生人的交易，承诺三年以后让其取走这个东西，但他不知道当时自家的女儿正在磨坊后。磨坊主的女儿美丽、虔诚，她敬畏上帝，没有任何罪孽。三年期满时，她洗干净了身子，纯洁使魔鬼无法靠近她；魔鬼令磨坊主搬走了所有的水，不让她洗澡，但她把眼泪洒在手上，以泪洗身，魔鬼仍旧无法控制她；魔鬼威胁磨坊主，命他砍掉女儿的双手，失去双手的姑娘对着自己的断臂哭，再次冲干净了全身，魔鬼只好认输，失去了对她的一切权利。断臂女孩拒绝了父亲的财富和供养，毅然背上断臂出走。之后还有挺长的故事：虔敬的女孩有天使保护，使想加害她的魔鬼无法得逞，最终她嫁给国王；虽然她又经历了许多悲欢离合、磨难考验，但结局是美好的。

笔者把这12则童话中的魔鬼合约母题按基本元素分类、列表如下：

《格林童话》中12篇魔鬼合约故事的基本元素情况

童话文本	魔鬼形象	签约人形象	合约内容	签约形式	服务期限	签约次数	合约故事的结局
魔鬼的三根金发	魔鬼本人；坏心眼的国王	多次被国王陷害的幸运儿	幸运儿必须去地狱，取得魔鬼的三根金发，这样才能娶国王的女儿	口头协议	无固定期限	一次	幸运儿在魔鬼的祖母的帮助下完成任务，并设计让国王成为永远撑篙的船夫
没有手的女孩	陌生的老头子	一贫如洗的磨坊主	魔鬼许诺让磨坊主富起来，但磨坊主要把磨坊后的东西给魔鬼，魔鬼三年后来取。磨坊主以为魔鬼要的是一棵苹果树，但没料到是自己的女儿	口头协议	三年	一次	磨坊主的女儿靠对上帝的坚定信仰和勇敢机智战胜了魔鬼，并离开了与魔鬼签约的父亲，找到了属于自己的幸福
死神教父	死神	穷人和穷人的第十三个孩子	合约一：穷人让死神做他第十三子的教父，死神将把这个孩子变得又有钱、又有名。合约二：死神把十三子变成名医，但他必须听死神的话：死神站在病人头边，可治；站在病人脚边，不可治	口头	无固定期限	二次	十三子在给国王治病时贪图富贵，两次忤逆死神教父的意思，最后被死神拉进死亡的地狱

续表

童话文本	魔鬼形象	签约人形象	合约内容	签约形式	服务期限	签约次数	合约故事的结局
金山王	黑色的小矮人	由富变穷、一无所有的商人	"我让你要多少钱有多少钱,你只需答应我,把回家去第一个撞着你腿的东西,过十二年再送来这儿给我。"商人以为除了狗不会有别的东西撞到他的腿,于是答应了,但事实上是自家小儿子撞了他的腿	在文书上签字、盖章	十二年	一次	十二年后,商人聪明伶俐的儿子与魔鬼讨价还价,双方同意让男孩坐进小船顺流而下,让流水决定其命运,结果得救
玻璃瓶中的妖怪	自称罗马之神墨丘利乌斯,可变幻大小	身无分文的穷樵夫之子	合约一:妖怪叫"放我出来",小樵夫放他出来之后得到的报答是"我为此一定要拧断你的脖子"。合约二:妖怪说:"只要你放我出来,我愿意给你许多许多钱,叫你一辈子花不完。"小樵夫照做,得到了相应的报酬:能治愈伤口和点钢铁成银子的布条	口头协议	无固定期限	两次	凭借自己的聪明才智,小樵夫将妖怪再次骗进瓶子,得到了应有的报答。对幸福充满信心的小樵夫和父亲过上了幸福生活,他还成了有名的医生
魔鬼的邋遢兄弟	侏儒	无以为生的退伍士兵	"你要是让我雇你做我的仆人,我就叫你一辈子有吃有穿。你得替我服役七年,七年后便恢复自由。可有一点我得告诉你:七年中你不许洗脸、梳头、剪指甲和揩眼泪。"魔鬼把士兵带到地狱,告诉他应该做的事:他得烧旺一只只大锅底下的火,锅里据说煮着地狱里吃的烧肉;他得收拾屋子。但若他胆敢往锅里瞅一眼,那就倒霉了	口头协议	七年	一次	士兵愉快地在地狱服役七年,魔鬼给他许多金子,但若有人问他是谁,魔鬼要求他回答:"魔鬼的邋遢兄弟,他也是我的国王。"恢复自由的士兵生活逍遥,最终娶了公主,当上国王

续表

童话文本	魔鬼形象	签约人形象	合约内容	签约形式	服务期限	签约次数	合约故事的结局
熊皮人	身穿绿衣的气派人	失业、无家可归的退伍士兵	七年之内，合约人不得洗脸、不得梳理胡须和头发、不得剪指甲、不得念"我的圣父"这段祷文。还要穿着魔鬼的绿衣、披着熊皮斗篷。七年之间若是合约人七年之间死了，那么灵魂就永远属于魔鬼；若七年之后还活着，恢复自由、终身富有	口头协议	七年	一次	合约人如约完成任务，获得自由、财富、娇妻。魔鬼也并没有失算，他没抓住熊皮人的灵魂，却因熊皮人而意外获得另外两个以貌取人、嫌贫爱富之人的灵魂
三个手艺人	衣冠楚楚、地位显赫的人；有一只马脚	三个穷途潦倒的手艺人	无论对什么问题，第一个手艺人要回答："我们三个一起"，第二个回答："要钱"，第三个回答："这就对喽"，按顺序来，除此之外不准讲任何话。魔鬼为其提供永远花不完的钱	口头协议	无固定期限	一次	三个手艺人遵守合约，魔鬼得以抓住恶贯满盈之人的灵魂，手艺人恢复自由，且一辈子有钱花
魔鬼和他的祖母	一条火龙	因薪饷太少而想逃跑的三个士兵	"如果你们肯给我当七年差，我愿意领你们穿过部队，叫任何人也抓不着你们。"魔鬼给他们一条小鞭子，说道："用这鞭子抽得噼噼啪啪响，你们想要多少钱就有多少钱，钱还会在你们面前跳来跳去。随后你们便可以过大人先生们的生活，有马骑，有车坐；可是七年满了你们就得归我。""不过呢，"魔鬼继续说，"我想要出一个谜语，你们要是能猜着，就可以获得自由，不再受我管束。"	需要在文书上一个一个签字画押	七年	一次	三个士兵带着魔鬼给的鞭子，过得快活而阔绰，但他们没干任何坏事。期满之后，其中乐观的士兵去求助魔鬼的祖母，帮忙骗出了魔鬼的谜底，从而解开谜语，恢复自由。三个士兵愉快地生活，直到老死

续表

童话文本	魔鬼形象	签约人形象	合约内容	签约形式	服务期限	签约次数	合约故事的结局
上帝的动物和魔鬼的动物	魔鬼	上帝	魔鬼对上帝说："你的造物把我的造物咬死了,你得好好赔我。"上帝："我赔你就是,只等橡树一落叶,你来吧,那时钱已经准备好了。"	口头协议	无固定期限	一次	橡树叶落时,魔鬼来讨债,上帝却说:"在君士坦丁堡的教堂里长着一棵大橡树,它的叶子还全在哩。"魔鬼在沙漠中走了六个月,终于找到那棵橡树,他赶回来时,其他橡树又长满绿叶……
农民和魔鬼	坐在烧红的煤炭上的黑色小魔鬼	聪明而狡猾的农民	魔鬼答应将地里的一堆财宝给农民,但要农民这块地往后两年的收成的一半。第一年分配时,地上的部分归魔鬼,地下的归农民;第二年魔鬼反悔,要地下的部分	口头协议	两年	一次	第一年时农民种了萝卜,魔鬼一无所获;第二年农民种了麦子,魔鬼仍旧两手空空,气得钻到岩缝儿里去了
坟山	头插红羽、长着马脚的魔鬼	穷农民和尚未学会害怕的退伍士兵	魔鬼将士兵的靴子装满金子,士兵和农民便不再为富农守墓,不干涉魔鬼取走富农的灵魂	口头协议	无固定期限	一次	士兵和农民戏耍了魔鬼,两人不仅守住了富农的灵魂,还得到许多金子,从此过着安静幸福的生活

根据以上表格,童话中的魔鬼合约基本都是大团圆的结局,只有《死神教父》一则以签约人下地狱告终。魔鬼多以滑稽、笨拙的形象出现,且遵守合约,在有的故事中魔鬼甚至略带正义感,真正阴险、邪恶的魔鬼在少数。签约人基本都是穷人,其中农民和退伍士兵尤为受欢迎,多是大胆、乐观、机智的普通人形象,他们智斗魔鬼,为自己赢来巨大的财富和幸福的生活,这样的童话自然符合民间受众的喜好。魔鬼合约的内容除了那些特别离奇的,剩下的"正常合约"中多以合约人需要金钱而魔鬼索要灵魂为基本模式,只是结局大多为魔鬼失败,这样的设置其实也是对魔鬼合约的简化,因为签约人是否得到救赎这个复杂的话题不在讨论的范围。童话中的签约的形式也不像传统中的那么正式,笔者选出的 12 篇合约故事中 10 篇都是口头协议,只有两篇需要"签字画押",用鲜血签署

的情况根本没有出现。关于魔鬼合约的期限问题，童话中有的是两年，有的是三年，还有七年和十二年，剩下的一半没有提到具体的期限问题，以完成合约规定的任务为期。综上所述，童话中的魔鬼合约有自身的特点，童话故事不注重合约的仪式，弱化甚至消除了合约传统的宗教严肃性，注重合约母题的故事性，将魔鬼合约和谐地融入童话这种简短、生动、活泼的体裁，是对魔鬼合约母题创造性地演绎。

二 其他童话中的魔鬼合约

自格林兄弟认识到童话研究（Märchenforschung）的科学价值以来，产生了众多有关童话的研究方法，童话研究直到今天依然活跃在文学研究领域。德国的童话故事蔚为大观，由于篇幅和重点设置的考虑，无法在论文中涉及所有童话，而且也没有必要，因为童话故事中的魔鬼合约大同小异，基本遵循类似的模式。除《格林童话》之外，笔者仅从卫茂平译的《德国童话精品》（Deutsche Märchen seit Grimm）中选取两个典型的魔鬼合约故事进行简略分析，因为该书：

> ……原名为《格林以来的德国童话》……对未见载于《格林兄弟童话》的德国童话作一番清理，以作为对《格林兄弟童话》的补充。……此书名副其实是一部与《格林兄弟童话》没有重复的《德国童话精品》。[①]

《格林童话》中的魔鬼合约故事没有出现鲜血签署仪式，但《德国童话精品》中的《铁匠和魔鬼》却恰好提到了这个签约仪式：

> 从前有个铁匠，名叫奥克森贝格。他想靠一个铁匠铺谋生，但因为负债累累，无法维持生计。有一天，他满肚愁肠地跑进森林，独自叹气。这时一个真正的魔鬼向他走来，问："你为什么这样闷闷不

---

① 参见《德国童话精品》，卫茂平译，北岳文艺出版社1995年版。德文原版 Vgl. Zaunert, Paul (Hrsg.): Deutsche Märchen seit Grimm, Eugen Diederichs Verlag: Düsseldorf Köln, 1964.

乐?"铁匠回答:"要是一个人的胃像只空磨咕咕乱叫,又一贫如洗,他还能笑吗?""哈哈,穷光蛋,看见这个了吗?"魔鬼直笑。"这儿。只要你在这张纸上签个字,你就有一大堆的钱!"铁匠表示愿意。魔鬼给他放了点血,铁匠蘸血签字。魔鬼给了铁匠很重的一堆钱,条件是三年后来取一个可怜的灵魂。魔鬼心里暗笑,返回地狱。①

接下来的情节曲折离奇,但魔鬼合约的走向却与《格林童话》中的那些故事如出一辙。彼得来请铁匠为上帝的白马打一副马掌,为此彼得使铁匠拥有了三件宝物:一只装钉子的口袋,谁把手伸进去,没有铁匠的允许便拔不出来;一张靠背椅,谁坐上去,没有铁匠的允许,便无法起身;一棵大苹果树,谁上了树,没有铁匠的允许便下不来。三年之后,魔鬼先后派了三个喽啰来取铁匠的灵魂,第一个被困在钉子口袋,第二个在靠背椅上无法起身,第三个上了苹果树下不来了。魔鬼亲自出马,铁匠用激将法让魔鬼变成一只老鼠,然后将老鼠装进钉子口袋好一番捶打。魔鬼为了脱身,只好将铁匠签的合约还给他。故事的最后,寿终正寝的铁匠还靠自己的机灵进入了天堂。

《德国童话精品》中的第二个魔鬼合约故事是《王子和魔鬼的女儿》,这篇童话沿用"在不知情的情况下将自己的孩子许给魔鬼"的母题,同时给邪恶的魔鬼安排一个善良的女儿——再一次成就了王子和公主幸福生活在一起的美丽结局。输了战役的国王在绝望之时与魔鬼签约:魔鬼帮助国王战无不胜,国王必须把家里的一个新灵魂许给魔鬼,21年之后魔鬼将其取走。征战在外的国王并不晓得,王后刚刚为他诞下王子。21年后,魔鬼将年轻的王子抓入地狱,给他指派不可能完成的任务,若王子做不到,魔鬼便要杀了他。然而,魔鬼的女儿对英俊的王子一见钟情,于是她背叛父亲,千方百计帮助王子逃出地狱,回到王国,最后两人赢得有情人终成眷属的大团圆。由此可见,《格林童话》之外的德国童话所描述的魔鬼合约故事并无特别之处,无论是签约的前提还是签约的内容,无论是魔鬼形象还是签约人形象,

---

① 《德国童话精品》,卫茂平译,北岳文艺出版社1995年版,第250—251页。

无论是合约结局还是合约故事的氛围，与《格林童话》中的魔鬼合约故事都无二致。因此，笔者对民间童话中的魔鬼合约不再进行更多的讨论。

第六节　19 世纪的魔鬼合约母题

启蒙运动晚期，人们以魔鬼合约故事为媒介，表达对有关阶级、民族、性别的老一套说辞的否定和摒弃。启蒙运动之后，若魔鬼合约文本仍旧只是重提恶魔主义（Dämonologie），那么势必会被启蒙运动后的知识财富赶超，导致这个母题过时、面临淘汰。所幸魔鬼合约故事与时俱进，不管是在叙述层面，还是人物设置层面，该时期的魔鬼合约故事将原来那一套恶魔主义的旧材料用作转喻的符号，来表达合乎时势的人类学、社会批判学、诗学等方面的思想内容。

在歌德创作了一系列浮士德文本（Faustdichtung，1790，1808，1832）之后，魔鬼合约故事形成了 19 世纪广泛传播的一个母题叙事群。魔鬼合约故事往往充满矛盾，因为对故事的主人公签约者来说，这样一个介于人与魔鬼之间的合约看似是雪中送炭，实则是引狼入室，合约前后主人公大多处于进退维谷的两难境地。这些魔鬼合约文本一方面，通过母题本身的固定元素、与该母题有关的暗示和引文形成彼此之间紧密的互文相关性；另一方面，较之以前的魔鬼合约故事，这些文本于 1800 年至 1890 年间在结构上发生了显著的改变。福尔克尔·豪夫曼（Volker Hoffmann）在其文章《19 世纪的魔鬼合约故事之结构转变》（Strukturwandel in den "Teufelspaktgeschichten" des 19. Jahrhunderts）中认为，魔鬼合约故事是叙事传记的一种，是特殊的生活阶段史。对生活经历的描写是歌德时期和现实主义时期出现最频繁的话题，带有魔鬼合约的个人传记虚实相间，比如豪夫的《冷酷的心》和沙米索的《施莱米尔卖影奇遇记》，讲述和接受这些故事的人乐于相信这种文学上的真实，就像之前人们乐于接受人通过合约将灵魂出卖给魔鬼这样的民间传说一样。[①]魔鬼在基督教文化中有两个

---

① Vgl. Hoffmann, Volker: Strukturwandel in den "Teufelspaktgeschichten" des 19. Jh. In: Modelle des literarischen Strukturwandels, 1991, 117/127, S117.

显著标签：恶和诱惑，19世纪的传记故事倾向于将魔鬼理解成一种诱惑力，或者说给各种各样的诱惑穿上魔鬼合约的外衣，尤其是人在青少年向成年的过渡阶段这个人生的特殊时期面临的诱惑。显而易见，有魔鬼参与的人生经历属于人生的消极阶段，对于转型期的青年来说，接受了不当的教育、遭遇了恶劣的事件常常成为转向魔鬼的重要原因，对于成年人来说，与社会格格不入的境况、不幸的婚姻容易成为触发点。在现实主义时期，魔鬼合约故事的情节模式日益倾向男性化，故事中奇异的元素不断消逝、合约故事逐渐具有传记色彩，在此过程中，与魔鬼合约相关的维纳斯山故事（Venusberggeschichte）①的原型隐退。将维纳斯山母题除外，该时期的魔鬼合约故事基本都以男性为主角，②偶有女性，但魔鬼合约的目的通常与性欲无关，如此该时期的魔鬼合约便与传统的魔鬼—女巫合约（Teufel-Hexenpakt）拉开了距离，赋予了魔鬼合约全新的意义。戈特赫尔夫（Jeremias Gotthelf）的毕德迈耶风格小说《黑蜘蛛》便是这样的例外，以绿衣猎人形象出现的魔鬼与农妇克里斯缇娜一吻订约，但她是作为全村农民的代表与魔鬼交易的，因为村里的男人们畏畏缩缩、没有决断的勇气和能力，身为女子的克里斯缇娜只好像个男人一样挺身而出。

一 浪漫派作家对魔鬼合约母题的演绎

魔鬼合约于18世纪末19世纪初经历了歌德的戏剧《浮士德原稿》（1790）、《浮士德第一部》（1808）和克林格尔的长篇小说《浮士德的生

---

① 维纳斯山传说是歌德时代一个出现频繁的、与魔鬼合约联系紧密的母题，在这个传说中，引诱者兼具男性和女性的特质，被基督教视为异教徒。[Der Venusberg ist ein seit dem Mittelalter bekanntes Sagenmotiv, das vor allem im Zusammenhang mit dem MinnesängerTannhäuser erscheint und neben volkstümlichen Texten zahlreiche künstlerische Bearbeitungen erfahren hat. Frau Venus, die mit Nymphen und Nixen im Inneren des nach ihr benannten Bergs luxuriös Hof hält, lockt durch ihre Schönheit Menschen zu sich hinein, die dort ein dem Eros ergebenes, sündiges Leben führen und so der Verdammnis zum Opfer fallen. Ähnliche Sagenstoffe finden sich in verschiedenen Kulturen, so etwa in der Odyssee, wo Kirke und Kalypso den Odysseus verführen und mehrere Jahre bei sich behalten. Vgl. https://de.wikipedia.org/wiki/Venusberg_（Sage）]

② Vgl. Hoffmann, Volker: Der Wertkomplex "Arbeit" in ausgewählten Teufelspaktgeschichten der Goethezeit und des Realismus In: Vom Wert der Arbeit, 1991, 194/203, S194-195.

平、事迹及下地狱》(1791),到19世纪与中篇小说创作(Novellistik)结合起来,先后产生了路德维希·蒂克(Ludwig Tieck)的《鲁内山》(Der Runenberg, 1804)、富凯(Fouqué)的《绞架侏儒的故事》(Eine Geschichte vom Galgenmännlein, 1810)及《森林探险》(Ein Waldabenteuer, 1816)、沙米索的《施莱米尔卖影奇遇记》(Peter Schlemihls wundersame Geschichte, 1814)、霍夫曼(E. T. A. Hoffmann)《沙人》(Der Sandmann, 1816)、豪夫(Wilhelm Hauff)的《小矮人的长鼻子》(Der Zwerg Nase, 1826)及《冷酷的心》(Das kalte Herz, 1827)、戈特赫尔夫(Jeremias Gotthelf)的《黑蜘蛛》(Die schwarze Spinne, 1842)、德罗斯特-许尔斯霍夫(Annette von Droste-Hülshof)的《马贩子的精灵》(Der spiritus familiaris des Roßtäuschers, 1842)[①]、施笃姆(Theodor Storm)的《白马骑士》(Der Schimmelreiter, 1888)等。在这些包含魔鬼合约母题的中篇小说里大部分作品都属于浪漫派的艺术童话,《黑蜘蛛》和《马贩子的精灵》是毕德迈耶风格,《白马骑士》是现实主义作品。笔者以《冷酷的心》为例,分析浪漫主义时期的魔鬼合约,尤其是艺术童话中的魔鬼合约。

威廉·豪夫的童话《冷酷的心》于1827年发表在《1828年的童话年鉴》(Märchenalmanach auf das Jahr 1828)中,作为框架小说《史裴萨特的酒店》(Das Wirtshaus im Spessart, 1826)的内部故事分成两部分嵌入其中。主人公彼得·蒙克(Peter Munk)在黑森林经营死去的父亲留下来的炭窑,因此也被人称作烧炭工蒙克,他对这又脏、又累、挣钱又少、还不被人尊重的工作很不满意,所以他经常梦想着有一天能大富大贵。后来他听说黑森林有个森林精灵,是个透明的玻璃小人儿,名叫宝藏管家(Schatzhauser)。森林精灵青睐出生于周日11点到2点钟之间的人,如果这人能用特定的诗句将它召唤出来[②],它就可以满足人的三个愿望。彼

---

① Spiritus familiaris, der, Bedeutung: guter Hausgeist, Vertraute [r] der Familie.
② 这个特定的诗句是:"Schatzhauser im grünen Tannewald, / bist schon viel hundert Jahre alt, / Dir gehört all Land, / wo Tannen stehn –"。Vgl. Hauff, Wilhelm: Sämtliche Märchen, Reclam, Stuttgart, 2011, S276。

得·蒙克正是这样一个周日之子（Sonntagskind），于是他开始寻找玻璃小人儿，不料先遇到了另一个危险、巨大的森林精怪荷兰人-米歇尔（Holländer-Michel），这个邪恶的魔法师惯于在暴风雨之夜干坏事，好在彼得·蒙克摆脱了他。玻璃小人儿现身，它告诉彼得，如果他太愚蠢，它将保留第三个愿望。彼得的第一个愿望就很蠢：他希望自己跳舞跳得比"舞池之王"（Tanzbodenkönig）还好，希望自己在酒馆的时候口袋里的钱和以西结（Ezechiel）一样多；他的第二个愿望稍微理智一点：他希望自己有个规模相当大的玻璃工厂，且有足够的资金来经营。玻璃小人提醒彼得注意，他本该希望自己具备经营工厂之能力。接着，玻璃小人儿拒绝立即为彼得实现第三个愿望，这样彼得日后还有一个备用的愿望可以救急。实现了两个愿望的彼得一开始春风得意，他拥有黑森林最大的玻璃工厂，舞跳得谁都比不过，去酒馆赌钱的时候口袋总是和以西结一样满当。然而好景不长，由于缺乏经营工厂的才智，他索性将玻璃厂弃之不顾，几乎每天都去酒馆赌钱，很快就债台高筑。不幸仍在继续：有一天彼得本以为自己运气特别好，他一下子赢光了以西结的所有钱，当以西结的口袋空空如也之时彼得也一文不名了。接着，官员没收了他的玻璃工厂抵押债务。由于遭受这些不幸，彼得去森林里寻求荷兰人-米歇尔的帮助，而米歇尔与玻璃小人儿截然相反，他是与恶为伍、与魔鬼结盟的家伙。米歇尔出手阔绰，乐意为彼得提供帮助，但是作为代价他要彼得的心，他劝说彼得：由心而生的感情对生活来说只会百害而无一利。他会为彼得制一颗石头心放进胸膛，之后彼得就可以得到 10 万塔勒，而且只要彼得需要钱，随时都可以找他取。第二天，不愁钱花的彼得就去漫游世界了。

很快彼得发现，再无任何事情使他期待，他也不会笑了、不会哭了，他感受不到爱、感受不到美。他的新石头心是麻木的，对任何事物都没有兴趣。他回到黑森林，去找荷兰人-米歇尔，想要重新拿回自己的心。米歇尔拒绝了他的要求，并告诉他，他死后方可重获自己的心。米歇尔向彼得展示了他搜集的心灵（Herzensammlung），彼得这才知道，原来黑森林的许多"大人物"都跟米歇尔做了交易，拿自己的真心换了石头心，其中就有彼得的偶像以西结。米歇尔给了彼得更多的钱，并建议他找点事情做做，找个女人结婚，好打发无聊的时光。于是，彼得在黑森林建起了大房子，经营买卖，继续做老板，兼放高利贷。由于吝啬、无情，他声名狼藉。他狠心地驱赶来门前讨饭的穷人，甚至对自己年迈的母亲避而远之。他娶了伐木工美丽的女儿丽思百特（Lisbeth）做妻子，然而丽思百特并不幸福，因为她发现丈夫脾气很差，为人格外小气，尽管有万贯家财，却不许她帮助穷人，吝啬到了丧心病狂的地步。有一天，一个矮小的老人上门讨水喝，丽思百特看看周围没人注意到她，于是就为老人端来了葡萄酒和面包。老人感激涕零，并说丽思百特有善心必得善报，不料此时彼得却突然回到了家。盛怒之下，彼得失手将妻子打死，面对妻子的尸体，彼得当场悔悟，但为时已晚。老人显出真身，他就是森林精灵玻璃小人儿，他痛斥彼得摧毁了黑森林最美的花朵，而彼得却将自己失去理智、误杀妻子归咎于玻璃小人儿。念及丽思百特的善良，玻璃小人儿给彼得 8 天时间去反思自己的生命。彼得寝食难安，甚至想到了死，但一直有个声音萦绕耳旁，告诉他要赎回自己那颗温暖的心。最终，他再次找到玻璃小人儿，想实现之前预留的第三个愿望：赎回自己的心。然而，玻璃小人爱莫能助，因为和彼得做"以钱换心"（Geld gegen Herz）交易的不是它，但善良的小人儿悄悄透露给彼得一条计策。彼得去找荷兰人-米歇尔，口口声声说米歇尔欺骗了他，根本没有给他安装石头心。米歇尔想证明自己的清白，于是答应把彼得的真心再给他装上，让他亲自感受一下石头心和真心的不同。真心一旦重新装上，彼得立即拿出玻璃小人给他的玻璃十字架对准米歇尔，这样暴跳如雷的米歇尔就无法再靠近彼得，彼得迅速逃到玻璃小人那里寻求庇护，成功地将自己的真心骗回。彼得从此彻悟，为自己不堪的过往忏悔，玻璃小人深感欣慰，于是帮助彼得与老母亲和死而复生的妻子团聚。彼得还听从了玻璃小人的建议，重操旧业，作为烧炭工勤恳地劳作，虽然他烧炭仍然挣不到很多钱，但却凭自己的努力受人尊敬。在儿子出生之际，彼得收到了满满的四筒银币，这是玻璃小人作为教父送给孩子的礼物。

在《冷酷的心》中，彼得·蒙克与森林精怪（Waldgeist）荷兰人-米歇尔交易，文本并没有指出米歇尔就是魔鬼本身，他是"精怪"、是"邪恶的魔法师"、是"与恶为伍者",这些特点暗示米歇尔要么是魔鬼本身,要么是魔鬼的爪牙。从米歇尔从事的交易——"以金钱换人心"——来看,他的身份更确定无疑,只有魔鬼才会干这样的勾当。文本同样没有提到"合约"二字,一切看似都是"交易",交易的内容明确:人的心归米歇尔,米歇尔提供给人源源不断的金钱,以便让人极尽享受。交易的条件看起来十分诱人,人只需要允诺换心,便可不劳而获。像大部分的魔鬼合约一样,人一开始并不清楚这交易背后隐藏着什么。长着一颗石头心,彼得行尸走肉地活着,没有感情、没有感觉,不知人间冷暖,甚至没有喜怒哀乐,即使再多的金钱也无法让彼得享受生命、享受生活。等他意识到自己上了当,米歇尔带他看"心灵收藏",告诉他交易的并非只有他一人,鼓励他随波逐流,给他更多的钱去打发生命。至于死后方可重获自己的心灵这种许诺,叙述者没有告诉我们是真是假,即使是真,那么,狡猾的米歇尔尚未说出重获心灵的条件,笔者揣测,是不是要拿灵魂去换心,就像《施莱米尔卖影奇遇记》中彼得·施莱米尔需要拿灵魂去换回自己的影子一样?无论是从荷兰人-米歇尔这个魔鬼形象来看,还是从交易的内容来看,文本涉及的是魔鬼合约无疑。这个魔鬼合约故事为主人公安排了善恶相对的两方力量,而且主人公首先想求助的是善灵玻璃小人儿,在寻找善灵的过程中遭遇了恶灵荷兰人-米歇尔。颇富戏剧性的是主人公一开始成功地摆脱了恶灵的纠缠,只因自己的愿望太蠢,或者说太过于贪婪、虚荣,最终走投无路,转向了恶灵,出卖了心灵。善灵之善还在于不纵容主人公的愚蠢,为他保留了最终获救的可能性。救赎的力量一方面来自玻璃小人儿的神圣力量,另一方面来自善良的妻子丽思百特的爱情,丽思百特这个普通女性同时作为魔鬼合约的牺牲品和拯救者,就像歌德之《浮士德》中的格蕾辛,而彼得最终被神圣之爱、爱情之爱合力拯救也跟浮士德的结局类似。不同的是,彼得在玻璃小人儿的帮助下完全逆转了魔鬼合约,在活着的时候彻底摆脱了魔鬼的控制,过上了普通人的正常生活,虽不易,却心安,不必等到人之将死再进行灵魂的审判。这样的救赎,除了格林童话的诙谐版魔鬼合约之外,已是最好不过的。

浪漫主义时期的魔鬼合约可以分成不同的阶段,不再是一次订约,而且整个合约或者阶段性的合约常常可以逆转，正如《冷酷的心》之魔鬼合约得到完全逆转。合约故事的结局也不再是上天堂和下地狱的非此即彼，而允许出现合约介于可以逆转和不可以逆转之间的情况，或者与魔鬼妥协等中性的结果，如《施莱米尔卖影奇遇记》，主人公无法摆脱魔鬼的纠缠，又不愿意第二次与魔鬼签约，他扔掉魔鬼的钱袋，单方面与魔鬼解约。最终，施莱米尔没了影子，但保有自己的灵魂，魔鬼无法达成所愿，也不能将施莱米尔怎么样。这样一个看似没有结局的结局，或者叫开放性的结局，让魔鬼合约故事有了更多的阐释空间。浪漫主义时期的魔鬼合约文本有一大特点：被引诱者，即魔鬼的合约人，总是一位青年，或者至少也要像浮士德那样，在魔鬼的帮助之下再次年轻起来的人。因此在这些文本中，来自魔鬼的外在诱惑（Fremdverführung）通常可以解读为年轻人通向歧途的自我诱惑之路（Selbstverführung）。这样一来，文本叙述的故事就可以归结到人类学的范畴：魔鬼合约故事可以理解为消极人生的部分类型，而且基本都是处于青年时期的类型，所以魔鬼合约故事年轻的主人公经常成为接受了不当教育的青年人的代表。[①]彼得·蒙克年幼失怙，他嫌弃低贱的烧煤工作，耽于异想天开，他赌钱、跳舞、酗酒、追求光鲜的外表和无尽的财富，任凭自己在自我异化的道路上越走越远。遭遇荷兰人-米歇尔为彼得的自我诱惑找到了外在帮助，在这个外在诱惑的鼓励、煽动之下，彼得终于成了六亲不认、暴虐成性的吝啬鬼，以至于走上了谋杀妻子的歧途。所幸丽思百特的死亡让彼得悔悟，加上玻璃小人儿相助，彼得得以彻底结束人生中消极、罪恶的一个阶段。有学者将森林精灵玻璃小人儿解读为彼得内心尚存的正义，或者彼得的良心，这样一来彼得的救赎之路可以阐释为内心的良知与外在的诱惑斗争的结果。

当时的生命哲学提倡坚持中产阶级的生活方式，教导人们要勤勤恳恳工作，履行建立家庭、繁衍后代的义务。然而，魔鬼合约故事常常提供给处于困顿之中的年轻人以财富、情欲、权势及知识等，让这些年轻人借此提升自己的人生。签约伊始，签约人拿到的条件非常诱人且代价微乎其微

---

① Hoffmann, Volker: Der Wertkomplex „Arbeit" in ausgewählten Teufelspaktgeschichten der Goethezeit und des Realismus In: Vom Wert der Arbeit, 1991, 194/203, S194.

的合约一般都是魔鬼的诱饵，是魔鬼对人巧妙地欺骗，目的当然是先让人满心欢喜与之签约。等到人中了魔鬼的圈套，或者已经开始依赖魔鬼，对魔鬼的诱饵欲罢不能之时，魔鬼便露出真面目，向人摊牌。彼时，这些被诱惑的人大多觉得已无路可退，或者无法想象再倒回自己那原本普通而安分的人生。与魔鬼签约之后，年轻人不必固守一份普通的职业，不必为社交而费心费力，甚至不必按别人的期望组建家庭、繁衍子嗣，他们似乎比普通人活得更自由。①彼得·蒙克生活优裕，他有荷兰人-米歇尔这棵摇钱树，想要什么都易如反掌，甚至想结婚都有黑森林最美丽的姑娘嫁给他，然而他结婚既非出自爱情，也非为了繁衍子嗣，而只是打发自己无聊的生活。按当时中产阶级的生活理想，彼得·蒙克在所处的年龄阶段本应该上养父母、下育子女，用双手充实自己的生活。然而，签署了魔鬼合约，正常人的正常生活与他无缘，他彻底成了社会的异类。魔鬼合约除了能让人不劳而获、坐享其成之外，更凸显其阴暗的一面：面对身处其中的社会，魔鬼的合约人发现自己被孤立、被隔绝，甚至像施莱米尔一样遭受所爱慕女子的拒绝，主人公不得不以一个与社会隔绝的、自私自利的个体而存在，犹如彼得·蒙克。此外，与同时代的普通青年人相比，虽然魔鬼的合约人在魔鬼的帮助下轻而易举地提高了自己的社会地位，但他们终日游手好闲、无所事事，因为他们坐享魔鬼合约带来的财富、情欲、权利或者知识，不懂游历学习或者打拼工作的乐趣所在，或者像彼得·蒙克一样根本不愿意勤恳工作，认为自己的工作又脏又累，还被人看不起。此外，《冷酷的心》和《施莱米尔卖影奇遇记》借魔鬼合约既探讨了浪漫主义时期的热门话题"向往"（Sehnsucht），也揭露了19世纪上半叶人们对资本的盲目追求。魔鬼许诺的钱财取之不尽用之不竭，使原本身份卑微的施莱米尔开始假冒贵族行骗，使蒙克开工厂、盖商铺，利用源源不断的财富打败竞争对手，轻而易举地改变自己作为无用人（Taugenichts）和懒汉（Müßiggänger）的形象。

魔鬼的签约伙伴甚至不再关心自己的生命，不在乎是否能长寿，只要

---

① Hoffmann, Volker: Der Wertkomplex „Arbeit" in ausgewählten Teufelspaktgeschichten der Goethezeit und des Realismus In: Vom Wert der Arbeit, 1991, 194/203, S196.

能充分享受合约带来的满足感，他们不惜以快速地消耗生命直至灰飞烟灭为代价。而且，社会地位的提高、超能力的支配，某种程度上来说其实是在加速消耗自己的生命，合约使被引诱者出现身体或者心灵死亡的特征：彼得·蒙克拿自己温暖的真心换了个冰冷的石头心，而且慢慢吝啬到了丧心病狂的地步；施莱米尔虽然拥有用不完的金子，然而始终是个没有影子的可怜人，且之后一夜白头、骤然老去；和《冷酷的心》里的彼得·蒙克一样，施莱米尔的心灵开始石化，最终两人都开始厌恶生命。当彼得·施莱米尔和彼得·蒙克发现，通过魔鬼合约提高自己的社会地位、享受生活的代价不是微乎其微而是无比惨重，主人公因此又陷入自我毁灭的极端想法中。两个故事的合约人都曾试图撕毁合约、退回自己原有的生活里，施莱米尔得以部分退回，蒙克完全退回。撕毁合约、退回生活之后，合约人要么踏踏实实地工作，独立自主地活着，如蒙克重操旧业、兢兢业业地烧炭；要么跟随自己的兴趣爱好，单纯随心地活着，如施莱米尔作为纯粹的精神工作者存在，研究自然科学，从事写作。原因也在于施莱米尔没能完全退回自己原来的生活，他扔了钱袋，单方面想与魔鬼断绝联系，但魔鬼仍然拥有他的影子，他也曾用魔鬼的钱财置办了七里靴，通过这些，魔鬼与施莱米尔有着切不断的联系。也就是说，施莱米尔扔掉钱袋所达到的只是个妥协性的结果，施莱米尔的魔鬼合约介于可逆与不可逆之间。然而，若是没有这样一个妥协性的结果，施莱米尔作为自然研究者的伟大生活是不可想象的，他无法走南闯北、日行千里，那研究工作也无从开展。从整个故事情节来看，正是因为这个没有完全得以逆转的魔鬼合约成就了施莱米尔毕生的杰出事业。换句话说，施莱米尔将魔鬼诱惑性的外在援助转变成内在的自助，施莱米尔因此能够以自然科学家和自传作者的身份扬名于世。此外，若是魔鬼合约已成为不可逆转的事实，那么故事的主人公大多英年早逝，其中不乏以自杀的手段结束生命者，自杀本也是浪漫派文学中出现频率很高的母题。[1]

到 19 世纪，魔鬼合约成为罪恶、诱惑的象征，对文学创作产生了莫

---

[1] Hoffmann, Volker: Der Wertkomplex „Arbeit" in ausgewählten Teufelspaktgeschichten der Goethezeit und des Realismus In: Vom Wert der Arbeit, 1991, 194/203, S195-197.

大的吸引力，尤其是通俗文学，霍夫曼（E. T. A. Hoffmann）的第一部长篇小说《魔鬼的迷魂汤》（Die Elixiere des Teufels，1815—1816）即是代表。故事的主人公是修道士梅达杜斯，他的祖先弗兰西斯科背弃了基督教，在画圣女罗萨莉娅像时，将其画成了性感的维纳斯，他还与女模特私通，受到了上帝的诅咒，祸及后人。梅达杜斯偷喝了藏于修道院的魔鬼的迷魂汤，自此，他心中的欲念被唤醒。他狂热地爱上了来修道院忏悔的一个姑娘，虽然他与这个姑娘只有一面之缘，更稀奇的是，这姑娘长相酷似圣女罗萨莉娅的画像。梅达杜斯借机离开修道院，到处追寻使他倾心的那位姑娘。途中，他遇到与自己长得几乎一模一样的维克多林伯爵。伯爵坠谷身亡，他便假冒其身份，去见伯爵的情人奥依菲靡，并与她发生关系。后来他发现，奥依菲靡的继女奥莱丽正是他寻求已久的那位姑娘。为追求奥莱丽，梅达杜斯不惜杀死了阻止他的奥依菲靡与奥莱丽的哥哥。在出逃途中，他又遇到长相酷似自己的疯和尚，此人正是跌入深谷而失去理智的维克多林。梅达杜斯被捕后，维克多林却出乎意料站了出来，声称是自己杀了人。于是，维克多林被判刑，而梅达杜斯则与奥莱丽相爱，并准备结婚。婚礼当日，梅达杜斯看见维克多林的囚车经过，惊恐之下，他无法克制地吐露出真相。接着，为及时脱身，情急之中，梅达杜斯刺倒奥莱丽，仓皇而逃。后来，梅达杜斯在一所修道院发现了他的身世之谜，原来他和维克多林、奥依菲靡、奥莱丽及奥莱丽的哥哥是同父异母的兄妹，他们都是弗兰西斯科的后代。至此，梅达杜斯决定改邪归正，重返修道院。然而当他回到修道院时，正赶上奥莱丽的出家仪式，原来奥莱丽虽被他刺倒却并未因此而死掉。就在这时，逃脱刑罚的维克多林冲了出来，将奥莱丽刺死。奥莱丽临死前，向梅达杜斯展示了爱的真义，将他从魔药的控制中解救出来。最后，梅达杜斯在奥莱丽周年忌日之时离开了人世。[1]很显然，霍夫曼对传统的魔鬼合约进行了演绎，创作出典型的浪漫派小说。文本中不涉及真实存在的、需要签署的一纸合约，一个象征性的动作——喝下魔鬼的迷魂汤——这就是"签约仪式"，意味着接受魔鬼的邀约，从此与魔

---

[1] 参见卫茂平、胡一帆《德语文学名著便览》，上海外语教育出版社2016年版，第84页。

鬼为伍。之后，主人公无法抑制地行凶作恶，天涯海角都逃脱不了命运的诅咒，犯下血亲乱伦、谋杀等深重的罪孽。虽然这个魔鬼合约文本充满了恐怖、暴力、惊悚、绝望，但结局却很平和：魔鬼的合约人醒悟，懂得爱的真义，得以从魔鬼合约的效力中解脱出来，于平静和清醒中结束了罪恶的一生。笔者认为，当与魔鬼签约的人最终得以摆脱魔鬼，理智地面对自己的处境，对自己的人生和行为反思时即得到了救赎，哪怕其救赎的形式是自我毁灭，死亦是主人公的自我救赎。

二 现实主义作家对魔鬼合约母题的演绎

在现实主义的魔鬼合约文本中，要么取自传说、童话中固有的魔鬼合约，有特定的魔鬼形象；要么，魔鬼合约文本中甚至都没有出现过真正的魔鬼，魔鬼只是一个象征符号，一个隐喻；要么，人在幻想中、睡梦中、生病或者醉酒的迷幻中看见魔鬼，与之签约。即使是在第一种情况下，作家也都会在叙述策略上采取措施，有意与原故事拉开距离，比如戈特赫尔夫的《黑蜘蛛》采用框架小说的结构，使故事之中还有故事，通过仍活在当下的祖父之口叙述这个魔鬼合约的故事，而小说的叙述人将听故事的众亲友之现场反应都呈现出来。同样采取框架结构的还有施笃姆的《白马骑士》：一位旅行者夜间在堤岸上骑行，隐约看见一位白马骑士，之后他在酒馆中说及此事，众人感到不安，作者设定一个叙述人"长者"将魔鬼合约故事娓娓道来。德罗斯特-许尔斯霍夫的叙事诗《马贩子的精灵》产生于 1842 年，发表于 1844 年，女作家以家养小精灵（Spiritus familiaris）的传说为题材，在自己的诗作之前附上了格林兄弟关于这个传说的文本，[①] 由此将自己的文本与传说拉开距离。后两种情况下，作家往往不会对魔鬼的外形特征等进行描写、塑造，也不会借此探讨魔鬼是否真正存在等类似的话题，作家的用意在于借助魔鬼这虚幻的形象去刻画现实

---

① 格林兄弟将 Spiritus familiaris 收录在编著 Deutsche Sage 中，德罗斯特-许尔斯霍夫的《马贩子的精灵》即以此为原始资料。(Der Spiritus familiaris, ein in einer Flasche gefangengehaltener dienstbarer Geist, wird wegen seiner vergleichbaren Eigenschaften oft mit dem Alraun verwechselt. Vgl. Brüder Grimm: Deutsche Sagen, Deutscher Klassiker Verlag: Frankfurt am Main, 1994, S762.)

百态。现实主义时期的大部分魔鬼合约故事之魔鬼合约都是不可逆转的，19世纪最后一个可以逆转魔鬼合约的故事文本是《黑蜘蛛》。除了跟童话、传说相关的文本之外，只有那些主人公有意识地签署的魔鬼合约可以修正。下文，笔者以《马贩子的精灵》和《白马骑士》为例，探讨毕德迈耶和现实主义时期的魔鬼合约。

在格林兄弟的版本中，小精灵被放在一个封闭的瓶子里，看起来既不像蜘蛛也不像蝎子，不停地在里面动来动去。谁买了它，它就跟着谁，无论主人把它丢到哪里，它总会自己回来。它能给人带来巨大的幸福，能使隐藏的宝藏显现，使主人受朋友喜爱，被敌人畏惧，它在战争中坚固如钢铁，帮助主人取胜，也能帮助主人避免身陷囹圄。它不像传说中的绞架侏儒（Galgenmännlein）那样需要洗澡、穿戴，主人根本无须照顾它。它的主人可以一辈子持有它，直到老死，但主人死后就要跟它一起下地狱，因此有的主人会想方设法地摆脱它。奥古斯堡的一位马贩子兼马车夫迁往一个有名的德国城市，路上他的8匹马先后死光了，他一筹莫展，不知道怎么办才好。他在城市里到处溜达，逢人便一把鼻涕一把泪地诉说自己的不幸。有一天，他碰到另外一个马车夫，听完他诉苦之后，马车夫让他去"那所房子"，打听"那伙人"（die Gesellschaft），到那里说说自己的不幸，寻求帮助。马贩子听从建议，去了那所房子，被人带到一个房间里，看见几个老年人坐在圆桌旁。他们直呼他的名字，历数他的不幸，深谙他的来意，递给他一个小盒子，说："带上这个，你马上就富有了，但你若不想再变成穷光蛋，那你千万谨记，永远不要打开这个盒子"。[①] 马贩子问，他要用什么东西来交换这个神奇的盒子，那些老人却不想要他的任何东西，只是递给他一本大书，让他把自己的名字写进去。一回到家，马贩子就发现自己富得盆满钵溢，金钱、马匹应有尽有。然而，当马贩子的妻子听他讲述此事时却大惊失色，对他说："你肯定是撞见邪恶之物了，上帝不许人通过这样的禁忌手段变富，而要靠辛勤劳动赚得面

[①] Brüder Grimm：Deutsche Sagen, Deutscher Klassiker Verlag：Frankfurt am Main, 1994, S137. 德文原文为："Dies trage bei dir, und du wirst von Stund an reich werden, aber hüte dich, daß du die Schachtel, wo du nicht wieder arm werden willst, niemals öffnest."。

包。为了你的幸福我求你，赶紧回到那个屋子，把盒子退还给那伙人"。①听了妻子的话，马贩子决定派仆人去退还那个盒子，但是仆人无功而返，因为那伙人已经没了踪迹，也没有人知道去哪里可以再找到他们。妻子悄悄留意马贩子藏匿盒子的地方，夜里她偷偷打开盒子，一只黑色的、苍蝇一样的小东西嗡嗡叫着飞出来，穿过窗户消失不见了。从那一刻起，马贩子之前所有的财富都化为乌有，而且陷入更加不幸的境地：他负债累累，穷途潦倒，绝望之际他持刀杀死了妻子，然后用子弹射穿了自己的脑袋。在格林兄弟的故事中，魔鬼合约很容易逆转，只需以所得的财产为代价。然而这个传说并没有好的结局，因为主人公太依赖于尘世的财富，无法将失去财富看成赎罪的机会，反而因此陷入绝望，走向了杀人与自杀的罪恶道路，终究成了魔鬼的囊中之物。

格林兄弟在《德国传说》中收录撰写的《小精灵》是德罗斯特-许尔斯霍夫作品的材料来源，女作家在改编这个故事时注重强调主人公马贩子个人的罪责问题，因为马贩子在逆境中与魔鬼签约，以获得尘世的享乐，为此不惜以自己的灵魂为代价。享受尘世的欢乐，死时灵魂归魔鬼所有，魔鬼合约故事的传统向来如此，浮士德和梅菲斯特签约也是一样的交换条件。在格林兄弟的版本中，既没有魔鬼的出场也没有明确的魔鬼合约，更没有直接指出主人公出卖了灵魂，《马贩子的精灵》继承了这一点，魔鬼没有以人物形象出场，读者凭借文本中的暗示和微妙的信号传递断定是魔鬼合约，比如签约的时间和地点已显出神秘：只有除夕夜时在墓地后面的房屋里可以找到那伙人。此外，针对魔鬼合约的特点和含义也有清晰的提示："鸡叫之前您可以见到那伙人"。②鸡鸣这个母题在基督受难的故事里

---

① Brüder Grimm: Deutsche Sagen, Deutscher Klassiker Verlag: Frankfurt am Main, 1994, S138. 德文原文为："Du hast etwas Böses empfangen, Gott will nicht; daß der Mensch durch solche verbotene Dinge reich werde, sondern hat gesagt, im Schweiße deines Angesichts sollst du dein Brod essen. Ich bitte dich um deiner Seligkeit willen, daß du wieder nach der Stadt zurück reisest und der'Gesellschaft' deine Schachtel zustellst."。

② Droste-Hülshoff, Annette von: Sämtliche Werke (Band 1), Bodo Plachta und Winfried Woesler (Hrsg.), Deutscher Klassiker Verlag: Frankfurt am Main, 1994, S278. （德文原文为：Ihr trefft sie bis der Hahn gekräht。）

出现，《黑蜘蛛》也将鸡鸣作为背叛神圣秩序的标志。在接下来的故事中，魔鬼合约的特征不断得到强化，首先是马贩子于寒冷的除夕夜伴着皎洁的月光前往墓地，路上遇到一位牧师，牧师正要送圣饼给一个病人。因为马贩子提前被引诱者警告，路上切莫为任何事而停留，于是他对牧师视而不见，殊不知那正是能拯救他的天使。在他进入荒凉的屋子之前，他就听到动物爬行发出的恐怖噪声，令他毛骨悚然。随后，马贩子进入荒凉屋，进入签约场景，然后出来，没人知道屋子里发生了什么，马贩子也从未谈起过他那天夜里遭受了什么、犯下了什么罪孽，但文本中通过马贩子的回忆给出了相关暗示：

  他又感觉到，那只带动他的羽毛笔游走的手，
  好像还有那个针孔，刺破了血管放出了血的针孔。①

  德罗斯特-许尔斯霍夫的魔鬼合约与格林兄弟的有所不同，女作家再次回归了传统，让主人公用自己的鲜血签约。在接下来的故事中，马贩子试图摆脱玻璃瓶中的可怕动物，然而徒劳无功，它总是会回到他身边。最后，他将雕刻着耶稣被钉十字架的钉子夯入瓶中，以此强行毁约，小精灵终于死了。同时，读者感受到这个可怜的人长时间在魔鬼合约折磨之下的痛苦和他此刻的悔恨，他向上帝祈祷，寻求上帝的宽恕。之后，他的庭院和他所有的财产都在雷电之中烧毁，凭借小精灵得到的一切尘世享受瞬间灰飞烟灭，闻讯赶来的人们以为这个罪人也葬身火海，事实上他在这一夜之间变成了白发苍苍的老者。体弱多病的老人拖着残躯辗转乞讨为生，艰难地支撑了40年，他于一个除夕之夜再次来到当初签约的墓地，结束了自己的生命。马贩子得以解除魔鬼合约，保住了自己的灵魂，而且他没有立即一命呜呼，而是用余生为自己赎罪。德罗斯特-许尔斯霍夫从天主教

---

① Droste-Hülshoff, Annette von: Sämtliche Werke（Band 1），Bodo Plachta und Winfried Woesler（Hrsg.），Deutscher Klassiker Verlag：Frankfurt am Main，1994，S282. 德文原文为：Ihm ist, als fühl er noch die Hand die seinen Federzug geleitet, / Als fühle er den Nadelstich, der seines Blutes Quelle bereitet.

的观点出发，认为宽恕悔过的罪人、与上帝重新言和在任何时间都是可能的。相反，信仰新教的基督徒却认为，罪人必须痛苦地承担自己的罪孽到最后时刻，且不一定会得救。格林兄弟的版本中，马贩子失去了小精灵带来的所有财产，谋杀了妻子之后自杀，因此落了个罚入地狱的下场。德罗斯特－许尔斯霍夫的马贩子借助上帝的仁慈，摆脱绝望、获得救赎。此外，作家想通过塑造魔鬼合约展现神圣的秩序（die göttliche Ordnung），追求诗意的公正（poetische Gerechtigkeit）。正如《圣经》预言，任何对神圣秩序和上帝诫命的背叛都将自食恶果，若罪人及时悔悟，或许能逃脱罪责，使自己的灵魂免于永沦地狱。《马贩子的精灵》对魔鬼合约的演绎把背离神圣秩序这个行为个人化，是亚当和夏娃之原罪的新发展。[1]

现实主义时期的魔鬼合约特点主要还表现在合约情景和引诱者的多样化上。在魔鬼合约文本中开始出现引诱者由多个角色组成的情况，魔鬼本身不再是唯一的诱惑者，也可以理解为魔鬼及其帮手共同实施诱惑，在现实主义晚期的魔鬼合约文本中甚至出现了由诱惑者组成的整个链条，这一点在20世纪的魔鬼合约文本中得到继续发展，比如托马斯·曼的《浮士德博士》，魔鬼只在签约场景中现身过一次，签约前有一系列的小角色围绕着主人公，他们像魔鬼无形的大手推动着主人公走向魔鬼合约。引诱者身份的多样化还表现在引诱者和被引诱者间或互相引诱，无法明确划分清楚，到底哪一方是诱惑者、哪一方是被诱惑者。在歌德时期的魔鬼合约里，签约人一般有意与魔鬼为伍，至少在面对魔鬼的诱惑时知晓签约之事。与歌德时期的魔鬼合约文本相比，现实主义后期的合约故事中主人公被卷入诱惑圈，常常在不知情的情况下稀里糊涂签订了合约，比如《白马骑士》的主人公豪克·海恩（Hauke Haien）。但这种表面的"不知情"多被阐释为命运的必然，是主人公不合时宜的另类性格、异于常人的人生道路所导致的必然结果，这在浪漫派时期豪夫的童话小说《冷酷的心》中

---

[1] Vgl. Richter, Thomas: „Die Täuschung währt wohl nur einen Augenblick, aber das Beben zittert noch lange nach": zur Funktion des Teufelspakts in Gotthelfs „Die schwarze Spinne" und Droste-Hülshoffs „Der spiritus familiaris des Roßtäuschers" In: Jeremias Gotthelf-Wege zu einer neuen Ausgabe 2006, S203-219.

就已出现。在现实主义的魔鬼合约故事中，引诱者和被引诱者身份的转换也使引诱者的身份去魔鬼化（entdämonisiert）、人性化（vermenschlicht），这种转变也跟传统的魔鬼必然作为诱惑者的角色拉开距离，同时使魔鬼合约故事适合承载人类学的、心理学的、时代批判的和诗学（poetologisch）的意义。[1]

豪克·海恩土地丈量员的儿子，他自小目睹海水冲坏堤坝给当地人民带来的苦难，立志要改造堤坝。后来，他在管理堤坝的堤长家中做长工，因在管理堤坝方面能力出众而受到堤长的赏识，但这也为他招来工头彼得斯（Peters）的嫉妒。老堤长死后，豪克决意竞争这个空缺的职位。按照惯例，竞争者必须拥有一定数量的土地，豪克不够资格，此时老堤长的女儿艾尔克（Elke）毅然宣布与豪克订婚，以便让豪克继承老堤长的土地，顺利成为堤长。豪克以为，从此他便可以尽情施展自己的抱负，全力改建堤坝。然而上任后，他的行动不仅没有得到当地居民的理解和支持，反而受到大家的猜疑和诽谤，他的改建工作处处掣肘。他从外乡人那儿买来的白马，被传言说成是沙滩上的马骨变的，和魔鬼有关。他的对头彼得斯更是到处散布谣言，蛊惑民众，使豪克越来越孤立。秋日海上风浪骤起，大水直奔堤坝而来。豪克的新堤坝经受住了巨浪的考验，但是原来的旧堤坝却被海水冲垮，堤坝后的田地房屋都被海水吞噬。当时，豪克正骑着他的白马在堤岸上巡查，他眼看着海水冲垮了堤坝，心爱的妻儿都被海水卷走，绝望之下，他骑着白马跳入滚滚波涛之中，随妻儿而去。小说为我们描绘了一个孤独的英雄形象豪克，他不仅要和海浪对抗，还要和保守的居民斗争，他一个人孤独的坚守，似乎失败是注定的。从表面看，《白马骑士》似乎与魔鬼合约没有太多关联，德国学者福尔克尔·豪夫曼（Volker Hoffmann）在其文章《歌德时期和现实主义时期的部分魔鬼合约故事中的价值体系"工作"》（Der Wertkomplex "Arbeit" in ausgewählten Teufelspaktgeschichten der Goethezeit und des Realismus）中认为，豪克·海恩的魔鬼合约其实只是个换喻（metonymisch）的说法，故事里和主人公缔结一系

---

[1] Vgl. Hoffmann, Volker: Strukturwandel in den „Teufelspaktgeschichten" des 19. Jh. In: Modelle des literarischen Strukturwandels 1991, 117/127, S125-126.

列合约的都是人类，然而这些合约具备魔鬼合约的典型特征，比如订约时双方目不转睛地对视（Augenfixierung）、击掌（Handschlag）、大笑（Lachen）、使用亵渎神明的合约措辞（blasphemische Paktformulierung）等，而且故事人物、叙述者不时给出有关魔鬼合约的暗示。①本书认为现实主义作家采用魔鬼合约母题，其主要目的在于将叙述的故事魔鬼化，增添文本的神秘色彩、悲剧色彩。

同《施莱米尔卖影奇遇记》一样，在施笃姆的《白马骑士》中，魔鬼的外在诱惑和主人公内在的自助精神共同成就了主人公毕生的事业。不同的是豪克·海恩是痴迷于工作的典型，《白马骑士》以悲剧收场，魔鬼合约没有逆转的余地，而不可逆转的魔鬼合约也被阐释为主人公天生注定不可逆转的人生故事。合约故事向人生故事的转变是现实主义魔鬼合约文本的一大特点，青年时期被魔鬼诱惑这一事件，足以影响其成年以后直至耄耋之年的生活。现实主义的魔鬼合约与自传故事相结合，注重描写在不幸的婚姻、家庭生活中父母对孩子的压抑。在《白马骑士》中，主人公和妻子都是自幼失怙，在魔鬼般的父亲的影响下成长。为了帮助豪克实现事业上的理想，虽然两人结为夫妻，由于社会地位的差别等原因，他们的婚姻生活颇为不幸：两人多年无子，九年之后好不容易生了孩子，妻子差点因此死掉，生下的女儿也不健全。与彼得·施莱米尔和彼得·蒙克不同，豪克·海恩是个天生的工作狂，他把所有的心思都放在自己的事业上，从童年时期便孜孜不倦地忙于修筑堤坝，他没有一丝游手好闲的特点，魔鬼这才有机会为他"对症下药"，提供"建筑合约"，②而他接受魔鬼合约的原因在于修筑堤坝是他毕生的事业。为了自己的事业和理想，豪克·海恩在社会中处于被孤立的地位，他倔强地坚持着，哪怕以牺牲正常的生活为代价，哪怕结果是无奈地赴死。而对所有魔鬼合约故事来说，其

---

① Vgl. Hoffmann, Volker: Der Wertkomplex „Arbeit" in ausgewählten Teufelspaktgeschichten der Goethezeit und des Realismus In: Vom Wert der Arbeit, 1991, 194/203, S197-198.

② 德国的童话、传说中经常出现"建筑魔鬼"（Bauteufel），是指那些专门喜欢在人家建房子、修路等建筑工程上提供帮助的魔鬼，据此索要特定的报酬，像《黑蜘蛛》也被解读为"魔鬼作为建筑帮手的故事"（teuflische Bauhelfergeschichte）。

重要的中心轴线就是生与死、毁灭与救赎。[1]

第七节　20世纪的魔鬼合约母题

在德语文学史上，20世纪的魔鬼合约文本不多，其中以奥地利作家胡戈·封·霍夫曼斯塔尔（Hugo von Hofmannsthal, 1874—1929）的戏剧《耶德曼》（Jedermann, 1911）、卡尔·楚格迈耶（Carl Zuckmayer, 1896—1977）的剧作《魔鬼将军》（Des Teufels General, 1946）和托马斯·曼（Thomas Mann, 1875—1955）的长篇小说《浮士德博士》（Doktor Faustus, 1947）尤为出名。

霍夫曼斯塔尔的宗教剧《耶德曼》全称为《耶德曼——富商之死》（Jedermann. Das Spiel vom Sterben des reichen Mannes），作家为主人公取名耶德曼，[2]剧中出场的人物基本都以抽象概念命名，显然意在抨击当时社会上普遍存在的弊病，而不仅仅是某一个人的顽疾。剧中，上帝对人类逐渐远离信仰、友爱而奉金钱为上的行为非常生气，上帝的使者"死神"保证将此类人物捉拿归案、听候审判。商人耶德曼为富不仁，他放高利贷、出租土地，过着极其奢华的生活。这天，他命令管家安排一次盛大的宴会，虽然家中仍有不少的食物、美酒，但为了显示阔绰，他要求一切重新置办；他还不惜投入大笔资金，让"同伴"负责为自己的情人修建一座逍遥宫；与之形成鲜明对照的是他对前来祈求施舍的"邻居"和无力偿还债务的"农奴"的态度：对于前者，他略施小钱把人打发走；对于后者，他更是不顾其苦苦哀求，坚持严办。宴会开始了，大家觥筹交错，兴致浓厚，但已有所预感的耶德曼显得心事重重，突然他听到低沉的钟声，听到所有人都在叫他的名字。"死神"出现在他的身后，并要求立刻带他去上帝那儿接受审判。他请求"死神"再宽延一段时间，以便让他找个陪他走完最后一段路的伙伴，但是在他最需要朋友的时候，大家却都

---

[1] Vgl. Hoffmann, Volker: Der Wertkomplex „Arbeit" in ausgewählten Teufelspaktgeschichten der Goethezeit und des Realismus In: Vom Wert der Arbeit, 1991, 194/203, S198-199.

[2] Jedermann 在德语中有"每个人、人人"之意。

离他而去。而且，能为他在上帝面前美言几句的"好事"少之又少，"信仰"也被他所抛弃。绝望之中，他孤注一掷于自己的金钱，但是代表人间权力的"财富"却嘲笑他说，人是金钱的仆人，他可是什么都带不走。耶德曼终于幡然醒悟，皈依了"信仰"。最后，魔鬼要捉拿耶德曼的灵魂，但是"好事"和"信仰"却坚定地拒绝合作，因为耶德曼以他的解脱和深深的懊悔求得了上帝的宽恕。剧本揭露了现代社会中的异化现象：在金钱至上的社会里，人们为了追逐经济利益，满足个人虚荣，只知道不断工作，致使自己沦为金钱的奴隶；在物欲不断膨胀的同时，人们不仅变得越来越自私，而且还陷入了严重的信仰危机。在这样的条件下，应该如何解救人类的灵魂成了魔鬼合约承载的核心内容。

霍夫曼斯塔尔的这部剧作被称为宗教剧，取用了宗教中的特定人物形象，比如上帝、死神、魔鬼等，全剧也秉承了宗教剧的一贯思想：人应虔诚向善，作恶多端者必遭天谴；人应拜上帝这世间唯一的真神，失足拜偶像者应尽早迷途知返，否则便落入上帝的仇敌——魔鬼撒旦之手。富商耶德曼抛弃了信仰，背离了上帝，他所崇拜的是金钱财富这个偶像。他耽于享乐，对情人极尽奢靡，对身边的穷人刻薄寡恩，直到将死之时才发现自己的灵魂归魔鬼所有，换言之，富商早已与魔鬼为伍，只是自己没有意识到，或者他根本不关心自己是魔鬼的盟友还是上帝的仆人。霍夫曼斯塔尔用宗教题材、魔鬼合约这样的旧瓶装入抨击金钱至上之时弊的新酒，而且巧妙地将魔鬼摄取人的灵魂安排在富商的弥留之际，这使已不再可信的宗教传说变得自然、真实，毕竟弥留之际是个神秘的时刻，没有人知道一个濒死之人在弥留时到底发生了什么。此外，作家给众多的人物设置抽象的名字，对人物本身当然也不作仔细的刻画，比如魔鬼。但是，只要知道有个魔鬼的形象，借助基督教文化这个大背景，读者很容易便联想到这些人物之间的关系。因此，当读者读到魔鬼来捉拿耶德曼的灵魂之时，便知耶德曼是魔鬼的合约人，魔鬼合约的特征也是显而易见的：耶德曼生前得享荣华富贵，死后灵魂归魔鬼所有，归地狱所有。正如歌德的浮士德倒地之时，魔鬼上前攫取其灵魂，上帝派众天使来拯救，耶德曼也得到了"好事"和"信仰"相助，结果以死得解脱、以真诚的忏悔得救赎。

在德国剧作家、小说家楚克迈耶的剧本《魔鬼将军》中，主人公哈拉斯（Harras）是希特勒的飞行将军，他技术超群，在战斗中屡建奇功。但哈拉斯对第三帝国毫无感情，而且对其反犹政策非常憎恶，因此他还曾暗中帮助犹太人偷越国境。他为纳粹效劳，仅仅因为他痴迷于飞行事业，而希特勒政权能为他提供机会和雄厚的资金。哈拉斯时常公开表明自己对纳粹的反感，并拒绝加入纳粹党，因此他在政党内部树敌颇多。盖世太保对他早已不信任，并派人监视他的行动，记录其"越轨"言论。哈拉斯负责德国空军技术部，手下有一家飞机工厂，他参与设计了现代新型飞机——战争史上迄今最好、最精确、最有效的飞行器。世界大战进行到1941年，对于参战国来说，谁在空中占据优势谁就会赢得战争。然而一段时间以来，哈拉斯的工厂生产的多架新式飞机连续坠毁，他的几个朋友也在事故中丧生。哈拉斯陷入窘境，不久他被盖世太保逮捕，经过几天审讯后才获释。盖世太保命令他在十天之内查明原因，否则将对他提出指控。经过调查，这些破坏事件系抵抗小组所为。哈拉斯最好的朋友、飞机厂总工程师奥得布鲁赫（Otbruch）是抵抗运动小组的秘密成员，飞机失灵正是他从中破坏的结果。直到约定期限的最后一天，哈拉斯才得知事情真相。奥得布鲁赫早就知道哈拉斯对纳粹政权的态度，因此在真相大白后动员他参加抵抗运动，并对他说：为了拯救人民，拯救世界，已经没有别的选择了。哈拉斯逐渐意识到，自己从事的事业实际上是在参与残酷的战争，属于非人道的行为。因此，他感到内疚、懊悔，之后开始用怠工或搞破坏的方式反抗法西斯、抵抗战争。在盖世太保的压力下，哈拉斯既不想出卖朋友，也不想逃跑；他深知奥得布鲁赫是正确的，所以他决心用自己的方式洗刷过去，做一名为自由而斗争的战士。最终，他登上一架有故障的飞机，在飞机坠毁中身亡。几分钟后，人们报告说，哈拉斯将军在试飞一架战斗机时以身殉职，司令部决定给哈拉斯举行隆重的葬礼。

《魔鬼将军》是楚克迈耶战后发表的第一个剧本，根据真人真事改编，即第二次世界大战中希特勒的空军将领乌德特的自杀事件。剧本反映了在纳粹德国的黑暗时代里一个纳粹将领的觉醒，是一部反法西斯主题的力作。第二次世界大战之后，回看这场浩劫，产生了一大批的反思文学作品，楚克迈耶的《魔鬼将军》首先别出心裁地将古老的魔鬼合约与战争联系起来。在魔鬼合约母题中，签约的人可以大体分为两类：一类对魔鬼合约的后果心知肚明，但仍要孤注一掷；另一类对魔鬼合约的严重性及可怕后果全然不知，或者仅是略有所闻，加上自己对魔鬼及其力量的错误估计，致使签约后悔不当初，进而思退。显然，魔鬼将军哈拉斯属于后者，他与希特勒政权为伍的初衷很简单——从事自己喜欢的飞行事业，他肯定觉得这个理由是正当的，人畜无害。随着战争的推进，希特勒政权野心的暴露，哈拉斯对周围环境的了解，他逐渐意识到战争的可怕后果，正是像自己这样千千万万的人盲目地加入使战争愈演愈烈，灾祸越来越大，自己的行为是助纣为虐、为虎作伥。从《圣经》中我们知道，魔鬼之所以能对抗上帝、为害人间，是因为他模仿上帝推举自己为偶像，模仿上帝的天国建立自己的魔鬼王国，甚至引发了大战，天使军团和魔鬼大军拔刀相向、鏖战沙场。试想，若是没有人拜魔鬼，没有人自愿委身魔鬼，魔鬼凭一己之力再怎么叫嚣也只落个势单力薄，如此便没有战争。因此，若那些被魔鬼迷惑了心窍的人都能及时退出魔鬼的阵营，那么战争也会早一点结束，这些退出的人不仅不至于罪孽深重，甚至会得到谅解和救赎。哈拉斯是军人，他面临的抉择应该比普通的民众更艰难：是服从命令还是自作主张？其中还牵涉哈拉斯那些已经觉醒的朋友们，他们用自己的方式退出这个巨大的"魔鬼合约"，勇敢地与希特勒政权做斗争，哈拉斯当时仍缺乏与希特勒政权彻底决裂的勇气，然而，最终他以自我毁灭求得解脱。窃以为，哈拉斯的行为当属自我救赎，因为他意识到了自己的错误，保全了那些觉醒的朋友，拒绝继续与希特勒政权沆瀣一气。

继楚格迈耶的《魔鬼将军》之后，文学大家托马斯·曼结合浮士德题材，将魔鬼合约与德国发动的两次世界大战关联起来，创作出长篇小说《浮士德博士》，通过一个艺术家的悲剧来揭示现代文化的命运和德国历史悲剧的根源，对德国人的文化和民族性进行了清算，且将德国人引以为傲的音乐纳入魔鬼合约，是浮士德题材和魔鬼合约母题的创造性发展。小说中，提前退休的文科中学教师、语文学博士蔡特勃卢姆（Serenus Zeitblom）在伊萨尔河畔的一座小城，为他死去的朋友阿德里安·莱韦屈恩

（Adrian Leverkühn）写传。故事的时代背景为德国进入帝国主义到第二次世界大战法西斯崩溃的前夕，主人公莱韦屈恩来自德国中部的一个小手工业者家庭。他在富有田园风光的农村度过童年时期，养成了苦思冥想、喜欢孤独的性格，而且酷爱音乐。起初，莱韦屈恩在哈雷大学读神学，20 岁时又去莱比锡攻读音乐。莱韦屈恩孤傲、冷漠，艺术上过于成熟，以至于对一切都见惯不惊，无法产生创作激情，就在他才思枯竭的时候，魔鬼"雪中送炭"来了。在一次去意大利的途中，莱韦屈恩偏头疼的老毛病发作，在一间阴冷的房屋里，他于幻觉中看见了魔鬼。魔鬼为他分析音乐的历史、发展、现状，指出他所面临的是一个超出个人范围的问题，对他进行全面而彻底的"开导"。[①]在魔鬼的循循善诱之下，莱韦屈恩与之签订了合约。莱韦屈恩因此获得 24 年源源不断的灵感，得以创作出不朽的音乐佳作，但同时他必须付出代价：生时舍弃一切人间的爱，死后灵魂归魔鬼所有。莱韦屈恩既非第一次和魔鬼打交道，也非第一次委身魔鬼。在莱比锡时，他曾被一个可疑的导游骗进妓院。误入妓院后，虽然他只是故作镇定地在那里弹了弹钢琴，但其中有个妓女出于职业性的挑逗用手臂碰了碰他的面颊，却让他无法忘怀。后来，他设法找到这个妓女，在得知她患有性病的情况下仍然与她做爱，由此染上梅毒。因为在莱韦屈恩的时代，梅毒还带有神秘色彩，有人甚至相信它能够激发人的灵感，据说，奥地利作曲家胡戈·沃尔夫就是为了音乐灵感而主动染上梅毒的。

第一次世界大战前夕，莱韦屈恩从意大利回来，在 19 年的时间里一直闭门作曲，想创作出人间最美的音乐。与魔鬼订约之后，莱韦屈恩迸发出空前的艺术活力，清唱剧《人物启示录》标志着他的第一个创作高峰。正当莱韦屈恩在音乐领域大有作为之际，他逐渐违反了"舍弃一切人间的爱"这一禁律，因此魔鬼开始对他的生命和人际关系实施报复，毫不客气地夺走了两个他所爱的人。一个是莱韦屈恩的同性恋朋友、身为小提琴独奏家的风流小生鲁道尔夫·施威特菲格尔，此人在代主人公向玛丽·戈多（Marie Godeau）求婚的时候竟然爱上了戈多，将代友求婚变成了自己求

---

① 参见黄燎宇《思想者的语言》，生活·读书·新知三联书店 2013 年版，第 30 页。

婚。苦恋施威特菲格尔的有夫之妇伊内丝·洛德得知这一消息之后绝望至极，在万念俱灰之刻她开枪杀了他。魔鬼索要的第二个牺牲品是莱韦屈恩的外甥内波姆克·施耐德魏恩，小名埃肖。天使般可爱的埃肖来到莱韦屈恩处暂住，给主人公带来了光明和快乐，使他感受到久违的感情的温暖。但是不久，埃肖便莫名其妙患上脑膜炎，经历了地狱般的折磨之后，可怜的孩子悲惨地死掉了。埃肖的死，给莱韦屈恩以极大的震撼，他发誓要"收回"一切善良和高贵的东西，要"收回"贝多芬的"第九交响乐"。于是他倾注心血，将16世纪民间故事书《浮士德博士》中浮士德进地狱的一章改编成大型清唱剧，创作了"浮士德博士的哀歌"。这部长度与贝多芬的"第九交响乐"相等的交响康塔塔，用水面同心圆般的阵阵哀歌来对抗一浪接一浪的"欢乐颂"，歌颂舍弃一切人间的爱和希望，充满神秘主义色彩。对于莱韦屈恩来说，"浮士德博士的哀歌"既是别世之作，又是悔悟之作。1930年，莱韦屈恩在完成这一作品后，邀请众多朋友到场，向大家介绍这一作品的片段，并坦承自己与魔鬼订约的恐怖事件。他承认自己因为傲慢而走火入魔，承认自己进行了一场"神学赌博"，因为他想通过大恶来验证世上是否存在无边的宽容和无边的善。[1]在接下来演奏中，他突然昏倒，失去了意识。之后，他变成痴呆，在母亲的身边又生活了十年，最终病逝于乡间。

　　托马斯·曼以魔鬼合约为母题，叙述音乐家莱韦屈恩与魔鬼签约，将灵魂出让，得到魔鬼一定年限的帮助以达成愿望的故事，他对浮士德题材做了改编，让音乐家通过魔鬼合约换得作曲灵感，使音乐步入小说。在曼的文本中，小说的背景是现今的时代，不是笃信鬼神的未启蒙时期，也不是宗教伦理异常强大的中世纪，主人公与魔鬼签定出让灵魂之约，在小说情节的层面上只是起到使他对施威特菲格尔和埃肖的死亡深感自责的作用。整体来看，可以说魔鬼的意象在小说里是浮泛、抽象的，更多是一种象征、暗示、譬喻或隐喻，关照的是莱韦屈恩身上某种黑暗的魔鬼意识或

---

[1] 黄燎宇：《思想者的语言》，生活·读书·新知三联书店2013年版，第35页

者无意识。①在托马斯·曼看来，德国人天生便有"乡村"和"古朴"的气质，作为典型的德国知识分子，莱韦屈恩从小就呼吸着浓郁的宗教和历史气息，长大之后又只是攻读音乐和神学，使其"古朴"气质变本加厉，就连说话也带上了马丁·路德的腔调。②托马斯·曼指出，德意志人本性中融合了入世的渴望和避世的羞怯，德国的世界公民集清高厌世与乡土情结于一身，这副奇特而诡异的灵魂画像，似有魔性隐伏其中。③小说写莱韦屈恩不顾那个妓女的警告，执意要与她发生关系，实际上就是执意要使自己感染梅毒。他之所以这样做，用叙述者一句以问代答的感叹来说，是因为他心中有"一种深藏的最秘密的接纳魔鬼的渴望"在对他发生作用，也就是说是因为他心中有"魔"所致。④在魔鬼合约母题中，这种"心中有魔"之人向来是魔鬼最青睐的合约人选。在这个现代性的魔鬼合约文本中，真正地魔鬼只出场一次，便是与主人公签约之时。那魔鬼的势力，或曰恶的势力是如何引诱、掌控作曲家呢？这一点是该文本的独特之处：魔鬼化身为一系列的小人物，借助这些看似是小说的边缘人物之手，将莱韦屈恩一步步推向合约。这假假真真的魔鬼更多只是一种隐喻，或者说魔鬼之恶在20世纪须依附于人而出现、活动，魔鬼合约也难以局限在那张似有似无的纸上。而魔鬼合约的结局，虽然签约者变成痴呆，浑浑噩噩地活了十年，然而其灵魂的救赎是毋庸置疑的，因为他意识到了必须进行自我救赎，进而做出了与魔鬼决裂的举动。

小说取材民间故事，因此取名"浮士德博士"，据此书名，读者自然会把书中的莱韦屈恩与民间传说的浮士德联系在一起。浮士德故事植根于德国民间文学的广袤土壤，流传了几百年，家喻户晓，在德国人认知范畴内更具有了特定的内涵。浮士德对中世纪的知识感到绝望，从而陷入困

---

① 李昌珂：《"我这个时代"的德国——托马斯·曼长篇小说论析》，北京大学出版社2014年版，第198—200页。

② 黄燎宇：《思想者的语言》，生活·读书·新知三联书店2013年版，第32页。

③ ［德］托马斯·曼：《德意志与德意志人》，胡蔚译，《托马斯·曼散文》，人民文学出版社2014年版，第268页。

④ 李昌珂：《"我这个时代"的德国——托马斯·曼长篇小说论析》，北京大学出版社2014年版，第199页。

境，魔鬼乘虚而入；同样在莱韦屈恩江郎才尽的时候，魔鬼伸出"援助之手"，指出主人公面临的是一个超出个人范围的问题。20世纪二三十年代的经济危机，不就像浮士德陷入了绝境吗？希特勒等战争狂人的得势，不就像魔鬼乘虚而入吗？当读者自然地把莱韦屈恩与浮士德联系起来时，读到魔鬼在意大利与莱韦屈恩签约，读者很容易联想到当年德国法西斯与意大利法西斯的联盟。因此，当魔鬼对莱韦屈恩言说他将并不在乎使出"双倍的野蛮"去"突破"文化和文化时代的时候，读者更会联想到纳粹德国期间，德国人迷狂地追随希特勒，自觉不自觉地随风扬尘，为虎作伥，社会心理乖戾化、流氓化，无视人道的规范，践踏已有的文明，使得纳粹集团反人类、反文化的野蛮行径凶残肆虐，横暴弥天。从这一点来说，托马斯·曼的《浮士德博士》以艺术的形式对第二次世界大战、对德意志民族的反思来得正当及时。对此，曼本人也有直接的论述：

> 我们最伟大的诗篇，歌德的《浮士德》，把处于中世纪与人文主义分水岭之际的人推到了主角的位置。这位上帝之子，被狂妄的求知欲所蛊惑，把灵魂交给了魔法，交给了魔鬼。知识分子的高傲古板与执拗的灵魂结合之时，魔鬼立即就出现了。魔鬼，路德的魔鬼，浮士德的魔鬼，在本人看来，正是一种非常德意志的形象；为了享用片刻的世间荣华，不惜与魔鬼缔结盟约，甚至以牺牲灵魂的安宁为代价，这正与德意志人的独特本性相契合。一个寂寞的思想者和研究者，一个偶偶独居的神学家和哲学家，出于对尘世享乐和统治世界的渴望，把自己的灵魂交给了魔鬼，——这不正是对当今德意志国的写照，今天，德意志人的灵魂不就活生生地被魔鬼掠走了吗？①

第一次世界大战后德国人的民族情绪，20年代经济大萧条造成的生活窘境，都是人们常用来解释德国人为何倒向纳粹的理由。托马斯·曼没有列举这些真实的事件，而是挖掘现象背后的本质。他在《德国和德国

---

① ［德］托马斯·曼：《德意志国与德意志人》，《托马斯·曼散文》，胡蔚译，人民文学出版社2014年版，第270页。

人》一文中剖析颇深,将思索的目光一直深入到德国人国民灵魂和民族性格上的见不得人的幽暗之处,通过对德国人的"省内性情"(Innerlichkeit)、"音乐性"(Musikalität)和"魔性"(Dämonie)的冷峻剖析,从德国人的文化性格、传统心理、精神机制以及历史缺憾上回答了上述问题。①在《浮士德博士》这部小说中,曼用民间传说中的浮士德向魔鬼出让灵魂的故事,譬喻了当今的德国与希特勒。如同许多德国人一样,希特勒也喜欢并酷爱音乐,尤其是瓦格纳的音乐,并宣称谁要想了解德国的纳粹运动,就一定要先了解瓦格纳的音乐。也就是说希特勒对本是德国文化璀璨部分的音乐进行利用和滥用,将其引向邪恶和罪孽的方向,使得音乐和德国被毁灭的命运有着一种特别的关联。音乐和音乐家从来都是托马斯·曼关注的对象,他的许多艺术灵感和艺术哲学观念都得益于音乐,在《德国与德国人》一文中,他还把音乐定义为德国和德国人最基本的特征。他认为,音乐是魔性的领域,是德意志人最崇拜的艺术,抽象且如罪行般隐晦。音乐是否定性的基督教艺术,既展示了最为精微的秩序,同时又包含着混沌的反理性,富有煽动性和蛊惑性,同时又是所有艺术中最富激情的门类。托马斯·曼甚至写道,民间故事书和歌德的诗剧没有把浮士德和音乐联系起来,是一个巨大的错误。如果浮士德是德意志灵魂的代表,那浮士德必定有音乐天赋,必然是位音乐家。②因此,对于力图用叙事文学来探讨现代文化命运的和德国历史悲剧的托马斯·曼来说,音乐家倒是十分理想的人选。③

  托马斯·曼独具匠心,将魔鬼合约这一德国文化中源远流长的母题与战争、与法西斯之恶、与国家浩劫结合起来,引发读者对民族文化、德国人之本性的思考,是对魔鬼合约的又一创造性运用,《浮士德博士》也成了浮士德题材和魔鬼合约母题的代表性文本。

---

  ① 李昌珂:《"我这个时代"的德国——托马斯·曼长篇小说论析》,北京大学出版社2014年版,第216页。

  ② [德]托马斯·曼:《德意志国与德意志人》,《托马斯·曼散文》,胡蔚译,人民文学出版社2014年版,第270—271页。

  ③ 黄燎宇:《思想者的语言》,生活·读书·新知三联书店2013年版,第29—30页。

第四章

魔鬼合约母题的结构分析

第一节 《浮士德》

一 魔鬼合约故事

歌德的诗剧《浮士德》无疑是浮士德题材作品中最出名的一部。取材于16世纪流传于德国的有关浮士德的民间传说,历时58年的时间才最终得以完成,它不仅是德国文学的代表作,也是世界文学史上一部伟大的作品。悲剧以浮士德的经历、奋斗为主线,古希腊以来思想史、文化史上的重要流派、观点,欧洲中世纪以来诸多重大事件、人物,几乎无不涉及,该剧艺术地概括了西方上下三千年的文明发展史,呈现出中世纪以来近三百年的欧洲历史脉络,是一部既反映现实又充满浓厚浪漫主义气息的极富想象力的巨著。[①]全书分上下两部,第一部不分幕,共25场。讲述上帝对人类的前途持乐观态度,虽然人会犯错、迷失方向,但是最终总会走向光明;而魔鬼梅菲斯特则认为人类在不断堕落,理智只会带给人苦难。双方争执不下,决定打赌,看魔鬼是否能把浮士德博士引入堕落的深渊,上帝与魔鬼之间的打赌构成了整部戏剧冲突的基础。接下来,浮士德的人生理想经历了五个发展阶段,分别是知识、爱情、权力、艺术理想和社会理想。

第一阶段中,年过半百的老博士浮士德在书斋里埋头研究,倍感苦

[①] 潘子立:《译者序》,[德] 歌德:《浮士德》,潘子立译,天津人民出版社2013年版,"译者序"第2页。

闷，他虽已是当时的饱学之士，可是对于知识学问却不能感到满足，因为从故纸堆里获取的知识并非他所追求的真才实学。于是他先乞灵于魔术，不成，转而乞灵于地灵，再度失望。苦闷之余，浮士德萌发了自杀的念头，以求解脱肉体的桎梏，但复活节的教堂钟声和唱诗班美妙的歌声又让他无比留恋生命。梅菲斯特抓住机会，变成狮子狗进入浮士德的书斋。一番交涉之后，梅菲斯特决定暂且退下，不久再拜访浮士德。在第四场《书斋》中，梅菲斯特第二次进入书斋，成功地跟浮士德订立合约：梅菲斯特做浮士德的奴仆，为他服务，满足他的一切要求；死后，浮士德的灵魂归魔鬼所有，来世要为魔鬼服务。魔鬼劝说浮士德抛开心中的苦恼，享受人生的乐趣，魔鬼和浮士德打赌：如果浮士德在生命的某一个瞬间感到满足，他就必须死去。梅菲斯特和浮士德的赌约与《天上序曲》中梅菲斯特跟天主打赌前后呼应，形成对照。订约后，两人便形影不离，梅菲斯特立即就带浮士德前往物欲横流的世界去享乐。在爱情阶段，梅菲斯特将浮士德带到魔女的丹房，让浮士德从魔镜中观赏美女，以刺激他的肉欲，魔女还给浮士德吃了返老还童之药。重获青春的浮士德看上了一位美丽少女，他向魔鬼提出了愿望：占有她。在魔鬼的指引下，浮士德如愿以偿得见小家碧玉格蕾辛（Gretchen）。两人坠入爱河，但这恋情在给格蕾辛带来欢乐的同时，也使她不断承受痛苦：为瞒着母亲和浮士德幽会，她给母亲吃了过量的安眠药，致其死亡；在决斗中，她的哥哥瓦伦廷也死在浮士德的剑下；为掩盖罪行，她亲手溺死了自己和浮士德的孩子，她也因此葬送了身家性命。至此，第一部以格蕾辛的悲剧收场。

在神圣罗马帝国皇帝的朝廷上，梅菲斯特化身弄臣，带浮士德去拜见国王，浮士德由此进入他人生理想的第三阶段。君臣正为国家在经济上濒于崩溃而忧心忡忡，浮士德用发行纸币的方式解决了皇帝的财政困难问题，由此赢得君主的信任。之后，国王命令浮士德召唤古代传说中的美男帕里斯和美女海伦。依靠梅菲斯特的帮助，浮士德无所不能，但是不料见到海伦之后，浮士德深深爱上了她，并打算去古希腊寻找海伦的灵魂。第四阶段中，梅菲斯特、浮士德和瓦格纳的人造人"荷蒙库路斯"一起踏上前往希腊的旅途。在希腊，浮士德的真诚打动了冥王王妃，她答应让海伦复活。剧中的时间回溯到特洛伊陷落的时代，故事回到古希腊，魔鬼成功地把海伦诱引到浮士德的城堡中，并用音乐击退了海伦的丈夫。浮士德与海伦彼此心生爱慕，结合在一起，不久，海伦生下他们的儿子欧福里翁。然而，欧福里翁在学习飞翔时不幸坠崖而死，海伦随之化作一缕清风飘散。至此，浮士德追求美的愿望最终破灭。之后，浮士德要走上另一条大道，去从事更高的社会政治活动。

在浮士德实现其社会理想的阶段，魔鬼的力量已到极限，逐渐由指挥者变成被指挥者。浮士德认为，人要做自然的主人，要围海造田，让自然为人类服务。正在此时，从前那个神圣罗马帝国的皇帝在解决了财政问题以后，骄奢淫逸，弄得国家陷入无政府状态，叛乱不断扩大。浮士德在梅菲斯特的帮助下替皇帝平息了叛乱，皇帝把一片沿海的广大土地赐给浮士德做封地，浮士德由此获得实现理想的场所。浮士德在这块土地上筑堤填海、开凿运河，让自然变成人类的仆人。有一次，浮士德打算建一座高塔，但是选定的地点被一对老夫妇的房屋和一座破旧的教堂所占据。浮士德曾叫他们迁让，另外拨给他们新居，但他们不相信围垦之地，不愿迁走。浮士德派梅菲斯特去解决这个问题，没想到魔鬼带勇士前去驱逐，吓死了老夫妇，打死了他们的客人，烧毁了他们的房子和教堂。浮士德因而忧愁起来，忧愁妖女乘机对他吹了一口阴气，导致他双目失明。此时的浮士德已经年逾百岁，尽管他的精神仍然充满活动的热望，但他的体力已逐渐衰微。眼看浮士德命不久矣，梅菲斯特带领鬼怪开始为他挖掘墓穴。浮士德听到铁锹碰撞的声音，以为是大批民众前来移山填海、建设新土地。刹那间，他觉得大海变良田、人民安居乐业的新生活就要到来。他喜不自禁地喊道："停一停吧，你真美丽！"话一出口，浮士德便倒地而死。为防止他的灵魂逃脱，魔鬼立即念起咒语来。这时，荣光圣母派来一群天使，天使们用美貌迷住魔鬼，趁机抢走浮士德的灵魂，高唱着"凡是不断努力的人，我们能将他搭救"，飞上天去。天堂顿时欢声四起，众天使为战胜魔鬼、获得浮士德的灵魂而高奏凯歌。

以日耳曼民族的神话、传说为主干加以艺术塑造，博采古希腊文化和基督教文化中的适用之才，又揉进诗人丰富的人生经历及对人生世态、社会、历史的深刻观察，凡此种种，构成了《浮士德》这个魔鬼合约故事的素材来源。①剧本通过浮士德这个人物的发展，展现新兴资产阶级的进步知识分子为人类社会自由和幸福的理想而努力奋斗的精神，说明只要人们肯努力实践、敢斗争、敢争取，就能克服一切矛盾和困难，不断前进，走向光明的大道。这样充满正能量的生活哲学直到今天仍然具有重要的意义。歌德的巨大才能在于，他利用浮士德这一古老的民族传说来反映他自己一生追求中的各个阶段与过程，《浮士德》风格上的多样性正是歌德60年文学经历的一个反映。这个风格多样性使《浮士德》成了歌德60多年文学经历的百科全书，其中既有狂飙突进时代充沛的感情、古典时期的明净稳健、也有浪漫主义时期的丰富幻想，更有晚年歌德常用的象征暗示。②歌德与众不同的大师手笔在于：他把人的精神发展史、理想追求史（即人的主观世界）和展示欧洲300多年的历史发展（欧洲的客观世界）结合了起来。作品内容涉及16世纪到19世纪初欧洲的政治、经济、文化、社会风貌、人情风俗、科学发展、宗教观念、哲学流派、社会结构、文学状况、大学教育等各个方面，歌德在字里行间对这些问题都表达了自己的见解。

二 魔鬼合约的塑造

（一）魔鬼形象：梅菲斯特菲勒斯

歌德塑造的魔鬼名叫梅菲斯特菲勒斯（Mephistopheles，通常只译为梅菲斯特），该词源自希伯来语 mephiztophel，有"说谎者、否定者、善的破坏者"等意。从该剧的开场《天上序曲》即可看出这个魔鬼与上帝之间的主仆关系，他不仅可以经常和其他天使一起出现在上帝面前，而且他对人类及人世的看法颇为上帝注重。梅菲斯特是个个性特征鲜明的魔鬼，甚至有几分耿直，在上帝和众天使面前他直言"对不起，我吐不出高尚的辞藻"，尽管"要受到在座诸位的白眼"。他对人类持消极、悲观的态度，

---

① 潘子立：《译者序》，[德]歌德：《浮士德》，潘子立译，天津人民出版社2013年版，"译者序"第4页。

② 余匡复：《浮士德——歌德的精神自传》，上海外语教育出版社1999年版，第305页。

认为"这种世界小神,总是本性难改,还像开辟之日那样古里古怪",面对造物主上帝,梅菲斯特也毫不避讳地讽刺人类为"长腿的蚱蜢",他主动提出与上帝打赌。对于自己的癖好,梅菲斯特一点都不假掩饰地表示"我最喜爱的乃是丰满健康的面庞""我不接待死尸,我的习惯——就像猫儿要玩弄活老鼠一般"。魔鬼之恶仿佛在梅菲斯特的轻描淡写中弱化、消失了,而梅菲斯特作为魔鬼如此盲目自信的原因除了性格使然,笔者认为,魔鬼与上帝之间的关系才是梅菲斯特有恃无恐的保障。上帝并不憎恶魔鬼及其同党,称梅菲斯特是"否定的精灵""促狭鬼",对于上帝,魔鬼也在独白中表明"唯恐失掉他的欢心""真钦佩他这位伟大的主"。根据上帝与魔鬼的赌约,梅菲斯特像刚刚从《旧约》中走出一样,重操诱惑之旧业,上帝准许他"去勾引"浮士德的"灵魂脱离本源",从这一点来说,歌德的魔鬼合约与其他浮士德题材的文本保持一致:魔鬼的最终目标是得到人的灵魂。

继《天上序曲》对魔鬼进行粗线条的勾勒之后,魔鬼的具体形象随着剧情的慢慢展开也逐渐丰满、生动起来。首先,梅菲斯特虽没有青面獠牙,但在外形上仍然保留了鲜明的魔鬼体征,具备魔鬼该有的法术、魔力。梅菲斯特趁浮士德外出郊游之际,化身为一条狮子狗,好让浮士德在毫无防备的情况下把它带回家。然而,即使梅菲斯有变身的功能,当浮士德在书斋中翻译神圣的《新约》时,魔鬼仍会感到不适,因此狂吠,进而暴露了自己的真实身份。在浮士德各种施法念咒之下,幻化成狮子狗的梅菲斯特只好现出原形。但魔鬼的狡猾不可小觑,梅菲斯特以浪荡学生的装束出现,还"向博学的先生致敬",试图与经常跟学生打交道的浮士德亲近。第二次登场的魔鬼扮作贵公子,"穿着绣金边的红袍,披着厚实的锦缎外套,帽子上面插着鸡毛,腰佩一把锋利的长剑","穿红袍"和"插鸡毛"正是魔鬼为人所知的典型装束,在很多民间故事和文学作品中都出现过。在酒馆寻欢作乐的大学生济贝尔发现梅菲斯特"有一只瘸腿",梅菲斯特自己说是"马蹄足"。[①]在魔女的丹房中,梅菲斯特作骑士

[①] 文中原注解释为:魔鬼的右足为马蹄足,跛行;一说魔鬼由天上掉下来时,摔成跛足。

装束，隐藏了自己的马蹄足，魔女没有认出他，梅菲斯特呵斥魔女："你认识你的主人和宗师？……你对我的红上衣已不再尊重？你已认不清我头上的鸡毛？"魔女回答道："你是个流氓，跟以前还是一样！"①歌德在这里通过揭示魔女与梅菲斯特的关系，将梅菲斯特与历史上的魔鬼联系起来，指涉屠杀女巫事件前后的观点：魔女是魔鬼的签约仆人，是魔鬼的姘头。而且在浮士德所处的时代，焚烧女巫正处于全盛时期。此外，魔女也提到，没有即刻认出主人是因为她并没看见"双鸟"出现，有两只乌鸦跟随也是梅菲斯特的标志，乌鸦的作用是随时为魔鬼传递消息。据歌德的原注，北欧神话中的峨丁大神有两只乌鸦，是他的信使和跟随，后来这两只乌鸦转为魔鬼之鸟。而浮士德一针见血地指出："重要的差异乃在此处：鸽子是为和平传书，乌鸦却是战争的信使。"②

其次，魔鬼有典型的营生，有大有作为之处，也有受到限制的地方。梅菲斯特被浮士德的驱魔符困在书斋里，于是他以"大鼠、小鼠、苍蝇、青蛙、臭虫、跳蚤的主人"之身份，召唤老鼠们出来咬坏五角星符。魔鬼在民间传说中是一切害虫及在夜间出没的丑怪动物之主，亦名蝇主，这在剧中《魔女的丹房》一场也有提及。浮士德等不及魔女归来，请求梅菲斯特为他调制返老还童的汤药，魔鬼推辞道"这种事非常花费时间"，"有那种功夫，情愿造一千座桥"。在德国民间传说中，魔鬼有时出于自身的欲望造桥，有时接受人类的要求造桥，在后一种情况下，魔鬼所得的报酬往往是第一个或者十三倍数的过桥人的灵魂。因为魔鬼盗取人的灵魂，因此在该场中梅菲斯特也被称作"贼子"。此外，帮人造桥、造房子、修堤坝、修路等的魔鬼有一种专门的称呼"建筑魔鬼"（Bauteufel），这类魔鬼靠夜间发动妖魔鬼怪用极快的速度帮人完成建筑任务，并以此为条件向人任意索取报酬，"建筑魔鬼"在前文提到的《格林童话》《黑蜘蛛》《白马骑士》等文本中都出现过。《浮士德》的第二部，浮士德想要

---

① ［德］歌德：《浮士德》，钱春绮译，上海译文出版社 2007 年版，第 85、86 页。以下对歌德的《浮士德》进行文本分析时引文皆出自钱春绮译本，用引号标注，如非特殊情况不再一一注释。

② ［德］歌德：《浮士德》，钱春绮译，上海译文出版社 2007 年版，第 419 页。

围海造田，也让梅菲斯特帮他促成此事。虽然浮士德另外招来许多民夫，开掘沟道、修筑大堤，然而老妇人包喀斯却说："夜间密集起许多星火，次日大堤就已完成。"①她认为民工们白天干活不过是装模作样，真正的兴建工作是由梅菲斯特在夜间带领建筑魔鬼们完成的。梅菲斯特确实神通广大，但是作为魔鬼他也有不少局限之处。歌德塑造的魔鬼梅菲斯特来自北欧，是中世纪基督教和浪漫的世界的产物，对于异教之邦希腊的古典美的典型海伦无能为力，古希腊人也并无恶魔的概念。因为浮士德一心要得到海伦，梅菲斯特只好让他自己去"母亲之国"把海伦的形象借来。之后，浮士德梦见希腊神话中海伦的母亲勒达跟变形为天鹅的宙斯相通的情景，站在一旁的梅菲斯特仍然毫无所见，因为他是北方基督教骑士时代的产物，对于古代南欧希腊的异教时代非常隔阂。②此外，文本中还提到梅菲斯特力不能及的其他事情，比如魔鬼不能直接加害于人，不能干预人类的审判，不能用魔术将格蕾辛带出牢房。由于魔鬼在历史中曾因危害基督徒的信仰而臭名昭著，所以在歌德的文本中看似无所不能的梅菲斯特却"厌听教堂的钟声"，甚至连浮士德翻译《圣经》都让变成狮子狗的梅菲斯特感到十分难受，总之魔鬼不喜欢宗教氛围。

再次，梅菲斯特个性特征鲜明，脾气古怪。歌德的魔鬼具有好冷嘲热讽、好挖苦的性格，上帝形象地称之为"促狭鬼"。在签约前，浮士德激愤地诅咒世间万物，表示"我情愿死，不愿活在世间"，不料梅菲斯特立即嘲讽道："可是有人却没把棕色的毒汁，在那天夜里一饮而尽"，揭穿浮士德之前想自杀、但又留恋人生的囧事，浮士德也只好讪讪地说："做包打听，好像是你的嗜好"。歌德本人也说，梅菲斯特的性格之所以难以理解，是"由于他的暗讽态度，也由于他是广阔人生经验的生动的结果"。③歌德的魔鬼还时常带些哲学的味道，梅菲斯特动辄宣称"毋宁喜爱永远的虚无"。他也是"矛盾的精灵"，梅菲斯特自我标榜是"常想作恶，反而将好事作成"的力量，是"否定的精灵"，所有的"罪行、破坏"和

---

① [德] 歌德：《浮士德》，钱春绮译，上海译文出版社 2007 年版，第 435 页。
② 同上书，"译者序"第 8—9 页。
③ [德] 艾克曼辑：《歌德谈话录》，朱光潜译，人民文学出版社 1982 年版，第 52 页。

"恶"都是他的"拿手佳作"。作为否定的恶灵、破坏的恶灵,梅菲斯特忙着否定一切、打倒一切。他承认自己是"黑暗的一部分",但转而即说"光本来生于黑暗"。梅菲斯特是天主的仆人,但是却跟天主对抗,背道而驰,他不理解天主的功业,他嘲笑天主创造的可怜人类,他只看到人类的缺点,因而想破坏人类的存在。歌德借浮士德之口说出了梅菲斯特的任务所在,"不能大规模毁灭万物,只得先从小规模开始",梅菲斯特随即接着说"对付人和禽兽,这些该死的混蛋,简直没有办法可想",因为"不知有多少已被我埋葬,可是依然有新鲜的血液在循环"。

诱惑人类是魔鬼最大的喜好,也是其职责所在。梅菲斯特自信能够引诱浮士德堕落,把他的灵魂劫往地狱,对此梅菲斯特像其他文本中的魔鬼一样有备而来,处处展示其专业的方法和手段。梅菲斯特跟浮士德第一次对话时便指出"先生对语言总是非常藐视,总是趋避一切外表,而只探讨深奥的本质"。事实上,梅菲斯特对浮士德这个潜在的合约人的了解还要更多,早在和上帝打赌之前,梅菲斯特就对浮士德做过评价:"他好高骛远,心血沸腾,/他也有一半知道自己是笨伯;/他想摘下天上最美的星辰,/他想获得人间最大的快乐,/远近的一切,什么也不能/满足他那无限的雄心勃勃。"①在拟定魔鬼合约之前,梅菲斯特已经知晓浮士德的所思所想,合约的内容必定正合签约者的心意,这是魔鬼一贯的有的放矢。第一次与梅菲斯特交谈时,浮士德就迫不及待地主动提出订约,不知梅菲斯特是故作欲擒先纵的姿态,还是真的像浮士德传说中的那样——魔鬼需要再次取得上帝的同意抑或为了做更周全的准备——梅菲斯特表示订约之事"不能草草办成",需要"下次再来商议"。魔鬼的狡猾也处处得到体现,梅菲斯特除了总是以不同的身份登场之外,对浮士德说起话来往往喜欢避重就轻、语意双关,跟传统的魔鬼一样,爱用模棱两可的话语来证明自己总是对的。对于通过魔鬼合约使浮士德堕落一事,梅菲斯特盲目自信,刚刚签完合约他就大言不惭地表示"我不用契约已将你驾驭",他历数自己的手段"我要拖住他过浪荡生活,经历平凡的无聊事件,让他挣

---

① [德]歌德:《浮士德》,钱春绮译,上海译文出版社2007年版,第3页。

扎、发呆、黏着，再对付他的贪得无厌"，最后"即使他没向恶魔卖身投靠，他也一定要归于毁灭"，似乎一切都是手到擒来、自然而然的事情。在合约的履行阶段，梅菲斯特也像大多数魔鬼那样尽职尽责，他信守承诺、遵守合约，竭力满足签约者浮士德的种种要求、渴望。跟魔鬼的一贯形象保持一致，梅菲斯特也经常发发牢骚，对合约人嘟囔不满，但还是与浮士德形影不离，极尽诱惑之能事。

歌德的魔鬼还有个典型特征：好色、冷酷。签约之后，梅菲斯特装扮成浮士德的样子，戏弄前来求教的学生，一本正经地教导这个想学医的年轻人"特别要学习操纵女人"，"她们患的永远的病痛虽有千种，却可从一点定治疗方针"，魔鬼所谓的"一点"即为性欲。梅菲斯特在签约之后建议浮士德"以热烈的青春冲动，有计划地搞恋爱活动"，并且处心积虑地向浮士德展示美女的幻影，激起他的情欲，之后又不遗余力地帮他引诱善良单纯的格蕾辛，召唤古希腊的美女海伦，他本以为能让浮士德沉醉于情爱之中，不料后者"从欲望拐到享乐，而在享乐中又渴望新的欲望"。梅菲斯特不仅试图让浮士德及他的学生相信自己的论断：理论全是灰色的，生命的金树才是长青，对此他本人也在身体力行。梅菲斯特在《瓦尔普吉斯之夜》一场带浮士德前往魔女的聚会寻欢作乐，魔鬼作为好色之徒、情场高手的一面展露无遗，而在第二部的《古典的瓦尔普吉斯之夜》中，浮士德去追求海伦，梅菲斯特去追求魔女。魔鬼想得到肉欲享受，乐于被妖女诱惑，他跟她们调情，结果被妖女戏弄了一番。有关魔鬼的历史上有关魔女是魔鬼的姘头之说法盛行已久，歌德的这个场景正好与之呼应，更加应和了魔鬼的身份特点。因梅菲斯特故意隐瞒格蕾辛入狱、即将被审判的事，浮士德怒骂、谴责他，并说："我为了这个唯一的姑娘的苦难就觉得痛彻骨髓；而你却无动于衷地对千万人的命运狞笑！"梅菲斯特嘲笑浮士德是"痴情的傻瓜"，且为自己辩护：使她走向毁灭的是谁？是我还是你？这便是两人在对待情欲和情欲对象时的态度，浮士德是理想主义者，良心未泯；梅菲斯特是肉欲主义者，好色、冷酷。梅菲斯特的这一特征似乎注定了魔鬼合约的结局：天使以其人之道还治其人之身，用美色诱惑梅菲斯特，趁机夺走了浮士德的灵魂。天使撒下的玫瑰花燃烧起来，刺得梅菲斯特软弱无力，激起梅菲斯特的情欲，魔鬼癫狂地忘乎所以："漂亮的孩子们，我要请问：你们可也是卢济弗的后裔？你们真俊，我真想跟你们亲吻。……好像我已见过你们千次，像馋猫一样暗暗地垂涎……"①当梅菲斯特恢复镇静时，浮士德的灵魂已被抢走了，无奈的魔鬼对天使开骂，指责天使才是"道地的魔术师""诱惑男子或女人"，梅菲斯特同时也无意中说出了事情的真相："卑鄙的情欲，荒唐的色情，竟然害苦了老奸巨猾的恶魔。"②

（二）与魔鬼签约者：浮士德

浮士德作为中世纪的博学之士精通大学的四大学科：哲学、法学、医学和神学，如今他却觉得自己是"可怜的傻子"，他承认，虽然"牵着学生们的鼻子，上上下下，纵横驰骋，已经有了十年光景"，然而他却"并不自诩有什么真知，也不自信能有所教诲"。他不仅认为自己在学术上、事业上很失败，他觉得自己作为一个社会人也很失败，因为他"既没有财产和金钱，也没有浮世的名声和体面"。此外，在笃信宗教的中世纪，浮士德又对神学做过"彻底钻研"，而此时的他竟然"不怕什么地狱和恶魔"，可见他也失去了很多人毕生追随的宗教信仰。总的来说，浮士德面临着事业、生活、信仰的三重失败打击。于是，浮士德首先"向魔术献身"。民间传说中的浮士德用魔术召唤恶魔主要是为了满足尘世的欲望，而在歌德的剧本中，浮士德由于对知识的不满足而感到极度烦闷，于是"想通过精灵的有力的口舌"，"了解到许多秘密"，使他能够"认识是什么将万物囊括于它的最深的内部"，"看清一切动力和种子"，从而"拨开一切知识的迷雾"。浮士德不想再"咬文嚼字"，书斋已成为他的"牢笼"，他向往着"逃往广阔的土地"和"生动的自然"。浮士德先求助于诺斯特拉达姆斯的神秘魔术书，一开始他确实觉得"年轻神圣的生的幸福重新热烈地流遍神经和脉管"，然而很快他就发现自己不知道"从何处掌握你，无限的自然？"浮士德转而求助地灵，因为他自诩跟地灵"较为相近"，不料地灵一现身就对他冷嘲热讽，说他是"畏怯蜷缩的微虫"，

---

① ［德］歌德：《浮士德》，钱春绮译，上海译文出版社2007年版，第459页。

② 同上书，第463页。

浮士德起初充满自信地辩驳："我是浮士德，我跟你平辈"，面对地灵的傲慢，浮士德疑惑地表示"我觉得我真有点跟你差不多"，最终只能失望地颓然惊倒，原来他跟地灵"都不近似"。浮士德重新陷入深深的自卑和失望之中，他对自己说：

  我像那蠕虫，在尘土里面乱钻，／它在尘土中谋生，摄取营养，／被行人一脚踏死而遭埋葬。

  这些不都是尘土？高高的墙壁，／一格格书架将我困住，／这些旧家具，放满破烂的东西，／蛀虫的世界使我拘束。①

浮士德对这糟糕的人世不满，对自己生来是个卑微的人感到不幸，他表示"人类无往而不感到痛苦，幸福的人实在是非常稀少"，他想突破，想超越人类的局限，想追求幸福，却一筹莫展，然后他决定服毒自杀，想以这种方式打破生命的限制。"时机已到，要用行动证明：男子的尊严并不屈服于神的权威"，浮士德打算以自我毁灭直接向神挑战，他不敬神，而且"不怕全地狱之火在入口处燃烧"，也不怕下地狱，只求解脱，只求能"在新的路上贯穿太空的清气，向着纯粹的活动的新天地迈进"。正当浮士德举杯饮鸩之际，教堂里举行的复活节弥撒传来阵阵歌声，唱诗班高唱"基督复活了"！响亮的音调迫使浮士德放下毒酒杯，思忖生的可贵，召唤他转向人生，终于他"泪如泉涌"，感觉"大地又将我收留"。如前文所述，浮士德并非虔敬神明之人，一开始他试图抗拒复活节的圣歌，"我虽听到福音，可是我缺少信仰"，复活节的歌声对于他来说只是"唤回青年时代的快乐游兴"和"春节良辰的自由的幸福"，使他"不再走严峻的最后一步"。走到城门外的群众中间，浮士德虽然有了生的意志，但仍觉无力驾驭胸中的"两个灵魂"，因此他呼唤精灵的出现，渴望被"领进多彩的新生活中之中"，渴望"获得一件魔术的衣衫"。正如魔鬼合约的传统，当主人公处于人生的困境却又求助无门之时，魔鬼便有了乘虚而

---

① ［德］歌德：《浮士德》，钱春绮译，上海译文出版社2007年版，第14页。

入的最佳时机。

浮士德显然厌倦了纸上谈兵,在翻译《新约》的第一句话时,他对"太初有言"一句极为不满,之后尝试着译成"太初有思"和"太初有力",仍然觉得差强人意,最后突然心领神会,自信地写下"太初有为",充分说明他对抽象的思索感到不满足,想进入能动性的现实生活,这一切都被幻化成狮子狗的魔鬼看在眼里,预示着第二部中的大世界的政治社会活动。与梅菲斯特第一次交谈之后,浮士德表示"现在我已跟你认识,你高兴时,尽可来找我",可见浮士德不仅不忌惮魔鬼,反而欢迎他前来。面对第二次到来的梅菲斯特,浮士德直接向他倾诉自己的困境:"要只顾嬉游,我已太老,要无所要求,我又太年轻。人世能给我什么恩赐"?浮士德想挣脱俗世的束缚,因为他那"活跃的满腔创新的思想都受到无数俗虑的干扰"。签约之前,浮士德激愤地"诅咒傲慢的思想,它仅仅束缚我们的精神","诅咒迷人的假象,它紧紧胁迫我们的官能","诅咒荣誉和不朽的声名,在梦中进行诱惑的妄想","诅咒魅惑我们的私有品,奴仆、锄犁、子女和妻房",他还诅咒财神、葡萄酒,甚至诅咒上帝的爱、诅咒信仰、诅咒希望。浮士德把魔鬼合约看成一次绝好的机会,因此当梅菲斯特让他用鲜血在合约书上签字的时候,他表示"别担心我会将这个契约撕毁",借助魔鬼合约他才能如愿地"投身到时间的洪涛之中,投身到世事的无常之中",而且"不管安逸和苦痛,不管厌烦和成功,怎样互相循环交替",浮士德追求的目标是"活动不息"。

为了给浮士德安排"恋爱活动",梅菲斯特先使年过半百的浮士德恢复青春。变年轻的浮士德开始确实受了魔鬼的诱惑,迫不及待地想要发泄情欲,见到美丽的格蕾辛之后他立即对魔鬼发号施令:"你给我把那个小姑娘弄来!"由于格蕾辛的"真正清白无辜",魔鬼都对她"无能为力",但浮士德不依不饶,威胁魔鬼,"如果我今夜不能搂抱她,我们在午夜就分道扬镳",魔鬼只好答应"讲究策略"地迂回接近格蕾辛。正是在这个迂回的过程中,浮士德对格蕾辛有了进一步了解,知道她的虔诚、单纯、善良,对她产生了真正的爱情,浮士德意识到这一点,曾感叹"我本为寻欢作乐而来,如今却像在鸳梦之中融解"。在两人相爱的短暂时光里,浮士德将格蕾辛看作"天使",格蕾辛的一笑一颦对于浮士德来说"胜似世间的一切智慧",浮士德"完全献身于"这个纯洁的姑娘,感到许久不曾有过的"一种喜悦"。然而,由于格蕾辛的母亲和哥哥意外死亡,浮士德仓皇出逃,梅菲斯特趁机把他引诱到哈茨山的山顶,参加魔女的欢会,一方面想继续把他拖进官能享乐的泥坑,另一方面想让他忘记格蕾辛,魔鬼担心浮士德一旦得知格蕾辛的处境,必有悔悟之心。然而,浮士德没有办法真正地享乐,他跟漂亮的魔女跳舞的时候却恍惚中看到格蕾辛的面孔,预感到她会很不幸。最终得知格蕾辛的惨况后,浮士德震惊而愤怒,梅菲斯特却事不关己地说"倒霉的不是她第一个"。与魔鬼的冷酷无情相比,浮士德对格蕾辛不仅有爱情,还有内疚与同情,他无论如何都要救她脱离苦海。浮士德对爱情的追求以格蕾辛的悲剧结束,然而格蕾辛的不幸也成了浮士德挥不去的阴影,在第二部第四幕时,浮士德驾着祥云离开古典的希腊,他仿佛又在薄雾之中看到格蕾辛的姿影。有研究者认为浮士德的性格过于忧郁,是他走向不幸的原因所在,而笔者却觉得正是这忧郁的特征使浮士德成为浮士德,使浮士德无法变成像梅菲斯特一样冷酷、决绝的人物。忧郁的浮士德即使投身到围海造田的伟业中,却仍然会因为老夫妇及旅人丧命梅菲斯特之手而内疚、自责,甚至想"跟魔术分道扬镳",因此才在面对匮乏、困隘、罪孽和忧愁四个妖女时,让忧愁有了可乘之机。

浮士德最典型的特征莫过于永不满足的追求精神和永不停息的行动欲望。学富五车的浮士德不满足于知识,官能的享乐无法使他沉醉,爱情诚可贵也无法使他前进的脚步停滞,他转向美的追求,想借此把握人生的意义,然而美也不能使浮士德获得拯救,于是他又转向权力,转向为人类、为社会进行创造的活动……正如浮士德宣告的那样"我一停滞,就变成奴隶"。作为肉体凡胎,浮士德的理想却是将"赋予全体人类的一切","在我内心里自我体验,用这种精神掌握高深的至理,把幸与不幸堆积在我的心里,将我的小我扩充为人类的大我"。所以,跟格蕾辛恋爱时对浮士德来说"感情最要紧",感情破灭之后,浮士德毅然带着梅菲斯特提供的钥匙,前往虚无缥缈、荒凉寂寥的"母亲之国"去取宝鼎,以召唤古典美的化身海伦。作为理想主义者,浮士德热衷于前往理想之境,他要"彻底探究",在梅菲斯特的"虚无里发现万有"。他奋不顾身,要对海伦"鞠躬尽瘁,献出我的热情的精髓,我的思慕、热爱、崇拜和痴情"。为了追求新目标,浮士德踏上寻找海伦之路,他相信"精神可以跟幽灵斗个胜败",最终建立起理想与现实的联合王国。海伦消逝前对浮士德说"幸福与美不能长久联合在一起",浮士德对古典美的追求于此幻灭。浮士德以美为理想的生活逝去,梅菲斯特追问"总是不知满足"的浮士德是否还存有"什么大欲",不料浮士德立即表示"有个很大的吸引我",现在他"要获得统治权、所有权",专心致志于建立事业,因为"事业最要紧,名誉是空言"。于是,浮士德带领人们如火如荼地围海造田,年过百岁仍然孜孜不倦。由于老夫妇等惨死,浮士德被忧愁的阴气吹瞎了双眼,他的体力也逐渐衰微,但他仍然想着"拿起工具,挥起铁铲铁锹"。梅菲斯特盘算着浮士德即将归西,就带领鬼怪为浮士德掘墓,但是那些铁锹的声音让盲目的浮士德误以为是"为我服役的民夫,将围垦地跟陆地连在一处,给波涛划出它的疆界,筑一带坚堤围住海洋"。老迈的浮士德精神上仍然充满着活动的欲望,他深知理想的实现要靠人们的努力奋斗:"要每天争取自由和生存的人,才有享受两者的权利"。光明在浮士德的心头照耀,他想赶在死亡之前建立起理想的人类社会:"我愿看到这样的人群,在自由的土地上跟自由的人民结邻!"而一旦这种理想能够实现,他说:"那时,让我对那一瞬间开口:停一停吧,你真美丽!"浮士德说完此话,就倒下去了。浮士德倾其一生极好地诠释了《周易》所言:天行健,君子当自强不息;地势坤,君子以厚德载物。由此可见,浮士德签署魔鬼合约、跟随魔鬼不是为了做魔鬼的奴隶,而是想利用魔鬼不断去实现自己的理想,使自己拥有永不满足的精神、保持永远在行动的状态。

(三) 签约的背景与合约的内容

歌德的《浮士德》以《天上序曲》开始,首先登场的是天主上帝、三位天使长、魔鬼梅菲斯特菲勒斯和众天使,开场之后在上帝和魔鬼之间有如下对话:

> 天主:再没有其他向我汇报?/你总是来大发牢骚?/世间永没

有一事使你称心?

　　梅菲斯特：天主！我觉得那里总是糟糕透顶。／看到世人悲惨的生活使我难过，／连我都不愿把那些苦人折磨。

　　天主：你认识浮士德？

　　梅菲斯特：博士？

　　天主：我的仆人！

　　梅菲斯特：的确！他侍奉你非比寻常。／凡间的饮食这傻瓜一概不尝。／他好高骛远，心血沸腾，／他也有一半知道自己是笨伯；／他想摘下天上最美的星辰，／他想获得人间最大的快乐，／远近的一切，什么也不能／满足他那无限的雄心勃勃。

　　天主：他侍奉我尽管迷混不清，／我就要引他进入澄明的境域。／园丁也知道，小树只要发青，／就会有花果点缀未来的年月。

　　梅菲斯特：你赌什么？你还会将他失掉，／如果我得到你的允许，／慢慢引他走我的大道！

　　天主：只要他在世间活下去，／我不阻止，听你安排，／人在奋斗时，难免迷误。①

　　根据出场的人员与谈话的内容，但凡熟悉基督教经典《圣经》的人立即就会想到《旧约》中的《约伯记》。歌德的这段故事确实与《约伯记》如出一辙，歌德的《浮士德》讲述的是浮士德与魔鬼签约的故事，而《约伯记》正是《圣经》中最早出现的魔鬼合约故事。很明显，歌德乃有意借用在欧洲妇孺皆知的《圣经》片段。与《约伯记》一样，在《天上序曲》中魔鬼梅菲斯特是上帝的奴仆，上帝仍然以打赌的方式允许他使用诱惑手段去对付浮士德，虽然同为上帝与魔鬼打赌，然而歌德的描述和《约伯记》的不同之处在于两方面：浮士德并非约伯那样的虔诚信徒，他甚至不信神；上帝允许魔鬼诱惑人的原因发生了根本的变化。如前文所述，魔鬼作为上帝的仆人在《约伯记》中首次亮相，他的职责作用

---

① ［德］歌德：《浮士德》，钱春绮译，上海译文出版社2007年版，第3—4页。

在于替上帝考验人类的信仰，其方式便是采取各种手段对人进行诱惑。《天上序曲》中，上帝让梅菲斯特去诱惑浮士德，用意不再是检验人类对上帝的信仰，而是要给以浮士德为代表的人类"弄个同伴，刺激之，鼓舞之，干他恶魔的活动"。天主看到"人类的活动劲头过于容易放松，他们往往喜爱绝对的安闲"，因此安排魔鬼前去搅扰，使魔鬼的活动可以起到一种相反相成的促进作用，使人类脱离惰性，永远不断地进行更高的活动，从而"进入澄明的境遇"。歌德塑造的上帝不再拘泥于狭隘的信仰，而是以造物主的博大胸襟对人类进行关怀。对于魔鬼的身份和从属问题，歌德的《浮士德》沿用《旧约》的传统，即魔鬼之恶是上帝之神力的一部分。对此，叟瓦寇·施普拉特在其博士论文中写道，在歌德文本中上帝是全知全能的上帝（Gott als der Allmächtige），既统治着善灵，也统治着恶灵，或者说恶被纳入善，善恶本是一体。[1]上帝与梅菲斯特打赌是浮士德与梅菲斯特签约的前奏，然而这个无比关键的前奏决定了魔鬼合约的结局必是救赎。钱春绮在《浮士德》的《译本序》中写道，天主认为"人在奋斗时，难免迷误"，但也坚信"善人虽受模糊的冲动驱使，总会意识到正确的道路"。[2]上帝既是全能的上帝，集善恶于一体，那么不管恶魔怎样诱惑，浮士德总会得到拯救，否则上帝便不为上帝。

得到上帝的允许，又对浮士德了如指掌，魔鬼立即开始实施自己的合约计划。恰逢浮士德对自身的现状种种不满，求告无门、生无可恋。自杀未遂的浮士德无法驾驭心中两种思想的激烈斗争：是该沉迷于现世的享乐还是要翱翔到超现实的理想世界？正当浮士德苦闷之际，魔鬼适时地出现。因此，对于浮士德这个潜在合约者，魔鬼根本无须多费口舌去诱惑，浮士德渴望改变、追求超越，对这样一个机会他梦寐以求、不计代价。三言两语之后，得知梅菲斯特的来意，浮士德立即主动发问："地狱也有它的法治？我觉得很好，可以跟阁下订约，你们这种人一定会保证遵守？"

---

[1] Vgl. Sorvakko-Spratte, Marianneli: Der Teufelspakt in deutschen, finnischen und schwedischen Faust-Werken: ein unmoralisches Angebot? -Würzburg: Königshausen & Neumann, 2008, S115. 原文为：Das Böse ist also im Guten integriert.

[2] 参见［德］歌德《浮士德》，钱春绮译，上海译文出版社2007年版，"译本序"第4页。

魔鬼给予了肯定答复:"约好的权利,你可以全部享受",并许诺下次来便与浮士德签约。歌德塑造的魔鬼合约由两部分组成:按照传统由魔鬼拟好的合约内容和浮士德提出与魔鬼打赌的赌约内容,其中浮士德主动与魔鬼打赌来决定自己的末日,这是歌德的首创,亦是歌德之《浮士德》的新颖之处,之前的浮士德题材大都局限于传统的魔鬼合约。签约之前,双方照例你来我往地讲明条件:

梅菲斯特:……/我不是什么伟人;/你如想跟我一起/到世间阅历一番,/那我也心甘情愿/立即听你的使唤。/我就做你的同伴,/如果你中意,/我就做仆从,就做奴隶!

浮士德:你这样待我,我将何以为报?

梅菲斯特:来日方长,现在不必提起。

浮士德:不行,恶魔奉行利己主义,/决不会轻易免费效劳,/去干有利于他人之事。/请你讲明你的条件;/这样的仆人给家中带来危险。

梅菲斯特:我愿在今生承担奴仆的义务,/听你使唤,无休无止;/如果我们在来世相遇,/你也同样替我办事。

浮士德:我不考虑什么来世,/你砸烂了这个人世,/就会有另一个世界产生。/……我也不想多管闲事,/管它将来有没有爱憎,/管它那个未来的人世,/是否还有上下之分。

梅菲斯特:你有此心,就可以大干。/订约吧;你将在最近几天/欣然看到我的妙技,/我将给你看人所未见的奇迹。①

根据魔鬼在基督教文化中的形象,博学的浮士德自然能够看穿魔鬼的狡猾,开门见山地指出"恶魔奉行利己主义",请魔鬼明确说出索要的报酬。在浮士德面前,魔鬼也不必装腔作势,立即说出简短、直白的合约内容:梅菲斯特今生承担奴仆的义务,无休无止地听从浮士德调遣;如果两

---

① [德]歌德:《浮士德》,钱春绮译,上海译文出版社2007年版,第51—52页。

人在来世相遇，浮士德必须也做梅菲斯特的奴仆。梅菲斯特并没有在合约中直接说明，他要在浮士德死后取其灵魂，但基督教文化中的魔鬼以摄取人的灵魂为目标是约定俗成的，对具备基督教常识的读者来说，来世做魔鬼的奴隶即意味着死后灵魂归魔鬼所有。歌德时不时地将自己描写的魔鬼与传统的魔鬼相联系，同时又尝试从各个方面来打破旧的魔鬼合约模式，歌德的突破之处首先在于合约人浮士德的与众不同。浮士德认为世间的一切事物都不会使他满足，连匪夷所思的魔鬼合约都不例外，他意犹未尽地增加了一条赌约：

浮士德：我如有一天悠然躺在睡椅上面，／那时我就立刻完蛋！／你能用甘言哄骗住我，使我感到怡然自得，／你能用享乐迷惑住我，／那就算是我的末日！／我跟你打赌！

梅菲斯特：好！

浮士德：再握手一次！／如果我对某一瞬间说：／停一停吧！你真美丽！／那时就给我套上枷锁，／那时我也情愿毁灭！／那时就让丧钟敲响，／让你的职务就此告终，／让时钟停止，指针垂降，／让我的一生就此断送！[①]

按照梅菲斯特拟定的魔鬼合约，魔鬼要等浮士德尽情享受了人间快乐、寿终正寝之时方能取走他的灵魂，不料浮士德主动给自己限定了末日：不必等到老死，满足之日即是末日。魔鬼大概也没有遇到过浮士德这样的签约人，因此反过来劝浮士德要"三思而行"，浮士德并不领情，直截了当地打消了魔鬼的顾虑："对于此事你享有全权，我并非贸然干这冒险勾当。"为了鞭策自己不要停下进取的脚步，浮士德不惜把自己的命运交到魔鬼手中，因为他认为他"一停滞，就变成奴隶"，浮士德委身于魔鬼恰恰是不想做奴隶。显然，歌德在此处翻转了魔鬼和合约人的角色，将原本处于上风的魔鬼和被动受制的合约人进行了对调，打破了合约人卖身

[①] ［德］歌德：《浮士德》，钱春绮译，上海译文出版社2007年版，第52页。

为奴的旧模式,对魔鬼合约反其意而用之。在接下来的魔鬼合约故事中,浮士德作为合约人一反传统地居于主动的位置,不再是被魔鬼牵着鼻子走的可怜虫。

此外,歌德赋予浮士德的魔鬼合约更多辩证的色彩。浮士德是歌德笔下的上帝所肯定的奋斗精神的化身;而魔鬼梅菲斯特是怀疑和否定的精灵,从根本上说,是怀疑人性有善良和正义,否定人生的价值。二者对立,形同水火,却如影随形,须臾不分离。向善是浮士德的本性,而恶是梅菲斯特的特性;善与恶互相对立,在歌德看来,善与恶又同时存在于一人心中,二者经常处于较量的状态。他借浮士德之口说:"有两个灵魂住在我的胸中,它们总想互相分道扬镳;一个怀着一种强烈的情欲,以它的卷须紧紧攀附着现世;另一个却拼命地要脱离尘俗,高飞到崇高的先辈的居地。"① 潘子立在其《浮士德》的《译者序》中认为歌德的《浮士德》全书贯穿着光辉的辩证思想,魔鬼合约亦如此。梅菲斯特既在浮士德身外,也在浮士德心中。不仅浮士德,人人心中善恶之念并存,人人心中都有一个梅菲斯特。②

歌德塑造的魔鬼合约多处从《圣经》中汲取灵感,除了前奏受《约伯记》启发之外,最典型的还有对《马太福音》中《试诱耶稣》一节故事的明显借鉴。在《浮士德》第二部第四幕中,梅菲斯特领浮士德眺望"万国的荣华",试图劝说浮士德知足,歌德本人直接在文中做注"《马太福音》第四章",以指出与《试诱耶稣》故事的互文性。如前文所述,魔鬼将耶稣带到一座极高的山上,"将世上的万国和万国的荣华,都指给他看",③耶稣自然拒绝了魔鬼的诱惑,结果是魔鬼无计可施,有天使来伺候耶稣,从这个结局来看,歌德让他的浮士德和耶稣一样,被天国的力量所救。综上所述,歌德讲述的魔鬼合约故事似乎处处与《圣经》中的片段

---

① [德]歌德:《浮士德》,钱春绮译,上海译文出版社 2007 年版,第 31 页。
② 潘子立:《译者序》,[德]歌德:《浮士德》,潘子立译,天津人民出版社 2013 年版,"译者序"第 6 页。
③ 《马太福音》4:8.(Mt 4, 1-11.)笔者引用的《圣经》中译本与钱春绮在翻译《浮士德》时用的版本不同,故文字略有差异,特此说明。

互文，但又处处都不尽相同。

（四）签约的形式

在签约形式上，歌德保留了浮士德故事中的魔鬼合约传统：用鹅毛笔蘸鲜血，书面签写。对于这个仪式，梅菲斯特非常坚持，尽管浮士德表示自己定会"大丈夫一言算数"，还讥讽梅菲斯特是个"迂夫子"。最终，浮士德为了使魔鬼高兴，才不情愿地完成了"这套把戏"，浮士德崇尚自由，原本不想"受契约拘束"。梅菲斯特看着浮士德用自己的鲜血签下名字时，嘟囔着"血是一种特别的液体"，这一句又将读者带回到魔鬼合约的母题史中。早在 13 世纪时，魔鬼合约故事中就已经出现了合约人用自己的鲜血签约生效的前例，之后这个神秘的仪式作为一个传统经常出现在魔鬼合约母题中。之所以要用鲜血签约，笔者认为较合理的解释为：血液是一个人的生命所赖、力量所在、感受所载。因此，用自己的鲜血签署标志着合约最紧密、最牢不可破，签约人必须最严格地履行合约义务。在第二部中，梅菲斯特和浮士德再次回到书斋，魔鬼看见签约的鹅毛笔放在老地方，欣喜地感叹："哦！被我哄来的一滴血液，还深深地凝在鹅毛管里"，可见魔鬼不仅坚持这一仪式，而且对此还很自豪。此外，对于浮士德题材中签约一贯使用的羊皮纸，梅菲斯特并没有特意强调，而是让不耐烦的浮士德"用任何纸条都行"。

除了签约过程，魔鬼的出现还伴随着一些其他的讲究和仪式。梅菲斯特变成狮子狗进入浮士德的书斋，现出原形之后却无法出去，因为"有点小障碍"挡住了他，即浮士德门槛上的"魔脚"。魔脚是代表基督的五角星符，用于驱魔。魔鬼之前所以能进来是因为魔脚"画得有点讹错""它有一点小小的缺口"，化身为狗的魔鬼没有注意，就跳了进来。此处有一点引起笔者的注意，精通神学和魔术的浮士德博士为何在画驱魔的五角星时出现"讹错"，那个"小小的缺口"是浮士德无意而为还是下意识地给魔鬼留下的"缺口"？魔鬼有一套自己的仪式、准则，比如"走进走出必须打从同一个地方"，所以从门进入书斋的魔鬼必须再经由门出去，窗和烟囱都不行。浮士德捉弄魔鬼，不肯放他出去，还扬言要抓住他，魔鬼只好派手下的众精灵为浮士德催眠，然后召唤来大小老鼠把五角星符啃坏，如此才得以逃脱。梅菲斯特第二次登门拜访浮士德时，需要浮士德说三遍"进来"方可入内，这与很多魔鬼合约故事中召唤魔鬼的方式相呼应，即大声呼喊三遍魔鬼的名字或者特定的咒语。

（五）签约的动机与合约的履行

对于浮士德签署魔鬼合约的动机众说纷纭：对知识的饥渴？对名望的追逐？对幸福的追寻？对此，浮士德本人曾做过回答："我岂不曾结交过世人？学过、教过空洞的学问？我理智地说出自己的见解，就更加引起世人高声反对；为了逃避那种讨厌的胡闹，我只得遁入寂寥，遁入荒郊；为了不完全凄凉孤独地生活，最后我就卖身投靠了恶魔。"[①]浮士德着重表达了自己对知识的不满足，对人云亦云的人世的灰心，对自身命运的不甘心，委身魔鬼是为了改变现状，为了到达新境界。综合这两部悲剧来看，对知识的饥渴确实是浮士德召唤精灵、进而签订魔鬼合约的初始动机，但随着情节的发展我们很容易发现，浮士德追求的绝不是具体的知识、真理，而是要包罗万象的、绝对的有关世界和自然的经验。对知识的渴求也不再是整个故事的中心，而只是浮士德众多追求的一部分。在浮士德的追求中，知识、爱情、享受都是同等重要的组成部分，通过所有这些部分，浮士德想要实现那些不可能达到的、不可能实现的东西。对于自己所追求的东西，一旦得到，浮士德就不再满意，而是要继续不断地追求，以期达到更高的目标。至此，浮士德签署魔鬼合约的动机已经明了：追求一个自我实现的存在（auf der Suche nach einem erfüllten Dasein），追求最高的瞬间（auf der Suche nach dem höchsten Augenblick）。[②]虽然浮士德也不知道，是否能到达这个最高的瞬间，但对他来说更为重要的是这个目标能够驱使他一直保持追求、永不停歇。爱情、幸福、名望、权力都是浮士德追求的东西，但都不能使他满足，因此这些都不能成为浮士德走向魔鬼合约的根本动机。

在履行合约的过程中，梅菲斯特大体上发扬了魔鬼一贯守约的传统，

---

① ［德］歌德：《浮士德》，钱春绮译，上海译文出版社2007年版，第240—241页。

② Sorvakko-Spratte, Marianneli: Der Teufelspakt in deutschen, finnischen und schwedischen Faust-Werken: ein unmoralisches Angebot? -Würzburg: Königshausen & Neumann, 2008, S117.

正如签约前像浮士德许诺的一样:"约好的权利,你可以全部享受,一点不会有什么减少"。现实主义者梅菲斯特给梦想家浮士德提供获得知识的机会、发挥主观性的可能、并保证其自由自在,目的在于尽早让浮士德心满意足地死掉,好攫取其灵魂。陪同浮士德经历了真挚的爱情、诱人的权力、至上的美的享受,气急败坏的魔鬼发现浮士德心中仍然存有"大欲",于是只好继续诱惑他,将繁华的都市生活、法国路易王朝的荣华统统展示给他看。可是经过几次幻灭,现在的浮士德又发现"事业最要紧",在从希腊飞回的途中,浮士德看到脚下的大海,顿时起了雄心,要征服海水,争地造田,为人民建立新的理想之邦。无奈的梅菲斯特只好再次帮浮士德"促成"愿望。浮士德仍然一心一意地想有所作为,然而他似乎忘记了自己已年过百岁,垂垂老矣。梅菲斯特迫不及待地为他掘墓,失明的浮士德却以为是民夫们挥舞铁锹、挖土开河的壮观场面,他想象着自己"为几百万人开拓疆土",建成的居所"就像一座乐园",难以抑制地心潮澎湃起来。他仿佛看到人群"在自由的土地上跟自由的人民结邻",自己的宏伟理想很快就要实现,于是他感叹道:"那时,让我对那一瞬间开口:停一停吧,你真美丽!"浮士德说完此话,就倒下去了。见状,梅菲斯特幸灾乐祸地表示:"事情完成了",因为当初两人打赌时浮士德曾说:"如果我对某一瞬间说:停一停吧,你真美丽!那时就给我套上枷锁,那时我也情愿毁灭!"剧情发展至此,似乎以魔鬼的胜利告终,而事实上,浮士德在打赌时还说:"我如有一天悠然躺在睡椅上面,那时我就立刻完蛋!你能用甘言哄骗住我,使我感到怡然自得,你能用享乐迷惑住我,那就算是我的末日!"然而,此时的浮士德虽已老迈,却依旧渴望"每天争取自由和生存",从未停止过进取的活动,浮士德口中的这一瞬间,并不是恶魔用享乐将他迷住的瞬间,而是他自己进行不断努力的无私的瞬间,实现为人民造福的理想的瞬间。浮士德的肉体归于毁灭,梅菲斯特正欲攫取他的灵魂之时,天使飞来,撒出玫瑰花,迷惑了好色的梅菲斯特,天使们趁机把浮士德的灵魂带往天国去了。①

---

① 潘子立:《译者序》,[德]歌德:《浮士德》,潘子立译,天津人民出版社2013年版,"译者序"第13—14页。

最终，浮士德和梅菲斯特之间的合约及打赌情况到底如何了呢？合约与打赌是否一开始就是谎言、骗局？"如果我们在来世相遇"（Wenn wir uns drüben wieder finden），浮士德将这句话理解成条件从句，认为"来世相遇"之事不一定会发生，但梅菲斯特却把这句话看成时间从句——"当我们来世相遇时"，他认为两个人必然会在来世重聚，只是时间的早晚而已。打赌的事情也是如此，浮士德答应梅菲斯特"我如有一天悠然躺在睡椅上面，那时我就立刻完蛋"，只有这种假设的情况真的发生才是浮士德的末日，而结果是浮士德在幻想和憧憬中说出了这句话，因此不能作数，梅菲斯特无权占有浮士德的灵魂。然而，有学者认为，魔鬼和浮士德打赌，确实是魔鬼赢了，因为浮士德出于对海伦的爱情曾经经历过那么一个瞬间，享受了那个瞬间，因此丧钟应该为浮士德敲响，他下地狱的时间到了。另有学者反对这种看法，因为浮士德在古希腊罗马时期的冒险活动发生在一个没有时间（zeitlos）、没有地点（ortslos）的瞬间（Es ist ein Traum, verschwunden Tag und Ort）。古希腊罗马时期属于过往，属于历史，在梅菲斯特和浮士德打赌之前就早已存在。而且，海伦的故事属于神话传说，并非发生在现实中。或者说，浮士德和海伦所处的时间根本是不存在的，所以，在"不存在的时间里"发生的一瞬间，浮士德是可以享受的。也有学者提出，中世纪基督教世界中的恶魔梅菲斯特跟古代希腊世界无关，对发生在那里的事情力不能及。剧中，梅菲斯特无法直接召唤海伦，他对浮士德说："异教之民跟我无关，他们在别的地狱里栖身"。既然梅菲斯特无权插手古希腊的事，那么浮士德和海伦在与梅菲斯特"最无关的境地"享受生活，自然也是魔鬼权限范围之外的活动，对于魔鬼也是不作数的。[1]

三 合约故事的结局：爱的救赎

（一）爱的救赎

在歌德的《浮士德》之前，浮士德题材鲜有救赎的结局，主要原因

---

[1] Vgl. Sorvakko-Spratte, Marianneli: Der Teufelspakt in deutschen, finnischen und schwedischen Faust-Werken: ein unmoralisches Angebot? -Würzburg: Königshausen & Neumann, 2008, S124-125.

在于浮士德这个魔鬼合约人不信上帝、不敬神明的行为作风与基督教倡导的道德标准大相径庭。歌德的浮士德秉性依旧如此，在基督教的文化氛围中，对永生和来世都不感兴趣的浮士德的救赎看似没有可能。除了信仰的缺失，浮士德在做人方面也并非没有过失，格蕾辛、她的哥哥、她的母亲、她的孩子、老夫妇、旅人都直接或者间接地因浮士德而死。浮士德作为人已罪孽深重，加上他并没有悔悟之举，甚至至死都没有哪怕形式上的忏悔，更不用说虔诚皈依，因此按浮士德题材的传统，救赎似乎是无法实施的，因为仁慈的上帝拯救悔恨的罪人这样一幕没有上演的余地。歌德偏偏让他的浮士德最终得救了，理由是"凡是不断努力的人，我们能将他搭救"，这个结局使歌德的戏剧与其他浮士德文本区别开来。歌德对浮士德最后的评价也很明确，永不停歇的追求作为浮士德这个人物的主要特征无疑是积极的，上帝也称这类行动着的人（der tätige Mensch）是好人（der gute Mensch）。[①]浮士德得到救赎一方面出人意料，另一方面又显得合情合理。整部戏剧的结局早在《天上序曲》中就已呈现出来：恶已被纳入善的范畴，魔鬼也是上帝的一个臣仆，魔鬼经过上帝的同意才能去引诱浮士德，那么在这种情况下，浮士德作为上帝看重的"仆人"断然不能下地狱，否则岂不是上帝输给了魔鬼？歌德的世界观不是二元的，而是善恶一体。浮士德的整个追求其实都发生在一个封闭的范围内，超然善恶之外。只要人在持续的探索行动中、而非贪恋于躺椅上的休憩，那么上帝的法则就在正常运行之中，这一切就是上帝乐于看到的，所以上帝派天使劫走了浮士德，白忙活一场的魔鬼落得个自讨苦吃。或许在歌德的观念中，这正是魔鬼的职责所在：用否定的、超常规的力量激发人类向上，以此协助上帝维持世界运行的法则。

《浮士德》全剧以"永恒的女性，领我们飞升"（Das Ewig-Weibliche zieht uns hinan）作结，这句话用意深远，留给读者广阔的阐释空间，几百年来经常成为学者们争论的话题。从上下文来看，"永恒的女性"应是指圣母玛利亚。从前文的分析可见，歌德写魔鬼合约似乎处处关照基督教的

[①] Sorvakko-Spratte, Marianneli: Der Teufelspakt in deutschen, finnischen und schwedischen Faust-Werken: ein unmoralisches Angebot? -Würzburg: Königshausen & Neumann, 2008, S120-121.

经典《圣经》，但又总是出其不意地打破常规；歌德的浮士德也似乎时时与民间传说中的浮士德相呼应，但又总是不断地推陈出新；歌德在这部戏剧中似乎始终不忘维护宗教信仰，但又不放过任何否定信仰的机会。对此，朱光潜先生在《歌德谈话录》的译注中做了言简意赅的评论："从希腊时代起，西方文艺家一直在利用现成的民族神话。歌德对基督教本来是阳奉阴违的，在《浮士德》上下卷里都用基督教的犯罪、赎罪、神恩、灵魂升天之类的神话作基础，其用意有二：一是沿袭文艺利用神话的旧传统，二是投合绝大多数都信基督教的读者群众。"①基于这些考虑，人们在解读"永恒的女性，领我们飞升"这句话时不敢轻率地下结论，不敢轻易地认为，在歌德的思想中，引导人类向更高理想境界"上升"的"永恒的女性"就是存在于虔诚宗教徒头脑中的圣母玛利亚。那么，引导人类不断前进的"永恒女性"究竟指什么呢？潘子立在中译《浮士德》的注释中写道，自《浮士德》问世之后的第一个百年里，学者们一般认为这"永恒的女性"指的是爱，即基督教所宣扬的"博爱"精神。进入20世纪之后，随着社会的进步，中外学者见仁见智，提出过诸多观点。从这部奇书的主题和作者在书中着力宣示的思想来看，以"永恒的女性"喻指自强不息的精神和对真善美的追求似乎是可以说得通的解释。但是，仅精神力量和高尚道德，便足以引导全人类进入美满幸福的世界吗？②钱春绮在中译《浮士德》末句的注释中写道，努力而迷误的世人获得拯救而升天国，是由永恒的天主之爱造就的。以圣母玛利亚和脱离尘世而超升天国的格蕾辛为代表的、永恒的天主之爱，这是一种纯洁无私的爱，通过女性之爱对人类显示其最完美的形式。③可见，探讨"永恒的女性"何所指这个问题，已不纯属文学范畴，而是一个复杂的理论和实践问题，一个涉及人类向更高境界的理想社会前进道路的大课题。笔者对这个问题的探讨也要到此结束，一则因为若对这个问题深究势必会打破论文有限的框架，二

---

① 参见1831年6月6日谈话之译注，《歌德谈话录》，朱光潜译，人民文学出版社1982年版。

② 参见［德］歌德《浮士德》，潘子立译，天津人民出版社2013年版，第582页。

③ 参见［德］歌德《浮士德》，钱春绮译，上海译文出版社2007年版，第475页。

则因为笔者倾向于将"永恒的女性"折中地理解为爱（Liebe）。

浮士德孜孜不倦地追求和永不停歇的行动是整部剧作的主旋律，也是浮士德获得救赎的内在原因，可称之为浮士德的自爱。在浮士德的救赎结局中，除了内在原因，还有一些外在的力量起着关键作用，如大自然的抚慰之力、格蕾辛的爱情力量和来自上帝的天国之力等，这些外在元素都积极地参与其中。换言之，浮士德的救赎是由内在的自爱和外在的上帝之爱、爱情之爱及自然之爱共同作用的结果，爱在浮士德的救赎过程中举足轻重。与格蕾辛恋爱后，浮士德觉得自己诱骗纯洁的少女，因而心怀愧疚躲进森林和山洞，他爱格蕾辛，但又不愿"葬送她的和平生活"，不知何去何从的浮士德只好寻求自然的抚慰。浮士德感谢"崇高的地灵"把"壮丽的自然"给他做"王国"，让他得见"林中、空中、水中的兄弟"，领他进"安全的山洞"，指点他"进行内省"，使他"胸中秘藏"的东西"豁然开朗"。在浮士德看来，连"纯洁的月亮"都是"抚慰地升起"，足以"缓和"他的渴望。之后，经历了格蕾辛的悲剧，浮士德游魂般地四处飘荡，最终在阿尔卑斯山中"幽雅的境地"栖息，再次投入大自然的怀抱。浮士德躺在百花如锦的草地上，疲倦、不安、思睡。在爱丽尔带领下的一群小精灵象征着大自然的治疗力量，它们"对不幸的人俱表同情"，"急忙出来扶危济困"。小妖精们竭尽全力，为浮士德平复"心中的激烈的斗争""拔去他那苛责的灼热的毒箭""安抚他那饱受恐怖的惊魂"。这样，在精灵们照料下的浮士德经过养精蓄锐的酣睡，终于感到"生命的脉搏清新活泼地跳动"。大地用欢乐将浮士德包围，"鼓励、唤起"浮士德"坚强的决心"，使身心复原的浮士德去"努力追求最高的存在"，从小世界走向大世界。自然不仅能治愈浮士德的创伤，甚至带给他某种"喜悦"，让他"跟神道越来越趋于接近"，这便是大自然对浮士德的爱之救赎。

（二）上帝之爱

无论是浮士德的救赎还是他的升天，跟信仰、悔悟、赎罪的行动都无关，因此我们无法按基督教的观点去理解，然而在浮士德的拯救中上帝的帮助却又是必不可少且特别重要的：

众天使：（在更高的空中飘荡，抬着浮士德的不朽的灵魂。）灵界的这位高贵的人，／已脱离凶恶之手，／"凡是不断努力的人，／我们能将他搭救。"还有来自天上的爱／寄予莫大的关心，／一群升天的受祝福者／全对他衷心欢迎。①

由于浮士德的不断努力和不懈追求，他成了灵界中"高贵的人"，因为魔鬼合约，他受制于梅菲斯特。"来自天上的爱"最终将浮士德的灵魂从魔鬼手里抢夺过来，成全了他的"不朽"，成了全剧的转折。事实上，"来自天上的爱"并非直到最后的关键时刻才出手，而是对浮士德早就"寄予莫大的关心"。戏剧一开始的时候，天主②与魔鬼梅菲斯特打赌，尽管天主知道浮士德在宗教方面有些"迷混不清"，仍然称他为自己的仆人，且打算引他进入"澄明"之境，且对人类的前景持积极乐观的态度，相信"善人虽受模糊的冲动驱使，总会意识到正确的道路"，即使同意魔鬼去诱惑浮士德，那也是本着促进人类前进的善意，可见歌德的"天主"比严格宗教意义里的上帝更加宽容、睿智。而求知欲得不到满足的浮士德心生苦闷，决定一死了之，以求挣脱肉体的束缚。当他正要举杯服毒的时候，传来复活节的教堂钟声和唱诗班的合唱的歌声："基督复活了"。耶稣基督受上帝的派遣，到世间拯救背负罪孽的人类，最终以牺牲自我感召了人类，缓和上帝与人类之间的关系，基督因此而被上帝救赎，获得重生。耶稣也曾"受尽了煎熬"，但"获得了锻炼、战胜了考验"，耶稣的救世经历召唤浮士德转向人生，原本绝望的浮士德喃喃自语："温存有力的天上歌声，为何到浊世将我寻访？"浮士德明白自己并未被天上的爱抛弃，他已觉察到"天国之爱的亲吻"降临，因此又感到生命的魅力，生存活动的欲望重新油然而生，正如基督的复活。使徒们歌颂基督的合唱也暗示了浮士德之后的道路和最终的结局："生前崇高者，已光荣升天；他享受超生之乐，近似创造的欢乐。"有了这样的鼓励和昭示，浮士德在临死之前幻想理想即

---

① ［德］歌德：《浮士德》，钱春绮译，上海译文出版社 2007 年版，第 467—468 页。
② 此处多用"天主"少用"上帝"是因为《浮士德》文本中一直称上帝为"天主"（Der Herr）。

将实现时，自信地说："我的尘世生涯的痕迹就能够／永世永劫不会消逝。我抱着这种高度幸福的预感，现在享受这个最高的瞬间。"①

歌德在剧中有意借梅菲斯特之口，说出将灵魂从魔鬼手中抢走的方法，即忏悔、告解、补赎、领终傅。这些方法既然魔鬼都知道，所以必然会采取对策防备浮士德的灵魂逃脱，然而对于上帝出手和上帝该次使用的手段魔鬼却始料未及。天使出场即撒玫瑰花，在基督教中，玫瑰花象征天国之爱，是完全无私的、非肉欲的，与魔鬼的兽欲之爱形成对比。燃烧的玫瑰花激起魔鬼的情欲，魔鬼被眼前超凡脱俗的美丽天使迷得神魂颠倒、忘乎所以。趁魔鬼还在想入非非、垂涎三尺之际，天使们呼唤出浮士德不朽的灵魂，带其升天。醒悟过来的梅菲斯特虽然知道他"唯一的至宝"被天使用"诡计私自盗窃"，除了骂骂咧咧之外，魔鬼也没有办法，只能失去"这个高尚的灵魂"，一则因为上帝是魔鬼的主人和上司，二则因为魔鬼自身经不起"卑鄙的情欲，荒唐的色情"之诱惑。此外，在浮士德救赎过程中，歌德还搬出了圣母玛利亚和悔罪、获救的虔诚女子格蕾辛。深爱浮士德的格蕾辛生前就试图劝说浮士德，不要与梅菲斯特为伍，至死仍旧呼喊浮士德，以使他悔悟。钱春绮认为，歌德的用意在于使自己的故事符合西方人的宗教观念。基督徒往往认为，罪人单靠自己的努力还不能沐浴神福，须获得神的恩宠才行，所以歌德安排已获救赎的格蕾辛替浮士德向圣母求情。于是，象征永恒的天主之爱的永恒的女性圣母玛利亚将浮士德的灵魂导入荣光之境，和格蕾辛一起升天。②这不无道理。此外，在魔鬼合约母题史上，圣母玛利亚早就不止一次地做过魔鬼合约人和上帝之间的调和人，帮助合约人取得上帝的谅解、救赎。笔者认为，歌德在这里再次有意沿用了魔鬼合约故事的传统，让女性担当求情者、救赎者。

（三）格蕾辛之爱

在浮士德的民间传说中原本没有关于格蕾辛的情节，歌德在《浮士德》这部剧作中特意创作了格蕾辛的故事，使浮士德和格蕾辛的爱情成了第一部悲剧。格蕾辛作为女性既是魔鬼合约的牺牲品，也是浮士德的拯救

---

① ［德］歌德：《浮士德》，钱春绮译，上海译文出版社2007年版，第453页。
② 同上书，"译本序"，第14页。

者。格蕾辛在与浮士德相爱的过程中展示了自己的人格魅力：善良、纯洁、虔诚，她用真挚的爱情力量参与了浮士德的救赎。

初见格蕾辛，重返青春的浮士德被其美貌所惑，一心想要立即占有她。女色诱惑是签署魔鬼合约之后梅菲斯特为浮士德提供的第一次享乐，意在使浮士德于"热烈的青春冲动"之下，沉迷在美妙的"恋爱活动"中。梅菲斯特大概没有料到，浮士德看上的女子"真正清白无辜"，本身"无罪可言"，还要"无缘无故"去忏悔，这么虔诚的人连魔鬼都无法直接下手。浮士德第一次潜入格蕾辛的闺房，想悄悄送礼物给她，却意外地在这个房间的氛围中感受到格蕾辛"那充实、整洁和谐的精神"。浮士德拉开床帷，想象着格蕾辛"温柔的胸中／全充满了温暖的生命，／她以神圣、纯洁的活动／发展成为天神的化身！"浮士德情不自禁地说："我本为寻欢作乐而来，如今却像在鸳梦之中融解！"[1]可见，诗人一开始就设定了格蕾辛的救赎形象，预示了格蕾辛对浮士德的救赎意义。面对格蕾辛，梅菲斯特常常束手无策，不得不承认她"有人品，而且目光炯炯"，是个"善良纯洁的姑娘"，当浮士德因格蕾辛的不幸而自怨自艾时，魔鬼又不遗余力地污蔑诽谤她"对任何人都像是她的情人"，此时的梅菲斯特已经意识到了格蕾辛对浮士德的积极影响和拯救意图。浮士德产生了"完全献身于"格蕾辛的喜悦，而且亲切地称呼她为"我的小天使"，经常说她"真是天使"，这不仅仅是恋人之间的呢喃，也是歌德有意将格蕾辛与魔鬼合约母题中天使作为救赎者的形象联系起来。在戏剧结束的时候，格蕾辛确实和圣母玛利亚、众天使一起出现拯救了浮士德的灵魂，而且共同升天，这便是诗人的用意所在。

格蕾辛的真挚爱情无疑对浮士德的思想和灵魂产生了净化作用，所以浮士德才会一度逃离格蕾辛，去大自然的怀抱中反省、思考，格蕾辛死后浮士德也总是在关键的时刻仿佛看到格蕾辛的身影，使他能够从魔鬼的诱惑中得到暂时的清醒和理智。得知格蕾辛悲惨入狱，浮士德和梅菲斯特对此大相径庭的态度也让浮士德看清楚了，自己虽与魔鬼为伍，却终究不是

---

[1] ［德］歌德：《浮士德》，钱春绮译，上海译文出版社2007年版，第94页。

第四章　魔鬼合约母题的结构分析

魔鬼的同路人。此外，作为虔信的基督徒，格蕾辛看出了梅菲斯特的真面目，因此一方面竭力想使浮士德与魔鬼分道扬镳，另一方面不放弃对浮士德的宗教劝诫。刚相识不久，格蕾辛就看出了浮士德在宗教方面"很随便"，于是追问他"对宗教有何高见"，浮士德闪烁其词，格蕾辛仍旧表示"但愿我能感化你的心！"之后，格蕾辛在与浮士德争执时直接抨击了魔鬼梅菲斯特：

> 因为你没有基督教信仰！……我早就很不乐意，看到你跟那个人在一起。……跟你在一起的那个人，我从心底里觉得可憎；在我整个一生里面，没见过像他那讨厌的脸，使我觉得心如刀扎。……他一来就使我心情烦躁。……想到他就使我毛骨悚然，我认为他是一个流氓！……我不愿跟那种人相处！他每次一走进门，总是那样瞧不起人，半带着愤怒；看来他对任何事都不感兴趣；从他脸上看得分明，他是不会爱任何人……我受到这种感觉的压制，只要看见他一来到，我甚至想，我也不再爱你。唉，他来了，我就无法祈祷，我心里总是惴惴不安……①

格蕾辛以真正虔诚的信徒身份描述了对恶魔的憎恶感，浮士德无言以对，只能感叹："你这个未卜先知的天使！"对于格蕾辛来说，浮士德的欲望过于强大，并非她凭一己之力就能立即挽回，对于这一点，浮士德同样心知肚明："这个忠实可爱的魂灵／怎样满怀着一种／唯一能使她／获得幸福的信仰而煞费苦心，要抓紧爱人，免得他堕入迷津之中。"②言语无力，格蕾辛曾在痛苦圣母的祈祷像前忏悔，为情人祈祷，直至最终自我毁灭以换回自我救赎和对浮士德的救赎。因弑母、通奸、杀子，格蕾辛锒铛入狱，备受良心的谴责。本以为变心的情人回来了，想救她脱离死亡的惩罚，她却不愿跟他逃走，因为只有"主的裁判"才能让她得到平静、求得饶恕，她坚持听凭上帝做主。临死前，格蕾辛大声呼喊："天父！救救

---

① ［德］歌德：《浮士德》，钱春绮译，上海译文出版社2007年版，第125—126页。
② 同上书，第127页。

我！我是你的！"甚至请求天使们在她周围安营，为了与邪恶的魔鬼保持距离、划清界限。梅菲斯特看到自己的计划失败，感到失望，因而叫出"她被审判了！"从天上却传来了声音说："获救了！"就这样，格蕾辛的肉体虽然归于消灭，她的灵魂却获得天主的赦免。浮士德无可奈何地随梅菲斯特而去，从牢内又传来"亨利！亨利！"的呼唤，显示这位纯洁的少女至死心系浮士德，她的爱情永不泯灭。故事的最后，格蕾辛作为"悔罪的女性"绕于荣光圣母膝下，"吸啜灵气，乞求仁慈"。灵魂获救升天的格蕾辛向圣母请求拯救浮士德：

悔罪女（格蕾辛）：旧躯壳的尘世的羁绊，瞧，他已将它完全丢弃，从他灵气的外衣里面／现出最初的青春之力！请允许我来将他点化，新的天光还使他目眩。

荣光圣母：请你高升到上空来吧，他知道你在，会跟在后面。①

"他知道你在，会跟在后面"一句，不仅是对此时此景的描写，综合两部悲剧来看亦是如此。随着格蕾辛的死亡，浮士德与之分别，踏上了新的征途，然后最终两人还是殊途同归，都消亡了肉身、救赎了灵魂。

在歌德的剧作中，爱情虽然不是浮士德走向魔鬼合约的首要原因，但却是全剧的重要组成部分，在第一部和第二部中，都有一位起着重要作用的女性。浮士德爱上了格蕾辛，两人之间迸发了真挚的爱情。虽然对浮士德而言这次爱情并非仓促的占有与征服，然而仅有爱情却无法满足浮士德的内在追求，他总是向往更高的眼界。浮士德召唤海伦，原本是为了展示自己的能力，不料却爱上了她，因此他不再满足于只看到海伦的幻象，而渴望与真实的女性海伦朝夕相处。对于浮士德来说，海伦不仅仅是美与艺术的化身、创造力与生产力的象征，她还是魅力四射的女子，是众多男子心仪的对象。浮士德与海伦的结合不仅仅是出于欲望，他对她也有真实的爱情，浮士德享受与海伦共度的短暂时光。然而，他既无法与格蕾辛厮

---

① ［德］歌德：《浮士德》，钱春绮译，上海译文出版社2007年版，第474页。

守，也不能在海伦那再做逗留，格蕾辛死了，海伦也消逝了，浮士德的生命属于不停地追求，他只能一步步向更高处迈进。

第二节 《彼得·施莱米尔卖影奇遇记》

一 有关《彼得·施莱米尔卖影奇遇记》[①]

(一) 作者沙米索

《彼得·施莱米尔卖影奇遇记》的作者沙米索（Adelbert von Chamisso，1781—1838）出生于法国香槟地区一个古老的贵族家庭，原名路易·查理·阿德莱德·沙米索，后因长期居住德国，将名字改成了德语格式。因法国爆发大革命，幼时的沙米索随家人逃亡，辗转各地，1796年来到德国柏林。同年，他成为普鲁士王后弗里德里希·露易丝的一名侍童。1798年至1807年，沙米索在普鲁士军队供职，后德法交战，他自感身份尴尬而申请离职。此后，由于自己的出身和德法两国间频仍的战争，沙米索始终觉得受人猜疑，难以找到归属感。因为对植物学产生了兴趣，沙米索于1812年在柏林大学学习植物学。然而，到了德国反对拿破仑的解放战争爆发、德国国内的爱国主义情绪高涨时，沙米索不得不听从朋友的安排，于1813年年初离开柏林，到伊策普利茨伯爵的庄园中避难，《彼得·施莱米尔卖影奇遇记》就产生在这个时候。1815年至1818年，他以植物学家的身份参加了俄国探险考察队，航游世界，曾到达过太平洋及北极地区。沙米索此次考察收获颇丰，在动物学、植物学、语言学方面均有所建树，对于海洋动物的繁殖、夏威夷当地的语言等都有研究。1819年，他被柏林大学授予荣誉博士头衔。1835年，沙米索被选为柏林科学院院士。在文学方面，1804年至1806年沙米索就与朋友一起出版了文学刊物

[①] 关于 Peter Schlemihls wundersame Geschichte 的中译名问题，目前出现的有《彼得·施莱米尔的神奇故事》《彼得·施莱米尔奇遇记》《出卖影子的人》和《彼得·施莱米尔卖影奇遇记》等，本书采取卫茂平的译法，即卫茂平译《彼得·施莱米尔卖影奇遇记》，北岳文艺出版社1998年（原书为两部作品的合本，以第一部作品名命名为《闵希豪森奇游记》，以下注释均出自此版本，不再特别注释）。

《绿色年鉴》（Grüner Almanach）。1813 年，他写下了为自己赢得国际声誉的童话小说《彼得·施莱米尔卖影奇遇记》（Peter Schlemihls wundersame Geschichte）。1833 年至 1838 年，他同友人一起出版了文学刊物《德国缪斯年鉴》（Deutsche Musenalmanach）。不过，沙米索主要的文学创作还是诗歌。作为 15 岁才开始学习德语的外国人，创作德语诗歌绝非易事。很长时间，他在诗歌创作方面籍籍无名，直到 50 岁时，出版第一部诗集，获得了文学界的推崇。他的诗歌创作，除了具有浓郁的民族风格的爱情诗歌与描述自然风光的诗歌外，多为涉及现实社会问题、具有批判性的叙事诗，带有明显的政治色彩，当时被认为是开了德国政治诗的先河，代表作有《年老的洗衣妇》（Die alte Waschfrau）、《乞丐和他的狗》（Der Bettler und sein Hund）、《寡妇的祷告》（Das Gebet der Witwe）。1985 年，以阿德尔贝特·封·沙米索命名的文学奖被设立，专门用来奖励那些为德语文学做出了重要贡献但母语为非德语的作家。

（二）魔鬼合约故事和作品体裁

《彼得·施莱米尔卖影奇遇记》（Peter Schlemihls wundersame Geschichte）发表于 1814 年，是浪漫派作家沙米索唯一的中篇小说。书中，主人公施莱米尔以书信的方式向读者讲述了他的奇遇。贫穷的青年施莱米尔经过长途跋涉来到一个港口城市，经人推荐前往在富商托马斯·约翰家中，以求得到提携。恰逢约翰在家招待一批客人，他对施莱米尔这样的穷小子自然是不冷不热，施莱米尔只好混迹于客人之中，适时对约翰先生阿谀奉承。其间，主人带着客人们散步，有个其貌不扬、身穿灰色大衣的人（der graue Mann）默默在旁伺候，这人看起来沉默寡言、矜持不苟，但却有着不可思议的本领：他从自己随身带着的窄小的口袋里掏出了所有主客双方需要的东西，从医用胶布到望远镜，从土耳其地毯到华丽的帐篷，最后竟然掏出三匹配备齐全的骏马供人骑行！施莱米尔惊讶得目瞪口呆，更让他觉得不可思议的是，宾主尽欢，没有任何人对灰衣人的存在表示关注，也没有人觉得惊奇。施莱米尔感到害怕，考虑到自己是个无足轻重的角色，于是打算偷偷溜走，不料灰衣人却尾随而来，主动与施莱米尔攀谈。灰衣人谦卑有礼，甚至有些羞涩，吞吞吐吐地表达了自己的愿望：想拥有施莱米尔美丽的影子！为此，施莱米尔可以在他众多的神奇宝贝中任意挑选一件作为交换，比如货真价实的跳草、曼德拉草、吉利分尼、强盗塔勒、罗兰骑士随从的碟盘布、可以卖任何价钱的绞架侏儒、幸福女神的愿望小帽和幸福女神的吉利钱袋等。①亲眼见识吉利钱袋中那无穷无尽的金子之后，施莱米尔经不起诱惑，当场同意了吉利钱袋换影子的交易，然后看着灰衣人谦恭地俯下身去，从地上揭起他的影子，卷叠好，塞入自己的口袋。自以为从此得享荣华富贵的施莱米尔很快就发现了蹊跷：所有都嘲笑他，或当面讥讽、或恐惧地避之不及。没有影子的施莱米尔成了怪物、另类，他无法再融入人群、走进社会。恍然大悟的施莱米尔赶紧派人寻找灰衣人的下落，想撤销这笔交易。然而，早有预谋的灰衣人踪影全无，只让施莱米尔的仆人本德尔（Bendel）传话给主人，他将在一年零一天之后重新出现，在此期间施莱米尔是无论如何都找不到他的。

经过被众人孤立的痛苦和内心激烈的挣扎，施莱米尔在善良、忠厚的仆人本德尔的全力协助下重新开始社交，利用金钱无所不能的威力，施莱米尔到处被人追捧，连美丽的芳妮小姐都倾心于他。然而，施莱米尔疏忽大意，不小心在月光下暴露了自己没有影子的事实，芳妮大惊失色、昏厥过去，施莱米尔携仆人仓皇出逃。为了避免让更多人发现他没有影子，施莱米尔从此更加谨慎地掩饰自己，常常只能昼伏夜出。其间施莱米尔的另一个仆人拉斯卡（Rascal）不诚实，暗中侵吞主人的钱财，但主人没有与之计较。施莱米尔来到温泉疗养场，对林务官的女儿米娜（Mina）一见钟情，她是个善良、虔诚、可爱的女子。而当地人误以为出手不凡的施莱米尔是微服私访的普鲁士皇帝，施莱米尔不仅不加解释，反而乐于将错就错，扮起了以伯爵身份出行的皇帝。纸终究包不住火，细心的情人米娜也发现了施莱米尔没有影子，

---

① 在1821年3月17日的信中，沙米索解释了这些神秘的愿望用具："跳草打开一切门，撬开一切锁。……曼德拉草……有一种获得宝藏的特殊本领。吉利分尼或变换分尼是铜币，要是把它转动，每转动一次它会变出一个金币。强盗塔勒是一种金币，它每次都能回到主人身边，并且把它碰到的钱币一起带回。碟盘布是一种桌布，它会根据人们的要求，给自己摆上所有饭菜。绞架侏儒是一个瓶中的魔鬼，会干人们要它干的一切，会取来人们想要的一切。人们可以用钱买它，但只能用少于为它付的钱重新卖掉它。它的权力是，把最后一个因为价钱太低而不能再卖它的主人作为自己的财产带走。"

她十分痛苦，却没有声张。施莱米尔算错了时间，以为下个月的最后一天魔鬼就会出现，于是宣布下下个月的第一天要同米娜求婚，他以为到时候自己已经顺理成章地赎回了影子。不料施莱米尔不仅没有找回影子，恶仆拉斯卡还将主人没有影子一事宣扬出去，并上门将主人羞辱一番，之后辞职扬长而去。当米娜的父亲得知施莱米尔没有影子时，他坚决不允许施莱米尔娶自己的女儿，除非施莱米尔三天之内找回影子，否则他就把米娜嫁给前来求婚的拉斯卡。在施莱米尔绝望之际，那个灰衣人终于再次出现了，施莱米尔希望把神奇的袋子还给他，以换回自己的影子。灰衣人却开出了一个新条件：施莱米尔必须同意死后把灵魂交给灰衣人，方可换回影子。至此，灰衣人终于暴露出真实身份，原来他是魔鬼。施莱米尔震惊之余，不肯签署魔鬼递上来的合约，于是魔鬼又开始施展各种诱惑手段，对他百般纠缠。想着米娜要嫁给拉斯卡那个无赖，施莱米尔心如刀割，握着蘸血的羽毛笔正欲签下自己的名字，却突然陷入昏厥，醒来时米娜已经与拉斯卡完婚。施莱米尔心如死灰，他散尽家财，孤独一人去漫游世界，不想再与魔鬼有任何瓜葛。殊不知，施莱米尔带着魔鬼的钱袋，魔鬼拥有施莱米尔的影子，这是他们之间坚固的纽带，施莱米尔怎么都无法摆脱魔鬼的纠缠、诱惑。当施莱米尔得知约翰先生已与魔鬼签了约，此时他变形的头颅正放在魔鬼的袋子里时，施莱米尔惊恐地将魔鬼的吉利钱袋扔进了悬崖，并以上帝的名义要求魔鬼走开，从此与魔鬼决裂。后来，施莱米尔偶然在市集上买到一双旧靴子，不想这双靴子是能日行千里的"七里靴"。从此，施莱米尔穿着这双宝靴在全世界游走，他远离了嘲弄他的人间社会，回归到大自然的怀抱，潜心研究动植物，勘察地理，找到了内心的平静。又一次偶然的机会，施莱米尔生病住进了施莱米尔医院，见到了忠实的朋友本德尔和深爱的女子米娜。原来，本德尔用施莱米尔当初留下的钱财捐助了这家医院，救死扶伤，已成寡妇的米娜在这里帮忙，两人都虔心地为他们共同的朋友施莱米尔祈祷，并相信他现在一定过得更好。最后，施莱米尔在信中告诫读者：一个人要在人世间生活，首先要珍惜自己的影子，然后才是金钱。

沙米索以这个魔鬼合约的故事抨击了"金钱万能"的观念，这部作品也为作者赢得了国际性的荣誉。然而，对于它的体裁问题争论颇多，卫

第四章　魔鬼合约母题的结构分析

茂平在《彼得·施莱米尔卖影奇遇记》的译者前言中写道：

> 它在某种意义上是童话，作者沙米索本人更把它称为"儿童童话"。这不无道理，因为作品使用了出卖影子、幸福女神的吉利钱袋、隐形鸟巢、隐身小帽、七里靴以及魔鬼等神话中常见的母题，给作品的确添上了一层"奇妙的"色彩。但它又不是严格意义上的童话，因为这些童话母题在这部作品中缺少与神秘的童话世界的联系，作品的背景是现实的市民社会，主人公时时受制于各种社会关系。就是那个魔鬼，既没有魔鬼的长相，又缺乏必要的魔性，甚至说话也会脸红，事实上已人化。德国著名作家托马斯·曼认为这部作品"尽管有荒诞的特点，可是太严肃、太现代和太热情，无法归入童话的类型"，这也不无道理。有鉴于此，有人建议或称它为"中篇小说童话"，或称它为"童话中篇小说"，以左右兼顾。[①]

此外，托马斯·曼建议将《彼得·施莱米尔卖影奇遇记》称为"奇幻中篇小说"（die phantastische Novelle）[②]；德国学者乌尔（Paul-Wolfgang Wührl）更愿意把它叫作"现实童话"（Wirklichkeitsmärchen）[③]；而按照艺术童话（Kunstmärchen）[④]的定义，自然也可将这部作品归入艺术童话之列。笔者认为，人们之所以争论《彼得·施莱米尔卖影奇遇记》的体裁归属问题，其症结在于没有人可以断定作品中的魔幻元素、奇异元素应归入童话范畴更好，还是归入现实的表现方式为妙。

---

① ［德］阿德尔伯特·封·沙米索：《彼得·施莱米尔卖影奇遇记》，卫茂平译，北岳文艺出版社1998年版，第147页。

② Vgl. Mann, Thomas: Chamisso（1911）. In: Gesammelte Werke in 13 Bden. Bb. 9: Reden und Aufsätze 1. Frankfurt am Main: S. Fischer, 1960, S48.

③ Vgl. Wührl, Paul-Wolfgang: Das deutsche Kunstmärchen. Geschichte, Botschaft und Erzählstrukturen. Schneider Verlag: Baltmannsweiler, Hohengehren, 2012, S154.

④ Vgl. Reallexikon der deutschen Literaturwissenschaft. BandⅡ: H-O. hrsg. von Harald Fricke, Berlin; New York: de Gruyter, 2000, Kunstmärchen, S366-369.（Kunstmärchen: Prosaerzählung nach dem Muster oder mit Motiven des Volksmärchens, besonders durch Einbeziehung des Wunderbaren gekennzeichnet.）

（三） 自传性问题和影子问题

在《彼得·施莱米尔卖影奇遇记》这部作品中，被讨论最多的母题不是魔鬼合约，而是影子。关于影子母题的渊源流变问题，卫茂平在《彼得·施莱米尔卖影奇遇记》的译者前言中写道：

> 这个母题不是沙米索独创的，他以前的德国作家，比如维兰德和歌德，就已经处理过这个母题。而失去影子意味着被社会排斥的母题则同西班牙传说故事"萨拉曼卡的魔鬼"有亲属关系。这个传说故事已在 1690 年被介绍到德国。据说影子同灵魂的关系这个母题源自印度神话。①

让施莱米尔丢影子的想法产生于沙米索的一次旅行中：当时，沙米索弄丢了自己的帽子、旅行袋、手套、手帕和一切随身携带的活动用具，于是好友富凯问他，他是否把自己的影子也弄丢了。②施莱米尔把自己的影子像一件实物那样卖给魔鬼，这是故事的开端，无疑也是该作品最神奇的地方。影子作为人不可分割的部分，它给人很多不同的阐释空间。德国学者施万（Jürgen Schwann）在其博士论文《从〈浮士德〉到〈彼得·施莱米尔卖影奇遇记〉：沙米索作品的连贯性和延续性》（Vom〈Faust〉zum〈Peter Schlemihl〉: Kohärenz und Kontinuität im Werk Adelbert von Chamissos）中把人们对影子的阐释分成五类，分别是：影子象征着祖国；影子代表着家庭、婚姻等；从社会政治学角度看影子；影子的心理学含义；影子在文本内的具体意义。就《彼得·施莱米尔卖影奇遇记》这部作品来说，研究者往往喜欢将其作为沙米索的自传作品来分析，那么施莱米尔就是沙米索，影子等同于祖国，施莱米尔出卖了影子也就等同于沙米索背叛了祖国。也有学者从自传性角度出发，将影子解读为身份认同，丢了影子则

---

① [德] 阿德尔伯特·封·沙米索：《彼得·施莱米尔卖影奇遇记》，《闵希豪森奇游记》，卫茂平译，北岳文艺出版社 1998 年版，第 151 页。

② Vgl. Fischer, Robert: Adelbert von Chamisso: Weltbürger, Naturforscher und Dichter, Erika Klopp Verlag, Berlin; München, 1990, S116.

第四章 魔鬼合约母题的结构分析

意味着失去身份认同。此外，比较具有代表性的观点还有将影子阐释为外在的荣誉（äußere Ehre）、不确定的东西（Nichts Bestimmtes）等。[1]

　　研究者从自传性的角度入手，将彼得·施莱米尔的神奇故事与沙米索的实际经历结合起来，甚至等同于沙米索的真实人生故事当然有其根据。希齐希[2]在为《彼得·施莱米尔卖影奇遇记》写的前言中提到，这部作品产生于作者一生中的一个重要时期。1813年，俄普军事联盟对抗法国的解放战争爆发，当年由法国逃往德国的沙米索原本就缺乏归属感，此时更觉身份尴尬，德法两国持续不断的战争对他来说自然是长久的折磨。即使怀揣一颗真正的德国心，身在反对拿破仑和法国的同盟中心柏林，沙米索耳闻目睹人们对他同胞的憎恨和讽刺，眼看战争演变为反对他出身其中的民族，沙米索不可避免地陷入更令人绝望的窘境。[3]沙米索在日记中写道："1813年发生的事，我虽没有资格参加——我已经没有祖国了，或者说还没有祖国——，它们撕碎了我，但却没有让我偏离自己的道路。"[4]随着德国国内的爱国主义情绪高涨，骚动不安的柏林对于沙米索越来越危险，在好心的朋友们的帮助之下，沙米索于1813年离开柏林，去平静的乡下庄园避难。在伊策普利茨伯爵的庄园逗留期间，诗人一方面得以完全投身于他所喜爱的植物学研究，另一方面产生了写作《彼得·施莱米尔卖影奇遇记》的想法，并一气呵成。沙米索的出身背景、个人经历加上这部作品产生的特殊时间使研究者的自传性角度有了充分的理由，因此把出卖影子阐释为背叛祖国、失去身份认同的做法显得合情合理。然而，对于影子的寓意，沙米索本人反对任何相关的阐释，他坚持说自己当初写这个故事纯粹

---

[1] Vgl. Schwann, Jürgen: Vom 〈Faust〉 zum 〈Peter Schlemihl〉: Kohärenz und Kontinuität im Werk Adelbert von Chamissos, Gunter Narr Verlag Tübingen, 1984, S36-38。

[2] 希齐希（Julius Eduard Hitzig, 1780—1849），出版家、作家、传记作者，沙米索的朋友。

[3] ［德］阿德尔伯特·封·沙米索：《彼得·施莱米尔卖影奇遇记》，《闵希豪森奇游记》，卫茂平译，北岳文艺出版社1998年版，第226页。

[4] Vgl. Fischer, Robert: Adelbert von Chamisso: Weltbürger, Naturforscher und Dichter, Erika Klopp Verlag, Berlin; München, 1990, S109. 德文原文为: Die Weltereignisse vom Jahre 13, an denen ich nicht tätigen Anteil nehmen durfte-ich hatte ja kein Vaterland mehr, oder noch kein Vaterland-, zerrissen mich vielfältig, ohne mich von meiner Bahn abzulenken.

是为了娱乐好友希齐希的妻儿，别无其他。在为 1838 年出版的《彼得·施莱米尔卖影奇遇记》新版法语译本的前言中，沙米索写道：

> 眼前这个故事落到了深思熟虑的人手中，他们习惯了为了得到教益而阅读。他们感到不安，这个影子究竟意味着什么。好些人对此提出了奇特的假设；另外有些人，一方面对我表示敬意，把我视为比实际的我更有知识的人，另一方面请教我，以便通过我得到消除他们疑虑的答案。他们用来纠缠我的问题使我为自己的无知而脸红。他们促使我，把一个我至今还不了解的对象排入我的研究范围。我投身于深奥的研究中，其结果我打算在这里录下。"关于影子。一个不发光的物体只能部分地由一个发光体照亮。处于无照明部分一边的无光空间，就是人们称之为影子的东西。"①

作者与研究者各执一词，那么影子究竟意味着什么？大概无人可以提供一个准确的答案。笔者认为，与影子象征着祖国、身份认同相比，这个难以名状的影子在作品中有着不确定性的、更加丰富的含义。当施莱米尔请著名的画家为他画一个假影时，画家却说："谁没有影子，就别走进阳光。这是最明智和最保险的办法。"影非光，却由光而生，失去影子的可怜人因此也要失去阳光？一个人拥有影子是自然而然的事情，或许鲜有人考虑有一天会丢了影子，若真的丢了，会怎么样？月光下，芳妮发现施莱米尔没有影子，她昏厥过去，然后以最快的速度逃走。在几分钟之前觥筹交错的宴席上，芳妮不是还对这位"幽默又有头脑的"高贵先生眉目传情吗？甚至期许能同结连理。影子的魔力竟然把沉醉爱河的女子吓得昏死，之后夺路而逃，甚至顾不上社交礼仪，也丝毫不留恋原本美好的郎情妾意。丢了影子的施莱米尔痛苦、孤独，不敢与人言，连忠厚老实的仆人本德尔他都惧怕，但他最终鼓起勇气告诉了他最亲近的人："本德尔，世界，它已下了驱逐我的判决。就是你也可能会离我而去，要是你知道我那

---

① 转引自 [德] 阿德尔伯特·封·沙米索《彼得·施莱米尔卖影奇遇记》，《闵希豪森奇游记》，卫茂平译，北岳文艺出版社 1998 年版，第 227—228 页。

第四章　魔鬼合约母题的结构分析　163

Peter Schlemihls wundersame Geschichte；Radierung von G. Cruikshank，1827

图片来源：https：//de. wikipedia. org/wiki/Peter_ Schlemihls_ wundersame_ Geschichte。

可怕的秘密：本德尔……我没有影子!"在那个金钱至上的时代，人们更愿意崇拜金钱而不在乎金钱来自何处的时代，卖影子这件事为何会变得如此让人难以启齿？对施莱米尔来说，可怕的不仅是丢影子这个秘密本身，他更怕得知秘密的人纷纷离他而去。影子这个看似无足轻重、可有可无的东西，一旦失去，却让人成了另类、怪物，人因此而与同类隔绝、被同类孤立、被社会抛弃。没有影子的施莱米尔面对米娜的爱情时自责、内疚，他渴望能赎回影子，成为完整的自己，配得上纯洁、善良的米娜，然而事与愿违。米娜的父母劝说她为钱嫁给拉斯卡，他们一点都不在乎拉斯卡曾经是施莱米尔的仆人，而且道德败坏，靠偷主人的金子发家致富，只因为拉斯卡"有个无可指摘的影子"。金钱可以给人带来奢侈的物质享受、提高人的社会地位、让人因此声名远扬、受到尊敬和爱戴，所到之处人们都趋之若鹜，然而金钱的一切神话、包括纯真爱情的力量都抵不过一个轻飘飘的影子。影子到底意味着什么？与魔鬼决裂的施莱米尔漫游时遇到一位年迈的农夫，农夫说："没有影子，这太可怕了！先生患的是一种可怕的病。"在朴实的农夫眼中，丢了影子等同于患了可怕的病，而希齐希在前言中假借王子之口说"盛名仅是一个影子"，然而希齐希认为"就算盛名仅是一个影子，没有影子毕竟并不赏心悦目"。沙米索在创作的过程中将笔下的人物施莱米尔视为老朋友，在给老朋友的信中施莱米尔写道：

> 影子究竟怎么了？我想问，
> 就像人们也常常问我一般。
> 为什么人们如此热情地称赞它，
> 使得这邪恶的世界不愿把它扔下不管。
> ……
> 我们往往赋予影子生命，
> 如今看着生命作为影子消失。①

或许由于影子独特、买不到、一出生就被随机赋予人，所以它对施莱米尔如此的重要。笔者认为，影子对于沙米索来说意味着什么则并不重要，更重要的是它对读者来说意味着什么。这大概是该书的成功之处：《彼得·施莱米尔卖影奇遇记》潜藏着一个秘密，每个读者都能用自己个人的方式去解开的秘密。

抛开影子问题，沙米索在这部作品中还放入了更多的自传性因素。沙米索本人曾于1812年10月在柏林大学注册，以31岁的年龄开始学习动植物学等自然科学，11月在写给罗莎·玛丽亚的信中沙米索说："通过我所做的事情，我与自己的天性真正达到了更高层次的和谐统一。"②完成《彼得·施莱米尔卖影奇遇记》不久，沙米索就作为自然研究者登上一艘俄国探险船，进行长达三年的世界航行。对这次旅行中搜集到的植物、动

---

① [德]阿德尔伯特·封·沙米索：《彼得·施莱米尔卖影奇遇记》，《闵希豪森奇游记》，卫茂平译，北岳文艺出版社1998年版，第225页。

② Vgl. Fischer, Robert: Adelbert von Chamisso: Weltbürger, Naturforscher und Dichter, Erika Klopp Verlag, Berlin; München, 1990, S108. 德文原文为："Ich bin wirklich durch das, was ich getan, mit meiner innern Natur in bessere Eintracht gekomen", schrieb er im November 1812 an Rosa Maria。

物和人类学材料的研究,一直持续到他生命的结束。由此,沙米索也成了19世纪植物地理学界得到承认的权威之一。①更巧合的是,作品中施莱米尔忠实的仆人名叫本德尔,而沙米索在军中做少尉时的仆从也叫本德尔。②沙米索的另一个作家好友霍夫曼(E. T. A. Hoffmann)索性画了如下这张漫画:

Chamisso als Schlemihl 沙米索作为施莱米尔

Schlemihl reist zum Nordpol (Karikatur E. T. A. Hoffmanns auf die Forschungsreise Chamissos 1816) 图片来源 (Fischer, Robert: Adelbert von Chamisso: Weltbürger, Naturforscher und Dichter, Erika Klopp Verlag, Berlin; München: 1990, S119.)

(四)魔鬼合约母题:从《浮士德》到《彼得·施莱米尔卖影奇遇记》

或许是因为《彼得·施莱米尔卖影奇遇记》名声太大的缘故,它的作者沙米索也写过独幕剧《浮士德》(Faust. Ein Versuch, 1804)这件事相对来说少有人知,但有一点不容忽视,即《浮士德》与10年之后的《彼得·施莱米尔卖影奇遇记》有着共同的母题:魔鬼合约。学者施万(Jürgen Schwann)在其博士论文《从〈浮士德〉到〈彼得·施莱米尔卖

---

① [德]阿德尔伯特·封·沙米索:《彼得·施莱米尔卖影奇遇记》,《闵希豪森奇游记》,卫茂平译,北岳文艺出版社1998年版,第150页。

② Vgl. Fischer, Robert: Adelbert von Chamisso: Weltbürger, Naturforscher und Dichter, Erika Klopp Verlag, Berlin; München: 1990, S113.

影奇遇记〉：沙米索作品的连贯性和延续性》中认为，在《浮士德》和《彼得·施莱米尔卖影奇遇记》之间存在着非常紧密的联系，在阐释分析《彼得·施莱米尔卖影奇遇记》时应把《浮士德》看作通向这部著作的早期作品的代表，因为这两部作品不仅处理了相同的魔鬼合约母题，而且都从伦理哲学的角度出发，对善、恶二元论这个主题进行了探讨。[1]施万还把《彼得·施莱米尔卖影奇遇记》归入浮士德主题（Faustthema）的作品之列，认为《彼得·施莱米尔卖影奇遇记》是沙米索的未成作品《浮士德》的延伸和再创作。除了魔鬼合约这个共同母题之外，《浮士德》和《彼得·施莱米尔卖影奇遇记》都涉及的还有自由母题、诱惑母题、过失母题、漫游母题和双影人母题。两个主人公都渴望自由、追求幸福，不同的是浮士德为了打破束缚，为了自由求助于魔鬼，沙米索却让施莱米尔因为要自由而与魔鬼决裂；浮士德与魔鬼签约，借此获得自己想要的知识，施莱米尔摆脱了魔鬼之后才能投身于自己钟爱的自然科学研究；浮士德为了实现自己的追求不顾一切代价，包括灵魂，施莱米尔却在第一次魔鬼合约时就已经后悔出卖了影子，因此拒绝将自己的灵魂出让给魔鬼，最终以失去影子的代价保有了灵魂；两个人在追求幸福的路上，一个有意、一个无意地求助了魔鬼，之后都曾在财富和权力的旋涡中迷失，结局大相径庭：一个跟着魔鬼走向自我毁灭，一个通过努力得到自我救赎。

二 魔鬼合约的塑造

（一）魔鬼形象：灰衣人

在《彼得·施莱米尔卖影奇遇记》中，魔鬼出场时身穿灰色长袍，是个"沉默寡言、身材瘦削细长、稍稍上了年纪的男子"[2]。灰衣人尽心尽力地为富商托马斯·约翰及其客人服务，从他那神奇的口袋中掏出医用胶布、望远镜、土耳其地毯、华丽的帐篷、三匹鞍具齐全的骏马等所需物

---

[1] Vgl. Schwann, Jürgen: Vom 〈Faust〉 zum 〈Peter Schlemihl〉: Kohärenz und Kontinuität im Werk Adelbert von Chamissos, Gunter Narr Verlag Tübingen, 1984, S16.

[2] ［德］阿德尔伯特·封·沙米索：《彼得·施莱米尔卖影奇遇记》，《闵希豪森奇游记》，卫茂平译，北岳文艺出版社1998年版，第154页。以下引文均出自该译本，不再分别标注。

品，可谓本领超凡，然而他却丝毫没有恃才傲物，而是以极尽谦卑、甚至低三下四的姿态满足宾主的一切愿望，他经常"谦卑地躬身"、"谦恭地弯腰"、"深深地鞠躬"。而且，宾主对他越是熟视无睹、不屑一顾，他反而越"窘迫、恭顺"。对于这么一个本分、低调的仆从，人们似乎应该非常满意，且引以为豪，或许这正是灰衣人的目的和职责所在：供人随意差遣，让人尽情享受财富和权力。然而，初来乍到的穷小子施莱米尔看着灰衣人却"感到害怕"，甚至"无法继续忍受"，于是悄悄离开人群。在初次见面的施莱米尔面前，魔鬼又将自己木讷的一面发挥到了极致，他"立刻摘帽，躬身施礼"，显得"非常局促不安，眼睛也不敢抬一下，又几次躬身施礼"，终于"用低低的、缺乏自信的嗓音"同施莱米尔攀谈，但"语调就像一个乞丐"。灰衣人恨不得卑微到尘埃里，这让原本身份低贱的年轻人施莱米尔受宠若惊，进而慢慢消除了之前的惊讶、恐惧，放松警惕地参与到魔鬼的游戏之中。当施莱米尔在哗哗响地金子面前终于经不起诱惑，当机立断答应用自己的影子换取灰衣人的吉利钱袋时，灰衣人"毫不迟疑地"在他跟前跪下，迅速地卷起影子、塞入口袋，临了，仍然彬彬有礼地再次向他"躬身施礼"。若是这些描写出现在别处，笔者定会以为灰衣人是个谦谦君子，然而在《彼得·施莱米尔卖影奇遇记》中，灰衣人的谦恭到此为止，一切都是假象。

一旦施莱米尔出卖了自己的影子，灰衣人立刻占了上风，在双方的较量中占据主导地位。首先，他按自己的策略逃之夭夭，消失得无影无踪，施莱米尔派去寻找其下落的本德尔得到的结果是："约翰先生手下的人中，没有一个哪怕还能隐约地回忆起那个灰衣人。"他甚至还委托本德尔传说给主人说"告诉您的主人彼得·施莱米尔，他在这里不会再见到我，因为我要远渡重洋，一阵顺风正唤我去港口。不过一年后的今天我将荣幸地再次拜访他，并且向他建议做一桩也许更令人愉快的买卖"，而且当然没有让本德尔认出他就是施莱米尔寻找的灰衣人。灰衣人老谋深算，让因失去影子而遭受嘲弄、排挤的施莱米尔慢慢痛苦个一年半载，施莱米尔越是受折磨，拿回影子的愿望就越迫切，到时候才能不顾一切代价，包括出让自己的灵魂。显然，灰衣人不再谦卑有礼，而是计谋得逞。忠厚老实的本德尔立即去港口追寻灰衣人，但灰衣人像一个影子那样消失得踪迹全无。正是因为魔鬼狡猾地消失，施莱米尔才从假象中醒悟，表示"从这件事上，我看出这个陌生人不近情理的天性"。在接下来的一年中，灰衣人虽然没有出现，但故事的进展都在其操控之中，他还安排了得力的帮手拉斯卡，共同将施莱米尔推向崩溃的边缘。恶仆拉斯卡一开始就知道施莱米尔没有影子的秘密，他处心积虑地接近施莱米尔，获得信任后就开始偷盗主人的金钱，以此积累财富。正当施莱米尔等待魔鬼出现，赎回影子之后立即向米娜求婚的关键时刻，拉斯卡将主人没有影子的惊天秘密嚷嚷出去，并上门当面揭穿、质问主人，狠狠地讥讽、羞辱了施莱米尔之后，拉斯卡假装清高地辞职而去，表示不愿意为一个没有影子的可怜人效劳。事实上，这个恶仆靠偷盗宽容的主人而富了起来，他用自己的财产说服了米娜的父母，要娶米娜为妻。从魔鬼合约的母题史来看，像拉斯卡这样的恶人不管有没有那一纸魔鬼合约，他的恶行已决定了他与魔鬼为伍的道路，以及终究落入魔鬼之手的命运，该文本正好也证明了这一点：灰衣人对施莱米尔说"那个出卖您并向您未婚妻求婚的拉斯卡由我处置，这个家伙该受惩罚了"；在诱惑施莱米尔签约时，魔鬼又提到"让拉斯卡吊上绞架荡秋千"。

施莱米尔没有影子的事情传播开来，林务官给他下了最后通牒，拉斯卡迫不及待等着要娶他深爱的米娜，施莱米尔陷入痛不欲生的尴尬境地，灰衣人瞅准时机，就在此时第二次现身，单刀直入，表示要"挽救"施莱米尔。施莱米尔准备把吉利钱袋还给灰衣人，换回影子，不料被拒绝，灰衣人表示"仅向您请求得到一件微不足道的东西作为纪念"，并"劳驾您给我在这张纸上签个名"。灰衣人到处跟人做生意，自然有着生意人的精明和狡猾，故意把自己所求的"灵魂"说成"微不足道的东西"，让施莱米尔觉得解脱之事如此简单可行。但是，听说"灵魂"二字，施莱米尔立刻警觉起来：

"您究竟是谁？"我终于问他。——"这有什么关系，"他回答，"难道认不出我？一个可怜的魔鬼，同时也是某种类型的学者或万能博士，为了那些杰出的本领却没有受到朋友们好好的感谢。他自己在地球上除了进行那少许的试验外没有任何乐趣——不过还是请您签名吧。右下方：彼得·施莱米尔。"①

至此，灰衣人亮出了魔鬼的真实身份，仍不忘装出一副可怜兮兮、谦虚内敛的样子。然而，深受其苦的施莱米尔不愿再与魔鬼交易，魔鬼一方面表示惊讶，另一方面大放厥词，发表灵魂无用论，把灵魂说成一个没人见过、"不明大小、稀奇古怪、不知道死后有什么用"的东西，并嘲笑施莱米尔竟为此而放弃真实可感、对他一往情深的米娜，眼睁睁看着她任凭无赖拉斯卡摆布。魔鬼游说的技巧一流，游说的内容也正中要害，俨然是个厉害的说客。看对方仍然无动于衷，魔鬼好心而体贴地建议，他还可以把隐身小帽借给施莱米尔，亲自带他去米娜家中看看情况。施莱米尔一再拒绝魔鬼的提议，魔鬼就反复讥笑、讽刺、嘲弄施莱米尔，跟第一次出场时腼腆的绅士早已判若两人，对施莱米尔来说他是"面目可憎的伪君子、满脸讥讽神情的恶魔"。魔鬼当然不肯善罢甘休，他不停地纠缠施莱米尔，展开一轮又一轮的诱惑攻势：先是把施莱米尔的影子拿出来展示一番，再引导施莱米尔想象一下他那无辜、善良的情人米娜重回怀抱的美妙感觉，之后巧妙地安排施莱米尔得到隐形鸟巢、目睹情人苍白憔悴，甚至假扮路人向施莱米尔大谈财富的力量、被识破之后又提议：

我愿意在结伴的这段时间把您的影子借给您，而您为此得容忍我留在您的近处。您的本德尔已不在您的身边，我愿意为您好好效力。您不喜欢我，这让我感到遗憾。不过您还是可以利用我。魔鬼并没有像人们画得那么黑。②

魔鬼这么卖力地表现，并非完全没有成效，面对越发强烈的诱惑，施

---

① ［德］阿德尔伯特·封·沙米索：《彼得·施莱米尔卖影奇遇记》，《闵希豪森奇游记》，卫茂平译，北岳文艺出版社1998年版，第185页。

② 同上书，第200页。

莱米尔有一次差一点签约，不料突然陷入昏迷，后来施莱米尔也曾"感到一阵眩晕，诱惑力太大了"，甚至"听着这个伪君子的话，心在诱惑和坚强的意志间被分成两半"。诱惑失败，魔鬼被施莱米尔的忠仆本德尔追着打骂，但他"似乎习惯了别人这样对待他，低着头，拱起肩，一声不吭地以平稳的步子"消失了。为了即将到手的灵魂，魔鬼仍然没有放弃，又开始对施莱米尔推心置腹、苦口婆心地"开导"：

您不喜欢我，我的先生，您恨我。不过您为什么恨我？……事实上我的想法没有您这么死板；我仅仅行动，正如您仅仅思考一样。难道我什么时候曾用手卡住您的喉咙，以便把您那最宝贵的、我对此有兴趣的灵魂夺到手？①

魔鬼用这段话提醒施莱米尔注意：与魔鬼交易是他心甘情愿的，而魔鬼是无辜的，施莱米尔不应该盲目地憎恨魔鬼，更不应该因此而拒绝签约，以致使第二次交易无法继续进行。同时，魔鬼使用心理战术，让施莱米尔觉得出卖影子、出卖灵魂并不是什么见不得人的事，施莱米尔并不孤单，因为魔鬼"今天又抓了两个影子"。比魔鬼更顽固的是施莱米尔，利诱不成，魔鬼无奈地进行威逼，他警告施莱米尔"我俩不可分离。您有我的金子，我有您的影子；这让我们双方都不得安宁"；之后他的恐吓更加直白，"即使蛀虫马上把您的影子吃尽，它还会是我们之间一根结实的纽带"，也就是说，只有通过和魔鬼签约这一条路，施莱米尔才能拿回影子，才能摆脱魔鬼无休止的纠缠。看得读者都不得不佩服魔鬼的步步为营，愈挫愈勇，坚忍不拔！当施莱米尔看见与魔鬼签约的托马斯·约翰的残酷下场时，惊魂甫定，毅然决然地将魔鬼的钱袋抛入深渊，并以"上帝的名义要求你从这里消失"，魔鬼不得不"阴沉着脸站起身子，立刻在邻接荒野的岩石后消失不见"，施莱米尔最终得以与魔鬼决裂。

在这个魔鬼合约故事中，根据各个阶段的不同策略、不同目标，魔鬼

---

① ［德］阿德尔伯特·封·沙米索：《彼得·施莱米尔卖影奇遇记》，《闵希豪森奇游记》，卫茂平译，北岳文艺出版社 1998 年版，第 203 页。

频繁地变换自己的形象和角色,从谦卑有礼的绅士到趾高气扬的嘲笑者,从老奸巨猾的诱惑者到唯唯诺诺的仆人,从推心置腹的合作者到凶相毕露的恐吓者,不一而足,但其最终目的只有一个:逼迫施莱米尔就范,签署魔鬼合约。对此,施莱米尔也早已洞悉:

> 我那位奇特的随从自称是我这个世界首富的低贱的仆人。他非常殷勤周到,异常机智敏捷,对一位有钱人来讲,的确是仆从的真正典范。但他不离我的左右,不停地数落我,一直表现出有最大的信心,以为即使仅仅为了摆脱他,我最终也会同他达成有关影子的交易。①

(二) 与魔鬼签约者:彼得·施莱米尔

"施莱米尔"(Schlemihl)这个词在德语中有"(由于自己的愚笨,一切事情都)很不顺利的人,倒霉的人"之意,而沙米索在《彼得·施莱米尔卖影奇遇记》的附录里给希齐希的信中也写道:"你会记起某个叫彼得·施莱米尔的人吗,你早年在我这里见过他几次。那是个腿长长的小伙子,人们以为他不太聪明,因为他笨手笨脚,并且由于无精打采被人视为懒惰。"②正是这样一个年轻人,他总是穿着"一件已完全穿旧的黑色短外衣",被人看不起。故事开始时,他到达陌生的港口城市,走入一家"最近和最寒碜的客店",换上他最好的衣服——"那件最近翻新的黑上衣",便拿着推荐信去拜访当地的富翁托马斯·约翰先生。在大腹便便、自满自得的约翰先生面前,施莱米尔则自惭形秽、唯唯诺诺,甚至连约翰说出"谁要是没有至少一百万,他就是一个无赖"这种话时,施莱米尔都立即阿谀奉承地附和,生怕惹了财主不高兴。对于自己的穷困,施莱米尔颇为自知,因此当约翰先生邀他与其他客人一起在花园散步的时候,他"踉跄在后,没打扰任何人"。他知道分寸,因为他的内心极其自卑。他看见灰衣人变戏法一样地从口袋里掏出各种东西时,虽然惊讶万分,却竭力掩饰

---

① [德] 阿德尔伯特·封·沙米索:《彼得·施莱米尔卖影奇遇记》,《闵希豪森奇游记》,卫茂平译,北岳文艺出版社1998年版,第201页。

② 同上书,第218页。

自己，假装和别人一样不动声色，他想问，但是他"怕那些被伺候的老爷们，但似乎更怕那些伺候人的奴才"，所以最终决定靠近一个他认为"威望较低的年轻人"。施莱米尔就这样小心翼翼地应酬，如履薄冰，但由于对灰衣人的恐惧，他打算适时溜走。他从约翰先生的态度、当时所处的场合已经可以判定，他那微不足道的事情当天得不到解决，他掩饰着自己的落寞，准备悄然退场。

施莱米尔被灰衣人尾随，因此他"吓了一跳"，他以为自己是个无足轻重的存在，他的退场不会被任何人留意。当灰衣人在他面前摘帽、躬身施礼时，他说出了自己的心声："还没有人曾在我面前把腰弯得这么低。"灰衣人的谦卑无疑在刹那间动摇了施莱米尔长久以来的自我认知，因此他"满怀恐惧，两眼直直地望着他，就像一只被蛇迷住的小鸟"。双方经过一番交流，魔鬼提出用宝物交换施莱米尔那"美丽的、美丽的影子"，一开始施莱米尔有些发懵，但当魔鬼提到"幸福女神的吉利钱袋"时，他"头晕目眩，眼前就像有双杜卡特①在闪闪发光"。魔鬼趁机递上神奇的钱袋请施莱米尔试用，验证了钱袋里的金币确实取之不尽，施莱米尔迅速地把手递给魔鬼，以示生意成交。干脆利落、毫不迟疑，施莱米尔就这样出卖了自己的影子。魔鬼深谙诱惑之道，他了解囊中羞涩的施莱米尔自卑的心理，知道如何取信于这样一个涉世未深的青年，这是这笔交易如此顺利、快捷的外在原因。施莱米尔穷困、卑微，然而他深知金钱在当时社会中的魅力，甚至相信金钱无所不能，所以才在金钱与影子的交易面前果断地做出选择，这是他与魔鬼交易的内在原因。失去影子而拥有无尽的金钱的施莱米尔当时觉得"周围的世界阳光明媚"，以为从此以后自己的道路不再逼仄，他或许还想到了平步青云、跻身上流社会，而对影子这件无关紧要的小事"心中还没有知觉"。

施莱米尔从突如其来的巨大幸福中清醒，贴身藏好自己的神奇钱袋，赶紧离开"事发现场"。就在回去的路上，那些发现施莱米尔没有影子的人，或好心，或同情，或嘲笑，或恶意地朝他嚷嚷，开始对他评头论足，

---

① 杜卡特，金币名，在德国流通到19世纪下半叶（据原注）。

他不知所措,为了摆脱这些人,他朝他们扔金子,用金钱打发他们。尽管如此,这还是引起了他内心的恐慌,他伤心地痛哭起来,并且产生了预感:

> 在世界上,金钱越胜过事业和道德,影子也就越比金钱更为人看重;正如我以前为了良心牺牲财富一样,现在我纯粹为了金钱交出了影子;我在世界上还能、还会怎么样![1]

这段内心独白道出了施莱米尔与灰衣人交易的动机和交易后的懊悔,此后,施莱米尔时而享受金钱带来的幸福,时而对金钱厌恶、憎恨,正是因为财迷心窍他才丢了自己的影子,施莱米尔对金钱的矛盾态度几乎贯穿了半部书。交易回来的施莱米尔身价倍增,他已"不想再踏入那个糟糕的旅馆房间",对自己跋山涉水带来的随身物品,他也是"厌恶地接过那包寒碜的行李",然后"命令马车驶向最高级的饭店"。失去影子的施莱米尔却无法尽情享受"最高级的饭店"提供的舒适、愉悦,而是"以最快的速度把自己锁在最好的房间里",伴随"勃然而起的欲火般的狂怒",他"拿出许许多多的金币,抛洒、踩踏、使它们咯咯作响……直到自己疲惫不堪,躺在金币上睡着",而醒来之后,施莱米尔又"带着反感和厌恶的心情把金币从身上拨开",想到自己不久前还用它们来满足"那愚蠢的心",他又开始愠怒万分。就这样,施莱米尔对金钱爱恨交织的矛盾心理反复出现。施莱米尔不能承受失去影子之痛,派忠仆本德尔去寻找灰衣人,临行前他拿出许多"如何承受都是一种负担的金币",对本德尔说,"这些东西能铺平许多道路,使许多看似不可能的事变得可能",施莱米尔正是在这样一个金钱"使许多看似不可能的事变得可能"的社会中迷失。而这个社会崇拜金钱,却不爱过问金钱来自何处;就灰衣人的去向一事本德尔询问了约翰先生的仆人,仆人们"夸耀主人的富有",但并不知道主人"什么时候起有了这些新的贵重物品",而且透露了主人"喜欢这

---

[1] [德] 阿德尔伯特·封·沙米索:《彼得·施莱米尔卖影奇遇记》,《闵希豪森奇游记》,卫茂平译,北岳文艺出版社1998年版,第160页。

些东西，但毫不在乎自己从哪里得到它们"。总的来说，此时的施莱米尔对待金钱仍然持谨慎、保留的态度，他"躺在金钱旁却感到饥饿"，"无心渴求金钱，而是诅咒它"，因为他认为是金钱使他"同一切生活隔离"，但得知灰衣人一年以后才会出现，施莱米尔开始越来越大胆地享受财富带来的荣誉，甚至不惜辅以欺诈手段。施莱米尔在本德尔的帮助下重新开始以有钱人的身份社交，且"表现出许多脾气特点和各种情绪"，因为这些"适合有钱人"，他以此"享受这金钱带来的各种荣誉并获得人们的尊重"。为了不暴露自己没有影子的问题，施莱米尔不得不频繁地更换停留的地点，由于他不愿让人知道姓名，却使那些上流社会人物对他产生了好奇，他们捕风捉影，揣测气派的施莱米尔是以伯爵的名义周游全国的普鲁士皇帝，施莱米尔于是顺水推舟，很得意地以彼得伯爵自居。后来谣言澄清，但施莱米尔继续以假乱真，冒充"某个神秘的国王"。其间有人想与施莱米尔竞争，他就用自己取之不竭的金钱打败了对手，使其破产，为此施莱米尔享受到了报复的快感，之后继续在该地"大摆王家场面，大肆挥霍，凭此征服了所有人"，可见施莱米尔的野心和欲望无限膨胀，对金钱沉迷到不能自已的地步。但同时他的心态是消极的、矛盾的，夜深人静之时，他觉得自己"仅仅是个富有、但非常可怜的人"。

有了源源不断的金钱，施莱米尔不仅没有获得真正的幸福，反而觉得恐怖、绝望，常常感叹自己被整个世界抛弃了，这也是贯穿大半部书的悲伤基调。第一次被人嘲笑没有影子时，施莱米尔痛哭流涕，处于"最可怕的绝望中"，但他不甘心让自己一直置身于如此尴尬的境遇，于是鼓起勇气走出去，想再次检验公众的舆论，彼时他"浑身颤抖着像个罪犯"。结果自然是让他失望的，此后他多次"心如刀割""彻夜未眠""更可怕地感到绝望"。可怜的施莱米尔甚至想请城里最有名的画家帮他画一个假影子，出于自卑他谎称是一个朋友丢了影子，然而画家却用"锐利的目光"望了他一眼，并抛出一句"谁没有影子，就别走进阳光"的话，施莱米尔如芒刺在背，"无法承受这种目光"。邂逅米娜，两人一见钟情，由于没有影子，在深爱的人面前施莱米尔"无法越过这道鸿沟"，想靠近米娜，他又自责，觉得自己"带着狡猾的私心毁灭着这个天使"。之后，米娜在月光下发现了施莱米尔没有影子，因深爱着他，米娜并没有声张，然而施莱米尔无法忍受，他"心情沉重"，继而离开了她。本该终成眷属的有情人，由于恶仆拉斯卡从中作梗，将主人的秘密广而告之，虽然施莱米尔履行了诺言，"像罪犯面对法官那样去林务官家的花园中现身"，却无法避免曲终人散的悲剧。整个过程中，施莱米尔一直带着强烈的被排斥、被抛弃的情绪，时时抒发自己心中的苦闷，一度嗅到了死亡的气息，或者说他感觉自己虽生犹死。早在施莱米尔第一次以富贵之人的身份与人社交却不慎自我暴露、仓皇出逃时，他就在独白中说道："上帝离我而去"；恶仆拉斯卡当面揭穿了主人的谎言，且狠狠羞辱了他，施莱米尔"沉重的叹息，心中预感到了死亡"；得知无法赎回自己的影子、即将失去挚爱之人，施莱米尔"脚步踉跄地离开，世界之门仿佛在身后关闭"，施莱米尔被赶出世界、逐出人类社会的感觉一次比一次更强烈；终于，与魔鬼再次交涉失败，施莱米尔像"大山中一只受惊的野兽，胆怯地躲避人群"，他表示"不想再回到人间去"。最后，施莱米尔决定不再连累忠厚的本德尔，独自一人漫游世界：

> 我再次拥抱这个泪人，翻身上鞍，在夜幕遮掩下离开我生命的坟墓，毫不在意马儿会把我驮向哪条道路；因为我在世上既无目标，也无愿望，更无希望。①

尽管施莱米尔曾因贫穷而自卑，曾因财富而出卖影子，曾自欺欺人地游戏人间，曾行尸走肉地活着，但他的心中尚有理智存在，尚有骄傲残留。当灰衣人亮出魔鬼的身份，要求施莱米尔用灵魂换回影子，震惊之余施莱米尔果断地拒绝了，他认为用灵魂换影子的交易"在某种程度上有些可疑"。魔鬼讽刺他、引诱他，甚至愿意把隐身小帽借给他，让他亲眼得见情人的悲惨境遇，施莱米尔在魔鬼的摆弄下"感到十分羞愧"，进而对魔鬼充满了憎恨、厌恶，因此他无论如何都不愿与魔鬼为伍。得知魔鬼的

---

① ［德］阿德尔伯特·封·沙米索：《彼得·施莱米尔卖影奇遇记》，《闵希豪森奇游记》，卫茂平译，北岳文艺出版社1998年版，第198页。

真实身份，施莱米尔对卖影子一事已经"后悔莫及"，他请求魔鬼"看在上帝的份上，收回这桩买卖"，遭到魔鬼拒绝，施莱米尔表示"再也不卖任何东西"给他，也就是说施莱米尔绝不出卖自己的灵魂。魔鬼不肯罢休，将施莱米尔的影子拿出来诱惑他签字，但施莱米尔看着魔鬼摆布自己的影子时感触到："我的影子不得不同样听他指挥，迁就和顺从他的一切动作"，由此，施莱米尔可以预知，若是将灵魂卖给魔鬼会是什么样的下场，灵魂会像影子一样任由魔鬼玩弄于股掌之间，那么施莱米尔的命运亦将如此。面对魔鬼的反复纠缠、多次诱惑，施莱米尔动摇过、挣扎过，但好在他没有继续迷失，而是吃一堑长一智，最终没有在那羊皮纸上写下自己的名字。施莱米尔对自己把影子卖给魔鬼的行为作了反省：

> 我本人对自己也感到非常失望，因为是我自己在心中培养了痈疽。……亲爱的朋友，谁只要轻率地偏离笔直的大道，就会立刻被引入把他往下、不断往下牵扯的小径；他会徒劳地看着北斗星在天边闪烁，没有别的选择，只能不停地顺着斜坡往下滑，成为娜美西丝①的牺牲品。②

施莱米尔知道自己的过失，对自己愚蠢的行为产生的后果他也决定坦然面对，平静地承受落于己身的"严厉的惩罚"。促使施莱米尔彻底与魔鬼决裂的事件正是托马斯·约翰的恐怖结局，作为魔鬼的签约人约翰先生"受到上帝公正的诅咒"，灵魂落入魔鬼之手，施莱米尔"惊恐万状，把那个叮当作响的钱袋一下抛入深渊"。

与魔鬼决裂之后，施莱米尔"没有影子，也没有钱"，然而他"心中如释重负"，还"变得愉快"，原本觉得被世界抛弃的可怜人重新开始相信自己会幸福，他不再忐忑不安，不想再疲于奔命，而是"躺在近旁树下的树荫里，平静地睡着"，连之后的梦境都十分美好。是什么让这个没有

---

① 希腊神话中关于恶行或受之有愧的幸福之报应女神。
② [德] 阿德尔伯特·封·沙米索：《彼得·施莱米尔卖影奇遇记》，《闵希豪森奇游记》，卫茂平译，北岳文艺出版社 1998 年版，第 194 页。

影子的人如此愉快、自信、平静？是因为自己终于做出了正确的决定，终于得到了渴望已久的自由，还是因为终于摆脱了危险的诱惑？接着，施莱米尔"听凭命运的安排，去完成它要我做的事"，他首先想着自己"在世界上的新角色"，穿戴打扮一如从前，让自己回到了和魔鬼交易之前的模样，再次开始漫游。一开始，漫游中的施莱米尔是孤独的，因为没有影子，他便无法与人为伴，他认识到"只有繁重的工作才能保护我不受毁灭性的思维的损害"。后来，偶然获得七里靴，施莱米尔感激涕零，命途多舛的施莱米尔终于找到人生的目标，活着的意义！有了七里靴，施莱米尔在整个地球上自由漫步，兴致勃勃地考察动植物，研究地理学，将自己有限的生命用于崇高的科学研究事业。故事的最后，施莱米尔生病被送到本德尔捐赠的施莱米尔医院，竟然见到阔别已久的本德尔和安娜。得知他们两人行善积德，为共同的朋友施莱米尔祈福、祷告，感动之余，施莱米尔还是理智地离开医院，这一点似乎有违读者的期待：施莱米尔深爱的米娜已是寡妇，然而两人依然未能再续前缘，为故事写上大团圆的结局。是故事的作者为了免于庸俗吗？回想施莱米尔的神奇故事，我们不难看出，失去了影子的施莱米尔注定没有办法再回归人类社会，过一个社会人的普通生活，对此，施莱米尔在故事的结尾再次告诫亲爱的读者：

> 也许等我从地球上消失以后，它的某些居民能从中获取有益的教训。你啊，我的朋友，要是你想在人类中间生活，那先得学会尊重影子，然后考虑金钱。要是你仅仅为自己和为你更好的自身生活，啊，那你就不需要忠告。①

(三) 签约的背景和形式

由上文对签约人彼得·施莱米尔这一形象的分析我们可知，施莱米尔非常穷困，他有着那个时代的人普遍都会有的抱负：拥有财富、跻身上流社会、享有名誉和声望。丰满的理想和残酷的现实之间存在着很大的差

---

① [德] 阿德尔伯特·封·沙米索：《彼得·施莱米尔卖影奇遇记》，《闵希豪森奇游记》，卫茂平译，北岳文艺出版社1998年版，第216页。

距,施莱米尔的第一步是长途跋涉到陌生的城市求助富翁托马斯·约翰,后者"就像一个富翁对待一个穷鬼那样"接待了他。被富翁当作"无赖",施莱米尔收起可怜的自尊和残存心底的骄傲对约翰先生仍然曲意逢迎,但他自知尽管如此自己获得帮助的机会并不大,已做好了"第二天再到约翰先生这里来寻找幸福"的准备。总而言之,穷小子施莱米尔有所求,且求财心切又苦于无门。纵观魔鬼合约,无论是神学领域还是文学领域,魔鬼惯于以一纸合约为人"雪中送炭",满足处于困境之人的迫切愿望,以此为要挟获取自己想要的东西。简言之,潜在的签约人求什么,魔鬼就供什么。魔鬼最喜欢的莫过于人的灵魂,若魔鬼在签约前直接亮出自己的底牌,可能会有两种结果:被人识破身份,潜在的签约人拒绝合作;不在乎死后灵魂将归何处、只求此生得到满足的签约人执意与魔鬼为伍,如歌德的浮士德。魔鬼显然知晓施莱米尔属于前者。合约故事中的魔鬼千奇百怪,有的十分狡猾,有的无赖至极,有的刻薄恶毒,有的笨手笨脚,然而有趣的地方在于魔鬼有着共同的显著特点:他总是目标明确,能找出急需签约的潜在合伙人;他提出的合约正中签约者下怀,简直就是为签约人量身定做的。似乎魔鬼都很勤劳,都有非常聪明的一面,他在拟约前扎扎实实做好了调查,对合约的内容和形式拿捏得十分精准,可以说,魔鬼在合约方面绝对是个行家里手!灰衣人了解施莱米尔这个一无所有的穷人的卑微,知道他不得不一直仰人鼻息,灰衣人因此在这个卑微的人面前礼数周全,真诚地表达自己对他的尊敬、对他的影子的赞美与渴望,顺便将自己的谦恭、内敛、自卑发挥得淋漓尽致。面对这样的设计,施莱米尔一方面相信了灰衣人的诚意、善意,另外在灰衣人的举手投足之间感觉到了从未有过的优越感、被尊重感,因此难免瞬间就被魔鬼"控制了全部意识",之前觉得"这桩买卖特别不同寻常"的想法也烟消云散了,眼前只有他梦寐以求的金子在闪闪发光。

针对施莱米尔的特殊情况:心中仍有理智残存,魔鬼不怕麻烦地将别处常见的一次签约精心设计为前后两次:影子合约(Schattenvertrag)和灵魂合约(Seelenvertrag)。第一次签约时,魔鬼以木讷的灰衣人这一形象出现,始终未向施莱米尔表明自己的真实身份,引诱他一步一步踏入为他定制的陷阱。在约翰先生的花园旁观灰衣人玩魔术一样的表演，施莱米尔也曾惊讶得无以复加，进而"毛骨悚然，恐惧不安"，但经过一番交谈，魔鬼不仅成功地抹去了施莱米尔对他的消极印象，且手到擒来，敲定了第一次交易。就合约的形式来看，第一次交易完全是口头协议，双方谈好条件，互相握手以示生意成交，对于施莱米尔来说简单可行，他当时肯定也以为交易之后两不相欠。失去影子的施莱米尔很快就醒悟过来，想要赎回影子，然而灰衣人却消失不见了。看来施莱米尔的反应仍在灰衣人的意料之中，或许是因为灰衣人在签约前已对施莱米尔有了足够了解，或许是因为灰衣人从事魔鬼合约的经验丰富，灰衣人采取了得当的措施：让所有见过他的人"没有一个哪怕还能隐约地回忆起那个灰衣人"。同时，他又传话给施莱米尔，稳住他，相约一年之后再相见，到时双方进行"一桩也许更令人愉快的买卖"，这让可怜的施莱米尔一方面承受失去影子带来的巨大痛苦，另一方面沉醉于金钱带来的快感，再一方面对再次见到灰衣人充满期待。

　　作为诱饵的第一次交易，影子合约在形式上并不正式，而接下来的灵魂合约才是魔鬼的真正目的所在，它在形式上又回到了魔鬼合约的传统：合约写在羊皮纸上，需要用鹅毛笔蘸鲜血签署。突然出现的魔鬼三言两语之后摊开羊皮纸，还没等施莱米尔反应过来，他就"用一支新削的鹅毛笔"，蘸了一滴施莱米尔"被荆棘扎破的伤口中流出后滴在手上的鲜血"，让施莱米尔签上自己的大名。此时的魔鬼也不用再掩饰自己的身份，坦言就是那"可怜的魔鬼""灵魂的爱好者"。可惜第二次的交易并没有如魔鬼所愿那般顺利，而是被施莱米尔一再拒绝，魔鬼只好卖力地施展各种诱惑手段，盯住任何可能的时机，见缝插针。可见，此处的魔鬼合约延续了之前的浮士德题材中的魔鬼合约传统，即魔鬼必须取得人的同意，必须本人亲自签约，否则便不作数。因此，当施莱米尔手拿羊皮纸和羽毛笔，魔鬼也在"施莱米尔的手上抓破一个小伤口，血流出来"，万事俱备，施莱米尔却突然陷入"深深的昏迷中"，魔鬼只能眼睁睁地看着功亏一篑，接受施莱米尔没有签约的事实，容不得任何掺假。此外，按魔鬼的计划和策略，灵魂合约以影子合约为前提，是魔鬼合约的最终目标，因此，影子合约必然可以逆转，否则便不会有灵魂合约的存在。也就是说，施莱米尔用影子交换了魔鬼的吉利钱袋，一年之后他可以选择逆转这笔交易，拿回自己的影子，然而交换影子的条件变成了灵魂。施莱米尔没有用自己的灵魂和魔鬼交易，那么我们对灵魂合约是否可逆是不是就不得而知了呢？

> 我立刻问他："您有约翰先生的签名？"……他犹豫地把手塞入口袋，扯着头发拉出一样东西，那是托马斯·约翰那苍白变形的头颅，颜色发紫的死人嘴唇颤动着说出沉重的话："我受到了上帝公正的判决；我受到了上帝公正的诅咒。"我惊恐万状，把那个叮当作响的钱袋一下抛入深渊，对他说了这最后的话："可怕的家伙，我以上帝的名义要求你从这里消失，再也别在我眼前出现！"①

作为魔鬼的合约人，托马斯·约翰的下场清楚明白地呈现在读者面前，这也传达了一个讯息：灵魂合约一旦签署，便不可逆转，合约人死后要接受上帝的审判，其灵魂归魔鬼所有。施莱米尔正是目睹了约翰先生的前车之鉴，才有了与魔鬼彻底分道扬镳的决心。

（四）合约的内容与履行

如上文所述，按照魔鬼的计划，魔鬼合约的第一步是用金子换影子。影子之于施莱米尔本是一文不值的所有物，他大概从未认真端详过自己的影子，更想不到可以用这无关紧要的影子与人交易，而换来的还是永不枯竭的财富。为了让施莱米尔相信这笔交易切实可行，灰衣人先从赞美他的影子入手，让他看到自己拥有的这个影子对灰衣人的价值，灰衣人对施莱米尔说：

> 您在太阳中带着某种自己觉察不到的高傲的蔑视神情，把您那美丽的、美丽的影子从身上投在脚边。请您允许我提这么一个自然是大胆的过分要求。也许您不反对，把您的这个影子让给我？②

---

① [德] 阿德尔伯特·封·沙米索：《彼得·施莱米尔卖影奇遇记》，《闵希豪森奇游记》，卫茂平译，北岳文艺出版社1998年版，第204页。

② 同上书，第157页。

第四章　魔鬼合约母题的结构分析

施莱米尔当然觉得非常不可思议：自己拥有影子的灰衣人为何还要他的影子？他又如何能将自己的影子转让给别人？影子和身体不是形影不离的吗？觉察到施莱米尔的顾虑，灰衣人立即表示他只需要求得施莱米尔的许可，至于如何从地上揭起那高贵的影子，灰衣人自有办法。不给施莱米尔更多的时间思考，灰衣人一边表示"对这个异常珍贵的影子来说，最高的价钱都太低"，一边立即开始展示自己那些神奇的宝贝：

> 作为我对先生感谢的证明，您可以在我身边口袋里所有一切珍宝中进行挑选：货真价实的跳草……还有一个吉利钱袋。[1]

灰衣人将宝贝依次拿出，唯独把施莱米尔最渴望得到的吉利钱袋放在最后，无非为了表明自己同施莱米尔交易的诚意，同时引起施莱米尔对钱袋的注意。灰衣人很信任地请施莱米尔试用吉利钱袋，当施莱米尔从这个"鼓鼓囊囊的大钱包"中"拿出十个金币，又拿十个，又拿十个，再拿十个"时，便毫不犹豫地说：

> "好吧，就这么定了！生意成交；您用这个钱包得到我的影子。"他表示同意，毫不迟疑地在我跟前跪下。我看着他以一种让人钦佩的敏捷的动作，把我的影子从头到脚地从草地上轻轻揭下，把它提起，卷在一处，又叠在一起，最后塞入口袋……我似乎听见，他独自轻声在笑。[2]

至此，金钱与影子的交易达成，双方各取所需，第一次魔鬼合约结束。魔鬼为何要许诺施莱米尔取之不尽的金钱，这看似是个简单的问题，因为主人公的行为不难理解：在那个金钱万能的时代，施莱米尔梦想金钱带来的享受，为此他愿意付出代价。这自然没错，但除此之外，从宗教方

---

[1] ［德］阿德尔伯特·封·沙米索：《彼得·施莱米尔卖影奇遇记》，《闵希豪森奇游记》，卫茂平译，北岳文艺出版社1998年版，第158页。

[2] 同上书，第159页。

面来说，若人以金钱为偶像、崇拜金钱，那么魔鬼许诺的金钱则危害人对上帝的信仰。相比更早的和同时期的其他文本，《彼得·施莱米尔卖影奇遇记》中的魔鬼合约宗教气氛并不十分浓厚，但仍处处可见宗教元素出现，比如魔鬼用金子收买施莱米尔就与宗教联系紧密，对此《旧约》和《新约》都有提到：

> 人雕刻出来的神像有什么用处呢？这些人造的神像不是虚假的吗？……这些神像能像上帝一般教导人吗？它们只不过是包金裹银的东西，里面连半点气息都没有！①
>
> 所以，去变卖你们的一切周济穷人吧；要为自己预备永不腐朽的钱袋，在天上积存取用不尽的财富，因为天上没有贼偷，也没有虫蛀。②

基督教教导信徒只能崇拜上帝，除上帝之外的神像、事物都是假偶像（Götzen），基督教徒不允许拜偶像，拜金即为禁忌，用影子换取金子的施莱米尔之后就感叹"上帝离我而去"。

影子合约之后，魔鬼虽然有意消失了一段时间，但双方仍在履行合约：魔鬼占有了施莱米尔的影子，施莱米尔则可以支配源源不断的金钱。在施莱米尔不堪忍受作为无影人的屈辱、马上还会因此失去挚爱的情人之际，魔鬼说："您可以接受建议，重新换回任您支配的影子"。施莱米尔天真地以为把钱袋还给灰衣人，他就会拿回自己的影子：

> 我用右手伸向胸口去拿钱袋——他看出我的用意，向后退了两步。"不，伯爵先生，它现在在可靠的人手中，您可以留下它……我仅向您请求得到一件微不足道的东西作为纪念：劳驾您给我在这张纸上签个名。"——羊皮纸上写着下面的话：
>
> "根据我的这个签名，我把我的灵魂在它同我的躯体自然分离后

---

① 《哈巴谷书》2：18-19。

② 《路加福音》12：33.

遗赠给这个签名的持有人。"①

灵魂便是魔鬼口中那"微不足道的东西",魔鬼的目的就是在施莱米尔死后占有他的灵魂。对于自己处心积虑想得到的东西,魔鬼故意轻描淡写,无非是迷惑施莱米尔的伎俩。所幸,虽然施莱米尔急切盼望能赎回自己的影子,然而他并没有到完全丧失理智的地步,而且他一直在为出卖影子的事情后悔不已。面对魔鬼建议的这桩"更令人愉快的买卖",施莱米尔立即表示"不能签"。之后,为了诱惑施莱米尔签约,魔鬼安排一个人拿着隐形鸟巢跑到施莱米尔面前——"谁只要把这种鸟巢拿在手中,就能使自己隐形,但无法隐去自己的影子"——施莱米尔以为是无主的影子,疯狂追逐,想占有那影子,不料最终抢走了人家的隐形鸟巢。这个鸟巢给没有影子的施莱米尔提供了重新混入人群的机会,使他能够悄悄见到米娜。多次诱惑失败的魔鬼因此又给合约加了两个附赠条款:把卖主求荣的拉斯卡吊上绞架;再为这桩买卖添上一顶隐形小帽。可惜施莱米尔在签与不签之间激烈斗争的关键时刻晕了过去,醒来之后米娜已经嫁作他人妇,失去爱情、觉得生活"已经失去意义"的施莱米尔更加坚定了不出卖灵魂的决心,任凭魔鬼再怎么不遗余力地引诱他,他最终与魔鬼决裂。施莱米尔不肯签灵魂合约、又扔了魔鬼的钱袋,这就意味着他失去了最终赎回影子的机会,但同时表示他主动放弃了在第一次魔鬼合约中应得的权利,这一举动也让魔鬼失去了对他的控制。

三 合约故事的结局:因拒绝出卖灵魂而得到救赎?

(一)救赎的结局

正如歌德在《浮士德》中所说:"人在奋斗时,难免迷误"②,那么迷误之后呢?是永远迷失还是悬崖勒马、及时回头?与歌德的浮士德不同,沙米索的施莱米尔早早地退出魔鬼合约,与魔鬼分道扬镳。在故事的最

---

① [德]阿德尔伯特·封·沙米索:《彼得·施莱米尔卖影奇遇记》,《闵希豪森奇游记》,卫茂平译,北岳文艺出版社1998年版,第184页。
② [德]歌德:《浮士德》,钱春绮译,上海译文出版社2007年版,第4页。

后,施莱米尔说:"我亲爱的沙米索,我就这样生活到今天",并向沙米索报告了自己至今为止的科学研究成果,还表示"会留心在去世之前把手稿交给柏林大学",最后施莱米尔希望读者能从他的故事中"获取有益的教训"。而沙米索在致希齐希的信中,把施莱米尔选中他来保存这个神奇的故事看作是施莱米尔对他"推心置腹的忏悔",根据基督教文化和魔鬼合约的传统,忏悔是救赎的开始,只有真心悔过方能得到救赎。对于施莱米尔的悔悟,文本中多处都有提到,比如意外得到七里靴时的施莱米尔:

> 我虔诚地跪下,感激得痛哭流涕——因为将来突然清楚地在我眼前显现。由于以前的过失被人类社会排斥,我被引向我一直热爱的大自然以代替人类社会。大地成了我富饶的花园,研究成了我生命的方向和力量,科学成了它们的目标。①

在七里靴的帮助下,施莱米尔积极投身于科学,这也为他的救赎写上了至关重要的一笔,此外,施莱米尔敬畏上帝、远离魔鬼,他还主动向基督教的先贤靠近,这都暗示了救赎的可能性和必然性。施莱米尔最终能够彻底摆脱魔鬼,是因为他扔了钱袋之后,"以上帝的名义"要求魔鬼消失、再也不要出现。而四处漫游、研究自然的施莱米尔也曾有过这样的经历:

> 我在荒漠中、在离百门忒拜不远的地方瞥见以前基督教隐居者居住的洞穴。我心中突然感到坚定明确:这里就是我的家。我选了一个最隐蔽、同时又最宽敞舒适、豺狗钻不进的洞穴,作为我将来的住所……②

虽然失去了影子,无法再回归人的社会,但施莱米尔拒绝出卖灵魂给

---

① [德]阿德尔伯特·封·沙米索:《彼得·施莱米尔卖影奇遇记》,《闵希豪森奇游记》,卫茂平译,北岳文艺出版社 1998 年版,第 209 页。

② 同上。

魔鬼，并在研究大自然的事业中找到内心的平静、生命的意义，他用自己的方式自由地活着，直到寿终正寝，这无疑是救赎的结局。对此，从施莱米尔与魔鬼彻底分手之后的独白中，我们已经可以预知：

> 我坐在那里，没有影子，也没有钱；但我心中如释重负，我变得愉快。……我相信，我应该能幸福……我躺在近旁树下的树荫里，平静地睡着。①

由此可见，在拒绝出卖灵魂、决定与魔鬼诀别的时刻，施莱米尔就已经得到了救赎。在故事的末尾部分，施莱米尔在给本德尔和米娜留下的字条里写道："就是你们的朋友现在也比以前过得好，要是他在受罚，那是和解的处罚。"在宗教学中，受罚、和解是和救赎紧密相连的概念，是救赎的前提。犯了过错的人通过努力与上帝和解、与自己和解，这都意味着救赎。总而言之，施莱米尔已通过对魔鬼"毁灭性的反抗"，找回对基督与上帝的信仰，进而投身自然科学研究，与自己的内心达成了和解，获得了救赎。

(二) 拯救者形象

施莱米尔在故事中多次表示自己憎恨魔鬼，要对魔鬼进行"毁灭性的反抗"，然而作为一个无法免疫诱惑的普通人，施莱米尔也几次在魔鬼的攻势之下摇摆不定，几欲签约，而他最终的救赎结局离不开那些拯救者角色的帮助、激励。在施莱米尔扔掉魔鬼的钱袋之后，他平静地睡着，梦里便出现了米娜和本德尔——拯救者形象：

> 赏心悦目的图像在空中翩翩起舞，为我组成了一个愉快的梦。头发上有一个花环的米娜在我身边飘然而过，友好地朝我微笑。就是那忠实的本德尔也头戴花环，带着亲切的问候快速飞去。②

---

① [德] 阿德尔伯特·封·沙米索：《彼得·施莱米尔卖影奇遇记》，《闵希豪森奇游记》，卫茂平译，北岳文艺出版社1998年版，第204—205页。

② 同上书，第205页。

施莱米尔梦中的米娜和本德尔头戴花环，朝他微笑、问候着飞过，这自然让人想起一度作为拯救者的天使形象，正如歌德的《浮士德》中那些撒着花飞来的天使。若说这只是梦境，那么在故事的最后阶段，施莱米尔在考察自然时不幸生病，被救到一所医院，醒来以后发现这里竟然是施莱米尔医院，他看见"一个友好的男人和一个身穿黑衣的美丽的妇女"。施莱米尔之后得知，善良的本德尔用主人之前遗留下来的金子捐助了这家医院，他亲自当院长来为不幸的人服务，并请病人们为医院的创始人、慈善家施莱米尔祝福、祈祷。已经成为寡妇的米娜在这所医院里过着虔诚、敬神的生活，她照顾病人，行善积德，以这种方式为施莱米尔祝福，祈祷他过得比以前好。本德尔作为施莱米尔昔日的仆人、朋友，米娜作为施莱米尔挚爱的情人，两人对施莱米尔的信任和祝福无疑使他更加坚信自己的抉择——不与魔鬼为伍，使他自信地按自己的方式活出生命的精彩。而这两人在促使施莱米尔与魔鬼决裂的过程中一直发挥着不可替代的作用，他们默默地尽自己所能共同拯救了施莱米尔。

施莱米尔在温泉疗养场遇见善良、虔诚的米娜，双方一见钟情，陷入爱河。初见之时，施莱米尔就觉得"似乎有位天使从身边飘过"，稍后面对跪在地上迎接自己的米娜施莱米尔感叹道："而我没有影子，无法跨过这道鸿沟，无法在天使面前下跪"。在与米娜相处、恋爱的阶段，施莱米尔深切体会了发自内心的真实爱情，沉醉在"无法描述的快乐中"，他也充分见证了米娜的可爱、善良、虔诚，以及米娜对他那同样"毫无保留""乐于牺牲""走向毁灭也毫不在意"的感人至深的爱情。面对米娜的至诚之心，施莱米尔因自己竟然将影子出卖给别人而愧疚、自卑，因此他不仅"常常靠在本德尔胸前哭泣"，而且用"锐利的目光打量自己"，甚至觉得自己是在"毁灭这个天使""欺骗这颗纯洁的心"。米娜的真挚爱情给施莱米尔带来了感情的净化、心灵的净化，因米娜谦恭、善良、虔敬神明，施莱米尔也得到了道德和宗教的净化，最终激起了他自我救赎的力量。可见，米娜对于施莱米尔来说从始至终都是天使，是他的拯救者。同时，单纯的米娜也是魔鬼合约故事的牺牲品。米娜发现了施莱米尔没有影子，然而她并没有像芳妮小姐那样昏厥过去，也没有像路人那样大声嚷

第四章　魔鬼合约母题的结构分析

嚷，而是"默不作声，若有所失"，进而"无声地抽泣着扑到施莱米尔怀中"。由于父母的唯利是图，米娜被迫嫁给拉斯卡，此时的她哭成了"阿蕾图萨"。①为了不失去米娜、不眼睁睁地看着她落入恶仆拉斯卡之手，施莱米尔差一点就在魔鬼合约上签了字，所幸他突然昏迷，但醒来之后米娜已经在父母的安排下与拉斯卡成婚，正是这个不堪的事实让施莱米尔做出了绝不出卖灵魂的决定：

> 但是，当我牺牲了爱情，当生活对我已失去意义以后，我不愿再把灵魂转入给这个可鄙的家伙，哪怕用此去换世界上所有的影子。这点对我来说是肯定的。我不知道，最后结局会怎样。②

得到米娜的爱情净化了施莱米尔的人格，失去米娜的爱情让施莱米尔坚定了断绝与魔鬼往来的信念，这便是米娜对施莱米尔的拯救意义。魔鬼料想米娜的爱情对施莱米尔很重要，因此三番五次以米娜的爱情、米娜的幸福和米娜的无辜做诱饵诱惑施莱米尔签约，他也许不知道爱情还具有净化和救赎的力量，所以无法预知正是这诱饵让自己失去了筹码。

早在施莱米尔刚失去影子、住进高级饭店的时候，店主就向他推荐了忠厚、懂事的本德尔在身边听候使唤。施莱米尔当即表示："正是他以后用自己的忠诚安慰了我，伴我度过艰辛的日子，帮我承受不幸的命运"。当施莱米尔无法独自承担失去影子的重荷时，他选择了本德尔作为他忠实的听众，因为他已经觉察到，本德尔明白主人的痛苦，且"出于尊重不愿打听"，仅仅是"静默虔诚地表示同情"。施莱米尔向这个"最亲近的人"吐露了内心深处的秘密，他曾担心害怕，本德尔知道了他没有影子之后也会像其他人一样弃他而去、甚至出卖他，但这个好心的年轻人不仅为他而哭泣，还坚决地说：

---

① 阿蕾图萨是希腊神话中的仙女，在逃避爱上她的河神的路上，受到狩猎女神阿尔忒弥斯的帮助，变成一股泉水。
② ［德］阿德尔伯特·封·沙米索：《彼得·施莱米尔卖影奇遇记》，《闵希豪森奇游记》，卫茂平译，北岳文艺出版社1998年版，第202页。

> 不管世人说什么。我不能也不会为了影子而离开善良的主人。我将好好做事，即使这并不聪明。我将留在您身边，把我的影子借给您，尽可能地帮助您。要是无法帮助您，就陪您一起流泪。①

之后，本德尔在施莱米尔的身边完全充当了保护天使的角色，他懂得"如何预防性地"帮助主人"遮掩缺陷"，同主人"形影不离"，为的是"一旦出现意外的危险，就立刻用自己的影子"挡住他。而当忠厚的本德尔看见魔鬼带着主人的影子在主人面前耀武扬威时，他"不懂好言相劝，立刻对他开骂"，命令这个家伙交出主人的影子，随后对魔鬼拳脚相加，不可一世的魔鬼只好"一声不吭"地消失了。最后，施莱米尔痛定思痛，决定离开本德尔，一个人去漫游世界，告别时他对本德尔说：

> 严厉的惩罚落在我身上，并非我以前没有过失。你是无辜的，不该继续把你的命运同我的连在一起；我不愿这样。……我将独自一人不停地漫游世界；一旦有一个快乐的时刻重新向我微笑，幸福和解地对我注视，我就会回忆起忠实的你，因为在那困难的、痛苦的时刻我曾靠在你忠实的胸脯上洒泪哭泣。②

作为仆人，本德尔忠心耿耿、聪明机灵、任劳任怨，他严守主人的秘密，想方设法帮助主人、维护主人；作为朋友，本德尔对施莱米尔的痛苦感同身受，理解他、安慰他、鼓励他，时刻陪伴在他身边。他身份卑微，在这个故事里也只能算是个小配角，然而这个小角色所起的作用却不可替代，与魔鬼的帮凶拉斯卡相反，本德尔给予施莱米尔的是理解之同情、是真诚的保护、是救赎的力量。后来，"快乐的时刻"眷顾了施莱米尔，"幸福和解地"降临到他身上，而这些正是本德尔和米娜心之所盼。

除了拯救者米娜和本德尔对施莱米尔的付出和帮助之外，在施莱米尔

---

① ［德］阿德尔伯特·封·沙米索：《彼得·施莱米尔卖影奇遇记》，《闵希豪森奇游记》，卫茂平译，北岳文艺出版社1998年版，第168页。

② 同上书，第198页。

的自我救赎道路上，对上帝的信仰和大自然的包容也都赋予了施莱米尔力量。施莱米尔主动接受惩罚，主动与上帝和解，过着虔诚敬神的生活，找到属于自己的平静与幸福。施莱米尔在研究大自然的工作中发掘了乐趣和意义，这也要归功于大自然无限包容的胸怀。扔了魔鬼的钱袋，花光了身上所有的钱，施莱米尔何以为生？借助神奇的七里靴，施莱米尔在地球各处往来自如，他用非洲象牙作为支付手段，为自己添置设备，开始私人学者的新生涯。在科学考察的过程中，他以"非洲鸵鸟或北方海鸟的蛋以及水果，特别是热带椰子和香蕉"为食，从大自然中获得生存的力量。离开人间社会的施莱米尔虽然衣食无忧，然而难免孤独寂寞，但"缺少人间关怀和伙伴"的他有一只"忠实的长卷毛狗的爱"，它守护者施莱米尔的家——忒拜的洞穴，等待着主人的归来，让主人"感到人间的温暖"，感到自己"在地球上并非孤独一人"。这些都是包容的大自然赋予施莱米尔的温暖和幸福！

第三节 《黑蜘蛛》

中篇小说《黑蜘蛛》（Die schwarze Spinne，1842）是瑞士作家耶雷米阿斯·戈特赫尔夫（Jeremias Gotthelf，1797—1854）最脍炙人口的作品之一，一经发表就受到读者和批评界的一致赞誉。戈特赫尔夫出生于瑞士的一个牧师家庭，原名阿尔伯特·毕齐乌斯（Albert Bitzius）。"戈特赫尔夫"是其第一部长篇小说《农民之镜》（Der Bauernspiegel，1837，又名《耶雷米阿斯·戈特赫尔夫的生活史》）中主人公的名字，作家以此作为自己的笔名。戈特赫尔夫从1817年起就读于伯尔尼神学院，1821年在德国哥廷根大学学习一年。游历德国各地后，他回到瑞士担任牧师工作。虽然戈特赫尔夫30岁左右才开始从事文学创作，但是著作颇丰，共写下80多部小说。他的小说多以乡村生活为题材，其中有38部小说描述瑞士艾门塔尔的农村生活，因此戈特赫尔夫被誉为19世纪现实主义农村小说的创始人。又因其作品语言朴实，常用方言，富于乡土气息，他享有"大众作家"的美名。此外，戈特赫尔夫以瑞士作家裴斯泰洛奇（Johann

Heinrich Pestalozzi, 1746—1827) 为榜样，积极献身于农村的教育工作，坚持通过创作农民题材的乡村故事，宣传大众教育的理念，对民众进行启蒙教育。他代表作品有：长篇小说《长工乌利的幸福生活》(Wie Uli der Knecht glücklich lebt)、《佃户乌利》(Uli, der Prächter)、《一位中学教师的苦恼和欢乐》(Leiden und Freuden eines Schulmeisters) 等；中篇小说《黑蜘蛛》(Die Schwarze Spinne)、《艾门塔尔的旱灾》(Die Wassernot im Emmental)、《艾尔丝，一个古怪的女仆》(Elsi, die seltsame Magd)、《富有的堂兄汉斯卓格林》(Hansjoggeli, der Erbvetter) 等。

一 魔鬼合约故事

《黑蜘蛛》采用中篇小说典型的框架结构，即故事之中还有故事，该作品精妙的叙述结构堪称德语中篇小说的典范。在一处农民庄园里，富裕的主人要庆祝新生儿的洗礼，因此宴请了亲朋好友。席间，有人发现这户人家的房子虽是新造的，但有一根窗柱却十分陈旧，这个发现激起了大家的好奇心。于是，这家的祖父便给大家讲述这根窗柱的来历，故事由此开始。几百年前，统治此处的封建领主、骑士汉斯·封·施托芬 (Hans von Stoffeln) 暴虐成性，对上帝毫无敬畏之心，他命令当地农民为他建造城堡。为此，农民们不得不放下自己田里的工作，致使田园荒芜，村庄败落。两年后，城堡建成，领主又要求农民们在一个月内为他修建一条林荫大道，道路两旁要栽种 100 棵参天的山毛榉树。面对这不可能完成的工作，农民们敢怒不敢言，无助地在路边哀叹哭泣。这时，一个绿衣猎人 (der Jäger) 出现了，他声称可以帮助农民们完成任务，但作为交换条件，他要一个未受洗礼的孩子的灵魂。农民们一听此言，当即吓得四下奔逃，因为只有魔鬼才会开出这样的条件。

正当人们不知所措时，村妇克里斯缇娜 (Christine) 提出，可以与魔鬼讨价还价，甚至耍些手段骗过他。魔鬼再次出现，克里斯缇娜代表村里答应了魔鬼的要求，同意与他签约。考虑到魔鬼并不马上要求得到孩子，克里斯缇娜觉得大家可以事后反悔，不交孩子给他。魔鬼亲了克里斯缇娜的脸颊，作为订约的记号。第二天，当人们去移植树木的时候，发现一切都是那么轻松顺利。很快，林荫大道造好了。但这时，人们又变得忧心忡忡起来，因为魔鬼就要来索取孩子了。为了不让魔鬼得逞，人们请来牧师，保护村里第一位即将生产的妇女，等孩子一出生，牧师马上就为之施授洗礼。因此，魔鬼没得到孩子。但是，克里斯缇娜脸上被魔鬼吻过的地方开始肿胀、疼痛，且逐渐呈现出一个蜘蛛的形状。当村里第二个出生的孩子也被牧师施行洗礼后，克里斯缇娜脸上的蜘蛛印记破裂开来，无数小蜘蛛爬了出来，它们毒死了村里的牲畜，给整个山谷带来了恐怖的死亡和蔓延的瘟疫。当第三个孩子也被虔诚的牧师救下时，克里斯缇娜自己变成了一只大蜘蛛，疯狂地袭击所有人。最后，第三个被救孩子的母亲牺牲了自己，将蜘蛛封印在一根窗柱内。此后，人们坚定对上帝的信仰，过着安逸的生活。

两百年后，当地人过上了富足的生活，但也慢慢忘记了这个教训，开始变得傲慢、自大起来，追求奢侈的享受，对上帝也不再敬畏。克里斯滕（Christen）是当年牺牲自己封印蜘蛛的那位善良的母亲的后人，他和祖先一样善良、虔诚，但他的母亲和妻子非常狂妄自大，她们自己建立了一座豪宅，并将封印蜘蛛的古老窗柱视为不祥，因此随便把它丢给了雇工们。在一个喜庆的圣诞夜，狂欢宴饮达到高潮，肆无忌惮的人们放出了那只黑蜘蛛，死亡再次笼罩山谷。最后，克里斯滕用自己的生命与祸害乡里的黑蜘蛛进行殊死搏斗，终于成功地再次将黑蜘蛛封印于窗柱之中。自此，村民们以这个窗柱为鉴，时刻警醒自己要遵规守矩，不与恶为伍，不试探上帝和魔鬼。之后，村民们又过上了恬静的生活，直到今天。

二 魔鬼合约的塑造

《黑蜘蛛》塑造的魔鬼合约故事有很多独到之处，其一在于这个魔鬼合约的反复性：魔鬼合约故事在叙述者讲述之前已经出现了两次，同一个魔鬼合约在叙述的过去、现在和未来一直有效；其二在于魔鬼势力的多元化：魔鬼本人仅在签约前后出场了为数不多的几次，他有一些得力的恶人作为助手，维持邪恶的势力，推动合约的进展；其三在于签约者的特殊性：女性签约人克里斯缇娜代表集体与魔鬼交易，相对于魔鬼合约故事的传统签约者——男性个体——而言,《黑蜘蛛》的故事传统而新颖。

(一) 魔鬼和他的帮凶

作为魔鬼合约故事的主要元素,《黑蜘蛛》中的魔鬼以"绿衣猎人"或"绿衣人"的形象出场,读者单从作者对"绿衣人"的外形、外貌的刻画就可以判定其魔鬼的身份。这个"身穿绿衣,瘦长、干瘪的猎人"头戴时髦的礼帽,礼帽上面"一根火红的羽毛随风摇摆",他的脸是黑色的,留"一簇火红的胡子",有着"鹰钩鼻""尖下巴",鼻子下面的嘴巴"犹如岩石下的一个黑洞"。就魔鬼的历史来看,猎人是魔鬼颇为喜爱的一个化装身份,魔鬼的主要目标是窃取人的灵魂,从这个意义上说,也可称魔鬼为灵魂猎手。整个故事着重描写绿衣人外形、外貌上的两种显著的颜色:火红和漆黑。魔鬼头上的羽毛是火红的,胡子是火红的;他的脸黑漆漆的,连手都是"瘦骨嶙峋、又黑又长";而且,他的脸还会越变越黑,红胡子也会越来越红。头上插红色的羽毛是基督教之魔鬼惯有的装束,至于这个故事强调的"火红"更有来历。《圣经》中,魔鬼的结局是被投入地狱的火海,遭受永生永世地焚烧,因此魔鬼外形的"火红"很容易理解。作者在描写火红的色彩时也有意将其与燃烧结合起来,如绿衣人的红胡子里动不动就"劈啪作响",听上去像是"着火的冷杉木一样"。依合约,魔鬼帮助农奴移植山毛榉,于是有人午夜时分看见绿衣人"骑在一头黑山羊上",手执一根"火红的皮鞭",带领"火红的松鼠"搬运山毛榉,而且他"脸上的红胡子"和帽子上"红通通的羽毛"格外显眼。至于"黑",历史中的魔鬼曾有过通体乌黑的形象,而且魔鬼同时也是黑夜精灵、黑暗势力的代名词。此外,故事中多次用魔鬼的羽毛和胡子强调他的异象:"羽毛可怕地左右摇摆""胡子不停地上下抖动"等。魔鬼有个"尖脑袋",他的嘴"像一支削尖的箭",为骗取人的信任,他还曾滑稽地做鬼脸,但他的双眼"像蛇的眼睛一样透出阴森的幽光",令人不寒而栗,加上他经常"诡异地笑",面相甚是恐怖。他的声音尤其具有魔性,当他"疯狂地大笑"时,吓得"溪中的鱼儿赶紧躲藏起来,鸟儿慌忙寻找灌木丛栖身"。他用刺耳的声音说话,人们觉得那声音像是钻进了耳朵里。

第四章　魔鬼合约母题的结构分析

狡猾如魔鬼，他自然是时机成熟的时候才会出场，那么在此之前他就必定需要帮手来制造恰当的时机，在《黑蜘蛛》的故事中，魔鬼最主要的帮凶是领主施托芬骑士。六百多年前人们作为农奴没有人身自由，领主们对农奴拥有无限的权力，农奴到了一定年纪就要服劳役，而且生活没有保障。当时苏米斯瓦尔德（Sumiswald）这个地区的农奴属于住在城堡的领主管辖，他们的境遇比别处的农奴还要糟糕，因为别的城堡大多是世袭的领主，因此领主和雇农之间维持着一代一代的长久关系，苏米斯瓦尔德的城堡则落入德国的骑士团手中，骑士团的首领经常更换，领主和农奴之间没有长久的附属关系。因此，每个首领来到这里都随心所欲、为所欲为，尽管他们都是圣骑士，但根本无视上帝的存在，平日的行为毫无自律。其中最荒淫无耻的要数来自施瓦本地区的骑士汉斯·封·施托芬，他凶狠残暴、为富不仁，农奴们忍气吞声，敢怒不敢言。施托芬是个"野性十足、强有力"的男人，大头、巨眼，胡须如"狮子的乱发"，声音像是"从百年的老橡树里发出来"的。而他生气的时候，头会越变越大，吼叫起来像来自悬崖的雷声。他的外貌丑陋、奇特，足可与魔鬼本人媲美。这个施托芬不像别的领主那样，在大道旁边建城堡，而是偏偏要到荒郊野外的山丘之上建城堡。这个选址即被当时的人认为不祥，事实上这荒山恰好为日后魔鬼的出现、活动提供了好场地。命令下达，所有雇农都要为他建城堡，施托芬冷酷无情，根本不懂何为慈悲，他不仅对农奴们春种秋收的本职工作毫不关心，甚至一点儿都不在乎他们的死活。他派监工督促农民修建城堡，非打即骂，若有人太累了，有人动作慢了，有人需要休息一下，监工就用皮鞭伺候，老弱病残皆无例外。施托芬手下的骑士们更是以捉弄干活的雇农为乐，故意使他们的工作量加倍，当雇农害怕或者流血时，骑士们便乐不可支。农奴们终于撑到城堡建成，当高大、厚实、威武的城堡立在山头时，大家都松了一口气，擦掉泪水和汗水，感谢上帝伴随他们度过艰辛。时值夏日，雇农们赶紧回到家中，一边安慰饱受饥饿的妻儿，一边慌忙驾犁耕种。然而，犁刚一下地，领主便召大家到城堡集会，人们虽然忐忑不安，但心里揣摩着，或许领主体恤大家长久以来的辛劳和饥肠辘辘的现状，说不定会适当地褒奖一下。然而，施托芬对战战兢兢的农民说：

> 我的城堡建好了，美中不足的是缺了一条林荫大道，夏天就要来了，我需要阴凉。你们必须在一个月的时间里给我修好林荫大道，要从米讷山上（Münneberg）移植一百棵长成的山毛榉，保证树枝和树根完好地种到我的城堡山上。若少一棵树，你们就拿自家的财产和自己的鲜血来补偿我。下面为你们准备了饮料和点心，但是明天我就要看到城堡前的第一棵树。①

农民向领主陈述妻儿在家饱受饥饿之苦，并说明大家此时得下田耕种，否则冬天将会饿死，他们乞求领主仁慈。但施托芬却认为，他若仁慈，农民就会不知天高地厚，进而得寸进尺，他对待他们已经够好了，是他们贪得无厌。此外，领主建城堡的山丘上也有许许多多长势良好的山毛榉，但领主偏偏不许雇农们就近从同一座山上移栽树木，非要他们到距此处三个小时路程的米讷山去弄，他深知去那里的路荒凉而陡峭。农奴们如何才能用自己那瘦骨嶙峋的牲畜将100棵巨大的山毛榉从陡峭的山上拖下来，再穿过长长的山谷、爬上城堡坐落的山顶呢？可见，施托芬不仅有着魔鬼般丑陋的外貌，还有着魔鬼般的冷酷无情，他让农奴修建林荫大道多半是出于变态的折磨人的心理，此举直接把他们推向魔鬼合约。

> 我是汉斯·封·施托芬，定能把你们变得更加驯服、知足，一个月之后，我若看不到城堡前面的一百棵大树，我就用鞭子抽得你们体无完肤，把你们的老婆孩子扔去喂狗。②

大家噤若寒蝉，再也没有人想上前吃喝。当领主终于下达让他们离开的命令时，所有人都争先恐后地往外跑，想尽快逃离领主的怒吼、骑士们的嘲笑和雄狗的狂吠。农奴们绝望地坐在路边，悲伤地号哭起来，他们再

---

① Gotthelf, Jeremias: Die schwarze Spinne, Reclam: Stuttgart, 2012, S31.
② Ebid.

第四章　魔鬼合约母题的结构分析

也无力互相安慰，甚至无力愤怒，长时间的劳累和突如其来的绝境折磨得他们筋疲力尽。已是五月时分，若他们再不去日夜赶工、辛勤耕种，冬天一样要饿死。夜已深，心如死灰的农民迟迟不敢回家，他们不知道带着这样的消息如何面对妻儿。施托芬毫无人性的残暴将雇农们逼上绝路，无论他们如何选择，结果都是死路一条，这样进退维谷的处境正是魔鬼出场的最佳时机。此时，从他们中间突然站出来一个身穿绿衣的猎人，没有人知道这个绿衣人从哪里来冒出来的，他开口说话："怎么了，你们这些好人？就知道坐在路边嚎叫，抠地上的石子儿、折树上的枝条？"①他问了两遍，始终没人理睬他，伤心绝望的雇农并不认为一个猎人能为他们解决困难。狡猾的魔鬼不急不躁地施展手段，他轻声细语、循循善诱地劝导大家，并暗示自己可以帮忙，还假装不经意间透露出家里有结实的畜力车。农民听说猎人愿意把畜力车借给他们，心中燃起了一丝希望的火花。大家都以为猎人是出于好意，真心想帮助他们，于是便打开心扉，将事情和盘托出。绿衣人听后，立刻做出对农民的遭遇非常同情的样子，他愤怒地指向城堡，发誓敢于给这样的暴行以沉重的打击报复。他继续像个大善人一样向农民承诺，他会用自己得力的车驾帮助农民按时完成任务，狠狠地教训暴虐的领主，然而当他说出为此索要的报酬时，大家吓得四散逃开，他的魔鬼身份不可避免地暴露了。在诱惑人上经验丰富的魔鬼并未因此放弃这笔买卖，他用刺耳的声音对着惊逃的人群喊道："你们好好想想吧，或者回家问问你们的女人，第三天夜里你们还能在这里找到我！"②猎人的声音如此尖锐，奔逃的人群感觉他的话钻进了耳朵里，就像带着倒钩的箭扎进肉里。

　　人们虽然逃离了魔鬼，但他的恶势力从此之后跟农民们纠缠得更为紧密，魔鬼的目的在于迫使人们最终不得不向他求助。五月的第一天，无奈的农民硬着头皮开始着手修建林荫大道，然而诸事不顺，他们处处遇到困难，不断有棘手的状况出现，阻碍他们的计划，他们一整天也没能将一棵树运到指定地点，一切辛劳都是白费力气。此时，魔鬼的帮凶施托芬见状

---

① Gotthelf, Jeremias: Die schwarze Spinne, Reclam: Stuttgart, 2012, S33.
② Ebd., S35.

不停地打骂农奴，他越是责罚，农奴的意外状况就越多，施托芬也就越生气。众骑士看见农奴们越是急不可耐，施托芬越是暴跳如雷，就越开心地大笑起哄。两天下来丝毫没有进展，农民们却累趴下了。黑夜降临，黑色的云升起，这年的第一次闪电开始了。走投无路的农民们坐在路的拐弯处，他们没有意识到，这正是三天前遇到绿衣猎人的地方。此处，作者一方面从魔鬼出现在"路的拐弯处"再次揭示魔鬼的身份，与历史上那些喜欢在十字路口和拐弯处现身的魔鬼相呼应；另一方面，作者在整个故事中对自然的异象进行了多处描摹，以此来警告人们魔鬼之恶、魔鬼势力与上帝统治秩序的冲突。与男人们打过交道的魔鬼已经了解到他们的胆小怕事，所以他第一次出现时便建议他们回家问问自己的女人，为自负的签约人克里斯缇娜的出现做铺垫。魔鬼第二次现身于农民中间时，果然看见狂妄自大的克里斯缇娜，正中下怀。在基督教的文化中，魔鬼曾担当过男淫魔和女巫的合约主人这样的角色，这说明魔鬼向来善于诱惑女性，在《黑蜘蛛》这个故事里，魔鬼在克里斯缇娜面前同样大显身手、极尽诱惑之能事。克里斯缇娜一直认为男人们懦弱无能，绿衣人一出现便大声地嘲笑落跑的男人们，转而和蔼可亲地面对克里斯缇娜，彬彬有礼地握住她的手，开始说起甜言蜜语：他好久没有见过这么美丽的女人了，他喜欢她的勇敢，他觉得她是最可爱、最值得留在他身边的人，不像那些逃跑的懦夫。听着这些话，克里斯缇娜不仅觉得魔鬼没有那么可怕，而且打消了逃离他的想法，她似乎找到了知己，找到了懂得欣赏她的人。之后，她甚至觉得可以跟他合作，只要跟他好好谈谈，或许他愿意帮大家的忙，大不了事成之后戏耍他，就像耍其他男人一样。魔鬼充分利用了克里斯缇娜傲慢、狂妄的性格和对他的好奇心理，把她一步一步导向合约。在女人面前，魔鬼故意装出一副无辜、委屈的样子，说自己一番好意，为别人着想，大家却这么粗暴地对他，以此博得克里斯缇娜的同情，使她完全放松了警惕。虽然克里斯缇娜轻信、自负，但她也不想惹祸上身，怕男人们事后会归咎于她，因此犹犹豫豫。看出她的心思，绿衣人坚持让她立刻做决定，告诉她时间不等人，同时竭力恭维、奉承她，并承诺只要她个人同意即可。就这样，魔鬼又一次得逞了。

第四章 魔鬼合约母题的结构分析

　　签约之后，魔鬼在午夜时履行合约，帮助农民修建林荫大道，动作之快当然是人力所不及的，于是引起了领主施托芬和众骑士的注意。施托芬一旦发布命令，雇农们就必须要为他办成，他不介意他们是否为此出卖自己的灵魂。况且，若农奴们的肉体死亡了，他要他们的灵魂也没什么用。林荫大道的工程进行得如此顺利，现在轮到领主笑话他的骑士们了，骑士们不甘心，派侍从夜间去打探，看农奴们到底做了什么交易。第二天早上人们在坑里发现了那些半死的侍从，他们像是被一只无形的大手扔进去的。于是骑士们又派了两名勇猛的骑士再探，第二天早上人们发现他们吓傻在地上，据他们说，有个身穿红衣的骑士，用火红的长矛刺倒了他们。之后还有人很好奇，但都遭遇了厄运，于是人们就再也不敢窥探了。唯有一次，一个清白无辜、敬爱上帝的小伙子冒险为一个半夜时分濒死的人请牧师，当时刚好魔鬼的活动开始。小伙子看到山毛榉从地上升起，原来每一棵都由两只火红的松鼠抬着，旁边的绿衣人骑着一头黑山羊，手执火红的皮鞭，带着松鼠们从空中飞过去，任务瞬间就完成了。小伙子目睹了这一切，却并没有因此受到伤害。由此可见，绿衣人秉承了魔鬼的传统，在午夜时分活动，而且不准人类偷窥，但魔鬼对于虔诚的信徒依然无能为力。

　　单方面履行完合约，魔鬼本人便没有再出场，因为他已将自己的力量通过合约之吻转嫁到克里斯缇娜身上，同时，魔鬼的帮凶领主施托芬仍然不遗余力地将农奴逼向魔鬼。农民不想交出魔鬼索要的孩子，魔鬼在克里斯缇娜脸上留下的印记爆破，不计其数的黑蜘蛛流出，它们四处毒害牲畜。牲畜的吼叫声传到了城堡，盛怒的施托芬领主向穷人们怒吼道，他可不想因他们这些人的过失而承担失去这么多牲畜的损失，他所失去的，必叫他们赔偿。至于他们向魔鬼许诺了什么，那他们就该自己承担，因为那是他们自愿与魔鬼达成的协议。若是他因他们而造成了损失，他一定让他们为此付出千倍的代价！食不果腹的雇农必然没有钱来赔偿领主的损失，领主冷血的要求直接逼迫他们履行魔鬼合约。后来，有勇敢的牧师和虔诚的母亲与变成黑蜘蛛的克里斯缇娜搏斗，并先后牺牲，终于将黑蜘蛛——魔鬼的恶势力——封在了屋子里的洞中。

几代之后，人们忘记了教训，又开始变得傲慢自大（Hochmut, Hoffart）、目空一切，不再敬畏上帝，不再友善待人。人们追逐金钱，傲慢无礼，互相攀比，像当年的骑士一样大兴土木，折磨奴仆和牲畜。根据基督教的戒律，人不可傲慢自大，否则便会远离上帝、远离信仰。而拜金、追求大兴土木、迫害人畜等行为更是异教徒拜偶像的行为，是违背上帝之举，表明人们信仰缺失，道德败坏。这些远离上帝的人也逐渐发展成为魔鬼的帮凶，推动魔鬼合约的履行。黑蜘蛛被关 200 年之后，这个老房子里是个狡猾、强壮的女人当家，她跟克里斯缇娜一样是异乡人、傲慢、盛气凌人。她的独子克里斯滕性情温和、善良，对人和牲畜都很友好。这个女人不仅自己掌控儿子，她还把娘家的亲戚给儿子讨来做老婆，此后，两个高傲、自大的女人合起伙来把克里斯滕变成她们的奴仆。这个家里已经没了秩序，很快也不再敬畏上帝。上行下效，仆役们也跟女主人一样堕落无德、不敬上帝，渐渐地比主人还要放肆。由于屋子里困着黑蜘蛛，两个女人早就想把这破房子推倒，另盖新房，因为村里其他人都盖了新房。由于急着赶紧住进新房，这二人就不停地催逼奴仆和牲畜，日夜无歇地折磨他们，对前来帮忙的邻居同样恶言相向。当人们将第一颗钉子楔入门槛时，困黑蜘蛛的洞里冒起了烟，建筑工人们都忧虑地摇头，但两个女人听说后哈哈大笑，丝毫不把这个信号放在眼里。她们把旧房子留给仆役，自己搬进新房，开始长达三天的狂欢宴饮。这两个不敬神明的女人是导致第二次黑蜘蛛之祸的元凶，而她们的一个男仆则直接成了魔鬼的帮手。这个男仆本身就是个奇怪的家伙，没有人知道他来自哪里，他在女主人面前温顺如羊羔，在其他人面前他则凶猛如狼，对一切都充满了敌意。他有着红头发，性情残暴，但很会讨女主人的欢心。圣诞节将至，这家主仆在平安夜的狂欢中，尽情糟蹋食物、诽谤圣人，那个男仆甚至侮辱牧师，还给一条狗洗礼，堕落到极点。男仆扬言要让人们见识一下他的能力，他把钻头疯狂地钻进蜘蛛洞的塞子里，众人涌向他，他像魔鬼般疯狂地大笑，使出力气猛拉钻头。顿时屋子里雷声震天，一股灼热的气流从洞里喷出，那只又大又黑的毒蜘蛛出现在人们面前。黑蜘蛛在整个地区展开了更猛烈、更残忍地屠杀，圣诞节这天整个山谷都因黑蜘蛛带来的死亡哀鸿遍野。

综上所述,以绿衣猎人形象出现的魔鬼在农民面前仍然是传统的引诱者的角色,承诺给处于困境之中的可怜农民提供帮助。魔鬼本人狡猾多变、老谋深算,成功地诱惑农妇克里斯缇娜代表集体与之签订魔鬼合约,在此前和此后,魔鬼有几个得力的帮凶,即狠毒的领主施托芬骑士、不敬上帝的婆媳二人、她们疯狂的男仆,签约人克里斯缇娜经由魔鬼合约事实上也充当了魔鬼的帮手。

(二) 与魔鬼签约者:集体与个人

在魔鬼合约故事中,除了跟女巫审判相关的文本之外,签约人以男性为主,基本以个体出现。在《黑蜘蛛》的故事中,魔鬼合约人在这两方面均有突破:女性代表集体与魔鬼交易。所以,合约人既是克里斯缇娜个人,也是该地区的全体农民,而这个来自群体的女性既有自己的个性,也与集体的其他人有共性。共性使整个集体与魔鬼为伍,个性使克里斯缇娜成了签约代表、牺牲品和替罪羊。

整个地区的农民都是领主施托芬的雇工,为领主修建新城堡和林荫大道是集体的任务,因任务的不可完成性集体陷入进退两难的困境。对此,这个集体的男人们悲观绝望,一筹莫展。当绿衣猎人第一次出现时,男人们识别出魔鬼的身份后吓得一哄而散,随即失魂落魄地回到家。在妻子们的劝说下,男人们将在施托芬宫殿里的遭遇和碰到奇怪的猎人一五一十地说了出来,女人们被恐惧攫住,山谷里充斥着此起彼伏的哀号声,人人感同身受,好像猎人要的是自己家的孩子一样。只有一个女人没有痛苦哀号,她就是极易被诱惑的克里斯缇娜。她虽然也住在这山谷中,但来自林道,对于当地人来说是个异乡人。她不是那种喜欢待在家里、料理家务、相夫教子的女人。她有一双"充满野性的黑色眼睛",她不敬畏上帝,也不怕任何人。当她听说男人们没有当场拒绝骑士的无理要求时,她很生气,她觉得她若在场必定有这样的勇气。她得知男人们被绿衣人的提议吓得跑回了家,她真被气坏了,开始骂男人们胆小懦弱,不能灵活应对猎人的提议,或许可以讨价还价,说不定绿衣人会改要别的东西呢。她认为,领主安排这样的任务,就算魔鬼来帮忙,也不会损害大家的灵魂。她更生气的是自己不在场,否则哪怕是亲眼看一看魔鬼,知道他长什么样子也知足了。在基督教中,对魔鬼好奇本身就是罪孽,人更加不可试探魔鬼,就像不能试探上帝一样。

第二天,男人们聚到一起,商量对策。他们想再去求求领主施托芬,但没有一个男人敢于前去冒险,于是有人提议让女人和孩子们去哭诉,可能更会得到领主的同情,也被人否决。男人们除了试着以上帝之名顺从之外,别无他法。无人再提绿衣人,然而是否真的没有人再考虑他的提议,我们不得而知。魔鬼曾说,在第三天的夜里人们能在同一地点再次见到他,而三天之后农民们"恰好"都坐在魔鬼出现的拐弯处,他们自己反而"没有意识到"。天不怕地不怕的克里斯缇娜借口给丈夫送饭,恰好也来到这里,她想看看事情进展得如何了。听说男人们徒劳无功,一棵山毛榉都没弄好。克里斯缇娜毫不掩饰地骂男人们无能,正在此时,绿衣人又从人群中间冒出来,面带嘲讽,男人们又一次吓得四散奔逃。只有克里斯缇娜像着了魔似的站在那里一动不动,目不转睛地盯着外形奇特的魔鬼。一开始,克里斯缇娜对魔鬼还有些害怕,在他面前略有不自在,但随着魔鬼的甜言蜜语、阿谀奉承,这个傲慢、自负的女人很快又自以为是了。她知道魔鬼索取的报酬"任何一个基督徒都不会答应",但仍然一边大胆地与魔鬼讨价还价,一边考虑着如何欺骗魔鬼。

绿衣人没有追来,男人们对他的恐惧慢慢消散,旧烦恼又浮上心头,大家又开始为那无法完成的任务而叫苦连天,人们又悄悄在心里盘算:

> 他们甚至开始算计,他们大家所有人的命加起来,要比一个未受洗礼的小孩子的命重要得多,他们越来越忘掉,对一个灵魂所犯下的罪,比拯救成千上万个性命的功劳要重千万倍。[1]

可见,这个集体的男人确实胆小懦弱、没有担当,就算有想法也只在心里嘀咕,既不敢说出来,也不敢实施。此外,他们还自私、虚伪。男人们看见绿衣人后各自逃跑,并不知道克里斯缇娜已与绿衣人签约,甚至没

---

[1] Gotthelf, Jeremias: Die schwarze Spinne, Reclam: Stuttgart, 2012, S45-46.

有发现她不在他们中间。当克里斯缇娜再次出现在大家面前，所有人都假惺惺地表示很为她担心。克里斯缇娜强压着内心的激荡，指责男人们逃得真快，没有人照顾她这个可怜的女人，根本没有人回头看一眼，绿衣人对她做了什么。克里斯缇娜这样一说，人们立刻好奇心大发，迫不及待地想知道究竟发生了什么。克里斯缇娜抓住机会自我炫耀，说若不是她比所有人都有勇气，现在大家既找不到安慰，也寻不到出路。所有人都聚集在克里斯缇娜周围，苦苦央求，几乎要跪在她面前了，克里斯缇娜充分享受了高高在上的感觉之后，才终于开始讲述她与猎人签约的经历。然而，关于猎人吻了她的脸颊，吻过的地方火烧火燎地疼，她的内心也激荡不安，克里斯缇娜却只字未提。她只是强调，移植山毛榉的任务能够完成了，而且最近没有人生孩子，大家不用为此付出代价。人们听了欣喜若狂，人人都觉得绿衣人签约时没有向他们索取信物或者抵押品，事后完全可以抵赖、不认账，或者干脆欺骗魔鬼，反正人类欺骗恶魔的事又不是第一次发生，大家完全可以效仿，而且说不定到时候牧师也可能有办法对付恶魔。在魔鬼的历史上，确实曾多次发生过人用自身的聪明才智骗过愚蠢的魔鬼这样的故事，这类故事在民间童话中尤其受欢迎，因此农民们知晓此事合情合理，但以此为榜样似乎是自我误导。信仰基督教的农民们在困境中没有求助上帝，而是心存侥幸地转向了魔鬼，这是集体的罪责。在这个集体中，除了懦弱无能的男人们、悲观的女人们、狂妄傲慢的克里斯缇娜，也有为数不多的明智之人。听说和魔鬼交易的事，一位上了年纪、德高望重的女人面色凝重地说道：

> 这是亵渎神明的交易；谁与恶为伍，就永远摆脱不了恶的控制；谁将手指许诺给魔鬼，就等于把身体和灵魂都许给了魔鬼；只有上帝能将人们从苦难中救出，谁于危难中抛弃上帝，必将陷于危难。[①]

老者的话正是对魔鬼合约的预言，可惜人们根本不愿意听。第二天早

---

① Gotthelf, Jeremias: Die schwarze Spinne, Reclam: Stuttgart, 2012, S48-49.

上，大家发现魔鬼遵守交易，已按计划完成了工作，人们欢呼不止，并暗暗嘲笑绿衣人和骑士们。被这得来容易的好运冲昏了头脑，人们开始倾其所有、大肆庆祝，丝毫不顾及这些行为违背了上帝的戒律。之后，这个集体中有个女人要生产，随着生产的日子越来越近，人们的恐惧也与日俱增，他们害怕绿衣人会再次出现，索取属于他的东西。这位母亲是集体中少有的虔诚之人，离那个神秘的时刻越近，她就越渴望紧紧地依偎着上帝，身心投入地拥抱圣母，为她未出世的孩子祈求保护。她越来越明白，无论生死，无论处于什么样的危难，在上帝身边才是最大的安慰。上帝所在之处，恶魔无计可施。终于，她想出了一个办法：让上帝的仆人牧师带着一切洗礼所需的圣物和即将临盆的她待在一起，等孩子一出世，牧师就念咒不让魔鬼近身，并立刻给孩子施洗，这样，可怜的孩子就免于遭受由狂妄的父辈们制造出来的灾难。大家也同意这个女人的方法，但自从与撒旦签约之后，再也没有人去牧师那里忏悔了，因此牧师尚不知道魔鬼合约的存在，而现在所有人都不敢向牧师承认与撒旦签约的事实。牧师是个虔诚至极之人，在他面前大家深受良心的谴责。最终，另一个女人无法继续无视即将生产的母亲的痛苦，跑去向牧师陈述了一切。牧师成功地救下第一个婴儿，所有人都很高兴，一切的恐惧都消失了，人们再次自负地以为，只要骗了魔鬼一次，以后就可以用同样的方式一直诓骗他。得过且过的人们又开始狂欢庆祝，牧师警告大家，敌人还没有被战胜，但是没有人听从他的劝谏，大家只顾开怀畅饮。克里斯缇娜也在狂欢的人群之中坐着，但显得特别安静，她脸颊绯红，眼神阴郁，脸上怪异地抽搐，陶醉在胜利中的人们全然不知危险来临。

在签约的集体中，除牧师和200年后的救赎者克里斯滕之外，整个男性群体的特征明显：胆小、懦弱、无能、自以为是、得过且过、没有责任感、不敬上帝，男性的这种非正常状态是像克里斯缇娜这样的女性产生的基础。在这样的男性群体面前，她张扬、傲慢、狂妄、虚荣、自负，动辄责骂所有男人，而对自己的丈夫她更是有恃无恐，以至于她的丈夫养成了"说话要先经过妻子的同意"这一习惯。200年后再次导致黑蜘蛛之祸的婆媳比克里斯缇娜有过之而无不及，两个女人将克里斯滕的生活掌控在自己手里,把他变成她们的奴仆。在逃命的关键时刻,不仅别的男人不顾及克里斯缇娜的安危,连她的丈夫也早早跑远了。在这个集体中,男性处于非正常状态,男女两性之间的关系也是非正常状态,整个集体走向魔鬼合约也在情理之中,人们已经先破坏了上帝赋予男女之间的和谐、上帝为人类安排的正常生活秩序。与整齐划一的男性群体相比,集体中的女性性格略丰富一些,可分为三种:像克里斯缇娜一样的女人;没有主见,遇到困难只会痛哭哀号的女人;虔诚信仰上帝和圣母玛利亚的善良女人。因此在这个故事中,签约的是女人,指责签约是委身于魔鬼之行为的是女人,相信上帝、想办法解救婴儿的是女人,主动向牧师坦白签约事实的是女人,牺牲自我为封住黑蜘蛛的是女人、200年后再次导致灾难的还是女人,可见故事中女性形象、角色的复杂性。

  作为女性签约人,克里斯缇娜的形象与传统的女巫形象有联系,也有区别。在女巫审判中,女性通过魔鬼合约成为魔鬼的仆人、姘头,通过魔鬼满足自身的淫欲,在魔鬼的帮助下获得高超的巫术,与魔鬼沆瀣一气、祸害常人。克里斯缇娜在与绿衣人的接触过程中,绿衣人言语暧昧、对她阿谀奉承,两人订立了"吻约",似乎暗示着克里斯缇娜与传统的女巫身份有关,但除此之外故事并未提及两人之间有性欲上的牵扯。克里斯缇娜最终变成蜘蛛,疯狂地袭击人群,充当了魔鬼的帮凶,但她同时也成了魔鬼合约的牺牲品,这一点与女巫的魔鬼合约也不一致。也有研究者建议把克里斯缇娜看成被诱惑的夏娃之原型,因为本身的好奇心和容易被诱惑的性格,夏娃偷吃了禁果,违背了上帝的意愿,最终被赶出伊甸园。克里斯缇娜也有容易被诱惑的特质,对于化身绿衣猎人的魔鬼非常好奇,夏娃试探了上帝,克里斯缇娜试探了魔鬼,两个人物开始都错误地估计了自身行为的严重性,最后只能自食恶果。[1]笔者认为,克里斯缇娜相比夏娃性格更加强烈,她的狂妄、自负、虚荣一步步将她导向深渊。在《黑蜘蛛》中,克里斯缇娜坚持不肯对任何人说起她内心的恐惧,说出绿衣人吻过她

---

[1] Richter, Thomas: "Die Täuschung währt wohl nur einen Augenblick, aber das Beben zittert noch lange nach": zur Funktion des Teufelspakts in Gotthelfs "Die schwarze Spinne" und Droste-Hülshoffs "Der spiritus familiaris des Roßtäuschers" In: Jeremias Gotthelf-Wege zu einer neuen Ausgabe, 2006, S210.

的脸,因为"她天生就是个狂妄傲慢的女人",①就算她被疼痛折磨得发疯、绿衣人让她一刻都得不到安宁。尽管如此,当大家商量着牺牲第三个孩子时,男人们都想避免跟魔鬼直接接触,因此没有人愿意抱孩子给魔鬼,克里斯缇娜再次自告奋勇去找魔鬼。是魔鬼的力量控制了她,还是她至死都自负、虚荣到如此程度?因克里斯缇娜与魔鬼以吻订约,她的身上似乎又有犹大的影子:犹大以吻出卖耶稣基督,②克里斯缇娜以吻将上帝信仰出卖给了魔鬼;犹大再也无法跟上帝和解,只好自裁谢罪,克里斯缇娜同样无法再得到上帝的谅解,变成一只黑蜘蛛。笔者认为,克里斯缇娜女性的身份使《黑蜘蛛》故事中的魔鬼合约人形象变得扑朔迷离,或许这正是作者塑造人物的成功之处。

(三)魔鬼合约的内容和履行

像所有其他的魔鬼合约故事一样,潜在的签约者先要面临一个凭自身能力无法破除的困境,这样魔鬼的到来才显得恰逢其时,签署魔鬼合约才能够水到渠成。农民们无法按领主的要求在一个月的期限内建成由百棵巨大的山毛榉组成的林荫大道,领主的刁难使他们进退维谷:若不执行命令或者执行得不够好,领主要他们"拿自家的财产和自己的鲜血来补偿";若勉强执行命令,大家要么被累死,要么因耽误了播种、冬天没有粮食吃而饿死。总之,农民没有出路,左右都是死。意外出现的绿衣猎人表示愿意帮助农民,把自己独一无二的畜力车借给他们运送山毛榉,还要替他们在骑士们面前出一口气,而且为此他只要一点点回报。闻此言,农民们喜出望外,以为猎人就是他们的救星,大家盘算着只要所有人对要付的酬劳没有异议,那么在猎人的帮助下,他们既能按时建成林荫大道,又不至于耽误了农耕,如此灭顶之灾可免。商量之后,农民询问猎人索要的报酬,他缓缓开口道:"我说了,我要的不多,就是个未受洗礼的孩子而已。"③

---

① Gotthelf, Jeremias: Die schwarze Spinne, Reclam: Stuttgart, 2012, S62. (Sie war von der Natur ein vermessen Weib.)

② 《路加福音》22:47-48。圣经原文为:耶稣还在说话的时候,有一群人来了。十二使徒之一的犹大带着他们,他上前去要亲耶稣。耶稣对他说:"犹大,你用亲吻来出卖人子吗?"

③ Gotthelf, Jeremias: Die schwarze Spinne, Reclam: Stuttgart, 2012, S35.

第四章　魔鬼合约母题的结构分析　　205

这句话像一道闪电击震慑了所有人，大家惊恐地四散而逃，因为魔鬼才会开出这样的条件。起初不敢与魔鬼为伍的农民尝试着开始艰苦劳作，但是有备而来的魔鬼自然会制造种种状况，迫使他们知难而退，最终不得不求助于他，为此他已经"善解人意"地许诺三天后再次与大家见面。因农夫们个个唯唯诺诺、胆小怕事，在魔鬼的操纵下，三天之后，魔鬼中意的签约人克里斯缇娜适时出现。

当这个泼辣、不惧鬼神的农妇正因男人们徒劳无功而大加责骂、催促他们再想别的办法时，她的肩膀上突然出现一只又黑又长的手，一个刺耳的声音喊道："是的，她说得对！"绿衣人突然冒出来，男人们赶紧逃命去了，只有克里斯缇娜像着了魔似的站在那里一动不动。针对克里斯缇娜的个人特征，魔鬼游刃有余地施展起诱惑的手段，很快就将这个傲慢、狂妄的女对手俘获。他不接受讨价还价，坚持只要一个未受洗的孩子，对此他也说明了自己的理由：

> 这是我的酬劳，我习惯了要这个，其他的我一概不要。谁会过问这么一个幼小的、谁都还不认识的孩子呢？趁人们还未从这么小的孩子身上得到快乐，也还没为他们付出多少，这个时候把他们送给别人是最好的。他们越小我就越喜欢，我就可以越早地按我的方式培养他们，我就可以带他们走得更远。对此，我认为洗礼根本没有必要，我不喜欢洗礼。①

在基督教中，洗礼即意味着加入教会，成为上帝的信徒，洗礼不仅仅是一种形式，它也是一种记号和印证，以表明恩典之约，与基督的联合、重生、罪得赦免。经过洗礼的人除非自愿委身于魔鬼，否则魔鬼没有支配这个人的权力。因此，魔鬼"不喜欢洗礼"。《圣经》中有记载，魔鬼通过各种方式与上帝争夺子民，争夺权力，进而与天国抗衡，《黑蜘蛛》里的绿衣人索取尚未被施洗的孩子正好与之相呼应。农民在得知猎人的报酬

---

① Gotthelf, Jeremias: Die schwarze Spinne, Reclam: Stuttgart, 2012, S41-42.

后吓得魂飞魄散，他们深知魔鬼是上帝的敌手，与魔鬼做灵魂交易是对上帝的双重背叛。看出克里斯缇娜的稍微犹豫，魔鬼立即摇尾乞怜，说："我并非提前就要一个未受洗的孩子作为回报。只要有人向我承诺，把接下来生的第一个孩子给我，而且不施洗，我就心满意足了。"魔鬼一方面要打消克里斯缇娜的顾虑，另一方面也让自以为是的农妇认为找到了可乘之机，日后可以反悔。这句话正中克里斯缇娜下怀，因为她知道在这个地区很长一段时间都不会有人生孩子，她即使答应了魔鬼也只是空口许愿而已。加上彬彬有礼、循循善诱的魔鬼在旁边提醒她时间不等人，劝她果断做决定，而且表示只要她承诺做自己能做的，他就满意了，其他事都不用管。最终，相信自己比魔鬼更狡猾的农妇答应订立魔鬼合约。

克里斯缇娜虽是首次与魔鬼打交道，但肯定听说了如何与魔鬼签约，因此答应之后她便瑟瑟发抖，以为魔鬼要放血，但是绿衣人继续表演自己的绅士风度，特意把一切程序都简化了：他不要求这么漂亮的女人用血签名，一个吻足够了。说完他就尖起嘴来在克里斯缇娜脸上吻了一下，她无法躲开，又一次像着了魔似的，四肢僵硬，动弹不得。绿衣人的尖嘴碰她的脸时，她像触到了火中的铁块一样心惊肉跳，身心战栗。绿衣人很快消失不见了，克里斯缇娜呆呆地站着，脸上被绿衣人吻过的地方火烧一样的疼，无论她如何擦洗，都无法缓解那灼热的疼痛。既没有东西抵押给魔鬼，签署合约又如此简单快捷，当时的克里斯缇娜完全想象不出，这个颇具绅士风度的吻会成为她致命的印记，对她的掌控力远远超过用鲜血签的纸质合约。

第二天早上，天清气爽，山毛榉笔直地立在领主的宫殿前面，牲畜没有劳累的迹象，车驾丝毫没有受损，像是有一只无形的大手挽救人们于不幸，这是魔鬼履行合约的结果。人们因得救而兴高采烈，只顾享受魔鬼合约带来的好处，没有人把它的代价放在心上，直到过了一段时间，第一位产妇即将临盆。克里斯缇娜作为经验丰富的助产士也曾在婴儿出生的现场，当牧师把圣水洒在孩子身上，并以圣父、圣子、圣灵的最高名义为孩子洗礼时，克里斯缇娜突然觉得好像有人将烧红的铁块按在她的脸上，按在那片被绿衣人吻过的地方。她猛地抽搐了一下，差点把孩子掉到地上，从此以后她脸上的疼痛便没有停止过，而且越来越灼热，渐渐地痛入骨髓。第一个孩子在大家的帮助下被牧师成功地施洗，人们自以为骗过了魔鬼，从此高枕无忧，因而忘情地狂欢。没有人注意到克里斯缇娜眼神阴郁，脸上怪异地抽搐。之后，她食不甘味、夜不能寐，魔鬼在她脸上留下的小点越来越大，越来越黑，她带着钻心的痛到处寻求安慰，却徒劳无功。不久，又有一位女人要生孩子，有了上次的经验，人们已经不那么害怕了，大家认为及时请牧师来帮忙，就可再次耍弄魔鬼。但克里斯缇娜的情况越来越糟，脸上凸起的部分逐渐显示出一只十字蜘蛛的形状，所有人看见她脸上的毒蜘蛛都惊恐地大叫着逃开，慢慢地大家都对她避之不及。人们越逃，克里斯缇娜就越是到处追人，因为魔鬼督促她去要那个许诺给他的孩子。克里斯缇娜脸上的蜘蛛就是魔鬼留下的地狱，疼起来时，她就像在火海中翻滚，像火热的刀刺进她的骨髓，她的大脑中像火旋风在旋转。

　　魔鬼用地狱般的酷刑来惩罚不履行合约的签约人。因此，当牧师和教堂司事第二次赶到产妇家中，准备和魔鬼抢夺未出世的孩子时，克里斯缇娜在路上拦住牧师，抱住他的腿，求他献出这个尚未出世的孩子，结束她地狱般的痛苦。牧师迅速将她推到旁边，火速投入到拯救灵魂的战斗中了。在魔鬼的直接操纵下，克里斯缇娜渐渐丧失了人性，变成魔鬼的爪牙，不顾一切为魔鬼索取未受洗的孩子。然而，第二个出生的孩子也成功得救了，人们欢呼不止，克里斯缇娜却因巨大的痛苦瘫倒在地，她的脸突然像爆炸了一样，借着闪电的微光，她看见不计其数的、长腿的、有毒的、黑色的小蜘蛛从脸上爆裂的肿块里爬出来，爬进黑夜里消失不见了。过后，她的脸恢复到刚被绿衣人吻过的样子，触碰的地方只有一个几乎看不到的小点。她用暗淡的眼神看着从自己身体里产生的魔鬼的后代，魔鬼派出它们以警告人们跟魔鬼开玩笑的后果。克里斯缇娜脸上的灼热暂时消除了，然而心里的火烧火燎却丝毫没有减弱，魔鬼在得到孩子之前不允许她有片刻的安宁。欢呼的人群过了好久才听到，外面嘶吼的牲畜在圈里翻腾不止。前去查看的人回来时吓得脸都白了：最好的母牛已经死了，剩下的在狂怒地咆哮着，对于这样的情况人们闻所未闻。大家意识到事情不对，欢呼声立即归于沉寂，所有人纷纷跑向吼叫声响彻整个山谷的牲畜，没有人知道是怎么回事。人们束手无策，牲畜的死亡越来越多。等到第二天太阳升起，人们才看清牲畜的圈里密密麻麻都是黑色的蜘蛛。它们爬到牲畜的身上，爬到饲料上，凡是黑蜘蛛爬过的地方都有毒，这些毒让活物怒吼不休。无论人们怎么打扫、清除，这些黑蜘蛛就像从地上长出来的一样到处都是，人们根本没有办法保护圈里的牲畜。大家把牲畜赶到外面的草地上，但牛的脚才刚落地，草地上立即冒出了数不清的黑蜘蛛。所有这些蜘蛛跟克里斯缇娜脸上的黑蜘蛛就像一个模子刻出来的，而这样的蜘蛛人们之前从未见过。

农民逐渐明白过来，这些蜘蛛是魔鬼对他们的折磨，是警告他们要遵守合约、履行合约。大家也猜测到克里斯缇娜肯定了解更多情况，她有意向大家隐瞒了真相。此时，人们再次因绿衣人而颤抖，再也不敢嘲笑他了。出于恐惧，大家聚到一起商量，并叫克里斯缇娜向大家解释清楚，她到底跟绿衣人做了什么交易。克里斯缇娜把一切和盘托出，男人们的心因害怕而颤抖不停。蜘蛛又开始在她脸上生长，疼痛加倍，她建议把第三个孩子交给魔鬼，否则不知道到时候又要发生多么大的灾难。相比对上帝的敬畏，人们更怕魔鬼的报复、折磨，于是农民决定牺牲第三个孩子，由克里斯缇娜把孩子带给魔鬼。在众人的密谋之下，克里斯缇娜从产房中抢出了孩子，恐惧向男人们袭来，他们有很不好的预感，然而没有人敢出面阻止这场行动。此时，克里斯缇娜的脸上闪动着胜利的红光。不料，全心全意侍奉上帝的牧师得知了消息，及时将婴儿从魔鬼和克里斯缇娜的手中又抢救回来。魔鬼第三次失去获得报酬的机会，克里斯缇娜顿时变成一只黑蜘蛛，开始疯狂地袭击人群。"死亡的人数是人们闻所未闻的，而且，比死亡更可怕的是人们对这只蜘蛛的不可名状的恐惧，它无所不在，人们却看不见它"，整个山谷笼罩着死亡和绝望。后来，第三个被救孩子的母亲牺牲了自己，将黑蜘蛛封进窗柱的洞里，这次悲剧才得以终止。两百年后，人们忘记了教训，渐渐又背离了上帝、抛弃了信仰，黑蜘蛛被魔鬼的帮凶放出来，再次酿成惨祸。克里斯滕作为当年牺牲的那位母亲的后代，做出了和祖先一样的选择：牺牲自己，结束黑蜘蛛灾难。虽然这里的人们从此以后幸福地生活到今天，然而黑蜘蛛仍在窗柱之中，它是人们未履行魔鬼合约的可怕见证，同时督促人们敬畏上帝，否则随时都有黑蜘蛛之祸再次上演的可能。

此外，自然的异象加剧了魔鬼合约故事的恐怖性，每当人们与恶为伍时异象便出现：魔鬼在克里斯缇娜脸上一吻，作为订约的标志，一道黄色的闪电在他们之间闪过，克里斯缇娜看见了绿衣人那张扭曲的魔鬼面孔，紧接着一声雷在她头上响起，仿佛天空爆炸了一样；签约的夜晚，狂风怒吼、雷电交加，随后乌云压境，暴雨忽至，像是夜精灵在狂欢，在这个季节，人们从未见过这样风雨肆虐的夜晚；伴随大自然的狂怒，牛马受惊，有的摔毁车架，有的跌进山崖，有的受伤哀号。第一个产妇平静地生下孩子，牧师成功地为孩子施洗。屋外也一片静谧，天朗气清，星星在天空上闪闪发光，树木静静地沐浴着天地间的精华，鸟儿轻声呢喃。而当克里斯缇娜抱着抢夺来的孩子准备到山上交给魔鬼时，大自然再现异象：风雨雷电交加，天地沸腾。不惧怕魔鬼的牧师勇敢地参与到拯救灵魂的战斗中，最终夺回了婴儿，彼时，风云撤退，天朗气清，昭示着上帝的胜利，和平的秩序重回人间。

三　合约故事的结局：信仰的救赎

（一）救赎的结局和拯救者

《黑蜘蛛》这个魔鬼合约故事的实际签约者是全体农民，克里斯缇娜是该集体的签约代表，因此，克里斯缇娜永远的变成了黑蜘蛛并不意味着魔鬼合约故事无法以救赎作结。相反，整个集体在两次魔鬼操纵下的黑蜘蛛灾难之后都赢得了救赎的结局，靠得是对上帝的敬畏、对信仰的坚守。笔者认为，戈特赫尔夫让全体农民被上帝之爱救赎，跟作者的个人身份和写作动机有关。戈特赫尔夫本人出生于牧师家庭，大学时学习神学，之后担任牧师，他以瑞士教育家、作家裴斯泰洛奇为榜样，积极献身于农村的教育工作，坚持通过创作农民题材的乡村故事，宣传大众教育的理念，对民众进行启蒙教育。所以，在《黑蜘蛛》的故事中，牧师和虔诚的男、女信徒承担拯救者的角色，人们重新敬畏上帝始得幸福的生活。

黑蜘蛛第一次被封印住之后，农民们认识到上帝的福祉与人类同在，于是人们忠于上帝、求助于上帝，诅咒魔鬼。连昔日不可一世的领主和众骑士也潜心思过，他们从此善待农奴，过着敬畏上帝的平静生活。大家对自我牺牲的母亲心怀感激，自愿帮忙抚养她的孩子们，直到他们长大成人、能够自力更生。因为黑蜘蛛困在他们屋子里，农民和骑士甚至要帮他们另盖新房，但他们虔诚的祖母不同意。她教导孩子们，黑蜘蛛是以圣父、圣子、圣灵的名义被封印于此的，只要他们始终敬畏上帝、尊敬三圣之名，黑蜘蛛就没有再次出来的机会。该地区的农民就这样幸福、安宁地生活了好几代，这是第一次救赎的结局，其中关键性的拯救者是牧师和虔诚的母亲。

牧师是该集体中全心全意信仰上帝之人，因此，与魔鬼签约的农民不敢面对他，但当他获悉事关无辜婴儿的灵魂时，他"没有说一句浪费时间的空话，立即勇敢地投入到与魔鬼争夺一个可怜的灵魂的战斗中"。他在产妇的房间里做好一切准备，使所有的恶魔都无法跨入，直到产妇平静地生下孩子，他立即为孩子施洗。救下第一个孩子，自以为是的人们狂欢庆祝，牧师警告大家，要小心谨慎，要向上帝祈祷，因为敌人还没有被战胜，大家的罪孽也尚未被上帝宽恕。但是没有人听从牧师的劝谏，人人只顾开怀畅饮。牧师落寞地离开，悄悄替无知的人们祷告、斋戒，向上帝祈求获得保护民众的力量。牧师第二次准备和魔鬼抢夺婴儿时，遭到克里斯缇娜的阻拦，牧师制服她之后再次投入到拯救之战中。克里斯缇娜在屋外疯狂地进攻，要进入屋内，得到那个未受洗的孩子。一阵阵狂风袭击着屋子，闪电围着屋子打转儿，但牧师镇定自若，他始终相信天主的手在魔鬼之上，无辜的孩子必得救赎。农民密谋要把第三个孩子献给魔鬼，因此在第三个产妇快生产之时没有人及时告知牧师，但出于使命感，他敏锐地发现了魔鬼的踪迹，在关键时刻大声喊出三圣之名，用圣物击退魔鬼和克里斯缇娜的进攻，迅速将圣水洒在孩子身上，再次击退变成大蜘蛛来袭击孩子的克里斯缇娜。当牧师与魔鬼的战斗结束时，风云撤退，这是上帝的昭示。牧师把抢夺回来的孩子送还给母亲，使昏死的母亲重新活过来，牧师正式以三圣之名为孩子施洗，让孩子彻底摆脱恶魔的纠缠。然而，牧师在搏斗中被黑蜘蛛咬伤，第二天就死了。他的死让人们意识到上帝的存在，意识到出卖自己的灵魂是错误的。

第三个被牧师救回的孩子的母亲和祖母，日夜向上帝祈祷，请求上帝的同情，并祈求除掉黑蜘蛛的办法。她们轮流守护在孩子身旁，保护他们免受黑蜘蛛的毒害。这个母亲逐渐想出一个办法，带着上帝赐予的力量，用自己的手与黑蜘蛛搏斗，将它赶进岩洞或者木洞，然后在将洞口用钉子封死。有一次，母亲在极度困倦之下睡着了，梦里她看见死去的牧师冲她喊："快醒醒，敌人来了！"牧师喊了三遍，她终于醒了，果然看见黑蜘蛛在她孩子的床上，欲往孩子的脸上爬。这个母亲心中想着上帝，飞快地用手抓住黑蜘蛛，灼烧的疼痛传遍了她的全身，但本着母亲的忠诚和爱，她仍然紧紧地把蜘蛛攥在手里，上帝给予她坚持下去的力量。忍受着剧痛，她用一只手将黑蜘蛛按进准备好的洞里，用另一只手塞上塞子，并用锤子钉死。这位母亲感到由衷的喜悦，因为她拯救了自己的孩子，为此她感谢上帝的仁慈。之后，像其他被黑蜘蛛袭击的人一样，这位母亲立刻死了。但母亲的忠诚（Muttertreue）消解了她的疼痛，天使们将她的灵魂引向上帝的宝座，在那里聚集了所有为别人奉献生命、因上帝而敢于奋斗的英雄人物。至此，黑色的死亡结束，宁静和生机重回山谷。

大约过了两百年，这里的人又开始变得傲慢自大、目空一切，不再敬畏上帝。克里斯滕是牺牲自己、结束黑蜘蛛灾难的那位母亲的后人，但他的母亲和妻子却宛如当年的克里斯缇娜。这两个女人追逐金钱，狂妄自负，喜欢与人攀比。她们讨厌困有黑蜘蛛的老房子，要另盖漂亮的大房子。克里斯滕反对母亲和妻子的做法，他相信祖先的教诲，知道全家的福祉系于这个老屋，他不怕封在那里的蜘蛛，因为他笃信上帝，一直虔诚地祈祷。他劝说家里的两位女人，但她们根本不听他的话。克里斯滕只好沉默，常常为此痛苦地哭泣。黑蜘蛛被放出的平安夜，参加完弥撒回来的克里斯滕看见满屋子的尸体和打开的蜘蛛洞，才明白发生了什么。黑蜘蛛在整个地区展开了更猛烈、更残忍地屠杀，圣诞节这天整个山谷都因黑蜘蛛带来的死亡哀鸿遍野。克里斯滕日夜向上帝祷告，但情况仍然一天比一天糟糕。慢慢地他的内心产生了想法，他应该自我牺牲，就像两百年前他的那位祖先一样。他又向上帝祷告，直到坚定了牺牲自我以结束灾难、拯救整个山谷的决心。他带着自己的孩子回到老屋，重新为蜘蛛洞做好了塞子，并给塞子撒上圣水，他做好了一切准备，等待着黑蜘蛛的到来。此时，恰好又有一个女人要生孩子，人们担心黑蜘蛛根据多年前的合约会把这个刚出生的婴儿抢走，但大家惧怕无处不在的黑蜘蛛，没人敢去请牧师。克里斯滕抱起刚出生的婴儿去找牧师，路上遇到黑蜘蛛，克里斯滕借助上帝的力量抓住了它，并在上帝的支撑下忍受剧痛跑回家，再次将黑蜘蛛封入洞中，然后他就死了。他的死不仅拯救了刚出生的婴儿，自己的孩子们，还有整个山谷活着的人。上帝的大手拂去了他灼热的疼痛，让他在喜悦与安详中闭上了双眼。牧师赶来郑重地为新生儿施洗，在场的人与牧师一起向上帝祈祷，感谢他赐予克里斯滕与黑蜘蛛搏斗的力量，感谢他赐予新的生活。

第二次灾难过后，人们重回教堂，忏悔、祷告。在这个家庭里，黑蜘蛛的故事代代相传，直到倒叙小说的开始。开篇描述了一片欣欣向荣、井然有序的日常生活场景，人与人之间、人与自然之间和谐共处。人们自由自在、各得其所、安居乐业，宁静、平和的心态中透露着节日的愉悦。这户人家要在教堂以上帝之名给孩子举行神圣的洗礼，因此庄重地准备一切事宜，并邀请亲朋好友共同见证这虔诚的时刻。这样一个其乐融融的生活即是魔鬼合约最后的结局，是人们敬神、内省、自我约束的结果。主客相谈中，有客人提出疑问：主人家的整个房子都是新的，为何唯独在第一扇窗户旁边有个难看的黑色窗柱？故事的叙述者祖父因此为在场的亲友讲述了黑蜘蛛的故事，并告诉大家，老房子早就破败不堪、无法住人了，这家人也根据需要造了新房子，但始终保留封黑蜘蛛的窗柱，并谨记黑蜘蛛灾难的教训。而今，故事的叙述者祖父经常坐在封住蜘蛛的塞子上，他并不觉得害怕，只有当他产生与魔鬼为伍的想法时，才会心生余悸。他认为，只要人们不忘记上帝，黑蜘蛛就要一直待在洞里。他把真相告诉大家，也是为了提醒大家不要忘记过去所犯的错误。恐怖的往事也给这栋房子的住户带来了庇护和幸福，因为，多少代以来，他们都循规蹈矩，牢记着警告，心中怀着对上帝的敬畏，"人们不是怕那只蜘蛛，而是怕上帝"。

(二) 替罪羊

在《黑蜘蛛》的故事里，与魔鬼签约者是整个集体，涉及集体罪责问题，而且集体中的男性大多懦弱无能，缺乏责任感，因此集体为罪责寻找替罪羊的故事便反复上演。农民为魔鬼合约寻找的第一个替罪羊是签约代表克里斯缇娜。克里斯缇娜虽然傲慢狂妄，但她与魔鬼的交易将整个集体从危难中救出，而且事后她也不愿意把孩子交给魔鬼，直至被魔鬼留下的印记折磨得失去人性和理智。第二个孩子快出生时，克里斯缇娜疼痛和恐惧的状况已经超出自己的控制能力，她到处追着人，希望能得到安慰和帮助。然而，几乎没有人顾及她的痛苦，大家都觉得事不关己，人们甚至认为她自作自受。只有当人们躲不过克里斯缇娜时，才会对她敷衍几句。克里斯缇娜愤怒地逼问自己的丈夫，他像别人一样逃避她，实在无路可逃时就冷血地对她说，她脸上不过是个胎记，很多人都有胎记，等胎记长好了就不疼了。集体对克里斯缇娜的冷漠跃然纸上。当克里斯缇娜把签约的全部情况说出来之后，因害怕而颤抖的男人们好久都不敢说话。之后，终于有人站起来，简短而明确地说，他认为最好的办法是把克里斯缇娜打死。只要她死了，绿衣人只能找死人算账，拿活着的人就没有办法了。克里斯缇娜疯狂地大笑，逼近那个男人，对他说，如果她是魔鬼想要的，那他尽管把她打死，但绿衣人要的不是她，而是一个未受洗的孩子。魔鬼能对她做的事，也能对他们所有人做。大家都明白这个事实，尽管如此，为了维护自己眼前的切身利益，农民仍然会毫不犹豫地把自己的同伴推出去，充当集体的替罪羊。克里斯缇娜最终变成了黑蜘蛛，在这个故事里成了集签约人、替罪羊和牺牲品于一体的角色。黑蜘蛛于 200 年后再度被放出，根本原因是新的集体背离上帝、道德堕落，然而人们还是乐意为这场大祸找出一个替罪羊。克里斯滕本来是个虔诚的信徒，谨守上帝的戒律，待人友善。他的母亲、妻子、仆人是黑蜘蛛之灾的罪魁祸首，但已死于灾祸，当绝望笼罩整个山谷时，愤怒在活着的人心里沸腾，大家对克里斯滕的咒骂如潮水般涌出。他们认为，克里斯滕应该对发生的一切负责，谁让他离开老房子，又放任自己的仆役不管，任由他们做不敬神的勾当。仿佛顷刻间所有人都变得非常虔诚了，而克里斯滕却是那个不信上帝的罪人，导致弥天大祸，活该受所有人的唾骂。至此，集体又把无辜的克里斯滕变成了替罪羊，并要求他赎罪。克里斯滕效仿祖先，牺牲自己、封住了黑蜘蛛，他是拯救者，同时也是牺牲品和替罪羊。

不仅仅是农民这个集体喜欢找替罪羊，以领主为首的骑士集团同样如此。无数的黑蜘蛛残害牲畜，暴怒的施托芬要穷人们对因此而造成的所有损失负责，因为是他们签订了魔鬼合约，他似乎忘了是自己下达的不可完成的命令将农民逼上了绝路，此刻他想把农民集体变成自己暴政的替罪羊。之后，克里斯缇娜变成黑蜘蛛，疯狂地袭击人群，致使死伤无数。消息传到宫殿，施托芬和众骑士也害怕起来，并为此争吵不休。施托芬担心黑蜘蛛会到宫殿里来报复，因为死去的牧师曾经说过，他加诸农民身上的苦难有一天会殃及自身，他之前从未相信过。他认为，上帝既然创造了两种人：骑士和农奴，那么自然会对骑士和农奴区别对待。而现在，他害怕万一牧师的话应验，于是他便狠狠地责怪手下的骑士们，而这些骑士都不想对此事负责，他们互相推诿，最后一致认为这一切都是施托芬的过错。除了施托芬以外，大家还指责一位年轻的波兰骑士，对于修建宫殿一事他说了最多轻率的话，最能刺激施托芬兴建新的工程和修建那不可能完成的林荫大道。他虽然很年轻，却是最疯狂的，他像个异教徒一样不敬畏上帝、不害怕魔鬼。

波兰骑士听大家这样说，自然不服气，于是他又狂妄地打算把黑蜘蛛找出来打死，结果反被黑蜘蛛所杀。自此，恐惧真正地占领了宫殿。以施托芬为首的整个骑士集团暴虐无道，将其中的波兰骑士充当替罪羊并不能阻止灾祸的发生，或许只能在某种程度上满足人们为集体开脱罪责寻找替罪羊的心理需求。

第五章

结　　语

在德语文学史上，魔鬼合约是个古老而时新的母题。千百年来，在作品中与魔鬼签约的主人公可谓前已有古人、后亦有来者。作为魔鬼合约的首要元素，魔鬼不仅在宗教史上是个重要的角色，在文学史上同样风头出尽。魔鬼曾经是一元体制中上帝的仆人，以诱惑基督徒为己任，协助上帝检验、加强人类的宗教信仰。作为二元体制中上帝的对手，魔鬼在13世纪至17世纪之间经历了繁荣期，一度成为思想界、政治界和社会上讨论的中心话题。18世纪时，启蒙运动和理性主义神学共同对抗魔鬼学说。19世纪，魔鬼这个人物在宗教范围内趋向边缘化，费尔巴哈（Ludwig Feuerbach）于1841年将诸神（Götter）、魔鬼（Teufel）、恶魔（Dämonen）统统阐释为人之意识的投影。这些事件都在当时的文学创作上得到反映，因此，伴随魔鬼的历史，魔鬼合约在文学上也走过了同样漫长的道路。

人们最早通过《圣经》了解魔鬼与魔鬼合约的故事，作为基督教的经典，《圣经》中相关的叙述对后世的民间文学和作家创作影响深远。在中世纪及之前，魔鬼合约故事在民间文学中传播、发展。魔鬼合约甚至一度突破了神学和文学的领域，进入人们的现实生活，造成了欧洲历史上惨绝人寰的女巫大屠杀。16世纪产生的浮士德民间传说给了魔鬼合约良好的发展契机，从此魔鬼合约伴随浮士德题材在德语文学史，乃至世界文学史上广为人知，浮士德作为魔鬼的合约人逐渐演变成了固定的文化符号。歌德时代大量浮士德作品的出现，使魔鬼合约母题经历了繁荣时期。浪漫主义时期，魔鬼合约母题在文学作品中被反复演绎，尤其在当时受欢迎的艺术童话中找到了合适的表现形式，该时期的魔鬼合约故事基本以神秘的、传说纷呈的中世纪为背景。而 19 世纪的魔鬼合约故事在结构上发生了显著改变，非真实的魔鬼合约与真实的人生故事结合起来，成就了一批虚实相间的传记故事。20 世纪的魔鬼合约则往往以隐喻的形式出现，使魔鬼与合约成为特定的象征符号，古老的合约故事正是以这种方式来承载现代性的主题。

魔鬼合约母题与其他众多文学母题不同，它不仅不能为作家们提供解决问题的现成方案，而且带有特定的故事背景，自身承载着特定范围的主题，致使对这个母题的演绎总是不可避免地与它本身的故事性相联系。魔鬼合约的基本组成部分：魔鬼形象、签约者、合约内容、合约的结局等元素在不同的文学时期、不同的文本中都有不同的呈现，这些变化着的元素不可避免地带有各个时代的烙印。魔鬼合约故事的结局曾短暂地在签约人下地狱与被救赎两者之间摇摆不定，但 18 世纪下半叶至今的魔鬼合约故事以救赎为主旋律。17 世纪之前的魔鬼合约故事大多为宣扬宗教服务，遵循叛教必死的教条，在基督教文化背景下签约人罚入地狱不难理解：故事的作者用魔鬼合约人的悲惨结局告诫教徒要严守信仰，同时试图使异教徒皈依基督教、信仰上帝。截然相反的救赎结局则发人深思，尤其是魔鬼的合约人因爱而得救赎，这爱可以是上帝的博爱，可以是俗世的爱情，也可以是亲情、友情之爱，甚至可以是人的自爱、大自然的抚慰之爱。此外，在主人公签署魔鬼合约、走向堕落的过程中，有一些小人物的形象值得关注，他们有的是魔鬼的帮凶，推波助澜；有的是魔鬼合约的替罪羊、牺牲品；有的是拯救者，看似弱小，却是唤醒主人公撕毁合约的星星之火、希望之光。女性在魔鬼合约中经常扮演重要的角色，她们有的是以圣母玛利亚为原型的拯救者，有的是以伊甸园的夏娃为原型的被诱惑者。总之，在魔鬼合约故事中，魔鬼和签约人都不孤单，他们的内心怀有强烈的动机，外部伴随着不可忽视的推动力量。

启蒙运动时期，莱辛、歌德等人突破性地演绎浮士德题材，成功地为魔鬼合约母题写上了救赎的结局，魔鬼合约逐渐从严肃的宗教氛围中走出，开始承载与时代相符的主题精神。歌德之《浮士德》的广泛传播使

第五章 结　语

魔鬼合约成为世界文学范围内的创作母题，魔鬼合约故事的辩证性开始受到重视。梅菲斯特和众天使一样是上帝的仆人，经由上帝允许，他满怀信心地打算引诱浮士德走上堕落之路。浮士德已是中世纪的饱学之士，却不满足于自己仅是个卑微的人，他想通过魔鬼合约寻求突破，超越人类的局限，以获得真正的知识及包罗万象的、绝对的有关世界和自然的经验，这是签约者的动机。歌德的浮士德委身于魔鬼的主要目的在于追求一个自我实现的存在、追求最高的瞬间，虽然他并不确定自己能否到达这个最高的瞬间，但对他来说更为重要的是这个目标驱使他一直保持追求、永不停歇。在歌德之前，浮士德题材鲜有救赎的结局，主要原因在于浮士德这个魔鬼合约人不信上帝、不敬神明的行为作风忤逆了基督教倡导的道德标准。歌德偏偏让他的浮士德最终得救了，理由是"凡是不断努力的人，我们能将他搭救"，这个结局使歌德的戏剧与其他浮士德文本区别开来。对歌德来说，永不停歇的追求作为浮士德这个人物的主要特征无疑是积极的，上帝也称这类行动着的人是好人。只要人在持续的探索行动中、而非耽于享乐，那么上帝的法则就在正常运行之中，这一切就是上帝乐于看到的，所以上帝派天使劫走了浮士德，让魔鬼白忙活一场。在歌德的观念中，这正是魔鬼的职责所在：用否定的、超常规的力量激发人类向上，以此协助上帝维持世界运行的法则。浮士德孜孜不倦的追求和永不停歇的行动是歌德剧作歌颂的主题，是浮士德获得救赎的内在原因，可称之为浮士德的自爱。浮士德的救赎还有一些外在的力量必不可少，如大自然的抚慰之力、格蕾辛的爱情力量和来自上帝的天国之力等。换言之，浮士德的救赎是由内在的自爱和外在的上帝之爱、爱情之爱及自然之爱共同作用的结果，爱在浮士德的救赎过程中举足轻重。

在沙米索的《彼得·施莱米尔卖影奇遇记》中，魔鬼"灰衣人"针对施莱米尔心中仍有理智残存的特殊情况，把魔鬼合约精心地设计为前后两次：影子合约和灵魂合约。作为诱饵的第一次交易，影子合约在形式上并不正式，而接下来的灵魂合约才是魔鬼的真正目的所在，它在形式上又回到了魔鬼合约的传统：合约写在羊皮纸上，需要用鹅毛笔蘸鲜血签署。在这个魔鬼合约故事中，根据各个阶段的不同策略、不同目标，魔鬼频繁地改变自己的形象和角色，从谦卑有礼的绅士到趾高气扬的嘲笑者，从老奸巨猾的诱惑者到唯唯诺诺的仆人，从推心置腹的合作者到凶相毕露的恐吓者，不一而足，但其最终目的只有一个：逼迫施莱米尔就范，签署灵魂合约。与歌德的浮士德不同，沙米索的施莱米尔早早地退出魔鬼合约，直至与魔鬼彻底决裂。因为拥有源源不断的金钱之后，施莱米尔不仅没有获得真正的幸福，反而感到恐怖、绝望，甚至觉得被整个世界抛弃了。施莱米尔曾因贫穷而自卑，进而为财富出卖影子，但当灰衣人亮出魔鬼的身份、要求他用灵魂换回影子时，施莱米尔最终拒绝了。没有影子、无法回归人类社会的施莱米尔孤独地在大自然中漫游，后来，由于偶然获得七里靴，命途多舛的施莱米尔终于找到人生的目标：在地球上自由漫步，考察动植物，研究地理学，将有限的生命用于崇高的科学研究事业。虽然失去了影子，但施莱米尔拒绝出卖灵魂给魔鬼，并在研究大自然的事业中找到内心的平静、生命的意义，他用自己的方式自由地活着，直到寿终正寝，这无疑是救赎的结局。作为施莱米尔的仆人、朋友，本德尔充当施莱米尔的保护神，给予他理解之同情和真诚的保护，使他不放弃自我救赎；作为施莱米尔的挚爱，米娜的爱情净化了他的人格，失去她的爱情则让他坚定了断绝与魔鬼往来的信念，这便是米娜对施莱米尔的拯救意义。除了米娜和本德尔的积极作用之外，对上帝的信仰和大自然的包容也都赋予了施莱米尔勇气，共同促成了施莱米尔的救赎。

瑞士作家耶雷米阿斯·戈特赫尔夫在中篇小说《黑蜘蛛》中塑造的魔鬼合约故事有很多独到之处，其一在于魔鬼合约的反复性：合约故事在叙述者讲述之前已经出现了两次，同一个魔鬼合约在叙述的过去、现在和未来一直有效；其二在于魔鬼势力的多元化：以"绿衣猎人"形象现身的魔鬼仅在签约前后出场了为数不多的几次，他有一些得力的恶人作为助手，维持邪恶的势力，推动合约的进展；其三在于签约者的特殊性：女性签约人克里斯缇娜代表集体与魔鬼交易，相对于魔鬼合约故事的传统签约者——男性个体——而言，《黑蜘蛛》的魔鬼合约传统而新颖。在《黑蜘蛛》的故事中，合约人既是克里斯缇娜个人，也是该地区的全体农民，而这个来自群体的女性既有自己的个性，也与集体的其他人有共性。共性使整个集体与魔鬼为伍,个性使克里斯缇娜成了签约代表。从故事的表层结构来看,农奴在封建领主的残酷压迫下走投无路,请"建筑魔鬼"(Bauteufel)解救集体脱困。集体中的男人们普遍懦弱无能,在苦难面前除了哭泣与忍受别无他法;狂妄自大的异乡女人克里斯缇娜则自作主张与魔鬼签下"吻约",盘算着事成之后戏弄这个绿衣男人,不料却遭魔鬼恶势力的化身——不计其数的黑蜘蛛——的疯狂报复,直至克里斯缇娜自己也变成一只大蜘蛛,阴魂不散地迫害生命。学习神学、担任牧师的作者戈特赫尔夫为这个恐怖的故事写上了宗教意味浓厚的救赎结局:牧师、虔诚的母亲和她虔诚的后代克里斯滕前后因与黑蜘蛛搏斗而牺牲,他们的舍己为人、敬畏上帝使于危难中远离上帝的集体农民重新获得了安宁的生活,封住黑蜘蛛的窗柱时刻提醒着村民,不要试探上帝和魔鬼。实际上,我们可以从多个层面上理解《黑蜘蛛》,它不仅仅是宗教意义上的上帝的警告。从社会批判角度看,是统治者的残酷压迫,迫使农民与魔鬼签约,走上犯罪的道路。从心理分析角度可以看到,农民们为了减轻自己良心的不安,一步步把克丽丝缇娜变成了替罪羊,使她成为集体犯罪的牺牲品。[①]

从19世纪至今,魔鬼这个人物在神学领域日益边缘化,然而文学上的魔鬼合约故事却层出不穷,这是为何?人的内心都有一种与恶魔签约为伍的隐秘愿望,这种对恶的渴望古已有之,且不断推陈出新——这是否就是魔鬼合约在文学创作上经久不衰的原因所在?归根结底,魔鬼合约母题涉及一个神学人类学的问题,即人与恶的关系问题,作家在创作中更注重这个问题本身的诱惑力、可塑性和功能性。18世纪以来,作家演绎魔鬼合约母题的本意不是就魔鬼的真实存在提出神学上的讨论,而是尝试通过文学叙事再现人与恶的关系:主人公走向魔鬼,有意识地与之为伍,想要利用魔鬼的力量,并试图掌控这种力量。主人公行为背后的意义及其造成的后果一直是作家探讨的关键所在,历史上不同时期的作家对这个问题的探讨提供了人与魔鬼结合、人摆脱魔鬼的各种可能性。其次,魔鬼合约故

---

① 参见范大灿、任卫东、刘慧儒《德国文学史》(第3卷),译林出版社2007年版,第291页。

事抛出了神学上处理得非常谨慎的一个问题：消极事物的积极意义。魔鬼所象征的消极、否定之力一旦与人为伴，会将人导向何方？人在这个过程中又会作何选择？歌德借魔鬼合约在浮士德的故事中提出的问题，时至今日仍然发人深思。

附 录

《格林童话》中的魔鬼合约故事

附录包括选自《格林童话》的 12 篇童话故事的中文译文，分别是：《有三根金发的魔鬼》(Der Teufel mit den drei goldenen Haaren)、《没有手的女孩》(Das Mädchen ohne Hände)、《死神教父》(Der Gevatter Tod)、《金山王》(Der König vom goldenen Berg)、《玻璃瓶中的妖怪》(Der Geist im Glas)、《魔鬼的邋遢兄弟》(Des Teufels rußiger Bruder)、《熊皮人》(Der Teufel Grünrock)、《三个手艺人》(Die drei Handwerksburschen)、《魔鬼和他的祖母》(Der Teufel und seine Großmutter)、《上帝的动物和魔鬼的动物》(Des Herrn und des Teufels Getier)、《农民和魔鬼》(Der Bauer und der Teufel) 和《坟丘》(Der Grabhügel)。

有三根金发的魔鬼

从前，有个贫穷的女人，生了一个儿子。因为他出世时头上包着胎膜，有人预言，他 14 岁时要娶国王的女儿做妻子。正巧，国王不久来到村里，没人知道他是国王。他向人们打听有什么新鲜事，人们对他说："前几天这儿生了一个有胎膜的孩子。这样的孩子以后做什么事，事事如意。有人预言，他 14 岁时要娶国王的女儿做妻子。"这个国王心很毒，对预言感到很生气，于是来到孩子的父母那里，装得十分和善地说："可怜的人，请把孩子托付给我吧，我会照料他。"开始他们拒绝，可这个陌生人答应给许多金子后，他们想："这是个幸运儿，他一定会有好结果的。"终于表示同意，把孩子给他。

国王把孩子放进一只盒子，骑马继续往前走，来到一条大河边。他把盒子扔入河中，心想：这下我可帮女儿摆脱了这个意外的求婚者。但盒子没沉下，而像一只小船那样漂在水面。它漂到离国王京城约两里的一座磨坊前，在河岸边停下。一个磨坊小伙计正好站在那里看见盒子，就用钩子把它钩上岸，以为找到了大笔财富，打开盖子一看，只见里面躺着个漂亮的小男孩，十分健康和活泼。他把孩子抱到磨坊主夫妇那里，他们还没孩子，非常高兴，说："这是上帝赐给我们的。"他们尽心抚养这个弃儿，他渐渐长大，品行端正。

正巧，为了躲避雷雨，国王有一次走进磨坊，问磨坊主夫妇，这个高个子少年是不是他们的儿子。"不。"他们回答。"这是个弃儿，14年前随一只盒子漂到河岸边，磨坊小伙计把他从水里捞了上来。"国王马上明白，这个幸运儿不是别人，正是他当初抛入水中的孩子。他说："你们这些好心人，能否让这孩子给王后送一封信？我会赏给他两个金币。""听候陛下吩咐。"他们回答，让孩子做好准备。于是国王给王后写信，信中说："只要这个送信的男孩一到，就把他处死并埋起来，这一切要在我回来以前办妥。"

男孩带信上路，可迷失了方向，傍晚时分来到一座大森林。黑暗中他看见一点亮光，便朝亮光走去，来到一间小屋前。他进屋一看，有个老太婆独自坐在火边。她看见男孩，吓了一跳，说："你从哪里来，想到哪里去？""我从磨坊来，"他回答，"想到王后那里去送封信。但是我在森林里迷了路，想在这儿过一夜。""可怜的小伙子，"老太婆说，"你误入了强盗窝，他们一回来，会杀了你。""谁要来就来吧，"小伙子说，"我不怕。"说着他躺倒在一条长凳上，睡着了。不一会儿，强盗们回到家，恼怒地问，躺在那儿的陌生男孩是谁？"唉，"老太婆说，"这是个无辜的孩子，他在森林中迷了路，出于好心我把他留了下来。有人要他给王后送一封信。"强盗们打开信，看到里面写着，这个男孩一到那里就将被处死。冷酷无情的强盗也不禁生出恻隐之心。强盗头目撕掉了原信，另写了一封，里面写着，男孩一到，就该让他马上同公主成亲。他们让他安静地在长凳上睡到第二天早上，等他醒后，把信给他，并指给他看正确的路。王后收到信，念完后就按信里写的让人举行盛大婚礼，公主就同幸运儿成了亲。因为少年又英俊又和气，她同他一起生活得又高兴又满意。

过了一段时间，国王返回王宫，看到预言应验了，幸运儿已同女儿成亲。"这是怎么回事？"他问，"我在信中可下了另一道命令。"王后把信递给他说，他该自己看看，里面写些什么。国王念了信后发现，信已被人调换。他问少年，交给他的那封信到哪里去了？他为什么送来另一封信？"我什么也不知道。"他回答，"一定是我夜里在森林里睡觉时，信被换走了。"国王怒气冲天，说："这件事可不能就这样轻易地算了！谁想娶我女儿，必须给我从地狱里取来魔鬼头上的三根金发，取来了我要的东西，你就可以娶我女儿。"国王想这样就能永远摆脱他。不料幸运儿却回答："我乐意去拿这些金发，我不怕魔鬼。"他道了别，开始他的旅行。

顺路走下，他来到一座大城市。城门边的卫兵问他，会什么手艺？又知道些什么？"我无所不知。"幸运儿回答。"那么请帮个忙，"卫兵说，"告诉我们，我们集市上的那口井，原来涌出葡萄酒，现在怎么干了？甚至水也没有？""这你们会知道的，"他回答，"不过得等我回来。"说完他继续前进，来到另一座城前。城门卫兵又问他会什么手艺？知道些什么？"我无所不知。"他回答。"那么请帮个忙，告诉我们，我们城里的一棵树，原来结金苹果，现在怎么连叶子也不长了？""这你们会知道的，"他回答，"不过得等我回来。"说完他继续前进，来到一条大河边，他得过河。船夫问他会什么手艺？知道些什么？"我无所不知。"他回答。"那么请帮个忙，"船夫说，"告诉我，为什么我把船撑来撑去，永远没人替我？""这你会知道的，"他回答，"不过得等我回来。"

渡过了河，他就找到地狱的入口。里面漆黑一片，布满烟灰，魔鬼没在家，可他的祖母坐在一只宽大的安乐椅中。"你有什么事？"她问他，看上去并不凶恶。"我很想得到魔鬼头上的三根金发。"他回答，"否则我不能留住我的妻子。""你要的太多了。"她说，"如果魔鬼回家发现你，你会没命的。不过我愿意帮你。"她把他变成一只蚂蚁，并说："爬到我衣褶里，这样就安全了。""行。"他回答，"这样很好，不过我还想知道三件事：为什么有口井，原来涌出葡萄酒，现在却干了，甚至水也没有？

为什么有棵树，原来结金苹果，现在连叶子也不长？为什么一个船夫把船撑来撑去，没人替他？""这可是些难题。"她回答，"不过你尽管安静待着，等我拔魔鬼那三根金发时，注意听他说什么。"

天色渐暗，魔鬼回家了。刚进屋，他就觉得空气中有异味。"我闻到，我闻到人肉味。"他说，"这里有些不对劲儿。"然后他向各个角落张望，可什么也没发现。祖母开口骂他："地刚扫干净，一切都弄得整整齐齐，现在你又要给我翻得乱七八糟；你鼻子一直有人肉味！快给我坐下，吃你的晚饭。"魔鬼吃饱喝足，有些疲倦，把头靠在祖母怀里，让她给自己抓虱子。不多久他就睡着了，还打起呼噜。于是祖母抓住一根金发，拔出并放在身边。"哎哟！"魔鬼叫出声，"你干什么""我做了个恶梦，"祖母回答，"所以抓了你的头发。""你梦见什么？"魔鬼问。"我梦见集市上的一口井，原来涌出葡萄酒，现在干了，甚至水也没有，不知是怎么回事？""嘿，他们怎么会知道！"魔鬼回答，"井里一块石头下有只癞蛤蟆，把它打死，葡萄酒又会流出。"祖母又给他捉虱子，直到他睡着，鼾声把窗户都震动了。于是她拔出了第二根金发。"呵！你做什么？"魔鬼生气地大叫。"别恼火，"她回答，"我做梦干的。""你又做了什么梦？"他问。"我梦见，在一个王国里有棵果树，原来结金苹果，可现在连叶子也不长了，这是什么原因？""嘿，他们怎么会知道！"魔鬼回答，"有只老鼠在咬树根，打死老鼠，这棵树又会结金苹果。不过别再用你的梦来打扰我。如果你再把我从睡梦中弄醒，你要挨耳光。"祖母好言安慰他，重又替他捉虱子，直到他入睡打鼾。于是她抓住第三根金发，拔了出来。魔鬼一下跳起身来，大叫着要同她算账，可她又使他安静下来，说："谁又对做恶梦有什么办法呢！""你梦见什么？"他好奇地问。"我梦见一个船夫，他抱怨说，他把船撑来撑去，就是没人替他。这是怎么回事？""嘿，这个笨蛋！"魔鬼回答，"如果有人来想过河，他得把船篙往这人手里一递，以后这个人就得撑船，他就自由了。"祖母既然拔了三根金发，三个问题也得到了回答，便让这条老龙安静地一直睡到天亮。

魔鬼又出了门，老太婆从衣褶里拿出蚂蚁，让幸运儿恢复人形。"这是你要的三根金发。"她说，"魔鬼对你那三个问题讲的话，你大概也听见了。""是的,"他回答,"我听见了,会好好记住。""现在你得到了帮助,"她说,"可以走自己的路了。"他谢过老太婆在困境中给他的帮助,离开了地狱。他来到船夫那里,船夫要他履行诺言,给他回答。"先帮我渡过河,"幸运儿说,"然后我告诉你怎样得到解脱。"到了河对岸,他把魔鬼的主意告诉他:"如果有人来想过河,就把船篙往这人手里一递。"他继续前进,来到树不再结果的城市,卫兵也要他回答上次那个问题,幸运儿也把从魔鬼那儿听来的话告诉他:"打死咬树根的老鼠。这棵树就又会结金苹果。"卫兵谢过他,又给他两头驮着金子的毛驴作为酬劳,毛驴跟着他一起前去。最后他来到井干枯了的城市,他把魔鬼说的话告诉卫兵:"井底一块石头下有只癞蛤蟆,把它找出来打死,井里就又会涌出许多葡萄酒。"卫兵谢过他,同样给他两头驮着金子的毛驴。

幸运儿终于回到妻子身边。她重新见到他,又听说他一切顺利,心里非常高兴。他给国王送去了他要的三根魔鬼的金发,国王看见四头驮着金子的驴,满心欢喜地说:"现在一切条件都满足了,你可以继续把我女儿留在你身边。不过,亲爱的女婿,请告诉我,这么多金子是哪儿来的?这可是一大笔财富!""我渡过了一条河,"他回答,"从那里带回了金子。那里布满河岸的不是沙子,而是金子。""我也可以拿吗?"国王贪心地问。"你想拿多少就拿多少,"他回答,"河上有个船夫,您可以让他渡您过河,这样您就可以在对岸装满您的袋子。"贪婪的国王急忙上路,赶到河边,向船夫招手,让他渡自己过河。船夫撑船过来。让他上船。到了河那边,船夫把船篙往他手中一递,自己跳上岸跑了。从那时起,国王不得不在河上撑船,这是对他罪孽的惩罚。

"他难道还在撑船?""难道不吗?没人会去接他手中的船篙。"

([德]雅各布·格林、威廉·格林《格林童话》,卫茂平译,北岳文艺出版社2011年版,第49—53页。)

没有手的女孩

有个磨坊主渐渐变穷了,除去他的磨坊和磨坊后的一棵大苹果树,不再有任何财产。一天，他进树林砍柴，一个他从没见过的老头子走过来对他说："干吗受这份儿砍柴的罪呵！我愿意叫你富起来，只要你答应把磨坊后的东西给我。"

那儿除去一棵苹果树什么也没有呀，磨坊主想，于是说"好的"，答应了陌生人的要求。可这人冷笑了笑，说："三年后我来取属于我的东西。"说罢便走了。

磨坊主回到家，妻子迎面跑来，问："告诉我，当家的，咱们家突然从哪儿来的这么多财富？一眨眼箱子柜子满是钱，又没见谁拿来，真不知怎么搞的？"

"是我在林子里碰见那个陌生人送的，"磨坊主回答，"他答应让我发大财。我呢，许诺了把咱们磨坊后的东西给他；多半就是那棵大苹果树呗。"

"嗨，老头子，"妻子害怕了，说，"那家伙准是个魔鬼！他要的不是苹果树，而是咱们闺女；她刚才正好在磨坊后边扫院子啊。"

磨坊主的闺女是个又美丽又虔诚的姑娘，在接下来的三年中她敬畏上帝，没有任何罪孽。三年期满，魔鬼来带走她的那天到了，她便洗干净身子，然后用粉笔在自己周围画了个圆圈。魔鬼来得很早，可就是不能靠近她。他怒气冲冲地对磨坊主说："把所有的水都搬开，叫她再不能洗澡，不然，我就不会有控制她的力量。"

磨坊主害怕魔鬼，照着他的话做了。第二天一早魔鬼又到来，姑娘已先把眼泪洒在手上，仍旧把身子洗得干干净净。这样，他还是不能接近她，就怒气冲冲地对磨坊主说："砍掉她的双手，不然我拿她毫无办法。"磨坊主大为惊恐，回答："我怎么能砍掉自己亲生女儿的手啊！"

"你要不砍，那你就归我所有，"魔鬼威胁他说，"我就把你自己给抓去！"

磨坊主害怕了，答应听从他。随后，他走到女儿面前，说："孩子，我要是不砍掉你的手，魔鬼就要抓走我，我一害怕便答应了他。帮我解除苦难吧。原谅我，要是我对你犯下罪过。"

"亲爱的爸爸，"姑娘回答，"您要把我怎么办就怎么办好啦，我是您的孩子。"说着，她伸出双手，让他砍掉了。

魔鬼又来第三次，可是姑娘先对着自己的断臂哭啊，哭啊，结果身子仍然冲洗得干干净净。这一来，魔鬼只好认输，失去了对她的一切权利。磨坊主对女儿说："多亏你，孩子，我获得了巨大的财富，我要一生一世供你过最舒适的生活。"女儿却回答："不，这儿我呆不下去，我想离开。好心的人们会给我需要的一切。"说完，她请人把断臂绑在她背后，等太阳一升起就上了路，走了一整天，一直走到黑夜降临。

这时候，她来到了一片国王的花园外。月光下，她看见园内的树木结满了鲜美的果实。可是她进不去，园子周围有一条小河。她呢走了一整天没吃一口东西，饿得很难受，就想："唉，要是能上里边吃几个果子就好啦，不然我会饿死的！"想着想着她跪在了地上，呼唤着上帝，向他发出祈祷。

这时来了一位天使，他关住水中的一道闸门，河沟干了，姑娘走了过去。她随即进了园子，天使仍陪着她。她看见一棵果树，上面结着漂亮的梨子，可全是点过数的。她走到树下，用嘴咬下一个来吃掉了，解了解饥，对别的梨却一个未碰。

园丁发现了，但因为有天使在旁边，心里怀敬畏，以为她也是个仙女，既不敢叫喊，也不敢与仙女搭话。姑娘吃下梨后觉得饱了，就走进小树丛中藏起来。

第二天早晨，国王来到他的园子里，数树上的梨子发现少了一个，便问园丁到哪儿去了。国王认为既然树下没有梨子，准是给偷走了。园丁赶快回答："昨天夜里来了一位仙女，没有手，用嘴咬下一个梨子吃了。"

"仙女怎么过得了河？"国王问，"她吃完梨子又上哪儿去了呢？"

园丁回答："一个穿着雪白衣服的什么人从天上降下来，关住闸门，放干河水，好让仙女走过河沟。那想必是位天使，我害怕了，没敢问，也没敢喊。仙女吃完梨，便回去了。"

国王说："你要说的是实话，今天夜里我就和你一起守园子。"

天黑了，国王来到园中，并带着一位准备与仙女谈话的祭师。三个人坐到树下，注意着动静。半夜，姑娘从小树丛中钻出来，走到树跟前，又用嘴咬梨子吃；在她旁边，站着位浑身衣服雪白的天使。这时祭师走出来，问："你是来自天国，还是来自人世？你是神，还是人？"

姑娘回答："我不是神，而是一个被大家抛弃了的可怜人，只有上帝没有把我遗弃。"

国王说："要是世人都抛弃了你，那我不愿意也不会抛弃你。"说完把她带回到宫里。

由于她美丽又虔诚，国王打心眼儿里喜欢她，让人用银子替她打了一双假手，娶她做了妻子。

一年后，国王去出征，临行把年轻的王后托给他母亲，说："如果她生孩子，请你好好照顾她，给她营养，并且立刻写信告诉我。"

王后果然生下一个漂亮儿子，老婆婆赶紧写信向国王报告喜讯。谁料信使半路上在一道小溪旁休息，因为长途跋涉太疲倦，便睡着了。

这时那个老想害虔诚的王后的魔鬼走来，调换了信，在信中说什么王后生了一个怪胎。国王读完信大惊，心情十分忧郁，不过仍然回信要家人好好照料王后，等他回去再说。信使回去时在同一个地方休息，又睡着了。魔鬼走来放了另一封信在他袋里，信中要求把王后和她的儿子一起处死。老太后接到信吓得要命，不相信真有这事，又写一封信给儿子。可是，回答仍旧一个样，因为魔鬼每次都把信使的袋子给换了。在最后一封信里还写着，必须在处死王后时留下她的舌头和眼珠当凭证。

老太后痛哭流泪，不忍心看见清白无辜的人被杀死，便让人在夜里捕来一头母鹿，挖出它的舌头和眼珠保存起来。然后她告诉王后："我不忍按国王的命令处死你，可你再不许留在宫中，带着你的孩子走得远远的吧，永远别再回来哦。"说完她把婴儿绑在媳妇背上，可怜的女人只好眼泪汪汪地走了。她走到一片原始森林里，双膝跪下祈求上帝，上帝的天使出现了，领着她来到一幢小屋前。小屋门上挂着个小牌儿，牌上写着：人人可以自由居住。从屋里走出来一位衣裙雪白的少女，说："欢迎您，王后娘娘！"接着领她进了屋。在屋里少女替她解下背上的婴儿，把婴儿放进她怀里吃奶，吃完奶又放他到一张铺好了的精美小床上。这时候，可怜的女人才问："你从哪儿知道我是王后呢？"——"我是个天使呗，"白衣少女回答，"上帝派我来照顾你们母子。"随后，王后在小屋中一住七年，得到了很好的照顾。由于她的虔诚，上帝保佑她，使她被砍掉的手又长了出来。

终于，国王打完仗，回到家，第一件事就是要见见他的妻子和孩子。他母亲一听就哭起来，说："你这凶残的人啊，你凭什么写信给我，要我害死两个清白无辜的善良人！"说着就让他看那两封被魔鬼做了假的信，并且继续说："我已经按你的命令做了。"并且把物证拿给他：一条舌头，两颗眼珠。

国王也开始哭泣，哭他可怜的妻子和小儿子，哭得比母亲还要悲痛得多。她忍不住怜悯起自己的儿子来，对他说："放心吧，她还活着。我让人偷偷宰了一头母鹿，取来这些凭证，还把婴儿绑在你妻子背上，让她远走他乡啦。临行我强迫她保证永远不再回来，因为你恨死了她。"

国王听罢说道："我要走遍蓝天下的所有角落，不吃也不喝，直到找回我亲爱的妻子和孩子，只要她们这期间没有丧命，没有饿死。"

随后国王便四处漂泊，差不多有七年之久，他找遍了所有石缝和岩洞，可哪里也找不着妻子和儿子，心想他们已经饿死了。在整个七年里，他不吃不喝，然而上帝维护了他的生命。最后，他走进了一片大森林，发现林中有一幢小屋，门上挂着块小牌子，牌子上写着：人人可以自由居住。

这时屋里走出来一位白衣少女，拉住他的手领他进屋，说："欢迎您，国王陛下。"并且问他从什么地方来。

国王回答："我四处漂泊快七年啦，寻找我的妻子和孩子，可是找不到他们呵！"

天使给他送上吃喝，他却没有动，只希望休息一下。他躺下睡觉，用一块帕子盖住了面孔。

随后，天使去到王后带着她孩子——她总把孩子叫作"苦儿"——住的房间，对她说："领着儿子出来吧，你丈夫到了。"妻子走向丈夫躺着的地方，正好帕子从他脸上掉了下来，她于是说："苦儿，替爸爸把帕子捡起来，再给他把脸盖上。"孩子拣起手帕来盖好了。国王在迷迷糊糊中听得明白，故意让手帕又掉到地上。

小男孩儿不耐烦起来，说："妈妈，我在世界上根本没有爸爸呀，怎么能盖上他的脸呢？我只学会了祈祷：'我们在天上的圣父啊！'你曾告诉我，我父亲在天上，他就是仁慈的上帝。现在怎么能叫我认这个野蛮人做爸爸？他不是，他不是！"

国王听了坐起来，问她是谁。她回答："我是你妻子，这是你儿子苦儿。"

"我妻子可有一双银手，"国王盯着她活动自如的真手说。

她回答："真手是仁慈的上帝让我重新长出来的。"这时候，天使去王后房里取来了银手让他看。他看了，才真相信找到了自己心爱的妻子和孩子，吻了他们，高兴地说："一块大石头终于从我心上掉下啦！"

天使还请他们一起吃了饭，然后他们就回家去见老奶奶。全国上下欢天喜地，国王和王后又举行了一次婚礼，他们快乐地生活着，直至生命完结。

（［德］雅各布·格林、威廉·格林《格林童话全集》，杨武能译，中国城市出版社2012年版，第71—74页。）

死神教父

一个穷人养了十二个孩子，仅仅为了给他们面包吃，他就得夜以继日地干活儿。如今第十三个孩子又出世了，他愁得没办法，就跑到大路上去，想第一个碰见谁就请谁当孩子的教父。他碰见的第一个人是仁慈的上帝。

上帝已经知道他的心事，对他说："贫穷的人啊，我怜悯你，愿意抱着你的孩子受洗礼，关照他，使他在人间过得幸福。"穷人问："你是谁？"——"我是仁慈的上帝。"

"那我不要你当我孩子的教父，"穷人说，"你把东西都赐给富人，却让我们穷人挨饿！"他说这话是因为不了解，上帝在分配贫富时是多么英明。

就这样，穷人离开了上帝，继续往前走。这时魔鬼迎面走来，对他说："你在找什么？要是你愿意让我做你孩子的教父，我会给他许多许多金子，还让他获得世上的所有欢乐。"

穷人问："你是谁？"——"我是魔鬼。"

"那我不要你做我孩子的教父了，"他说，"你总是欺骗人、诱惑人！"说完继续往前走。这时候，瘦骨嶙峋的死神冲他走来，说："让我当你孩子的教父吧！"

穷人问："你是谁啊？"——"我是死神，我对谁全一个样。"——"你是公正的，你不分穷富地抓走所有人，"穷人于是说，"请你当我孩子的教父吧！"

死神回答："我要把你的孩子变得又有钱又有名，因为谁拿我当朋友，谁就该过美满丰足的日子。"

穷人说："下个礼拜天行洗礼，你请准时来吧！"死神真就如他许诺的来了，并且像模像样地帮孩子受了洗礼。

男孩长大了，教父有一天叫他一块儿出去。他把孩子带进森林里，指给他看一种长在林中的草，说："现在该让你得到教父的礼物啦。我要把你变成一位名医。每次有人请你看病，我都会为你显形：我要是站在病人脑袋旁边，你就可以大胆地说，你决心把他治好，然后再给他服一点儿这种草，他便会恢复健康；可我要是站在他脚旁边，那他已经归我所有，你必须说：一切治疗都是枉然，世界上再没有任何医生救得了他。可你要当心，别不按我的意思使用这药草，不然你会倒霉的！"

不久，小伙子果然成了全世界最有名的医生。人们都说："他只需看一下病人，就知道情况如何，就知道病人是能康复呢，还是一定会死。"于是，远远近近的人都来接他去看病，给了他许多钱，使他很快成为一位富翁。

这时候，国王正巧生了病，派人来接医生去，要他讲还能不能康复。可他走到病榻前一瞧，死神呢已经站在病人的脚边上，也就是说国王已没治了。谁料小伙子这时却在心里嘀咕："要是我欺骗一回死神呢，他自然很不高兴。不过，我是他教子，他大概会睁一只眼，闭一只眼。我要大起胆子试一次！"他扶起病人，让他调了调头，这样死神就站在国王的脑袋旁边了。随后他给国王服了一点药草，国王便渐渐好起来，最后又恢复了健康。

可是死神却去医生那儿，阴沉着脸，举起食指，模样凶狠地威胁说："你小子骗了我！这一次嘛我原谅你，因为你是我的教子。可你再敢来一次，我就要你的命，把你一起抓走！"

不久以后，国王的女儿患了重病。她是他的独生孩子，国王因此没日没夜地哭啊哭啊，哭得眼睛都瞎了。他于是告示天下，谁要治好公主，谁就可以娶她做妻子，并且继承王位。

医生走到病人的床前，看见死神站在她的脚旁边。他本该想一想教父的警告才是啊！可是公主的无比美丽和做她丈夫的幸福，使他昏了头脑，把教父的话忘得干干净净。他看不见死神向他投来愤怒的目光，不顾教父举起手臂，晃着瘦骨嶙峋的拳头威胁他。他扶起病人，让她的头睡到原本放脚的地方。随后他给她服药草，她的脸颊马上便泛起红色，生命重新复苏。

眼看自己的所有物第二次被夺走，死神气得跑到医生那儿，吼道："你小子完啦，现在就轮到了你！"说着伸出他那冰冷的手来一把抓住教子，叫他反抗不得，随后就把他拽进了脚底下的地狱里。

在那儿，他看见千千万万朵烛光，一长排一长排地燃烧着，看不见头尾，有一些大，有些小一点，还有一些很小很小。每一瞬间都有一些熄灭掉，有另一些重新燃烧起来，于是看上去就像那些火苗在不断替换，在不断地跳过来蹦过去。

"你瞧，"死神对他说，"这就是人类的生命之光。大的属于孩子，小一些的属于结了婚的中年男女，最小的属于老年人。不过，经常有些孩子和青年也只有一朵小小的生命之火。"

"请让我看看我的生命之火吧，"医生说，他以为它一定还挺大哩。死神却指了指一丁点儿即将完全熄灭的小蜡烛头，回答："瞧吧，这就是。"

"哎呀，亲爱的教父，"吓坏了的医生说，"快请给我点一支新的；行行好吧，让我去享受我的生命，去当国王，去做美丽的公主的丈夫！"

"我办不到，"死神回答，"在点新的之前，必须有旧的熄掉。"

"那就把旧的接在新的上，让旧的没烧完新的立刻燃起来吧！"医生恳求。死神教父做出愿满足他愿望的样子，拿起一支没动过的大蜡烛，其实呢却心存报复，在接蜡烛时故意失手，让小蜡烛头翻倒在地，熄灭了。医生立刻倒在地上，自己也落进了死神的手心。

（［德］雅各布·格林、威廉·格林《格林童话全集》，杨武能译，中国城市出版社2012年版，第97—99页。）

金山王

一个商人有两个孩子，一个是男孩，一个是女孩。两个孩子都还很小，还不会走路。商人呢，还有两条载满货物的船航行在海上，而这便是他全部的家产。他原以为这样能赚许多钱，不料传来消息：两条船都沉了。

骤然之间，他由一个富人变成穷人，除去城外的一块地，就一无所有了。为了散散心，解解愁，他走到自己城外的地上，在那儿踱过来，踱过去。

他正踱着，身边突然出现一个黑色小矮人儿，问他为什么这样闷闷不乐，心里到底有什么不如意的事。商人回答："要是你能帮助我，我就愿意告诉你。"

"谁知道啊，"黑色小矮人儿说，"没准儿我就能帮帮你喽！"商人于是讲，他的全部财产都在海上沉没了，现在就只剩下眼前的这块地了。

"别发愁，"小矮人儿说，"我让你要多少钱有多少钱，你只需答应我，把回家去第一个撞着你腿的东西，过十二年再送到这儿来给我。"

商人想：除了狗还会是什么呢？他可没想到他那个小儿子，就回答："行啊！"并且在黑色小矮人儿的文书上签了字，盖了章，回家去了。

哪知回到家，小儿子一见父亲非常高兴，便扶着板凳摇摇晃晃地走过来，一把紧抱住了他的腿。父亲大吃一惊，想起了方才的许诺，这下他明白了，他抵押给人家的是什么。可是呢，他在家里翻箱倒柜仍旧找不到钱，于是转念一想，那也许只是小矮人儿开的一个玩笑罢了。

一个月后，他爬上阁楼，想搜些废铜烂铁出来卖，哪知却看见堆着一大堆的钱。这样，他心情又好了，又做起买卖来，成了一个比从前更富有的商人，因此对上帝也心怀感激。

这期间，小男孩长大了，而且聪明又伶俐。只是时间越接近第十二年，商人越加忧心忡忡，脸上便流露出了内心的恐惧。

一天，儿子问父亲哪儿不舒服。父亲开始不肯讲，可儿子一个劲儿地求啊求啊，他终于忍不住说出来：他在预先不知道的情况下，把儿子许诺给了一个黑色小矮人儿，自己因此得到了许多钱。他还签过字，盖了章，等十二年一满，就得把他交出去了呦。

儿子听了却说："噢，爸爸，您别害怕，事情会好的，那黑矮子不能把我怎么样！"

儿子请一位教士祝福了自己，时辰一到，他便跟着父亲一起去到城外那块地上。在那儿，儿子画了一个圆圈，和父亲一块儿站了进去。

一会儿，黑色小矮人儿走来，问老头："你把答应我的东西带来了吗？"

老头不吭声，他儿子却反问："你来这儿干什么？"

"我跟你父亲有话要讲，不是跟你，"黑色小矮人儿说。

"你骗了我父亲，引诱他上了你的当，"小男孩回答，"把他的签字交出来吧！"

"不行，"黑色小矮人儿说，"我不放弃我的权利！"他们就这么你一言我一语，终于取得一致意见：小男孩既不交给黑色小矮子，也不再属于自己的父亲，而是得坐进一只停在河上的小船，由他父亲蹬船离岸，让它顺流而下，就这样把小男孩的命运交给流水去决定。这时，小男孩与父亲告了别，坐进小船中，就等他父亲去亲自蹬开船了。哪知他那么一蹬，船却翻了个底朝天，船帮全没在了水中。父亲以为儿子淹死了，只得伤心地走回家去。

可小船呢并没有沉，而是静静漂向了下游，小男孩也安然无恙地坐在里面，小船漂啊漂啊，终于漂到一个陌生的地方，在岸边停住了。

小男孩登上岸，看见前方矗立着一座美丽的宫殿，便径直走去。谁知他一踏进宫门，宫殿就被施了魔法，他穿过一间间厅堂，发现里边全是空的，直到走进最后一间屋子，才看见地上躺着一条蛇，在那儿盘来扭去。这蛇却是个中了魔法的少女，她一见男孩非常高兴，对他说："你来了吗，我的救星？我可等了你十二年啦。这整个王国都中了魔法，你得拯救它啊！"

"我怎么才能救它呢？"男孩问。

"今天夜里，会来十二个带着锁链的黑人，他们将问你在这儿干什么，你呢只管默不作声，不回答他们，任随他们把你怎样。他们会折磨你，揍你，刺你，你都得忍着，就是不讲话；一到十二点，他们只好走了。第二夜又会来另外十二个黑人；第三夜会来二十四个，他们将砍掉你的脑袋；可一到十二点，他们就失去了魔力，你只要坚持不吐一个字，我便得救了。我会来找你，我有一瓶活命水，用它一涂你的伤口，你又会活过来，和从前一般健壮。"

男孩回答："我很乐意搭救你。"

一切情形果真如少女说的那样，黑人们没能从男孩嘴里逼出一个字，到了第三天夜里，蛇变成了一位美丽的公主；她带着活命水到男孩那儿，救活了他。接着，她又拥抱他，吻他，整个王宫都沉浸在欢乐之中。后来他俩结了婚，他便做了金山国的国王。

夫妇俩愉快地生活在一起，不久王后生下一个漂亮的小男孩。

八年过去了，年轻的国王想念起自己的父亲来，心情很激动，希望回家去探望老人。王后却不肯放他去，说："我知道，这会给我带来不幸的。"可是丈夫一直不肯罢休，妻子终于同意了。

临别前，王后给国王一枚如意戒指，说："拿这枚戒指去，戴在你的指头上，当你心中希望去哪儿，你马上就会到那儿；只是你得答应我，你不能用它希望我从这里到你父亲那儿去！"国王答应了王后，把戒指戴在了指头上，然后表示想回到父亲生活的那座城市的愿望。转瞬之间，他已站在城门前，准备马上进城去。

谁料守门的卫兵不让他通过，因为他的穿戴既稀罕、异样，又体面、华丽。于是他走到一座山上，找一位牧羊人换了衣服，穿着牧羊人的旧外套顺顺当当地进了城。

他来到父亲面前，说自己是他的儿子，老人怎么也不相信这是真的，讲他尽管确实有过一个儿子，但早已死了。不过呢，他见来认父亲的是个穷得可怜的牧羊人，还是乐意给他一大盘吃的。年轻人继续对父母亲说："我真是你们的儿子啊。你们不是知道我身上有一颗痣，可以凭它辨认出我么？"

"是的，"母亲说，"我儿子是在右臂下有一颗红痣。"年轻人于是捋起衣袖，老两口果然在他右胳臂下发现了一大块红红的痣，不再怀疑他真是他们的儿子。

随后，他给他们讲，自己怎样成了金山国的国王，娶了一位公主做妻子，还说他俩已有一个七岁的漂亮儿子。父亲一听，道："真有这等怪事！我看你这位国王也太阔气喽，竟穿着一件牧羊人的破外套跑来了！"

儿子一听生了气，竟忘记自己答应妻子的话，转动了手上的戒指，发愿要她母子二人一起来他身边，果真母子俩一眨眼工夫就到了，可是王后又是埋怨，又是啼哭，怪丈夫失了信，害得她陷入了不幸之中。他只好说："我是无意中这么做了，并没怀有恶意呀，"边说边不断安慰妻子，她呢，看样子也不再计较，可实际上却生了歹心。

后来，他领王后去城外他家的地上，指着曾经漂走他和小船的那条河叫她看，然后说："我累了，你坐下吧，我想躺在你怀里睡一会儿。"他把头枕在妻子怀中；她搔搔他的头，直到他睡着了。

等丈夫睡熟以后，妻子先捋下他手上的戒指，接着再从他身体下抽出自己的腿，仅仅留下了她的鞋子，发愿回到她的王国去了。丈夫醒来发现只剩下自己孤零零一个人，妻子孩子全走了，戒指也不再戴在指头上，唯有旁边还摆着一只妻子的鞋作为纪念。"再回父母家去吧，已不可能，"他想，"他们会说你是一个魔术师！你只有振作起来，一直走回你的王国！"

他于是动了身，走啊走啊走啊，终于走到一座山下。山前站着三个巨人，正在那儿争吵，因为他们不知道该如何分配父亲的遗产。他们看见金山国的国王走过，叫住他说，小个子都挺聪明，要他替他们分配遗产。

他们的遗产呢，共有三件东西：第一是一把剑，谁拿着这把剑说一声："砍掉除我以外所有人的脑袋！"其他所有人的头便会掉到地上；第二是一件斗篷，谁穿上这斗篷，别人便看不见他；第三是一双靴子，谁穿上这双靴子，心想上哪儿一眨眼便到了那儿。

金山王讲："把这三件东西给我试试，看它们是不是还管用。"巨人们先给了他斗篷，他一披上立刻隐了身，变成一只苍蝇了。他随即变回原来的形状，说："斗篷还管用，现在把剑给我试试吧。"

"不成，"巨人们回答，"剑不能给你。你拿去一讲：'砍掉除我以外所有人的脑袋！'我们就全得人头落地，只有你一个人还有脑袋喽。"

不过，他们到底还是把剑给了他，条件是他只能拿一棵树做试验。金山王照着办了，一剑砍断一根树干，就像砍的是一根稻草。这时他又要试靴子，巨人却回答："不，不能给你靴子，你拿去穿上想登上山顶，我们就会被扔在山脚下，两手空空如也！"

"不，"他说，"我不会这么干。"他们于是把靴子也给了他。现在三件宝贝到手了，金山王什么都不再想，一心只想见自己的老婆孩子，于是自言自语道："啊，但愿我回到了金山国！"转瞬之间，他已从巨人眼前消失，他们的遗产呢，也就这样瓜分完啦。

快到王宫的时候，他听到一阵阵的欢呼声，一阵阵拉提琴和吹笛子的声音。人们告诉他，他妻子正在和另一个男人举行婚礼。金山王一听勃然大怒，说："这个坏女人，她欺骗了我，在我睡着后一个人跑了！"说着，他披上他那件斗篷，无形无影地走进了王宫。

他跨进大厅，只见正大摆筵席，宾客们吃着佳肴，喝着美酒，嘻嘻哈哈，有说有笑。他妻子呢，坐在大厅中央的宝座上，穿着一身华丽的衣裙，头上戴着王冠。他站在她身后，但谁都看不见他。王后每叉一块肉在自己盘子上，他立刻拿去吃了；王后每替自己斟一杯酒，他立刻端走喝掉。下人们不断给王后上餐具，她却总是什么也没有，因为杯盘到了她面前立刻不知去向。

她一下子傻了眼，羞惭得从席前站起来，跑回自己卧室去哭了；她原来的丈夫呢，却尾随在她身后。她说："是魔鬼在对我作祟呢，还是我的救星永远不会来了呢？"

金山王啪地给她一耳光，说："你的救星永远不会来？你这个骗子，他正在惩罚你！你怎么竟那样报答我？"说罢，金山王现出形来，走回大厅，高声宣布："婚礼取消了，真正的国王已经归来！"聚在厅内的王公大臣们纷纷讥笑他，讽刺他；他呢，斩钉截铁地问："你们出去还是不出去？"那帮家伙却想逮捕他，向他一步步逼过来。他便拔出宝剑，说："砍掉除了我以外所有人的脑袋！"

刹那间，人头纷纷落在地上，他又重新做了金山国的国王，独自管理着国家。

（［德］雅各布·格林、威廉·格林《格林童话全集》，杨武能译，中国城市出版社2012年版，第206—209页。）

玻璃瓶中的妖怪

从前有个穷樵夫，从早到晚一直不停地干活。他终于攒了一笔钱，就对儿子说："你是我唯一的孩子，我要用这汗水换来的钱，送你上学，去学一些有用的本领。这样当我老了，四肢僵硬，只能待在家里的时候，你就能养我。"于是年轻人去读一所高中。他很用功，老师们都夸他。他在那里学了一段时间，修完了几门课程，但还没完成学业，父亲辛辛苦苦积蓄的钱便用完了。他不得不回到家中。"唉，"父亲悲哀地说，"我没钱再供你读书了，除了糊口，再也不能挣钱了。""亲爱的爸爸，"儿子回答，"不要为此伤心。如果这是上帝的旨意，那么到头来会对我有好处。我能对付过去。"父亲要进森林砍柴卖，儿子说："我想和你一起去，帮你一把。""不，我的儿子，"父亲说，"你不习惯干笨重的活，你受不了。况且我只有一把斧子，也没钱再买一把新的。""去邻居那里，"儿子回答，"他会把斧子借给你很长一段时间，直到我自己有钱买一把。"

于是父亲向邻居借了一把斧子。第二天早晨，父子俩一起去森林。儿子帮父亲干活，非常起劲儿。太阳当空的时候，父亲说："我们休息一下，吃中午饭吧。然后再好好干。"儿子手中拿了一块面包，说："爸爸，你尽管休息，我不累，我在森林里散会儿步，找找鸟窝。""哦，你这个傻孩子，"父亲说，"还四处乱跑什么？你会累的，待会儿手臂都举不起来。还是留在这里，坐到我身边来。"

但儿子还是往森林中走去，一边吃着面包，十分快活，一边抬头向绿色的枝叶望去，看能不能发现一个鸟窝。他就这么走来走去，最后来到一棵骇人的大橡树前。这棵树一定有几百年了，五个人都抱不拢。他停住脚，看着这棵树，并想：肯定有鸟在上面筑了巢。突然，他似乎听见有一点声音。他屏息静听，有一个低沉的声音在呼喊："放我出来，放我出来！"他环顾四周，什么也没发现。他感到，声音像是从地底下发出的。于是他叫道："你在哪里？"声音回答："我困在下面橡树根旁。放我出来，放我出来！"这学生动手在树底下翻动，在树根旁寻找，最后在一个小洞中发现一个玻璃瓶。他把瓶子拿上来，对着光照，看见里面有个青蛙似的东西，上下乱蹦。"放我出来，放我出来。"声音重新响起。学生心地善良，便打开瓶塞。里面立即冒出一个妖怪，开始变大。它长得飞快，不一会儿就成了一个可怕的巨人，有半棵树那样高，站在学生面前。"你知道吗，"它用吓人的声音叫道，"把我放出来，你会有什么报酬？""不知道，"学生面无惧色地回答，"我怎么会知道呢？""那我就告诉你。"妖怪叫着，"为此我要拧断你的脖子。""这你该早点告诉我，"学生回答，"那我就不让你出来了。不过我的头在你面前还是该牢牢地长着，这你可以去问更多的人。""不管问多少人，"妖怪叫道，"你该获得你应有的报酬。你以为，我是由于别人的恩惠，才被关了这么久吗？不，是为了惩罚我。我是伟大的墨丘利乌斯。谁放我出来，我就得拧断他的脖子。""请平静些。"学生回答，"这么性急可不行。首先我必须弄明白，你真的在小瓶里待过，你真的是妖怪。你能重新回到瓶里去，我就相信你。然后你想对我干什么就干什么。"妖怪趾高气扬地说："这是个小把戏。"说着便缩成一团，和先前一样大小，然后通过原来的瓶口，钻入瓶颈。没等它全部进入瓶中，学生就把刚刚拔下的瓶塞重新按上，把瓶子扔回原处。妖怪上当了。

现在学生打算回到父亲身边。可妖怪十分凄惨地叫道："哎，放我出来吧，放我出来吧！""不。"学生回答，"不能第二次放你。如果我重新抓住那个曾想要我命的人，我不会放他。""要是你把我放出来，"妖怪叫着说，"我会给你许多东西，让你终身享用。""不。"学生回答，"你会像第一次那样骗我。""你这样会失去你的幸福。"妖怪说，"我不会伤害你，而想好好地酬谢你。"学生想："我得冒一次险。也许它会遵守诺言，况且也不能把我怎么样。"于是他打开瓶塞，妖怪像上次一样从瓶中升起，越长越大，成了一个巨人。"现在你该得到你的报酬了。"妖怪说着递给学生一块橡皮膏一样大小的小布块，并且告诉他，"你用布块的一头擦一个伤口，伤口就会痊愈；用另一头擦钢和铁，它们就会变成银子。""这我得先试一下。"学生说。他走到一棵树前，用斧子割破树皮，再用布块的一头碰了一下破口。树皮立刻合拢，破口没了。"嗯，不错。"他对妖怪说，"现在我们该分手了。"妖怪谢了学生的救命之恩。学生谢了妖怪的礼物，便回到父亲那里。

"你在哪里乱跑？"父亲问，"你怎么忘了干活？""爸爸，别生气，我会补做。""是啊，补做，"父亲生气地说，"这可不太像话。""瞧，爸爸，我现在就砍倒这棵树，让它哗啦一声倒下。"他拿出他的布块，擦了一下斧子，然后使劲朝树上砍去。可是铁已经变成了银子，斧子卷起了刃。"哎，爸爸，看你给了我怎样一把糟糕的斧子，它完全变了形。"父亲惊呼道："啊，你干了什么？现在我得赔斧子了，可不知道用什么赔。这就是我从你干的活中得到的好处？""别生气，"儿子回答，"我来赔斧子。""哦，你这个傻瓜。"父亲叫道，"你用什么来赔它？除了我给你的东西，你什么也没有。你脑袋瓜里装的尽是书呆子的怪念头，对砍柴你可是一窍不通。"

片刻之后学生开口道："爸爸，我干不动了，我们还是收工吧。""嗨，这像什么话。"父亲回答，"你以为，我会同你一样偷懒？我必须干完，但你可以打道回家。""爸爸，我第一次到这里的森林中来，一个人找不到路，还是和我一起走吧。"父亲怒气渐消，终于让儿子说服，同他一起回家。他对儿子说:"去把损坏的斧子卖掉,看看能得到几个钱。余下的钱我得去挣来,去赔邻居的斧子。"儿子拿起斧子,进城到了一个首饰匠那里。他看了一下斧子,把它放上天平一称,说:"它值400个银币,可我没这么多现钱。"学生道:"你有多少,先给我多少。其余的我存在您这里。"首饰匠给了他300个银币,还欠他100。学生随即回到家里,说:"爸爸,我有钱了。你去问一个邻居,那把斧子要多少钱。""这我早知道了。"父亲回答,"一个银币加6个铜板。""那给他两个银币12个铜板吧,加倍给他,这也够了。你看,我有这么多钱。"他给了父亲100个银币,并说:"你永远不会缺钱花了,舒舒服服地过日子吧。""天啊,"老人说,"你怎么会得到财富的?"于是他告诉父亲,一切是怎样发生的,他怎样由于对幸福深信不疑,有这么大的收货。他用余下的钱继续自己的学业。由于他用自己的布块治好一切伤口,他成了最有名望的医生。

([德]雅各布·格林、威廉·格林《格林童话》,卫茂平译,北岳文艺出版社2011年版,第11—14页。)

魔鬼的邋遢兄弟

一名退伍士兵失去了生计,不知道怎么活下去才好啦。没法子,他走到森林中,走了一会儿碰见一个侏儒,哪知这家伙就是魔鬼。侏儒对他说:"怎么啦?看样子你还挺烦恼。"

士兵回答:"我饿了,可又没钱呦!"

魔鬼说:"你要是让我雇你做我的仆人,我就叫你一辈子有吃有穿。你得替我服七年役,七年后便恢复自由。可有一点我得告诉你:七年中你不许洗脸、梳头、剪指甲、剪头发和揩眼泪。"

士兵回答:"行啊行啊,反正没有别的法子!"说完便跟着那小矮子走啊走啊,一径走到了地狱里。

随后,魔鬼告诉退伍士兵应该做的事:他得烧旺一只只大锅底下的火,锅里据说煮着地狱里吃的烧肉;他得收拾屋子,把垃圾扫到门背后,注意保持各处的整洁。可是,他如胆敢往锅里瞅一眼,他就倒霉啦。

士兵说："好，好，一定照办。"老魔鬼自己游荡去了，士兵则开始完成他的任务：烧火、扫地，把垃圾堆在门背后，一切都严格遵照主人的吩咐。老魔鬼回家来，检查是不是一切全做了，看样子还挺满意，于是又自己游荡去了。

这时候，士兵才偷空好好观察起周围的环境来，只见地狱四周架着一口口大铁锅，锅底下燃烧着熊熊烈火，锅里面煮得毕剥毕剥直响。要不是魔鬼严厉禁止他，他豁出老命也要瞅瞅锅里是些啥玩意儿。

终于，他实在忍不住了，就把第一只锅的盖子揭开了一丁点儿，往里瞧去。他一下瞅见锅里坐着个人，原来呀正是他从前的上士。"啊哈，伙计，"他说，"我竟在这儿碰见了你！从前你管我，如今得我管你喽。"说着很快盖严锅盖，扇旺火，并且添了些新柴。

随后他走向第二口大锅，也揭开一点儿往里瞅，看见里边坐着他从前的准尉："啊哈，伙计，竟在这儿碰见了你！从前你管我，现在我管你了。"说着，士兵盖严锅盖，并且搬来一块大木头，给他把火烧得更旺。

这时他想看看第三口锅里坐着谁，不料竟是一位将军："啊哈，伙计，我竟在这儿碰见了你！从前你管我，眼下我管你了不是。"说着拿来只风箱，把将军脚下的地狱之火鼓得熊熊燃烧起来。

这样，士兵在地狱中服了七年役，没洗过脸，没剪过指甲和头发，没揩过眼泪。他感觉这七年非常非常短，以为才只过了半年哩。

这一天，期限满了，魔鬼走来说："喏，汉斯，你干过些什么？"

"我扇过火，扫过地，把垃圾堆在了门背后。"

"可你还瞅过锅里边！幸好你添了柴，不然你就没命了。现在你服役的期限到了。想回家去吗？"

"想，"士兵回答，"我很想看看我父亲现在怎样了！"

魔鬼说："为了给你应得的报酬，你去把你的背囊装满垃圾，带回家去吧。你走的时候仍得脸不洗，头不梳，留着长长的头发胡子，还有没剪过的指甲，并且眼里泪水迷蒙；当人家问你是谁时，你得回答：'魔鬼的邋遢兄弟，他也是我的国王。'"士兵没有吭声，魔鬼怎么说就怎么做了，可心里对那报酬却一点儿也不满意。

这时候，士兵已回到上边的森林里，从背上取下了背囊，准备倒空囊中的垃圾。谁知背囊一打开，里面的垃圾全变成了金子。"真想不到！真想不到！"他高兴极了，说着便走进城去。

一个店主站在旅店门前，见他走来吓了一跳——汉斯的样子实在叫人害怕和恶心，简直像个吓唬麻雀的稻草人。

店主叫住他，问："你从哪儿来？"——"从地狱里来。"——"你是谁啊？"——"是魔鬼的邋遢兄弟，他也是我的国王。"

店主一听不让他进门去；可他冲店主亮了亮金子，店主就亲自替他开了门。汉斯要了间最好的房间，让人细心侍候着吃饱喝足，才躺下来睡觉，但是仍旧不梳头、不洗脸，如魔鬼吩咐的那样。

可店老板呢，眼前却一直晃悠着那满满一背囊金子，坐立不安，直到半夜他溜去把背囊偷走了，才算安下心。

第二天早上，汉斯起床来，想付了店主房钱上路，一看背囊却没啦。不过他当即镇定下来，心想你是无辜受害啊，于是一转身回到地狱里，向老魔鬼诉苦，求他帮帮自己。

魔鬼说："坐下吧，我替你洗洗脸，梳梳头，剪剪头发和指甲，揩去眼泪。"

完事以后，他又给汉斯一背囊垃圾，说："去，告诉店主，他得把金子还你；要不我就来逮他，叫他顶替你烧火！"汉斯回到上边，对店主讲："你偷了我的金子。你要是不还出来，就得去地狱里顶替我，变得跟我先前一样丑陋吓人！"店主一听还给他金子，还额外增加了一些，只求他别声张。这样，汉斯便成了一个富人。

汉斯上了路，回父亲身边去。他买来一件孬麻布褂子穿上，东游西荡，奏乐卖艺——在地狱里替魔鬼当差那会儿，他学会了这一手。

当时，执政的是位老国王，汉斯奉命去替他演奏，老国王听得开心极了，便把自己的大女儿许配给他做妻子。

可公主一听要嫁给一个穿素麻布褂子的平民，便说："我宁可跳海淹死，也绝不答应！"

没办法，老国王改把小女儿许配给汉斯；小公主呢，很爱自己的父亲，便同意了。这样，魔鬼的邋遢兄弟娶了一位公主，等老国王死后还当上了国王。

（［德］雅各布·格林、威廉·格林《格林童话全集》，杨武能译，中国城市出版社2012年版，第225—226页。）

熊皮人

从前，有个年轻人，他应征当兵，打仗非常勇敢，在枪林弹雨中总是冲在最前面。战争不断，他一切都不错，可和约缔结后，他被遣散了。上尉让他爱上哪儿就上哪儿。他的父母已经去世，他不再有家。他去找自己的兄弟，请他们收留他，直到战争重新开始。但他们冷酷无情，说："我们拿你怎么办？我们用不着你。还是自己想办法生活下去吧。"士兵除了自己的枪，一无所有。他只得扛上枪，外出流浪。他来到一片荒野，荒野上只有一圈树，其他什么都看不见。他沮丧地坐在树下，想着自己的命运。"我没有钱，"他想，"除了打仗，我什么都不会。而现在，人们缔结了和约，就用不着我了。看来我要被饿死。"突然，他听见一阵呼哧声，随即有个陌生人站到他跟前。他身穿一件绿色外套，看上去仪表堂堂，可长着一只可怕的马蹄。"我知道，你缺什么。"这人说，"你可以得到金钱和财富，要多少有多少。但我事先得知道，你是否胆小，免得我白白浪费我的钱。""士兵和胆小，这怎么能扯到一起？"他回答，"你可以试试我。""好吧，"这人回答，"看你身后。"士兵转身一看，只见一只大熊，正咆哮着向他扑来。"嘿！"士兵叫道，"让我给你的鼻子搔痒，让你没兴趣再咆哮。"说着举枪瞄准，一枪击中熊的鼻子，熊应声倒地，一动不动。"我看到了，"陌生人说，"你还有勇气。但你还得满足一个条件。""只要不损害我在天堂的幸福就行。"士兵回答，他显然已经明白，他在和谁打交道，"否则我什么都不答应。""这你得自己来看。"绿衣人说，"你在今后七年中不能洗脸，不能梳理胡子和头发，不能剪指甲和不能念主祷文。我还要给你一件外套和一件披风，让你在这段时间穿。要是你在这七年中死去，你就是我的，要是你活着，今后你就自由了，而且终生富有。"士兵想了想自己面临的巨大困境，决意冒险，便答应了。魔鬼脱下绿色外套，递给士兵，说："穿上这件外套，只要你把手伸进口袋，就会得到大把的钱。"然后他剥下熊皮，说："这是你的披风和床，你必须睡在这上面，而不能上其他任何床。因为这身打扮，你就叫熊皮人吧，"说完，魔鬼消失不见。

士兵穿上外套，马上把手探入口袋，发现事情不假。然后他披上熊皮旅行，心情愉快，不放过任何能花钱买来的享乐机会。第一年情况还可以，可到了第二年，他看上去像个怪物。头发长的几乎盖满整个脸，胡须像一块粗毛毡，手指成了利爪，脸上堆满污垢，栽上水芹也许还能长大。谁见到他，都会逃走。但因为他到处向穷人施舍钱财，让他们替他祷告，使他在七年中不死，又因为他付账慷慨，所以他一直能有栖身之处。第四年，他来到一家客店，店主不愿接纳他，甚至不愿在马厩里给他一个地方，因为他担心马匹会受惊。熊皮人把手伸进口袋，拿出满满一把金币，店主这才让步，让他住房后的一间小屋。不过要他答应，不能让别人看见，免得毁了他客店的名声。

晚上，熊皮人独自坐着，满心希望七年已经过去。忽然听见隔壁传来大声哀泣，他富有同情心，过去打开房门，看见一个老人在抱头痛哭。熊皮人走到他跟前，老人跳起身来就想逃走。最后，他听出这是人的声音，才改变了主意。熊皮人好言安慰，老人向他说出了自己伤心的原因。原来，他的财产已渐渐耗尽，他和自己的女儿们忍受着贫困。他现在甚至穷得无力支付店主的房钱，就要被送进监狱了。"原来你愁的就是这些。"熊皮人说，"钱我有的是。"他让人叫来店主，替老人付了房钱，又把满满一包金子塞进这个苦恼人的口袋。

老人看到自己被人从困苦中解救出来，不知该怎样表达他的感激之情。"随我来，"他对熊皮人说，"我的女儿们异常漂亮，你可以选一个做妻子。如果她们听到你为我做了什么，她们一定不会拒绝。你看上去自然有些怪，但她们会把你重新弄得整整齐齐。"

熊皮人听了很高兴，就跟他去了。大女儿看见他，被他的容貌吓了一大跳，尖叫着逃走。二女儿虽然站下，把他从上到下打量一番，却说：

"我怎么能要一个没有人样的男人？以前这来过一头剃了毛装成人的熊，我宁愿喜欢它。它至少还穿一身轻骑兵制服，戴一双白手套。要是他仅仅长得难看，我也许还能习惯。"但小女儿说："亲爱的爸爸，帮您摆脱困境的一定是个好人。您的诺言必须得到遵守。"可惜熊皮人的脸被污垢和头发遮住了，不然人们可以看到，他听见这句话心里有多么高兴。他从自己手上拿下一只戒指，折成两半，一半给姑娘，一半自己留着。在给姑娘的一半上刻下自己的名字，在自己的一半上刻下姑娘的名字，并且请姑娘好好保存她的那半只戒指。随后他告别说："我还得漫游三年，要是我不回来，你就自由了，因为我一定死了。不过请你恳求上帝，让他保佑我的生命。"

可怜的未婚妻穿上一身黑衣，每当她想起她的未婚夫，总是热泪盈眶。从自己的姐姐们那里，她得到的只是嘲笑和讥讽。"如果你和他握手，"大姐说，"那你可得当心，他会用前爪打上来。""你该留神，"二姐说，"熊喜欢吃甜食，要是他喜欢你，会把你也吃了。""你必须顺着他的心思，"大姐说，"否则他会开始吼叫。"二姐则继续说："但婚礼一定非常有趣，熊可擅长跳舞。"未婚妻默不作声，不受她们的干扰。熊皮人在世界上到处游荡，尽自己的能力做善事，给穷人足够的钱财，让他们替自己祷告。七年的最后一天终于到了。天一亮，他重又出门来到那片荒野，坐到那圈树下。不一会儿，狂风呼啸，魔鬼站到他面前，朝他看着，怏怏不乐，然后把旧衣服扔还给他，要回自己的绿外套。"我们还没完，"熊皮人说，"你得先把我弄干净。"魔鬼心中老大不愿意，但只得帮熊皮人洗干净，替他梳理头发，修剪指甲。这样，他看上去又是一个勇敢的士兵，比以前更英俊。

魔鬼退去，为能够脱身感到高兴。熊皮人心里一阵轻松，他到城里，给自己买了一件漂亮的天鹅绒外衣，穿着它坐上一辆四匹白马拉的车，来到未婚妻家里。没人认出他，姑娘的父亲把他当成一个高贵的上校，把他领进女儿们的房间，她们正坐在那里。他被安排坐在两个大女儿中间。她们忙着给他斟酒，把最好吃的东西放在他面前，并且说，她们在世界上还从未见到比他更漂亮的男子。未婚妻却穿着一身黑衣服坐在他对面，低垂双眼，一言不发。最后他问姑娘们的父亲，他是否能让一个女儿给他做妻子。两个大女儿一听就跳起身来，跑进自己的卧室，准备换漂亮衣服，因为她们两个都幻想着自己将被选中。等着房间里只剩下这个陌生人和他未婚妻两个人时，他拿出半个戒指，抛入一个盛有葡萄酒的杯子，把酒递给桌子对面的未婚妻。她喝干杯里的酒，看到杯底的半个戒指，心中一阵狂跳。她取出系在脖子上的另一半戒指。把两半合在一起，结果它们完全互相吻合。这时他开口说道："我就是你的未婚夫，就是你当初见到的熊皮人。感谢仁慈的上帝，我重新得到了我的人形。"他向她走去，拥抱她，给她一个吻。这时两个姐姐穿着盛装艳服走进。她们看到这个英俊的男人已经属于妹妹，又听说他就是当初那个熊皮人，又气又恼，跑出家门，一个淹死在井里，一个吊死在树上。晚上，有人敲门。新郎开门一看，是穿绿外套的魔鬼。他说："你瞧，现在我得到了两个灵魂，换你的一个。"

（［德］雅各布·格林、威廉·格林《格林童话》，卫茂平译，北岳文艺出版社2011年版，第128—131页。）

三个手艺人

从前有三个年轻的手艺人，他们约定漫游途中始终呆在一起，始终都在同一座城里干活儿。可是过了一段时间，他们在各自的老板那里找不到工作了，最后一个个都破衣烂衫，简直活不下去啦。

这时，他们中的一个说："咱们怎么办？这里呆不下去了，还是流浪去吧。如果到了下一座城市还找不着活儿干，咱们就跟客栈老板约好，不管到哪都写信通知他，以便相互有个音讯，然后咱们就各奔前程。"

在另外两个看来，这也算是上策。商量好以后，他们便继续往前走。走着走着，迎面来了一个衣冠楚楚的人，问他们是干什么的。

"我们是些手艺人，正在找工作。在这以前，我们一直呆在一起；可要是再找不找活儿干，我们就只好分开啦。"

"这没有必要嘛，"那人说，"只要你们肯照我说的做，我就让你们不缺钱和工作；是的，你们甚至会变成阔佬，出门还有马车坐哩。"一个手艺人回答："如果不损害我们的灵魂，让它死后升不了天堂，我们愿意遵命。"

"不会的，我对你们才没有兴趣喽，"那人说。

可是，另一个手艺人瞅了瞅这人的脚，发现一只是人脚，一只却是马蹄子，便不想理他的茬儿。哪知魔鬼又说："别三心二意啦！我选中的不是你们，而是另一个家伙的灵魂，他一半已属于我，单等他恶贯满盈罢了。"

三个手艺人现在才放了心，同意了魔鬼的建议；魔鬼便说出他的要求，就是无论对什么问题，第一个总得回答："我们三个一起，"第二个总回答："要钱，"第三个总回答："这就对喽。"他要他们总是挨着顺序回答，除此之外不准讲任何别的话；一旦违反这条戒律，所有的钱会马上消失；反之，只要遵守它，他们的口袋便永远胀鼓鼓的。而且，一开始，他们能拿动多少，魔鬼就给他们多少钱，然后打发他们上城里的某一家旅馆去了。

他们走进店门，老板便迎上来问："几位想吃点什么吗？"

"我们三个一起，"第一个回答。

"要钱，"第二个说。

"那是当然，"老板应道。

第三个说："这就对喽。"

"不错，是对喽。"于是给他们送来好吃的和好喝的，把他们服侍得十分周到。吃完饭该付钱了，老板送给第一个人一份账单；他说："我们三个一起，"第二个说："要钱，"第三个说："这就对喽。"

"这自然对，"老板讲，"三个一起给钱；不给钱我可没东西招待啊。"然而，他们付的比他要的还多，其他客人见了都说："这三个家伙准是疯了！"

"是的，他们是疯了，"老板讲，"他们脑瓜儿是有点毛病。"

就这样，三个手艺人在旅馆里住了一段时间，说的话仅仅是："我们三个一起"，"要钱"，"这就对喽"。只不过，旅馆里的事情他们却看得清清楚楚，全都心里明白。

一天，有个大商人带着许多钱来到店里，说："老板，请你替我把钱保管一下；这儿住着三个愚蠢的手艺人，他们没准儿会偷我的钱呐。"老板照办了。他在把商人的旅行袋搬进卧室去的时候，感觉出袋里装着沉甸甸的金子。

到了半夜，他想所有人都睡着了，就和老婆一起摸进富商的房间，用劈柴的斧头把人家给砍死了；行完凶，他俩又躺下睡觉。

天亮后，店里闹开了，只见商人死在了床上，尸体泡在血泊中。客人们全聚在一起，老板便说："这是那三个疯傻的手艺人干的！"——"除了他们，谁还干得出来呵！"

客人们随声附和。

老板于是叫人喊他们来，问他们："是你们杀了这个商人吗？"

"我们三个一起，"第一个回答；"要钱，"第二个回答；"这就对喽，"第三个也回答。

"这下各位听见了，他们自己已经承认，"老板说。三个老兄于是被关进监狱，判了死刑。他们这才看出问题严重，心里十分害怕，可夜里魔鬼来告诉他们："只要再坚持一天，别轻举妄动而丢掉幸福。不会伤着你们一根毫毛的。"

第二天上午，他们被押上法庭，法官审问道："你们是杀人凶手吗？"

"我们三个一起。"

"你们为什么杀死商人？"

"要钱。"

"你们这几个恶棍，"法官说，"你们不怕犯罪受罚吗？"

"这就对喽。"

"他们招认了，而且死不悔改，"法官说，"马上押他们去处决！"他们于是被押了出去，老板忍不住也挤进看热闹的圈子中。

这当儿，行刑的士兵抓住他们，已经把他们推到断头台上；刽子手站在旁边，手里提着明晃晃的钢刀。突然，一辆四匹火红的骏马拉着的马车飞驰而来，马蹄把铺路的石头踏得迸出了火星，从车窗里伸出来一条白毛巾在挥动。法官一见说："赦免令来了。"与此同时，马车里果然传来

"赦免，赦免！"的喊声。

接着，魔鬼变成了一个地位显赫、衣着华丽的大老爷，走下马车，说："你们三个是无辜的。你们现在可以自由讲话了，把你们所见所闻统统说出来吧！"

于是最年长的一个手艺人讲："我们没有杀死商人。杀人凶手就站在那边的人群中，"说着朝那旅馆老板一指，"要找罪证快去他的地窖，那里还吊着另外一些被他害死的人。"法官立即派行刑的士兵去查看，发现情况真跟年长的手艺人说的一样。士兵们向法官报告了，他便命令把旅馆老板押上断头台斩了首。

这时候，魔鬼对三个手艺人说："喏，我想抓的灵魂已抓到了；你们恢复了自由，钱呢也尽够一辈子用的。"

（［德］雅各布·格林、威廉·格林《格林童话全集》，杨武能译，中国城市出版社 2012 年版，第 264—265 页。）

魔鬼和他的祖母

从前有一次大战，国王有许多士兵，可只给他们很少军饷，他们无法生活。有三个士兵聚在一起，商量开小差。一个士兵对另外两个士兵说："如果被抓住，我们会被吊上绞架。我们该怎么办？"另一个说："瞧那里的大麦田，如果藏在里面，没人能找到我们，军队不会进去，明天就得开拔。"于是他们钻进麦田，可军队没有开拔，而在周围扎下营帐。他们在麦田里躲了两天两夜，饿得几乎死去。但如果走出麦田，必死无疑。他们说："逃也没用，我们要惨死在这里了。"正在这时，空中飞来一条火龙，向他们降下，并问他们为什么藏在这里。他们回答："我们是三个开小差的士兵，再待下去会饿死的，可出去又会上绞架。""如果你们愿意给我服务七年，"火龙说，"我就领你们走，谁也别想抓住你们。""我们别无选择，只能接受这个条件。"他们回答。龙用爪子抓住他们，飞越军队上空，在远处把他们放回地面。这条龙原来不是什么别的东西，是个魔鬼。他给他们一条小鞭子，说："只要抽响鞭子，你们要多少钱，就有多少钱在你们眼前蹦起。然后你们可以像大人物那样生活、骑马、坐车。可七年满后你们便属于我。"他在他们面前打开一本书,三个人都得在里面签字画押。"不过,"他说,"我还会给你们猜个谜语,如果猜中,你们就可获得自由,摆脱我的魔力。"说着龙飞离开他们,而他们继续往前走,手中拿着小鞭子,得到很多钱,为自己定做了华贵的衣服,在世界上到处旅行。每到一处,他们生活阔绰,骑马坐车,又吃又喝,可不做坏事。时间对他们来说过得飞快,七年快到了,两个人非常害怕,但第三个人满不在乎,说:"兄弟们,别害怕,我可不是笨蛋,我会猜谜语。"他们来到田野上坐下,两个人愁眉苦脸。这时来了一个老妇,问他们为什么这样悲伤。"唉,关您什么事,您又不能帮我们。""谁知道呢,"她回答,"尽管告诉我你们的苦恼。"于是他们向她诉说,他们近七年来一直是魔鬼的仆人,魔鬼像弄干草一样方便地给他们弄来许多钱,可他们与魔鬼签了约,如果七年后猜不出一个谜语,人就归魔鬼所有。老妇说:"要想获得帮助,你们中的一人得到森林去,他会来到一堵外表像一座小房子似的坍塌的岩壁前,进了屋,他就会得到帮助。"那两个愁眉苦脸的人想:这一定救不了我们。所以坐着不动。第三个快活的士兵则起身上路,一直走到森林深处,找到那间岩屋。小屋里坐着一个非常年迈的老太婆,是魔鬼的祖母,问他来这里干什么。他对她讲述了发生的一切事情。她起了怜悯之心,说愿意帮助他,就掀起一块地窖上的大石头,说:"你躲在里面,静静地坐着,可以听见这里说的一切。等龙来了,我会问他关于谜语的事,他会告诉我一切,这时你注意听他回答。"夜里12点,龙飞来了,要吃饭。祖母摆好桌子,端来酒菜,龙很愉快,他们便一同吃喝起来。谈话中祖母问他,今天过得怎样,得到多少灵魂?"今天不太幸运,"他回答,"可我已经有三个士兵捏在手里,他们逃不掉。""哦,三个士兵,"她说,"他们可有点本领,会逃出你的手心。"魔鬼轻蔑地说:"他们是我的。我还给他们准备了一个谜语,他们永远猜不中。""是什么样的谜语?"她问。"这我可以告诉你:在广阔的北海中躺着一只死去的长尾猴,这是他们的烤肉;一根鲸鱼的肋骨,那是他们的银调羹;一条空心的老马腿,那是他们的望远镜。"魔鬼上了床,老祖母搬起石盖,让士兵出来。"你把一切都记住了吗?""是的,"他说,"我知道够多了,懂得该怎么办。"随后他悄悄地急忙赶回自己的伙伴那里。他向他们叙述,魔鬼怎样被老祖母用计制服,他怎样从他口中听到了谜底。他们兴高采烈,打响了鞭子,地上蹦满了金子。七年期满了,魔鬼拿着书来了,指着他们的签字说:"我要把你们带入地狱,让你们在那里吃饭。如果你们能猜出你们将吃到什么样的烤肉,你们就将获得自由,还可以保留这根小鞭子。"可是第一个士兵开口说道:"在广阔的北海中躺着一只死去的长尾猴,这也许是烤肉。"魔鬼气得嘴里发出"哼!哼!哼!"声,问第二个士兵:"什么是你们的调羹?""一根鲸鱼的肋骨,这是我们的银调羹。"魔鬼做了个怪脸,又"哼!""哼!""哼!"了三下,问第三个士兵:"你们也知道,什么是你们的望远镜吗?""一条空心的老马腿,这是我们的望远镜。"魔鬼听罢大叫一声飞走了,失去了对他们的魔力。可三个士兵留下了那条小鞭子,要多少钱,就打出多少钱,快活地度过一生。

([德]雅各布·格林、威廉·格林《格林童话》,卫茂平译,北岳文艺出版社 2011 年版,第 46—48 页。)

上帝的动物和魔鬼的动物

上帝创造了所有的动物,挑中狼做他的狗;只是忘了造山羊。于是魔鬼也着手创造,造出了尾巴又细又长的山羊来。这下可好,山羊每次去草地放牧,总把它们的尾巴挂在刺篱笆中,害得魔鬼费老大的劲儿去为他们解脱。

终于,魔鬼被搞烦了,就跑去咬掉所有山羊的尾巴,结果羊屁股上便只剩下了今天我们还见着的一截短桩桩。

现在他能让山羊自己去放牧了;可是上帝瞧见,羊群一会儿啃坏一棵果实累累的树,一会儿咬断珍贵的葡萄藤,一会儿糟蹋掉其他细嫩的植物。

上帝看着心疼,出于仁慈便赶去他的狼;狼呢,很快把那儿走来走去的山羊撕得粉碎。

魔鬼听见消息，到上帝面前说："你的造物把我的造物咬死啦！"

上帝回答："瞧你造了些什么害人精！"

魔鬼说："我没别的办法：就像我生性要害人，我造的动物也只能是这样；你呢，得好好赔我。"

"我赔你就是，只等橡树一落叶，你来吧，那时钱已经准备好啦。"

橡树叶子落了，魔鬼来讨债。谁知上帝说："在君士坦丁堡的教堂里长着棵大橡树，它的叶子还全在哩。"

魔鬼大发脾气，骂骂咧咧地走了，想去找那棵橡树。他在沙漠里胡乱走了六个月，终于找到了那棵橡树，可等他赶回来，其他橡树又全部长满了绿叶。

这样，他不得不把账勾销了，一气之下挖掉了其他所有山羊的眼睛，而把自己血红血红的眼睛给山羊安了进去。

因此，所有山羊都长着魔鬼般的眼睛和咬短的尾巴；而魔鬼呢，也挺喜欢变成山羊的模样。

（［德］雅各布·格林、威廉·格林《格林童话全集》，杨武能译，中国城市出版社2012年版，第313页。）

农民和魔鬼

从前有一个聪明而狡猾的农民，他搞的恶作剧人们津津乐道。其中最精彩的故事，讲他怎样战胜魔鬼，愚弄魔鬼。

一天，农民耕完地准备回家去时，天色已经晚了。突然，他看见自己的地中间有一堆燃烧着的煤，便万分惊讶地走过去，见烧红的煤炭上坐着一个黑色的小魔鬼。

"你准是坐在一堆财宝上吧？"农民说。

"是的，"魔鬼回答，"是坐在一堆财宝上，其中的金子银子比你平生见过的还要多哩。"

"这财宝在我的田地上，应该属于我！"农民说。

"它是你的，"魔鬼回答，"只要你把这块地往后两年收成的一半给我。我有足够的钱，但我想要土地里的果实。"

农民答应了这笔交易，却说："但是，为避免分配时吵架，地面上的那部分就归你，地下的就归我好啦。"魔鬼欣然同意了。谁知狡猾的农民撒的是萝卜的种子。到了收获季节，魔鬼出现了，想取走他的那份果实，但除了枯黄的叶子外一无所获；农民呢，却高高兴兴地在挖萝卜。

"这次算你占了便宜，"魔鬼说，"下次这样可不行。地面上长的将来归你得，我要地下的。"

"这么分配也行啊！"农民说。但到了播种的时候，他不再种萝卜，而是种了小麦。麦子熟了，农民到地里割走了挂满穗子的全部麦秆；魔鬼来时除了余茎一无所获，气冲冲地钻到岩缝里去了。

"狐狸嘛你就得这样欺骗它。"农民说，随后取走了那宗财宝。

（［德］雅各布·格林、威廉·格林《格林童话全集》，杨武能译，中国城市出版社2012年版，第371页。）

坟 丘

一天，有个富农站在自己院子里，望着他的田地和果园。麦子长势喜人，果树果实累累。去年的粮食还成堆地放在阁楼上，压得梁柱几乎支持不住。然后他走进牲口棚，那里是最强健的公牛、肥壮的母牛和毛皮发亮的骏马。最后他回到自己的房间。眼光落到放钱的铁箱上。正当他站在那儿注视着自己的财富的时候，有人突然用力敲他的门。可敲的不是他的房门，而是他的心门。门开了，他听见有个声音对他说话："你用自己的财富替家人做过好事吗？你关心过穷人的困苦吗？你分给挨饿的人面包了吗？你是否觉得自己拥有足够的财富？或者你还想得到更多？"心儿毫不迟疑地回答："我冷酷无情，从未施舍给家人恩惠。有穷人跑来，我就朝别处看。我不曾顾忌过上帝，只考虑增加财富。"当他听见自己心的这个回答，大吃一惊，膝盖也开始颤抖，不得不坐下。这时又响起敲门声，但敲的是他的房门。那是他的邻居，一个穷人，有一大堆孩子，他无法让他们吃饱肚子。"我知道，"穷人想，"我的邻居虽然富有，但非常冷酷。我不相信他会帮我，可我的孩子们叫着要吃面包，我得壮胆试试。"他对富人说："您不轻易把自己的东西给别人，可我站在这里像个水没头顶的人。我的孩子们在挨饿，借我四马耳脱麦子吧。"富人对他注视了好久，乐善好施的第一束阳光开始化下一滴贪得无厌的冰块。"四马耳脱麦子我不借，"他回答，"我送你八马耳脱，但你得答应一个条件。""我该做什么？"穷人问。"如果我死了，你在我墓旁守三夜。"农民觉得这个要求令人害怕，但情势所迫，只能答应，把麦子带回家。

富人似乎事先预料到，将会发生什么事情。三天后，他突然倒地死去。没人知道是怎么回事，但也没人为他难过。当他被埋葬后，穷人想起了自己的诺言。他非常希望自己得到解脱，但又想："他毕竟对你证明了自己的善意，你用他的麦子喂饱了孩子。就算不是这样，你也该说话算话。"夜幕降临，他来到墓地，坐上坟丘。一片寂静，只有月光洒在坟丘上，时而飞过一只猫头鹰，发出几声哀鸣。太阳升起后，穷人安然无恙地回家。第二个夜晚也平安无事地过去了。第三天晚上，他感到特别害怕，好像眼前要发生什么事。他走到外面，在墓地围墙边看到一个从未见过的人。他年纪不轻，脸上有疤，四下察看，眼光锐利而急切。他全身都被裹在一件旧大衣里，只有一双大马靴露在外面。"您找什么？"农民问他，"在这荒凉的墓地里您不害怕？""我不找什么，"他回答，"而且我也不害怕。我就像那个外出学害怕的小伙子。他虽然白费力气，但得到公主做妻子，还得到她的大笔财富，可我依然是个穷光蛋。我是个退伍士兵，想在这过夜，因为我无家可归。""要是您不害怕，"农民说，"那就和我待在一起，帮我守护那个坟丘。""站岗是士兵的事，"他回答，"不管这里发生什么事，是凶是吉，我们都共同承担。"农民表示同意。他们就一起坐上坟丘。

一切静寂无声。可到了半夜，空中突然响起一声尖锐的口哨，两个守夜人看见一个魔鬼，活生生地站在他们面前。"滚开，你们这两个无赖，"魔鬼对他们喊叫，"坟墓里的家伙是我的，我要把他带走。要是你们不让开，我就拧断你们的脖子。""插红羽的先生，"士兵说，"您可不是我的长官，我不需要服从您。您走您的路吧，我们要在这里坐着。"魔鬼想：

"制服这两个破衣烂衫的穷鬼最好还是用金子。"便改用温和的语调,十分亲热地问,他们是否愿意接受一袋金子,然后回家?"这可以考虑,"士兵回答,"但一袋金子对我们没多大用处。如果您愿意给装满我一只靴子的金子,我们就给您让出这块阵地,撤走。""我身边没带这么多,"魔鬼说,"但我可以去拿。邻近城里住着一个换钱的人,是我的好朋友,他会很高兴借我这么多。"魔鬼离开后,士兵脱下左脚上的靴子,说:"我们来耍弄一下这个黑鬼。请把你的刀给我,伙计。"他把靴底割掉,然后把靴子放在坟丘旁的深草里,草的边上是一个半遮半掩的土坑。"一切安排妥当。"他说,"这个扫烟囱的家伙可以来了。"

两人坐下等待。时间不长,魔鬼来到,手里提着一小袋金子。"尽管往里倒。"士兵说着把靴子往上拿了拿。"可这些一定不够。"黑鬼倒空了袋子,金子全漏到坑中,靴子还是空的。"笨鬼,"士兵叫道,"这些不够难道我没有立刻告诉你吗?快回去多拿些来。"魔鬼摇摇头走了,一小时后胳膊下夹了个大得多的袋子又回来。"尽管往里倒,"士兵吆喝,"但我不相信靴子会满。"金子倒下去叮当作响。可靴子还是空的。魔鬼用自己那愤怒的双眼往里看了看。对事实确信无疑。"您的腿肚子可真大。"它叫道,嘴都气歪了。"您以为,"士兵回答,"我像您一样长了一只马蹄?快干吧,多拿些金子来,否则我们的交易算完了。"魔鬼再次匆匆离去,这次花得时间较长。当它回来时,被肩上扛的一个大口袋压得气喘吁吁。它把金子倒进靴子,可它并不比上次满了多少。它发怒了,正想从士兵手中夺过靴子,但在这一瞬间,天边初升的太阳射出第一道光芒,魔鬼狂叫一声逃走了。那可怜的灵魂也就得到了拯救。

农民想平分金子,可士兵说:"把我的一份送给穷人。我搬到你的小屋里去,我们用剩下的金子一起平静安宁地生活,直到上帝不喜欢。"

([德]雅各布·格林、威廉·格林《格林童话》,卫茂平译,北岳文艺出版社2011年版,第89—91页。)

参考文献

Alt, Peter-André: Ästhetik des Bösen, C. H. Beck: München, 2010.

Baron, Frank: Der historische Faustus im Spiegel der Quellen des 16. Jahrhunderts: von der Astrologie zum Teufelspakt In: War Dr. Faustus in Kreuznach? 2003.

Baron, Frank: Faustus. Geschichte, Sage, Dichtung. Winkler Verlag: München, 1982.

Bernhardt, Rüdiger: Faust. Ein Mythos und seine Bearbeitungen, Bange Verlag, Hollfeld, 2013.

Beutin, Wolfgang (u. a.), Deutsche Literaturgeschichte: Von Anfängen bis zur Gegenwart, Verlag J. B. Metzler, Stuttgart / Weimar, 2013.

Braun, Peter: Mediale Mimesis, Licht-und Schattenspiele bei Adelbert von Chamisso und Justinus Kerner, Wilhelm Fink Verlag, München, 2007.

Brüggemann, Romy: Die Angst vor dem Bösen: Codierungen des "malum" in der spätmittelalterlichen und frühneuzeitlichen Narren-, Teufel- und Teufelsbündnerliteratur-Würzburg: Königshausen & Neumann, 2010.

Chamisso, Adelbert von: Faust. Ein Versuch, 1804. In: Faust. Eine Anthologie. BandI, S406-416. Reclam Verlag: Leipzig, 1967.

Chamisso, Adelbert von: Peter Schlemihls wundersame Geschichte, Reclam, Stuttgart, 2014.

Detering, Heinrich; Stachorski, Stephan (Hrsg.): Thomas Mann: Neue Wege der Forschung, WBG (Wissenschaftliche Buchgesellschaft),

Darmstadt, 2008.

Doering, Sabine: Die Schwestern des Doktor Faust: eine Geschichte der weiblichen Faustgestalten-Göttingen: Wallstein-Verl., 2001.

Droste-Hülshoff, Annette von: Die Judenbuch. Ein Sittengemälde aus dem gebirgigten Westphalen, Reclam, Stuttgart, 2014.

Droste-Hülshoff, Annette von: Sämtliche Werke (Band 1), Bodo Plachta und Winfried Woesler (Hrsg.), Deutscher Klassiker Verlag: Frankfurt am Main, 1994.

Dülmen, Richard van: Hexenwelten. Magie und Imagination vom 16.- 20. Jahrhundert. Frankfurt am Main: Fischer, 1993.

Eckermann, Johann Peter: Gespräche mit Goethe, Reclam, Stuttgart,1994.

Estelmann, Frank: Der Münchner „Teufelspakt" und seine Rezeption: von der Publizistik zur Romanliteratur des Exils In: Das Münchener Abkommen und die Intellektuellen, 2008.

Fischer, Robert: Adelbert von Chamisso: Weltbürger, Naturforscher und Dichter, Erika Klopp Verlag, Berlin; München, 1990.

Frenzel, Elisabeth: Motive der Weltliteratur: Ein Lexikon dichtungsgeschichtlicher Längsschnitte, Stuttgart: Kröner, 2008.

Frenzel, Elisabeth: Stoffe der Weltliteratur: Ein Lexikon dichtungsgeschichtlicher Längsschnitte, Stuttgart: Kröner, 2005.

Freund, Winfried: Adelbert von Chamisso, „Peter Schlemihl", Geld und Geist: Ein bürgerlicher Bewußtseinsspiegel. Entstehung, Struktur, Rezeption, Didaktik. Ferdinant Schöningh: Paderborn, München, Wien, Zürich, 1980.

Fricke, Harald: Reallexikon der deutschen Literaturwissenschaft. BandII: H-O., Berlin; New York: de Gruyter, 2000.

Frühwald, Wolfgang: Der Teufelspakt und die Naturierung der Frau: zu Friedrich Spees „Cautio criminalis" In: Friedrich Spee, 1993.

Füssel, Stephan; Kreutzer, Hans Joachim [Hrsg.]: Historia von D. Johann Fausten, Reclam, Stuttgart, 1988.

Gaier, Ulrich: Johann Wolfgang: Faust. Der Tragödie Erster Teil, Erläuterungen und Dokumente, Reclam, Stuttgart, 2010.

Gaier, Ulrich: Johann Wolfgang: Faust. Der Tragödie Zweiter Teil, Erläuterungen und Dokumente, Reclam, Stuttgart, 2004.

Ge, Yucheng: Pakt mit dem gefallenen Engel, Magisterarbeit von Shanghai International Studies University, 2008.

Goedeke, Karl: Grundriss zur Geschichte der deutschen Dichtung, zweiter Band: Das Reformationszeitalter, Dresden: Verlag von LS Ehlermann, 1886.

Goethe, Johann Wolfgang: Faust. Der Tragödie Erster Teil, Reclam, Stuttgart, 2014.

Goethe, Johann Wolfgang: Faust. Der Tragödie Zweiter Teil, Reclam, Stuttgart, 2012.

Goethe, Wolfgang von: Goethe an Frau von Stein 1797. Weimarer AusgabeIV, Bd. 8.

Gotthelf, Jeremias: Die schwarze Spinne, Reclam, Stuttgart, 2012.

Grabbe, Christian Dietrich: Kommata der Weltgeschichte, Reclam, Stuttgart, 1972. (Scherz, Satire, Ironie und tiefere Bedeutung; Don Juan und Faust)

Grimm, Jacob: Deutsche Mythologie, Wiesbaden: marixverlag, 2007.

Grimm, Jacob; Grimm, Wilhelm: Deutsche Sagen, Deutscher Klassiker Verlag: Frankfurt am Main, 1994.

Harnischfeger, Johannes: Modernisierung und Teufelspakt: die Funktion des Dämonischen in Theodor Storms „Schimmelreiter" In: Schriften der Theodor-Storm-Gesellschaft 49, 2000.

Hasselbach, Karlheinz: Thomas Mann, Doktor Faustus: Interpretation, Oldenbourg Verlag, München, 1988.

Hauff, Wilhelm: Sämtliche Märchen, Reclam, Stuttgart, 2011.

Haug, Walter: Der Teufelspakt vor Goethe oder Wie der Umgang mit dem Bösen als „felix culpa" zu Beginn der Neuzeit in die Krise gerät In: Deutsche

Vierteljahrsschrift für Literaturwissenschaft und Geistesgeschichte 75, 2001, H. 2.

Hetyei, Judit: Der Teufelsbündner Faust als Verführer im 20. Jahrhundert-Hamburg: Kovač, 2005.

Hildebrandt, Alexandra: Schatten eines Grenzgängers-Eine biographisch-literarische Wanderung in die Romantik, abcverlag GmbH, 2004.

Hille, Iris: Der Teufelspakt in frühneuzeitlichen Verhörprotokollen. Standardisierung und Regionalisierung im Frühneuhochdeutschen, Walter de Gruyter, Berlin, 2009.

Hoffmann, E. T. A.: Die Elixiere des Teufels, Reclam, Stuttgart, 2010.

Hoffmann, Volker: Der Erzähler als dämonologischer Grenzüberschreiter: die Abbildung von Erzählvorgängen in Seinsbereichsüberschreitungen In: Norm-Grenze-Abweichung, 2004.

Hoffmann, Volker: Der Wertkomplex „Arbeit" in ausgewählten Teufelspaktgeschichten der Goethezeit und des Realismus In: Vom Wert der Arbeit, 1991.

Hoffmann, Volker: Strukturwandel in den „Teufelspaktgeschichten" des 19. Jh. In: Modelle des literarischen Strukturwandels, 1991.

Hoffmann, Volker: Theodor Storm, „Der Schimmelreiter": eine Teufelspaktgeschichte als realistische Lebensgeschichte In: Erzählungen und Novellen des 19. Jahrhunderts; 2, 1990, Bd 2.

Hofmannsthal, Hugo von: Jedermann. Das Spiel vom Sterben des reichen Mannes. Bermann-Fischer: Wien; Amsterdam, 1948.

Höhne, Alexander G.: Faust als Vorbild?: Der Pakt mit Mephistopheles; ein Essay zu Goethes „Faust"-Norderstedt: Books on Demand, 2005.

Jens, Inge; Jens, Walter: Frau Thomas Mann: Das Leben der Katharina Pringsheim, Rowohlt Verlag, Hamburg, 2003.

Kaiser, Gerhard: „... und sogar eine alberne Ordnung ist besser als gar keine." Erzählstrategien in Thomas Manns "Doktor Faustus", Metzler, Stuttgart, 2001.

Kaiser, Gerhard: Ist der Mensch zu retten? Vision und Kritik der Moderne in Goethes „Faust", Rombach, Freiburg im Breisgau, 1994.

Kanzog, Klaus; Masser, Achim (Hrsg.): Reallexikon der deutschen Literaturgeschichte (Band 4: Sl - Z), begr. von Paul Merker u. Wolfgang Stammler. - Berlin; New York: de Gruyter, 1984.

Kasper, Walter (Hrsg.): Lexikon für Theologie und Kirche, Band 3, Verlag Herder: Freiburg; Basel; Wien [u. a.], 1995.

Klinger, Friedrich Maximilian: Fausts Leben, Taten und Höllenfahrt, Reclam, Stuttgart, 1986.

Könneker, Barbara: Der Teufelspakt im Faustbuch In: Das Faustbuch von 1587 1991, 1/14.

Koopmann, Helmut: Teufelspakt und Höllenfahrt: Thomas Manns „Doktor Faustus" und das dämonische Gebiet der Musik im Gegenlicht der deutschen Klassik In: Goethe und die Musik 2012.

Kramer (Institoris), Heinrich: Der Hexenhammer. Malleus Maleficarum. Kommentierte Neuübersetzung, München: Deutscher Taschenbuch Verlag, 2000.

Kurzke, Hermann: Thomas Mann: Ein Porträt für seine Leser, Verlag C. H. Beck, München, 2009.

Kurzke, Hermann: Thomas Mann: Epoche - Werk - Wirkung, Verlag C. H. Beck, München, 2010.

LaVey, Anton Szandor: Die Satanische Bibel, Berlin: Verlag Scond Sight Books, 2003.

Lehmann, Ruth: Der Mann ohne Schatten in Wort und Bild: Illustrationen zu Chamissos „Peter Schlemihl" im 19. Und 20. Jahrhundert, Peter Lang, Frankfurt am Main, 1995.

Löb, Ladislaus (Hrsg): Grabbe über seine Werke. Christian Dietrich Grabbes Selbstzeugnisse zu seinen Dramen, Aufsätzen und Plänen. Peter Lang Verlag: Frankfurt am Main, 1991.

Lukas, Wolfgang: Die „Heilige Familie" von Sumiswald.Säkularisierung und

Semiotisierung in Jeremias Gotthelfs *Die schwarze Spinne*, in: Norm – Grenze – Abweichung. Kultursemiotische Studien zu Literatur, Medien und Wirtschaft, Gustav Frank / Wolfgang Lukas (Hgg.), Verlag Karl Stutz, Passau, 2004.

Luther, Martin: Die Bibel. Mit Apokryphen, Stuttgart: Deutsche Bibelgesellschaft, 2013.

Mahal, Günter: Faust – Museum Knittlingen. Georg Westermann Verlag: Braunschweig, 1984.

Mahal, Günther: Faust-Und Faust. Der Teufelsbündler in Knittlingen und Maulbronn, Tübingen: Attempto, 1997.

Mahal, Günther: Faust. Untersuchungen zu einem zeitlosen Thema, Neuried: Ars una, 1998.

Mann, Thomas: Chamisso (1911). In: Gesammelte Werke in 13 Bden. Bb. 9: Reden und Aufsätze 1. Frankfurt am Main: S. Fischer, 1960.

Mann, Thomas: Die Entstehung des Doktor Faustus – Roman eines Romans. Fischer, Frankfurt am Main, 2012.

Mann, Thomas: Doktor Faustus. Das Leben des deutschen Tonsetzers Adrian Leverkühn erzählt von einem Freunde, Lizenzausgabe des Deutschen Bücherbundes GmbH & Co., Stuttgart München, 1947.

Müller, Jan – Dirk (Hrsg.): Reallexikon der deutschen Literaturwissenschaft. Band III: P-Z., Berlin; New York: de Gruyter, 2003.

Münkler, Herfried: Die Deutschen und ihre Mythen. Verlag Rowohlt · Berlin: Berlin, 2009.

Nehring, Wolfgang: E. T. A. Hoffmann: Die Elixiere des Teufels (1815 / 1816). In: Romane und Erzählungen der deutschen Romantik: neue Interpretationen. Stuttgart: Reclam, 1981.

Neumann, Almut: Verträge und Pakte mit dem Teufel: Antike und mittelalterliche Vorstellungen im „Malleus maleficarum", St. Ingbert: Röhrig Universitätsverlag, 1997.

Neumann, Michael: Thomas Mann: Romane, Verlag Erich Schmidt,

Berlin, 2001.

Plessen, Elisabeth; Mann, Michael (Hrsg.): Katia Mann: Meine ungeschriebenen Memoiren, Fischer, Frankfurt am Main, 1976.

Richter, Thomas: „Die Täuschung währt wohl nur einen Augenblick, aber das Beben zittert noch lange nach": zur Funktion des Teufelspakts in Gotthelfs „Die schwarze Spinne" und Droste-Hülshoffs „Der spiritus familiaris des Roßtäuschers" In: Jeremias Gotthelf-Wege zu einer neuen Ausgabe, 2006.

Röcke, Werner [Hrsg.]: Thomas Mann, Doktor Faustus, 1947–1997, Peter Lang, Bern; Berlin; Frankfurt/M.; Wien, 2001.

Rölleke, Heinz (Hrsg.): Kinder-und Hausmärchen gesammelt durch die Brüder Grimm, Deutscher Klassiker Verlag, Frankfurt am Main, 2007.

Roskoff, Gustav: Geschichte des Teufels. Eine kulturhistorische Satanologie von den Anfängen bis ins 18. Jahrhundert. Nördlingen: Greno Verlagsgesellschaft, 1987.

Saße, Günter (Hrsg.): Interpretation: E. T. A. Hoffmann. Romane und Erzählungen, Reclam, Stuttgart, 2012.

Schanze, Helmut: Romantheorie der Romantik. In: Romane und Erzählungen der deutschen Romantik: neue Interpretationen. Stuttgart: Reclam, 1981.

Schmidt, Joachim: Satanismus. Mythos und Wirklichkeit. Marburg: Diagonal-Verlag, 2003.

Schmidt, Jochen: Faust als Melancholiker und Melancholie als strukturbildendes Element bis zum Teufelspakt In: Jahrbuch der Deutschen Schillergesellschaft 41, 1997.

Schneider, Christian: Das Motiv des Teufelsbündners in volkssprachlichen Texten des späteren Mittelalters In: Faust-Jahrbuch 1, 2004.

Scholz Williams, Gerhild; Schwarz, Alexander: Existentielle Vergeblichkeit: Verträge in der Mélusine, im Eulenspiegel und im Dr. Faustus–Berlin: Erich Schmidt, 2003.

Schöne, Albrecht: Götterzeichen, Liebeszauber, Satanskult. Neue Einblicke in alteGoethetexte. München: Verlag C. H. Beck, 1982.

Schormann, Gerhard: Hexenprozesse in Deustschland. Göttingen: 1981.

Schwann, Jürgen: Vom „Faust" zum „Peter Schlemihl": Kohärenz und Kontinuität im Werk Adelbert von Chamissos, Gunter Narr Verlag Tübingen, 1984.

Schwarz, Egon: Wilhelm Hauff: Der Zwerg Nase, Das kalte Herz und andere Erzählungen (1826 / 1827). In: Romane und Erzählungen zwischen Romantik und Realismus: neue Interpretationen. Stuttgart: Reclam, 1983.

Sorvakko-Spratte, Marianneli: Der Teufelspakt in deutschen, finnischen und schwedischen Faust-Werken: ein unmoralisches Angebot? – Würzburg: Königshausen & Neumann, 2008.

Spieß, Johann (Hrsg.): Historia von D. Johann Fausten, 1587. Kritische Ausgabe. Reclam Verlag: Stuttgart, 1988.

Stanford, Peter: Der Teufel. Eine Biographie. Aus dem Englischen von Peter Knecht, Frankfurt am Main und Leipzig: Insel Verlag, 2000.

Storm, Theodor: Der Schimmelreiter, Reclam, Stuttgart, 2008.

Sun, Sonja: Der Teufelspakt im „Christlich Bedencken" und im Faustbuch In: Hermann Witekinds „Christlich bedencken" und die Entstehung des Faustbuchs von 1587, 2009.

Uhrmacher, Anne: Ich fürchte mich selbst davor!: Zu Bedeutung und Umkodierung dämonologischer Vorstellungen in Goethes „Faust" In: Monströse Ordnungen, 2009.

Uther, Hans-Jörg, Handbuch zu den „Kinder-und Hausmärchen" der Brüder Grimm: Entstehung – Wirkung – Interpretation, De Gruyter, Berlin / Boston, 2013.

Völker, Klaus: Faust. Ein deutscher Mann. Die Geburt einer Legende und ihr Fortleben in den Köpfen. Verlag Klaus Wagenbach: Berlin, 1975.

Walach, Dagmar: Adelbert von Chamisso: Peter Schlemihls wundersame Geschichte (1814). In: Romane und Erzählungen der deutschen Romantik: neue Interpretationen. Stuttgart: Reclam, 1981.

Wührl, Paul - Wolfgang: Das deutsche Kunstmärchen. Geschichte, Botschaft und Erzählstrukturen. Schneider Verlag: Baltmannsweiler, Hohengehren, 2012.

Zaunert, Paul (Hrsg.): Deutsche Märchen seit Grimm, Eugen Diederichs Verlag: Düsseldorf Köln, 1964.

Zelger, Renate: Teufelsverträge: Märchen, Sage, Schwank, Legende im Spiegel der Rechtsgeschichte-Frankfurt am Main [u. a.]: Lang, 1996.

Zuckmayer, Carl: Des Teufels General. Suhrkamp: Berlin, 1947.

［德］阿德尔伯特·封·沙米索：《彼得·施莱米尔卖影奇遇记》，《闵希豪森奇游记》，卫茂平译，北岳文艺出版社1998年版。

［德］艾克曼辑：《歌德谈话录》，朱光潜译，人民文学出版社1982年版。

［德］保尔·曹纳特：《德国童话精品》，卫茂平译，北岳文艺出版社1995年版。

董问樵：《〈浮士德〉研究》，复旦大学出版社1987年版。

范大灿、任卫东、刘慧儒：《德国文学史》（第3卷），译林出版社2007年版。

［德］歌德：《浮士德》，郭沫若译，安徽人民出版社2013年版。

［德］歌德：《浮士德》，钱春绮译，上海译文出版社2007年版。

［德］歌德：《浮士德》，潘子立译，天津人民出版社2013年版。

黄燎宇：《思想者的语言》，生活·读书·新知三联书店2013年版。

贾峰昌：《浪漫主义艺术传统与托马斯·曼》，浙江大学出版社2012年版。

李昌珂：《"我这个时代"的德国——托马斯·曼长篇小说论析》，北京大学出版社2014年版。

［德］托马斯·曼：《托马斯·曼散文》，黄燎宇译，人民文学出版社2014年版。

［德］托马斯·曼：《浮士德博士》，罗炜译，上海译文出版社2012年版。

［德］雅各布·格林、威廉·格林：《格林童话全集》，杨武能译，中国城市出版社 2012 年版。

余匡复：《〈浮士德〉——歌德的精神自传》，上海外语教育出版社 1999 年版。

后　　记

　　拙著最终能够面世，首先要感谢浙江省哲学社会科学发展规划对本书的出版资助。其次，在成书的过程中，上海外国语大学的卫茂平教授、德国海德堡大学的 Gertrud Maria Rösch 教授、德国法兰克福大学的 Robert Seidel 教授、北京大学的李昌珂教授、上海外国语大学的查明建教授等均无私地帮助过我，为我提出许多宝贵意见。他们的提携，更让我深深感受到他们对后辈学者的殷切希望。感谢他们曾给予我前行的力量，感谢他们为我树立了为师为学的榜样：师者当如斯，学者当如斯！再次，在本书的出版准备阶段，浙江大学的范捷平教授、浙江科技学院外国语学院/中德学院的朱吉梅教授给予了我莫大的支持，在此一并致谢！最后，感谢中国社会科学出版社对此书的付出，感谢编辑慈明亮先生，他极具专业素养地为本书谋篇布局，并以出版人特有的细致为书稿做最后的推敲修改。

　　世间事皆有遗憾，文字著述尤不能幸免！在此书即将付梓之际，我却忐忑不已：一是因为新资料仍然不断相继问世，而本书却无法一一汲取引用，实是憾事；二是在对已有资料的消化处理上恐有遗漏或取舍不当、评论欠妥之处。思虑再三，最终决定本着学术交流的初衷，以此书就教于方家，以期该课题的研究渐臻完善。恳请识者批评指正！

胡一帆

2018 年 4 月于杭州